U0531097

本书为江苏高校哲学社会科学研究重大项目"欧美地理批评理论与实践研究"（2019SJZDA112）研究成果。

文学地理学研究丛书
刘跃进　梅新林　主编

# 薇拉·凯瑟长篇小说景观叙事研究

颜红菲　著

中国社会科学出版社

## 图书在版编目(CIP)数据

薇拉·凯瑟长篇小说景观叙事研究 / 颜红菲著 . -- 北京：中国社会科学出版社，2025. 3. --（文学地理学研究丛书）. -- ISBN 978-7-5227-3890-1

Ⅰ. I712.074

中国国家版本馆 CIP 数据核字第 20244JK935 号

| | |
|---|---|
| 出 版 人 | 赵剑英 |
| 责任编辑 | 宫京蕾 |
| 责任校对 | 秦 婵 |
| 责任印制 | 郝美娜 |
| 出　　版 | 中国社会科学出版社 |
| 社　　址 | 北京鼓楼西大街甲 158 号 |
| 邮　　编 | 100720 |
| 网　　址 | http://www.csspw.cn |
| 发 行 部 | 010-84083685 |
| 门 市 部 | 010-84029450 |
| 经　　销 | 新华书店及其他书店 |
| 印刷装订 | 北京君升印刷有限公司 |
| 版　　次 | 2025 年 3 月第 1 版 |
| 印　　次 | 2025 年 3 月第 1 次印刷 |
| 开　　本 | 710×1000　1/16 |
| 印　　张 | 15 |
| 插　　页 | 2 |
| 字　　数 | 258 千字 |
| 定　　价 | 88.00 元 |

凡购买中国社会科学出版社图书，如有质量问题请与本社营销中心联系调换
电话：010-84083683
版权所有　侵权必究

# 目 录

导论 ································································ (1)
 一 问题的提出 ·················································· (3)
  （一）批评的语境 ············································ (4)
  （二）批评话语的反思 ········································ (7)
 二 国内外研究综述 ·············································· (10)
  （一）国内研究综述 ·········································· (10)
  （二）国外研究综述 ·········································· (16)
 三 文学地理学 ·················································· (19)
  （一）国内文学地理学评述 ···································· (20)
  （二）欧美文学地理学评述 ···································· (24)
  （三）文学地理学的当下意义与前景 ···························· (41)
 四 研究内容与相关概念界定 ······································ (43)
  （一）研究内容与研究进路 ···································· (43)
  （二）相关概念界定 ·········································· (44)

**第一章 西部叙事与"美国梦"** ····································· (54)
 一 美国文学与地理的关系 ········································ (54)
  （一）美国文学的地理渊源 ···································· (54)
  （二）凯瑟与西部 ············································ (55)
 二 《啊，拓荒者！》——新世界的创业史 ·························· (59)
  （一）以人地关系为主线的荒野叙事 ···························· (62)
  （二）以地域共同体为中心的花园叙事 ·························· (66)
  （三）地域的超越与历史的轮回 ································ (72)
 三 《我的安东尼娅》——西部生活的田园诗 ························ (74)
  （一）建构可靠叙事人的体验式景观 ···························· (75)
  （二）叙事推进中的情境化景观 ································ (79)

（三）作为价值载体的象征性景观 ………………………… （82）
**第二章　分裂世界的空间表征** ……………………………………… （88）
　一　文化转型中的美国社会 ……………………………………… （88）
　　（一）20世纪20年代的美国 …………………………………… （88）
　　（二）"世界一分为二" …………………………………………… （91）
　二　《我们中的一个》——家园的丧失 ………………………… （95）
　　（一）互文性下的失乐园叙事 ………………………………… （100）
　　（二）骑士传奇下的空间推进 ………………………………… （106）
　　（三）双重视角下的反讽叙事 ………………………………… （111）
　三　《迷失的女人》——何处为家 ……………………………… （118）
　　（一）房屋之战 ………………………………………………… （120）
　　（二）啄木鸟意象变奏 ………………………………………… （128）
　四　《教授之屋》——生活在别处 ……………………………… （133）
　　（一）荷兰油画式的空间结构 ………………………………… （136）
　　（二）景观叙事中的身份建构 ………………………………… （144）

**第三章　神圣空间的诗意建构** ……………………………………… （156）
　一　凯瑟与20年代末期的美国文坛 …………………………… （156）
　　（一）晚期创作与20年代末期的美国文坛 ………………… （156）
　　（二）宗教与艺术 ……………………………………………… （159）
　　（三）"无中心插话式"小说与景观叙事 …………………… （162）
　二　《大主教之死》——审美的眼光看世界 …………………… （165）
　　（一）视域生成下的景观生产和空间重塑 …………………… （165）
　　（二）建立在景观修辞上的叙事学 …………………………… （178）
　三　《磐石上的阴影》——日常生活的审美化 ………………… （184）
　　（一）题解 ……………………………………………………… （185）
　　（二）共同体的空间表征 ……………………………………… （189）
　　（三）日常生活神圣化 ………………………………………… （196）

**结语** ……………………………………………………………………… （205）
**附录　薇拉·凯瑟作品** ……………………………………………… （213）
**主要参考文献** ………………………………………………………… （215）

# 导 论

薇拉·凯瑟①（Willa Cather，1873—1947）是 20 世纪美国最伟大的小说家之一，身前成就斐然，其作品被文学界广为认同，先后获得普利策奖、美国文学艺术学院颁发的豪威尔斯小说奖、法国文学界颁发的美国女作家奖、国家艺术文学协会金奖等，在批评界备受推崇，为整个美国社会大众所接受和喜爱。她是国家艺术文学协会会员和美国文学艺术学院院士，同时也接受了诸多知名大学诸如耶鲁大学、普林斯顿大学等高校的名誉学位。诸多文学上的荣誉和成就，使薇拉·凯瑟被誉为"美国文学的第一夫人"。以挑剔和眼界高而蜚声批评界的美国当代批评家布鲁姆（Harold Bloom）对这位女性作家也情有独钟，认为她是 20 世纪上半叶美国最重要的作家之一，"堪与德莱塞、海明威以及菲兹杰拉德比肩。在与她完全同代的作家里，只有福克纳的成就超过了她"②。

在成为声誉卓越的作家之路上，薇拉·凯瑟的创作经历相对曲折。早在 1891 年，凯瑟就读于内布拉斯加大学时，即为《内布拉斯加报》撰稿，发表音乐、戏剧及图书评论文章。1895 年大学毕业后，正式成为《内布拉斯加报》的全职记者、编辑与评论人。1896 年，凯瑟先于匹兹堡的《家庭月刊》任编辑，1897 年夏后转至匹兹堡《领袖报》任编辑，"在编写新闻稿的同时，也为《林肯信使报》撰写剧评，有时还为《家庭月刊》写书评"③。而至 1901 年，在辞去《领袖报》的工作后，凯瑟进入匹兹堡一所高级中学教授拉丁文，1903 年又于另一所学校的美国文学系

---

① 薇拉·凯瑟（Willa Cather），曾被译为开塞、威拉·凯瑟、维拉·凯瑟、微拉·凯瑟、维拉·凯塞、维娜·凯瑟等，本书统一采纳"薇拉·凯瑟"，而在引用具体评论、译著时仍将沿用原译者所使用的译名。

② Bloom, Harold. *Genius: A Mosaic of One Hundred Exemplary Creative Minds*. Grand Central Publishing, 2002, p.631.

③ [美] 薇拉·凯瑟：《波希米亚女郎——维拉·凯瑟中短篇小说选》，朱炯强选编，浙江文艺出版社 1986 年版，第 3 页。

执教。也就是在编辑与教学工作之余,凯瑟开始了一边工作一边写作短篇小说的创作生活。1900 年始正式发表了诗集《四月的黄昏》(April Twilight,1903)与短篇小说《精灵花园》(The Troll Garden,1905)。1906 年,凯瑟移居纽约,供职于当时被称为美国"揭露黑幕运动"的大本营——《麦克卢尔》杂志社,并在 1908—1911 年间任杂志主编。逾十年杂志编辑的职业生涯洗练,极大地开阔了凯瑟的视野,为她后来的文学创作积累了丰富社会经验的同时,也练就了她明快洗练的文风。1908 年,凯瑟结识了当时著名的地域文学作家莎拉·朱厄特(Sarah Orne Jewett),当朱厄特建议她辞去编辑专心写作,去记录那些最能打动内心的故土旧事时,凯瑟欣然接受建议,从此成为专职作家。此次职业选择是凯瑟小说创作的转折点,其小说的创作背景由早前的城市知识分子主题转向以自己的家乡——内布拉斯加草原为中心的拓荒者主题。"内布拉斯加系列"小说获得的巨大成功,使凯瑟跃入了当时美国一流作家的行列。这一时期的作品以美国西部内布拉斯加大草原为背景,讲述早期来自欧洲各国尤其是北欧和东欧的移民在新世界开拓边疆的故事。这类小说因其独特的地域美学风貌,在美国文学版图中占有一席之地。因此,评论者多将薇拉·凯瑟的西部与福克纳的南方、舍伍德的小镇和弗罗斯特的新英格兰等,划入 20 世纪美国文学版图中,并称其为必不可少的重镇。

在近 40 年的写作生涯中,凯瑟共发表 12 部中长篇小说、4 部短篇小说集与两部诗集,以及大量的剧评、乐评和杂文。评论界普遍认为薇拉·凯瑟的小说创作具有明显的阶段性甚至断裂感,以创作时间为序大致可划分为五个阶段。第一阶段是以 1913 年小说《啊,拓荒者!》(O, Pioneers!)① 的发表为界限,之前的短篇小说集《精灵花园》和《亚历山大的桥》(Alexander's Bridge,1912)为学徒期作品。第二阶段为 1913—1918 年间,三部以内布拉斯加西部为背景的"内布拉斯加系列"小说,即《啊,拓荒者!》、《云雀之歌》(The Song of the Lark,1915)、《我的安东尼娅》(My Antonia,1918)的发表为标志。该系列小说一经面世即受到评论界的高度赞扬,长时间以来甚至被认为是凯瑟整体创作的最高成就。与她同时代的著名批评家门肯(H. L. Mencken)认为,《我的安东尼

---

① 小说 O, Pioneers! 又译《啊,先驱者!》,本书将统一采用《啊,拓荒者!》,而在引用具体评论、译著时仍将沿用原译者所使用的译名。

娅》"不仅是凯瑟本人最好的小说,而且是古往今来的所有美国人能写出的最好的小说之一"①。第三阶段以1922年小说《我们中的一个》(One of Ours)发表为转折,因表现出"无家可归"的危机感,文风也日渐变得隐晦而沉郁。它与之后连续发表的《迷失的女人》(A Lost Lady,1923)、《教授之屋》(The Professor's House,1925)②、《我的死敌》(My Mortal Enemy,1926)等,一起构成"危机小说系列"。第四阶段以小说《大主教之死》(Death Comes for the Archbishop,1927)③ 和《磐石上的阴影》(Shadows on the Rock,1931)为标志,其创作风格再次发生转向。于此期间,凯瑟将目光投向了历史与宗教,从消逝的文化传统中寻找灵魂栖息的乌托邦,其作品转而变得澄明而宁静,评论界多称这个阶段创作的小说为"历史小说"。第五阶段为凯瑟的晚期创作,作品在怀旧和记忆的氤氲中渐次寥落,主要以两部小说《露西·盖伊哈特》(Lucy Gayheart,1935)和《莎菲拉和女奴》(Sapphira and the Slave Girl,1940)为代表。总体上,国内外批评界主要集中于研究凯瑟成熟时期的作品,即"内布拉斯加系列""危机系列""历史小说"三大系列,也因之在批评研究中多对凯瑟成熟期的创作做出了早、中、晚"三个时期"④ 的划分。本书亦接受该"三个时期"的划分,以此三个时期的长篇小说为研究文本,展开对文本的景观叙事研究。

## 一 问题的提出

选择地理批评的角度研究薇拉·凯瑟小说创作中的景观叙事,主要是基于作家创作历史语境、文本的具体内容和形式表征以及当代文学批评前

---

① 参见李莉《威拉·凯瑟的记忆书写研究》,四川大学出版社2009年版,第48页。
② The Professor's House 又译《教授的房子》,本书将统一采用《教授之屋》,而在引用具体评论、译著时仍将沿用原译者所使用的译名。
③ Death Comes for the Archbishop 又译《死神迎接大主教》,本文将统一采用《大主教之死》,而在引用具体评论、译著时仍将沿用原译者所使用的译名。
④ 所谓"三个时期",分别以"内布拉斯加系列""危机系列""历史小说"三大系列小说创作阶段为三个分期。此三分法在国外学界获得普遍共识,而目前于国内学界也获得共鸣。譬如以凯瑟的三个时期作品主题和风格变化为基础进行探讨研究的,可见如周铭的《走向人文空间诗学》、谭晶华的博士论文《薇拉·凯瑟的生态视野》等。

沿话语等方面因素的考虑来决定的。换言之，本书在批评视角的选择中，既考虑凯瑟小说创作的历史语境，同时也参考当前国内外凯瑟研究中批评话语的现实，更强调文本本身的内在特质要求。地理批评方法的选择是综合上述因素进行考量的结果。

## （一）批评的语境

以地理批评的视角对薇拉·凯瑟作品进行解读，不仅是作为一种新型批评的尝试，也与作品的文本语境和当时的历史语境相契合。考察凯瑟创作的历史语境，应当将凯瑟自身的创作经历和美国文学所处的历史语境结合起来。从作家自身成长历程来看，凯瑟1873年出生于代表美国南方文化的重镇弗吉尼亚，南方气候温和，移民主要来自英国。凯瑟住在山清水秀的柳荫庄园大家庭里，南方的风俗、语言、建筑和风景构成她童年生活的全部记忆。童年时离开南方对凯瑟来说是撕裂般的痛苦，她对南方的生活一直不能忘怀。这段经历被写进了《教授之屋》《我的安东尼娅》，到晚年更是直接以南方种植园生活为背景创作了《莎菲拉和女奴》。九岁时随家人迁居美国西部的内布拉斯加，西部一望无际的荒野，恶劣的气候条件，来自欧洲各国移民艰辛的劳动，尤其是那些乐观善良的北欧妇女，给凯瑟留下了深刻的印象。凯瑟在内布拉斯加一直生活到大学毕业，荒凉而广阔的草原，火热而艰辛的移民生活，不仅为凯瑟"内布拉斯加系列"小说提供素材，还将她塑造成为一名出色的地域小说家，西部移民的拓荒精神也成为贯穿其一生的内在滋养。1896年，大学毕业后迁移至美国东部的匹兹堡教书，做杂志编辑，之后在纽约定居下来，在《麦克卢尔》杂志社做了近十年的主编。1902年，她游历了欧洲，对法国尤其情有独钟，在她的地理谱系中，法国是和内布拉斯加一样重要的地方。《我们中的一个》后半部分场景全部发生在法国，法式教堂、花园、村庄都是她在小说中极力呈现的地方。1912年，她在回西部的过程中发现了美国西南部景观，尤其是西南部遗存的古印第安人的遗址，凯瑟将其作为美国身份的起源之一。此后，只要有机会她就会去美国的西南部，对她而言，西南部之于美国的文化意义相当于普罗旺斯之于法国的意义。在小说《教授之屋》中，圣彼得的法国背景一直是贯穿小说的隐线，而来自西南部的奥栏成为美国精神的象征。《大主教之死》里凯瑟大胆地将美国西南部和法国南部作为平行的地域建构整个叙事。之后，魁北克保存完好的法国古城又让凯瑟激动不已,《磐石上的阴影》便是来自魁北克古城的启示。正如她自己所说的"一切都是道路",她一生都"在路上"。出生在南部、生长在西部、生活在东部,游历了欧美许多国家,生活的经历使她对不同地域、不同时代各个地方的风土人情、文化差异谙熟于胸。同时,杂志编辑经年的职业训练,以及在戏剧、美术、建筑、音乐上的深厚修养,培养了她对空间高度敏锐的感受力和简洁明快的文字构建能力。

除凯瑟的个人经历外,美国文学自身具有强烈的地理传统,对地域之情的关注是美国文学的一大特征。① 从19世纪末到20世纪中叶,美国现实主义文学最为突出的特征就是地方特色,地域书写成为作家安身立命的重要条件。福克纳谈及舍伍德对自己创作的启发时,特别强调了地域与作家的关系:

> 要做一名文学家,一个人首先要做好自己,明白自己生来是谁;要做一个美国人、一个作家,没有必要在口头上讲什么老生常谈的美国形象,你只要记住你自己是谁。他告诉我:你必须从某个地方开始,然后你就开始学会写作了。这究竟是什么地方倒无关紧要,你只要记住它,不嫌弃它就行了。因为你从一个地方开始和从另一个地方开始同样重要。你是个乡下孩子,你所了解的就是你家乡密西西比北部的那一小块地方。但是那也很好嘛。②

与福克纳听从舍伍德·安德森一样,凯瑟接受了朱厄特的建议,以自

---

① 孙宏:《美国文学对地域之情的关注》,《外国文学评论》2001年第4期。孙宏认为美国内战后一个世纪以来对地域之情的关注始终贯穿着美国文学的发展,并列举出一长串地域主义作家为佐证。如:马克·吐温的密西西比河、福斯特的"约克纳帕塔法世系"、朱厄特的缅因州、凯瑟的"内布拉斯加系列"、舍伍德·安德森的"俄亥俄州的温士堡小镇",其他如:佐纳·盖尔的威斯康辛、汉姆林·加尔兰叙述达科他州农民与严酷的自然环境战斗的伟业、凯特·肖邦经常描写克里奥耳人的文化传统与风俗习惯、布莱特·哈特擅长描写加利福尼亚太平洋沿岸地区的风土人情、玛丽·诺尔兹·墨弗里兹讲述的是关于田纳西州山区人民的故事、康斯坦斯·芬尼莫·伍尔逊以俄亥俄州为背景写出富于地方色彩的小说、乔治·华盛顿·凯伯尔致力于表现路易斯安那文化的复杂性、玛丽·奥斯丁描绘了西南部荒漠地带的生活情景。

② Faulkner, William."Sherwood Anderson: An Appreciation". *Sherwood Anderson: A Collection of Critical Essays*, ed. Walter Rideout, Englewood Cliffs, New Jersey: Prentice Hall, Inc., 1974, p. 169.

幼熟悉的西部边疆生活为题材，书写美国西部拓荒者历史。西部的恶劣气候，草原的广袤无边，拓荒者的顽强和勇气以及移民间文化的冲突与融合，等等，这些经验成为"内布拉斯加系列"素材和主题的直接来源。凯瑟发表"内布拉斯加系列"的时间，正是美国对美利坚民族进行身份描述的美国化时期，西部成为美国精神的代言人，凯瑟的创作活动呼应了当时社会的美国化运动，其地域小说也因此为美国社会各个阶层所接受和推崇。

作为地域小说家的薇拉·凯瑟，她笔下的内布拉斯加与福克纳的约克纳帕塔法、马克·吐温的密西西比河、舍伍德的俄亥俄州的温士堡小镇和弗罗斯特的新英格兰农村等一起，构筑起美国20世纪文学的最为耀眼的地域版图。从文学地理学视角入手，更是基于下述原因：首先，从题材层面看，薇拉·凯瑟创作的大部分故事取材于美国西部，小说通过建构多个富于时代特征和独特地方色彩的地理空间，讲述发生在这片土地上人们的故事，具有鲜明的地方色彩。其次，从主题表现来看，代表薇拉·凯瑟创作成熟的早、中、晚期作品分别表现了三个方面的主题。早期作品主要表现欧洲移民在美国化过程中身份的建构问题，将移民的美国身份建构过程与拓荒者精神和对于美国共同体想象融合在一起。中期作品则突出由建立在土地文明之上的"重农主义"过渡到建立在城市文明之上的"工业化"的冲突，表现为从荒野到乡村到城市的一步步空间转移，以及在此迁移过程中所出现的迷惘、断裂和异化等现代性主题。晚期作品试图打破中期僵局，求助于宗教与传统文化的回归，提倡建构超验空间，诉诸神圣空间与日常空间的视域融合，实施日常生活审美化策略。三大主题均以地理空间的建构、交织、越界和转移为根本，建构起小说的主题意旨。再次，从艺术表现看，薇拉·凯瑟提倡写"没有家具的小说"，"高品质的小说是一个不断简化的结果"①。在此理念上，凯瑟小说的叙事手法与自然主义甚至与现实主义均拉开了一定的距离，小说的细节描写和情境刻画表现出写实与象征二者的水乳交融。凯瑟刻意吸收象征主义的表现手法，在文本中大量描述具有象征意义的地理景观，甚至到后期用景观叙事打破时间的线性叙事，用一个个的场景并置、切换来结构小说。因此，与其他艺术表现

---

① Cather, Willa. *Willa Cather: Stories, Poems, and Other Writings.* New York: The Library of America, 1992, p. 968.

手法相比而言，在凯瑟作品中，小的方面如地理景观，不再只作为静态的"背景"存在，而是变为积极推动小说进程的结构性力量，充满了隐喻与象征；大的方面如景观叙事，不论在表现人物、暗示情感、预示情节、揭示主题、结构作品等方面，都起着举足轻重的作用，使作品呈现出多主题、多层次的立体结构。凯瑟的作品尤其是晚期作品中，创造了丰富多样的空间组合体，体现出极强的空间性。因此，以地理批评的视角切入对凯瑟小说的研究是契合凯瑟文学创作实践的。

## （二）批评话语的反思

从国内外对凯瑟的研究来看，目前主要集中在形式批评、传记批评、女性批评、生态批评及文化批评几大领域。其中女性批评和生态批评是两个突出的批评热点，这一现象在国内尤其突出。女性批评与生态批评视角下的凯瑟小说研究是在新的批评语境下对凯瑟研究的进一步深入，产生了诸多具有创造性的批评成果。但是，在具体分析论证中，此二者的批评话语也表现出某种社会语境的疏离和文本语境的缺失。为此，琼·埃科塞拉（Joan Acocella）在《威拉·凯瑟与批评中的政治》一文中，对这种脱离社会与文本语境的过度诠释现象进行了批评，尤其是对女性批评提出了异议：

> 可我们应该在乎吗？大多数人在阅读《我的安东尼娅》时毕竟不会去参考巴特勒的注释①，他们会按照凯瑟所描写的实际情况去理解。可我们是否应该为文学批评担心呢？批评是一种想象（批评家的）与另一种想象（作者的）相遇时引出的故事。这个行当已经持续了两千多年。可是今天的批评被重新设计成这样一种情况，它把第二种想象——作家的想象——彻底扫到一边，文本被巧妙地断章取义，用来说明西方文化出了什么错之类的想法。这可真的要好好考虑一下了。②

---

① 此处所谓"注释"出自朱迪斯·巴特勒（Judith butler）所著《身体之重：论"性别"的话语界限》(*With Bodies that Matter: On the Discursive Limits of "Sex"*, 1993)一书，该书为女性主义批评的经典之作。

② 宁:《J.C. 欧茨论威拉·凯瑟》,《外国文学评论》2002年第2期。

埃科塞拉的批评得到当今英国著名的学者作家 A. S. 拜厄特（A. S. Byatt）教授和美国著名女作家欧茨（Joyce Carol Oates）的激赏。其中，欧茨发表文章回应了埃科塞拉的观点，认为"凯瑟研究从 20 世纪初凯瑟发表处女作开始，到她被那些用笨拙的女权批评和政治性术语武装起来的理论家们'重新发现'为止，这类批评的问题不在于它们包含了政治，而在于它们除了政治以外什么也没有"①。

从文本的内外语境来看，对薇拉·凯瑟小说的女性主义和生态批评意义解读存在过度诠释之嫌，有些甚至完全撇开了作者的创作环境和创作动机。尽管新批评提倡"意图谬误"原则，但完全抛弃作家意图和作品创作语境，宣称"作者死了"，批评家可以断章取义随心所欲地解读文本，同样是一种矫枉过正的偏激。就女性批评视角而论，薇拉·凯瑟个人在生活中对女权主义运动多保持冷漠旁观的态度。就个人创作意愿而论，她不仅推崇莎士比亚、福楼拜、詹姆斯等男性文学大师，也认同男性的精英文学传统，更在文学创作中自觉地模仿与追随男性精英的写作风格。她甚至在1895 年非常严肃地提出"女性是否能在诗歌创作领域中占有一席之地"②之类的问题。可以认为，凯瑟小说中的女性人物是创作自身的需要，而对女性批评倡导下的女性文学、女性意识并无太多关注。

具体到作品，以学界讨论最多的《我的安东尼娅》为例，安东尼娅这一女性形象主要是由男性视角吉姆·伯顿的叙述而形成。这样一个特定的情人、妻子、母亲和家园守望者的形象，甚至暗暗契合着男权世界对女性的界定和想象。譬如小说发展到结尾，吉姆再次回到故乡拜访安东尼娅，在家庭的欢宴中，安东尼娅已经是养育了十一个孩子的母亲。在这一富于象征意义的场景中，安东尼娅的母亲形象积极呼应着进步主义时代美国社会话语所塑造的共和国母亲的形象。从西奥多·罗斯福总统起，美国就大力号召妇女生育，解决美国人口问题，并把它提高到避免因生育不足而导致的"种族自杀问题"的高度上，儿女成群富庶安康的安东尼娅正是共和国理想母亲的形象。

就生态批评而论，在凯瑟的"拓荒者系列"小说里，人与自然总体

---

① 宁：《J. C. 欧茨论威拉·凯瑟》，《外国文学评论》2002 年第 2 期。
② Bernice Slote, ed., "Willa Cather and her First Book". *April Twilights*, 1903, Lincoln: University of Nebraska Press, 1975, p. xv.

上依然呈现出一种主客体的二元对立关系，自然是人类欲望和征服的对象。小说通过安东尼娅和亚历山德拉开辟边疆建造家园的故事，体现的是主体对客体的有目的、有意向的征服，完成对客体空间的再塑造，整体上从属于西进运动时期的美国化进程以及对美国共同体的地理想象，很明显这种空间生产行为并非以生态意识为出发点。在小说《我的安东尼娅》中，凯瑟为我们描绘了一幕宏大的场景。那是个黄昏下静谧的草原，待落日的晖光静静地挥洒大地时，深深扎入大地的铁犁悄然融入这片金色的余晖之中，嵌印在如同光盘的落日之上，庄严而宏伟。对这一幅恢宏的景象，生态批评将它解释为"整个一种生活方式的象征"，"代表着定居的农耕文明"①，并进一步指出作者废除了人与自然之间的主客二元对立模式，歌颂一种建设性的生活方式而不是征服性的生活方式，是一种与自然和谐共存的关系。②对此生态主义的阐释的确存在诸多待商榷之地，就从场景的描述来说，插入土地之中的铁犁或似刺入大地的锋刃，它与太阳同为力量与阳刚的象征。将铁犁融进太阳的光辉之中，有对铁犁征服大地行为意义的升华，其中对拓荒者伟大成就的歌颂，对西部边疆精神的认同的意义十分明显。更退一步说，即便这一景象是"整个一种生活方式的象征"，是对"定居的农耕文明"③生活方式的肯定，作家也不是以对自然的关注为出发点，她所强调的并非人如何融入自然并与自然和睦相处，而是关注创造这种特定生活方式的特定历史主体的价值和现实意义。

此外，不论是女性批评还是生态批评，二者对作品价值的判断皆倚重意识形态正确与否，以各自的政治立场为标准来重新划定文学经典的谱系。一定程度上，在此二者批评主导下文学自身的审美维度被偏离，作品的文学性被削弱，这也是过度强调意识形态文学批评被诟病的地方。对此，本书选择地理批评研究凯瑟小说创作，不仅因为文学地理学是文学批评的一种新视角，同时它也是对过分强调意识形态因素忽视作品审美价值的一种纠正。地理批评通过作家或文本对"空间、地方、景观"的建构模式分析，以地理空间在文学中的表现方式和内容为焦点，通过探讨其修

---

① Stemshein, Mary Kemper. "The Land of Nebraskn and Antonia Shimerda" in Hold Bloom ed., *Major literary Characters: My Antonia*, New York: Chelsea House Publishers, 1991, p.118.
② 孙宏:《〈我的安东尼亚〉的生态境界》,《外国文学评论》2005年第1期。
③ 孙宏:《〈我的安东尼亚〉的生态境界》,《外国文学评论》2005年第1期。

辞学、叙事学、文体学上的意义和价值，回答文本的艺术手法与主题意蕴的契合关系；再者，对文本的景观叙事研究更能贴近文本自身情境，在此基础上展开与女性主义、心理分析、新历史主义、创伤记忆、后殖民主义等现代批评话语的结合，可以更准确地把握文本如何表现话语、身份、阶级、权利、越界、差异等主题。在此意义上可以说，文学地理批评既坚守了文学审美性要求，又兼顾了文学话语与权力话语、历史话语、生态话语等互为指涉的研究视域，是文学批评的新尝试。总之，地理批评起步于文学审美的特殊性，最终实现对包孕于审美特殊性中的普遍性一般性揭示，是一个由形而下到形而上的过程。如女性批评和历史主义分析，如果从地理批评出发，将文本景观叙事分析置入女性批评和历史主义的语境中，就能使抽象的理论批评进入一个可视性空间，进入具体文本的语境之中，避免由于对政治和权力话语的过度阐释而在某种程度上形成的对作品的误读，同时也增强了诗性层面上的文化意识和空间意识。更重要的是目前国内以地理批评为切入点研究凯瑟作品的批评实践刚刚起步，因此，这是一个非常值得尝试的工作。

## 二　国内外研究综述

### （一）国内研究综述

整体看来，国内薇拉·凯瑟研究大约经历了从早期的译介、作品赏析，到运用前沿理论资源从各种不同角度展开对具体作品的文学批评的多元化过程，研究范围不断扩展，批评方法日益多元，批评实践日趋深化，与国外薇拉·凯瑟研究线路逐渐并轨。

对薇拉·凯瑟的最早介绍可溯至20世纪20年代，具体见于1927年2月18日郁达夫的一篇日记，记录了他阅读凯瑟创作的《啊，拓荒者！》小说的所感所想。在日记中，郁达夫如斯评价：

> 读 Willas Cather 的小说 O, Pioneers！尚剩六七十页。
> 　　开塞女士描写美国 Prairie 的移民生活，笔致很沉着，颇有俄国杜葛纳夫之风。瑞典移民之在加州的生活，读了她的小说，可以了如观烛。书中女主人 Alexandra 的性格，及其他三数人的性格，也可以

说是写到了，但觉得弱一点，没有俄国作家那么深刻。她的描写自然，已经是成功了，比之 Turgenieff 初期的作品，也无愧色，明天当将这篇小说读了之。①

但 20 世纪初对薇拉·凯瑟的研究并没有兴盛起来。由于当时中国特定的社会历史原因，凯瑟作品一直被认为是回避现实生活的逃避主义，对其作品研究因此未受到应有的重视，国内基本没有对其作品的翻译和评论。这种现象一直持续到 20 世纪 80 年代初开始有了改变。80 年代的研究起于对其作品和评论的译介。譬如 1980 年，在王佐良选编的《美国短篇小说选》中选入了凯瑟后期创作的一部短篇小说《邻居罗西基》，王佐良于该书序言评价该部短篇小说，认为它丝毫不逊于凯瑟的长篇小说，甚至她的短篇更为出色。1981 年，《美国文学丛刊》第 2 期刊登了凯瑟琳·安·波特（Katherine Ann Porter）介绍凯瑟的文章。同年，朱虹主编的《美国女作家作品选》编选了凯瑟两部短篇小说——《瓦格纳的日场音乐会》和《花园里的凉亭》。自此之后，国内对薇拉·凯瑟作品的翻译开始出现了一个小高潮，主要代表译作有资中筠和周微林翻译的《啊，拓荒者！》和《我的安东尼娅》（外国文学出版社，1983），董衡巽等译的《一个迷途的女人》（漓江出版社，1986），以及朱炯强选编的《波希米亚女郎——维拉·凯瑟中短篇小说选》（浙江文艺出版社，1986）该书选入了凯瑟的 37 篇中短篇小说，大多是她的早期作品。朱炯强指出："这些早期作品与她后期的长篇小说有着不可分割的内在联系，为后者的主题、人物、事件的背景和情节的发展提供了素材，它们是维拉·凯瑟长篇小说的基础。"② 而到了 20 世纪 90 年代或本世纪初，出版社陆续推出了凯瑟小说作品的选集。如 1997 年，曹明伦翻译了沙伦·奥布赖恩编选的《威拉·凯瑟集：早期长篇及短篇小说（上、下）》（生活·读书·新知三联书店，1997）。2004 年，朱炯强先生编选的《薇拉·凯瑟精选集》（北京燕山出版社）。此外，薇拉·凯瑟部分小说的单行本也相继出版，如曹明伦翻译的《云雀之歌》（沈阳出版社，2001）、陈良廷等译的《摇钱树》

---

① 郁达夫著，胡从经编：《郁达夫日记集》，陕西人民出版社 1984 年版，第 76 页。
② ［美］薇拉·凯瑟：《波希米亚女郎——维拉·凯瑟中短篇小说选》，朱炯强选编，浙江文艺出版社 1986 年版，第 7 页。

（百花洲文艺出版社，2009）、庄焰译的《教授之屋》（上海文艺出版社，2011）、周玉军译《大主教之死》（上海文艺出版社，2011）、颜红菲译的《磐石上的阴影》（武汉大学出版社，2018）等。凯瑟作品的译介成果，有力地推动了国内学者对薇拉·凯瑟小说的文本研究。

就具体的小说文本研究来看，20世纪80年代开始出现对薇拉·凯瑟作品的零星评论，90年代对作品的关注明显增加，而至2000年以后则进入多元化的凯瑟研究的繁盛期。在这一过程当中，1987年为纪念凯瑟逝世40周年而在北京召开的薇拉·凯瑟学术研讨会，其影响推动了国内学者对凯瑟及其作品的研究热潮。当时，冯亦代、李文俊、董衡巽等国内美国文学专家出席了会议，对薇拉·凯瑟的艺术成就及作品中所表现出来的拓荒精神给予了高度的赞扬。至20世纪90年代，薇拉·凯瑟的名字开始进入国内高校文学史教材，她的作品也一再被选入国内美国文学作品选读之中，越来越多的英语语言文学方向及比较文学与世界文学方向的硕士研究生和博士研究生将薇拉·凯瑟作为其毕业论文的选题，使薇拉·凯瑟研究进一步普及化。仅据中知网上搜索结果显示，1980—1989年间各类学术期刊发表凯瑟研究论文仅5篇，1990—2000年间共计24篇，进入21世纪以来，相关凯瑟研究论文就多达400多篇。其中，以薇拉·凯瑟作为硕士学位论文的199余篇，博士论文10篇。薇拉·凯瑟的研究专著出版已有5部，均以博士论文为基础扩充而成。可以说，这十年国内对薇拉·凯瑟作品研究数量上呈爆炸趋势，研究视角亦呈现出多元化态势，然当中不乏论点、论据相互雷同，缺乏新意之作。总体上，凯瑟研究领域里出现了一批优秀的学者。除老一代朱炯强、资中筠、董衡巽、李文俊等批评家以外，国内还涌现了一批优秀中青年学者，如：孙宏、周铭、周玉军、李莉、谭晶华、孙晓青、韩松、孙凌、许燕等，他们的努力使国内研究成果既表现出广阔的国际化视野，也体现出学者个人的独特视角，与国外研究成果相互印证，共同促进薇拉·凯瑟研究的深入与繁荣。就研究的视角而论，目前主要集中于女性批评、文化批评、生态批评、共同体和空间研究领域，以及少数有关记忆书写与神话批评。这其中，从论文的数目（包括硕博论文）上来看，最多的为对薇拉·凯瑟作品的生态批评和女性批评，文章共计130多篇，其中包括将女性批评和生态批评相结合的生态女性批评，将生态批评与伦理批评结合的生态伦理批评等。具体批评视角如下所述：

第一，女性主义视角。女性主义视角是薇拉·凯瑟批评的主要视角之一，通常女性批评多与其他形式批评相结合，共同完成对凯瑟作品的分析解读。比如：以女性主义理论与身份理论相结合探讨作品女主人公形象，如曹精华的博士论文《寻找女性的自我——威拉·凯瑟笔下的妇女》（北京外国语学院，1992），主要探讨女性在美国移民和拓荒背景下的主体建构的过程，即从女性如何在与自然、亲友和社会的交往互动中，完成重新发现、重新塑造、重新认同自我的过程。又或为周铭的《〈我的安东尼亚〉中性属空间的移迁》（《天津外国语学院学报》，2008（3）），主要将空间批评与女性批评结合起来，运用列斐伏尔的空间理论，从女性主义视角分析《我的安东妮娅》。另外，也有将女性主义理论与地理批评、生态批评等结合起来，探讨凯瑟小说中人物的形象意义与主题思想等，具体表现为女性地理批评、女性生态批评。其中，有突出表现的多以女性批评与生态批评结合的批评方法为主，正是得益于生态批评视角的介入，女性生态批评取得了为学界所认可的成就。从整体上看，女性批评虽在国内研究数量占优，然其表现良莠不齐，整体研究水平有待提高。

第二，生态批评视角。生态批评是目前国内薇拉·凯瑟作品研究中最热门最全面也是最深入的一类，有论文 120 多篇（本综述将生态女性批评也包含在生态批评之中），占论文总数的三分之一以上。比较突出的有孙宏的《薇拉·凯瑟作品中的生物共同体意识》（《外国文学研究》，2009（2））、《〈我的安东尼亚〉中的生态境界》（《外国文学》，2005（1）），二者以生态批评的视野，通过对文本的仔细阅读，批评以"人类为中心的帝国主义"，提倡人与自然和谐共处的"生物共同体"意识。另外，周铭的《从男性个人主义到女性环境主义的嬗变——威拉·凯瑟小说〈啊，拓荒者!〉的生态女性主义解读》（《外国文学》，2006（5））、孙凌《人类与土地的和谐共生——评薇拉·凯瑟的〈死神来迎接大主教〉》（《文艺评论》，2011（9））、谭晶华的《诗意栖居的典范——薇拉·凯瑟短篇小说〈邻居罗西基〉的生态批评解读》（《外语与外语教学》，2010（3））等，皆为生态批评视角下的佳作。除了学术论文，在学位论文上许多硕士论文也选取生态批评作为论文的切入点，其中不乏优秀论文。而博士论文有杨海燕的《重访红云镇：薇拉·凯瑟的生态女性主义研究》（南开大学，2005）、谭晶华的《维拉·凯瑟的生态视野》（上海外国语大学，2007），之后由北京师范大学出版社出版同名专著、孙凌的《生态女性主义文学批评视域下的薇拉·凯瑟小说研究》(吉林大学，2012)。

第三，文化批评视角。从文化批评的角度解读薇拉·凯瑟主要体现在多元文化对凯瑟创作的影响以及在文本中如何体现、如何深化和丰富作品的主题，从而达到对作品更全面更深入的理解。此批评视角的代表作有周铭的专著《走向人文空间诗学——薇拉·凯瑟主要小说研究》，该书从空间诗学的角度分析薇拉·凯瑟的创作，通过对浪漫主义文学和女性文学的空间观做出归纳和界定，运用文本细读分析凯瑟各部作品对这两种话语的挪用程度和实践方式，从而指出凯瑟后期创作的最终取向——人文空间诗学。周铭此书是近年来凯瑟研究的又一力著。而孙宏的论文《"机械运转背后隐藏的力量"：薇拉·凯瑟小说中的多元文化情结》(《外国文学研究》，2007 (5))也从文化批评视角出发，认为凯瑟小说中的东欧与北欧移民、印第安人、黑人文化以及诸多非英裔白人新教徒文化都对凯瑟产生了潜移默化的影响，构成凯瑟众多作品的潜文本，使她的作品呈现出多元文化的色彩。同时，持此批评视角的论文还可见于许燕的《"谁"的安东尼亚？——论〈我的安东尼亚〉与美国化运动》(《外国文学评论》，2011 (2))、《凯瑟美国化模式的理想范式》(《求索》，2011 (5))、《〈啊，拓荒者!〉："美国化"的灾难与成就》(《国外文学》，2011 (4))等，此三文将凯瑟的创作置入历史的语境中，探讨文本与时代精神之间的影响，以及文本与历史文化的互文关系，进一步深化了薇拉·凯瑟的文化批评研究。此外，徐艳秋的博士论文《欧洲文化与印第安文化在薇拉·凯瑟主要作品中的运用》(南开大学，1995)、许燕的博士论文《薇拉·凯瑟作品中的族裔问题》(中国社会科学研究院，2006)，均是从文化批评角度探讨多元文化与美国化因素等在薇拉·凯瑟作品中的正反两方面的影响。

第四，主题与形式批评视角。关于薇拉·凯瑟艺术风格和表现手法的研究在国内凯瑟研究中占有相当的比重。其中，对凯瑟小说作品主题和人物形象探讨主要体现在对薇拉·凯瑟"内布拉斯加系列"小说的研究上。譬如早期资中筠一文《经久不衰的完美境界——薇拉·凯瑟的代表作，〈啊，拓荒者〉中美的启示》(《美国研究》，1988 (4))，强调体现在亚历山德拉身上那种踏实苦干、勇于创新、勇往直前的精神正是美国民族精神的集中体现。而赵慧珍的《〈我的安东尼亚〉中蕴含的精神美》(《社科纵横》，1998 (6))、王嘉美的《守望传统：〈我的安东尼亚〉主题解读》(《重庆师范大学学报》，2008 (6))等，也均由通过对具体文本解读探讨作品主题意旨。须指出的是，这种主题与人物形象研究多易倾向于印象式批评。以董衡巽的《艺术就是恰如其分——威拉·凯瑟〈一个迷途的女人〉的表现手法》(《外国文学评论》，1988（2））、李公昭的《文本与潜文本的对话——重读威拉·凯瑟〈我们中的一员〉》(《外国文学评论》，2007（1））为代表，开始转向对文本的叙事分析。譬如后者一文认为在小说《我们中的一员》中，凯瑟巧妙运用不同声音的对话与冲突，制造出一个与文本表面意义相反的潜文本意义，两个文本之间所形成的张力产生反讽，贯穿整部小说的反讽意义颠覆了先前对小说人物的浪漫英雄主义形象的评价。周玉军的《从〈亚历山大的桥〉看薇拉·凯瑟的创作构思》(《四川外语学院学报》，1999（3））一文，则以凯瑟的具体作品为例，从主题再现的角度探讨作家如何创作构思作品。而他的另一篇论文《薇拉·凯瑟三部边疆小说中的浪漫传奇因素》(《国外文学》，2000（4）)，从题材选取、人物塑造、情节安排等方面研究凯瑟作品中的浪漫传奇因素。另，博士论文有周玉军的《薇拉·凯瑟浪漫传奇小说研究》(北京大学，1999)，孙晓青的《文学印象主义与薇拉·凯瑟的美学追求》(河南大学，2008)，也是分别从叙事风格和艺术表现视角研究薇拉·凯瑟的论文。

第五，诸如日常生活批评、记忆批评、原型批评、译本研究、评述研究等，均为薇拉·凯瑟研究提供了多元视角。这些研究从时间上和批评视角上也体现了国内薇拉·凯瑟研究与国外研究的日益接轨，表现出对国外最新研究视角的迅速反应。以国外兴起的记忆、创作和历史书写研究为例，记忆批评是近年来欧美兴起的批评方法。它将个人记忆中关于集体记忆、种族记忆、家族经历和个人经历整合起来，综合运用心理学、文本分析、身体理论、社会学理论，探讨记忆对作家创作或作品人物的心理和行为模式影响。记忆提供了进入凯瑟文本的有效途径，帮助廓清凯瑟书写的现实维度和历史维度，为推进凯瑟研究提供了新的动力。此批评方法在国内亦有回响，李莉所作博士论文及专著《威拉·凯瑟的记忆书写研究》(四川大学出版社，2009)则为个中代表。姜玲娣的博士论文《日常生活与"世纪末"的文学想象：薇拉·凯瑟主要作品研究》(南京大学，2015)从日常生活批判入手，运用米歇尔·德塞都的日常生活实践理论研究凯瑟小说中的日常生活美学。胡哲的博士论文《薇拉·凯瑟草原小说与红云镇文学旅游关系研究》(厦门大学，2021)以文学旅游为研究视角,探讨凯瑟小说景观叙事、商业活动和文化旅游之间的关系,着眼于对中国文学旅游发展提供借鉴。

### (二) 国外研究综述

国外对薇拉·凯瑟的研究基本上经历了自凯瑟创作之初的声名鹊起、到近40年间的无人问津、再到20世纪70年代被重新认识、到今天成为经典,受到广泛关注的过程。凯瑟研究专家苏珊·J.罗索斯基在1990年时曾总结道:"薇拉·凯瑟已经成为世界学术研究的焦点,大批的研究论文和专著不断涌现,每一年平均大约有60篇论文和好几部研究专著出现。"① 从20世纪90年代至今,凯瑟研究确已形成了一个不小的规模。从美国国会图书馆检索的数据来看,每年平均就有逾10本凯瑟研究专著面世,而在相关的文学评论专著中,凯瑟及其小说都已经成为不可回避的现象。与此同时,美国高校培养了一批薇拉·凯瑟研究学者与专家,每年均推出凯瑟研究的硕士、博士论文,而各种薇拉·凯瑟国际研讨会在世界各地定期召开。薇拉·凯瑟研究从最初的热门到低谷、再到重新被认识成为经典的过程,见证了文学经典塑造过程中所受的文化语境与政治话语的限制与规约,并随着文化语境和政治话语的变化而变化。

20世纪20年代的批评主要集中在浪漫主义、现实主义和地域主义等方面,赞扬她的作品完美表现了积极进取、乐观开拓的美国精神。劳埃德·莫里斯(Lloyd Morris)指出凯瑟的作品与美国文学中的浪漫主义传统一脉相承,她的小说"再现了爱默生和惠特曼等前辈史诗般的眼光,是献给这种浪漫主义精神的一曲新的赞歌"②。亨利·博因顿(Henry Walcott Boynton)在为《我的安东尼娅》撰写的书评中指出,凯瑟笔下的女主人公安东尼娅这个边疆开拓者形象真实可信、令人难忘,她的艺术达到了"更高的现实主义造诣"③。赫伯特·戈曼(Herbert Gorman)认为,在抓住一个地域的实质并将小说中的人物与土地融为一体方面,很少有作家

---

① Rosowski, Susan J.. "Recent Books on Willa Cather: An Essay Review", *MFS Modern Fiction Studies*, Volume 36, Number 1, Spring 1990, p. 132.

② Lloyd, Morris. "Willa Cather", in *North American Review* 219 (1924), pp. 1614 – 1652. Rpt. Guy Reynolds, ed., *Willa Cather: Critical Assessments*, Vo. l1, p. 155.

③ Boynton, Henry Walcott. "Varieties of Realism" in *Nation* 101 (14 October), pp. 1461 – 1462. Rpt. Marilyn Arnold ed., *Willa Cather: A Reference Guide*, p. 9.

胜过凯瑟①。在这一时期就这些领域对凯瑟进行评价的一些重要理论家还有：H. L. 门肯（H. L. Mencken）、兰道夫·伯恩（Randolph Bourne）、卡尔·V. 多恩（Carl Van Doren）、加德纳·伍德（Gardner W. Wood）、拉特罗布·卡罗尔（Larobe Carrol）、F. T. 库珀（F. T. Cooper）等，批评主要集中在美国西部精神塑造和地域书写上，凯瑟作为美国杰出的地域小说家的地位得以确立。

进入20世纪30年代，由于经济危机的影响，导致美国文坛左翼批评家掌握了批评的话语权，对凯瑟作品的评价发生了逆转。著名批评家希克斯（Granville Hicks）和左翼批评代表人物特里林（Lionel Trilling）讽刺她那"没有家具的写作"，这类小说的致命性缺陷就在于把社会事实抛出了小说之外，认为她是被给予过高评价的逃避主义者②。上述评价使薇拉·凯瑟研究在近40年里淡出批评界，这一状况一直持续到20世纪70年代，随着女权运动的崛起，凯瑟作品才又重获发现。从女性批评领域延伸出去，影响逐渐扩大，时值1973年，当凯瑟百年诞辰纪念活动举行时，她的名字与亨利·詹姆斯、海明威、福克纳等最杰出的男性小说家相提并论。对薇拉·凯瑟的研究重新兴起，其文学地位亦不断攀升，西方批评界将她推崇为"美国立国以来最伟大的一位女作家""美国文学界的第一夫人"。大体上说，20世纪70年代以来的研究主要集中在以下几个方面：

一，女性批评。女性批评者是最早重新发现凯瑟价值的批评群体，其研究主要包括两类不同倾向。一种倾向于挖掘凯瑟作品中反男权社会的思想，将其作品纳入女权主义文学经典；另一种则将其作品视为隐讳地表达或者极力地隐藏她的同性恋倾向的结果。前者代表如詹尼斯·斯道特（Janis Stout）的专著《透过窗户，走出家门：女性出走叙事研究》，该书认为凯瑟在作品中塑造了不断地离开家园、逃离女性传统的室内角色，在不间歇的迁移中寻找自我的女性形象。而桑德拉·吉尔伯特（Sandra Gilbert）和苏珊·戈巴（Susan Gubar）认为凯瑟"建构了一个关于个人和民族起源的神话，将美国重新定义为'女儿国'"。后者在探讨凯瑟的同性恋倾向时，着力挖掘其文本背后这一不可言说的意义。最早将凯瑟视为

---

① Gorman, Herbert. "Willa Cather, Novelist of the Middle Western Farm", in *New York Times Book Review* 24 June 1923, p15. Rpt. Marilyn Arnold, ed., *Willa Cather: A Reference Guide*, p.131.

② James, Schroeter. ed.. *Willa Cather and Her Critics*. Ithaca: Cornell University Press, 1967, p.108.

"同性恋作家"的为加拿大作家兼评论家简·鲁勒（Jane Rule），而批评界的主要代表则包括莎伦·奥布赖恩（Sharon O'Brien）、德博拉·兰伯特（Deborah G. Lambert）、伊夫·赛琪威科（Eve K. Sedgwick）、斯科特·赫林（Scott Herring）等。他们认为凯瑟笔下的个体独立和性爱的普遍对立意在传达女同性恋身处男权社会的两难境地，同时将同性恋批评置入文化批评、历史批评、唯美批评等视野中，证明二者之间的符号转换和相互投射，使这一领域批评得到扩张和深化。

二，神话原型批评。运用维科、弗雷泽以及弗莱的原型批评理论，对凯瑟作品中的意象、隐喻和象征进行探讨，发掘其与传统经典神话的内在关联，解释其在揭示和深化主题、结构和组织作品上的功能。主要代表人物及作品：玛丽·露丝·瑞德的《薇拉·凯瑟和古典神话：寻找新的巴拉塞斯山》（1990）、E. H. 亨威利《神圣的火焰：薇拉·凯瑟小说的循环》（1994），前者认为凯瑟的创作是从古典神话到基督教神话的过渡，后者认为凯瑟的小说从"神话时代、英雄时代、人类时代、神话时代"的循环，表现了美国西部的兴起、繁荣与衰退。神话批评体现了对凯瑟小说创作中的互文性及深层结构的关注。

三，生态批评。生态批评在20世纪90年代走向兴盛，"深绿"批评彻底冲破了传统田园诗的人类中心主义，解构了人类与自然的二元对立，将人类和自然万物一起看作是和谐并存的一体。最早以这一视野研究凯瑟作品的学者是詹姆斯·基奥（James Keough）。乔治·格林（George Green）和格伦·洛夫（Glen Love）分别从生态伦理、人性与地理、生态环境的关系分析了凯瑟作品。生态批评很重要的一支是生态女性主义。罗索斯基主编的《凯瑟研究》第5辑推出"薇拉·凯瑟的生态想象"专题，强调女性与自然基于相同体验的和谐，弘扬关爱伦理。约瑟夫·乌尔格（Joseph Urgo）、约瑟夫·W. 密克（Joseph W. Meeker）也从生态批评的角度阐释了凯瑟的作品。作为一种新的文学批评方法，生态批评开辟了凯瑟研究的新视野。但生态批评在消解二元对立的同时，也出现矫枉过正的倾向，走向了忽视艺术性的极端，"把艺术主体完全消弭在环境之中违反了诗学建构的基本原则"[①]。

---

[①] 周铭：《走向人文空间诗学——薇拉·凯瑟主要小说研究》，中国人民大学出版社2009年版，第29页。

四,文化批评。20世纪90年代的文化转向,使凯瑟的研究被纳入广阔的社会历史语境之中,涉及美国精神、族裔问题、文化迁徙等角度,由于身份、族裔、迁徙、本土化等概念自身浓厚的空间性,使文化批评与空间批评紧密相连。以伊丽莎白·安蒙斯(Elizabeth Ammons)的《凯瑟与新经典》、康拉德·E. 奥斯沃特(Conrad Eugene Ostwalt, Jr)的《伊甸园之后:薇拉·凯瑟和德莱塞作品中美国空间的世俗化》、盖·雷诺兹(Guy Reynolds)的《历史语境中的薇拉·凯瑟:进步、种族和帝国》等为代表,以上著作与论文或从多元文化的角度探讨凯瑟如何处理白人主义或美国化与其他少数族裔之间的关系,或从当时的美国化、进步运动等历史语境中重读凯瑟的经典,认为凯瑟用她自己的方式参与了社会话语的建构,取得了一定的成果。此文化批评在取得广泛影响的同时,却也由于对政治和种族意识过度阐释在某种程度上忽视了对作品艺术性的理解,而缺乏在诗性层面上的文化意识和空间意识。

纵观西方20世纪70年代以来的凯瑟批评,对凯瑟的研究是随着西方60年代的女权主义运动兴起而复兴,包括女性批评、结构主义批评、生态批评及文化批评等各种批评,与西方文学理论不同时期关注的热点同步,在他们的努力下,凯瑟作品重新被纳入世界文学经典的谱系之中。但无论是国内研究还是国外研究,都存在着将艺术主体消弭在泛政治化批评之中的倾向,忽视了作为文学本质的审美判断和诗学维度。文学批评"在经历了从各个角度对注重价值判断的人文主义批评进行质疑的文化研究或政治批评之后,随之而来的应是对人文美学观点的重新认知"[①]。对凯瑟这样一位艺术传统意识强烈的作家来说,研究更应当回归到以审美为主旨的批评上来,"以文学传统和社会语境为参照探讨作家创作的独特美学内涵和价值诉求,应该能够在更全面准确的新高度上理解作品"[②]。

## 三 文学地理学

文学地理学是近年来倍受学术界关注的文学理论,国内外都有一批学者

---

[①] 韩加明:《后现代时期美国文学的政治批评:一种误读策略》,见乐黛云、张辉编《文化传递与文学形象》,北京大学出版社1999年版,第324页。

[②] 周铭:《走向人文空间诗学——薇拉·凯瑟主要小说研究》,中国人民大学出版社2009年版,第29页。

从事此类研究。然中西由于历史文化和文学传统的差异，在研究方法和研究领域中表现出各自的特色。同时，在全球一体化的今天，国内学者也开始借鉴和引入西方的文学地理学理论，以求在文学研究中开辟新的有效路径。

## （一）国内文学地理学评述

文学地理学是近年来备受国内学术界关注的文学理论，有专门研究文学地理学学者统计，仅以 2013 年的一个统计数据，这方面的论文达到 1100 余篇，著作达到 245 种，[①] 近年来呈逐年增加趋势，热度不减。仅从论文和著作来看，文学地理学在国内已经成为一门显学了。首届文学地理学研讨会于 2011 年 11 月在江西南昌召开，成立了"中国文学地理学会"，会议的主要议题之一就是将文学地理学作为一门学科进行研究，重点进行文学地理学学科理论建设[②]。从 2011 年至今，已连续举办 14 届文学地理学年会，声势不断壮大，影响也不断扩大。

中国地域辽阔，历史悠久，自古就有将文学与地理相连的史学传统。中国古代文学史自先秦时期就开始从区域的视野来考量文学的创作，譬如《楚辞》等著述以地域命名。古代文学史上也有以地域命名的诸多文学流派，如"江西派""公安派""桐城派"等，中国现当代文学史上也有过类如"京派""海派""荷花淀派"等之分。然而，专门提出"文学地理"这一概念则最早见诸梁启超的《中国地理大势论》。而至 20 世纪初期，后继者如刘师培和汪辟疆等，皆开始关注地理因素对文学创作与文学风格的影响。[③]

时至 20 世纪 80 年代，对文学地理这一领域的关注再次复兴。以金克木在《读书》杂志上发表的《文艺的地域学研究设想》一文为代表，其所倡导的地域学研究为后来学者的研究对象、研究视角及研究进路等指明了方向。如文中所述：

---

① 曾大兴、李仲凡：《文学地理学的学科建设——曾大兴教授访谈录》，《学术研究》2013 年第 8 期。

② 参见刘双琴《文学地理学研究的重要收获与突破——首届中国文学地理学暨宋代文学地理研讨会综述》，《江西社会科学》2012 年第 1 期。

③ 关于国内文学地理学研究发展史，亦可参详梅新林：《世纪之交文学地理研究的进展与趋势》（《浙江师范大学学报》（社会科学版）2010 年第 3 期）、曾大兴：《建设与文学史学科双峰并峙的文学地理学科——文学地理学的昨天、今天和明天》（《江西社会科学》2012 年第 1 期）等文献。

> 我觉得我们的文艺研究习惯于历史的线性探索，作家作品的点的研究；讲背景也是着重点和线的衬托面；长于编年表而不重视画地图，排等高线，标走向、流向等交互关系。是不是可以扩展一下，作以面为主的研究，立体研究，以至于时空合一内外兼顾的多"维"研究呢？假如可以，不妨首先扩大到地域方面，姑且说是地域学（topology）研究吧。
>
> 从地域学角度研究文艺的情况和变化，既可分析其静态，也可考察其动态。这样，文艺活动的社会现象就仿佛是名副其实的一个"场"，可以进行一些新的科学的探索了。①

同时，金克木还在文中指出，"地理不只是指地区，而是兼指自然、社会、经济、政治、文化。文艺也要包括作者、作品、风格、主题、读者（如作序跋者、评点者、收藏者等）、传播者（如说话人、刻书人、演员等）。……不妨设想这种地域学研究可能有的四个方面：一是分布，二是轨迹，三是定点，四是播散。还可以有其他研究"②。

自金克木之后，伴随着文化批判的兴起以及欧美空间理论的引入，文学地理学研究日渐广泛和深入。文学地理学研究已由现象研究发展到文学地理学科建设的自觉，当中代表诸如杨义③、梅新林④、曾大兴、陶礼天、

---

① 金克木：《文艺的地域学研究设想》，《读书》1986年第4期。
② 金克木：《文艺的地域学研究设想》，《读书》1986年第4期。
③ 杨义认为，文学地理学这一学科的研究范畴包括区域类型、文化层面、族群分布和空间流动这四个领域，并运用整体性、互动性和交融性的思路对以上四个领域进行考量，最终绘制出完整的文学地图。其目的在于"去纯文学观的阉割性而还原文学文化生命的完整性，去杂文学散文浑浊性而推进文学文化学理的严密性"，从而"深入地开发丰富深厚的文化资源，创建现代中国的文学学理体系，包括它的价值体系、话语体系和知识体系"。杨义所著《文学地理学会通》（中国社会科学出版社2013版）一书，为其文学地理学研究批评总汇，为国内文学地理学批评提供理论与实践上的借鉴。
④ 梅新林致力于文学地理学理论建设和学科建设，2006年《中国文学地理形态与演变》的出版标志着他文学地理学理论的基本成型。梅新林认为此书"以创立中国文学地理学为学术宗旨，以具有原创性意义的'场景还原'、'版图复原'之'二原'说为理论支撑，力图通过文学与地理学的跨学科研究，深入揭示中国文学地理的表现形态与演变规律，系统建构起中国文学地理学的学术体系，努力推进中国文学史研究的理论与范式创新"。从梅新林的"本土地理""流域轴线""城市轴心""文人流向""区系轮动"等一系列工具性概念来看，梅新林的地理空间更多意义上是具体的区域文学地理空间，不同于杨义广义上的多维文化地理空间。2019年《文学地理学原理》在先前研究的基础上提出了"新文学地理学"命题。

邹建军等。而中国文学地理学科建设的自觉，主要是以 2011 年 11 月于江西南昌召开的首届文学地理学研讨会为标志。会上成立了"中国文学地理学会"，其中的主要议题之一就是将文学地理学作为一门学科进行研究，重点进行文学地理学学科理论建设。①

从国内文学地理研究的传统到近年来新的研究方法和理论的提出，总体上来看文学地理学研究是在文学史研究的语境中进行的，是作为文学史研究的一种视角和方法提出的，探讨地理因素对文学思潮、文学流派、作家创作、作品风格和读者接受的影响，并在实证的基础上绘制或再现出一个时代或地方的文学版图。它的意义在于"在过去文学研究注重时间维度的基础上，强化和深化空间维度，展开了与中国文化特质相关的诸多空间要素；……使文学接通'地气'，恢复文学存在的生命与根脉"②。与欧美的文学地理学研究相较，中国当代文学地理学研究体现出如下特色：

其一，中国的文学地理学更多体现的是对传统文学研究方法的进一步继承和传递。中国文学地理研究自古有之，自身悠久的历史文明和地域文化丰富性，使文学呈现出在有机整体性下的丰富性、多元性和互动性，文学研究史上通过人地关系揭示此类文学现象的研究思路一直存在，主要是运用文献资料和实地考证等实证研究解释文学现象，并日渐成为文学研究的一个领域，一种方法。当代的文学地理学研究基本上是遵循传统的研究路径。因此，与西方文学地理学理论建构的语境不同，产生的进路与欧美文学地理学批评的进路相反。欧美的文学地理学研究是在西方空间理论和文化转向过程中产生的，空间理论是一种全新的认知世界方式，体现出一种研究范式的转变，文学地理学以最新的理论为指导，在此基础上衍生出文学地理学的批评方法，表现出理论先行的特色。与国内研究注重考据和

---

① 国内学者将文学地理学作为一门学科建设有不同的设想。曾大兴在《建设与文学史学科双峰并峙的文学地理学科》认为文学地理学是中国文学研究的"本土创造"，是地地道道的中国特色，倡议建立文学地理学科并将其提升到与文学史学科并列的地位，从目前的研究看，大多数学者认为可以尝试建立文学地理学科，但不宜与文学史学科并列。梅新林在《文学地理学的学科建构》（《华中师范大学学报》（人文社会科学版）2012 年第 4 期）也做了建设文学地理学科在学理和具体研究领域上的探讨。而杨义认为，文学地理学是文学研究的新视野和新方法，为文学系统多层结构分析提供了研究的方法与路径，不提倡作为学科来建设。

② 杨义：《文学地理学的信条：使文学连通"地气"》，《江苏师范大学学报》（哲学社会科学版）2013 年第 2 期。

实证的传统是有不同的。

其二，中国当代文学地理学研究在继承传统的同时，也吸收西方的理论资源，研究视野更加宽阔，研究方法不断创新。杨义倡导的文学地理学研究的四大领域拓宽了传统文学地理研究的范围，而其所建构的文学地理空间是一个多维的文化空间，狭义的地理空间只是他文学地理学研究的一个维度。他在研究中提到的"文化批评""空间意识""边缘活力"等术语，直接跟西方文学话语的当下语境接轨，具有较强学术前瞻意识。杨义的文学地理学体系亦是对金克木提出的"文艺地域学"最为全面的阐释和发展。梅新林提出了"场景还原""版图还原"说，借鉴了现象学的研究方法，化用杨义的还原论，是对中国传统文学地理研究方法的创新。《文学地理学原理》提出了"新文学地理学"概念，在21世纪新的学科语境下，以中西比较的视野，着力于文学地理学理论的体系建构。

其三，中国文学地理学研究主要建立在实证的基础之上，侧重于文学史的研究，实证是最常用的研究方法，具体来说是对文献资料进行多方位的考证、互证，还原其真实性、本原性，进入当时当地的历史语境和历史情景，在此基础上通过参照—贯通—融合，进行新的发现和理论原创。这种研究方法客观上导致文学地理学理论建构的滞后以及中国的文学地理学批评与西方的本质差异。西方的空间理论是一种后现代视野的批评维度，因此，作为空间批评延伸的文学地理学也具有很强的后现代意识和后现代特征。文学地理学研究通常是在对具体的地理空间建构和地域特色进行分析的基础上，运用当代各种理论资源，如：殖民和后殖民批评、女性批评、新历史主义批评以及通俗文化研究、对文学经典的质疑、对全球化语境下文学史和文学实践等对文本进行批判与阐释，具有很强的政治意识和批判精神。

其四，中国的文学地理研究对象更多地侧重于文学史，从古代经典的文学地理研究文献到当今文学地理代表作，如：曾大兴的《文学地理学会通》《中国文学地理形态与演变》等专著中都可以看出，研究时代大环境下地域变迁、文化分布、地方特色对文学流派、作家群及作家作品的影响。杨义所谓的文学研究要"接地气"，就是指研究具体的生活场景和文化现象下特定文学思潮和流派的产生。而西方文学地理学批评对象主要是具体文本，研究具体文本中地理空间的建构方式，对其美学意义及意识形态意义的揭示。也有直接以文学地理批评进入文学地理学研究的。侧重点不在文学史的研究或理论体系建构,而在于具体文本的研读。"寻求不同文学作品中地理空间各自不同的特点,并由此认识与理解作家的审美意识与艺术思维特征,从而更深入地理解作品、认识作家。"①

### (二) 欧美文学地理学评述

1. 欧美文学地理学发生学探究

2008年美国地理学家沃尔夫(Barney Warf)和阿丽亚斯(Santa Arias)主编了《空间转向:跨学科视野》一书,汇集各学科与空间理论的交叉研究成果共计12篇,包括如"空间与网络、空间与宗教、空间与社会学、空间与比较政治学、空间与性、空间与民族志、后殖民分析等一系列新近话题"。用理论实践充分证明"空间已不复仅仅是一个标语一个口号,空间的分析势必成为人文学科的一种基础方法,从而,成为文学批评的一种基础方法"②。

值得注意的是,"空间转向"一词常常用来指称发生在20世纪70年代并迅速覆盖整个人文社科领域的认识论上的革命,30多年后的理论语境已经与先前发生了较大的变化,重提"空间转向",这一概念在内涵上是否有了新的变化?编者在序言里指出:

> 而在另外一些方面,空间转向则更具有实质意义,涉及这个术语的重新阐释和空间性的意义,以提供一个新的视野,其间空间与时间可以一视同仁来解读、认识、展开,并且地理学不是被降格为社会关系的一种马后炮,而是密切参与了社会关系的建构。地理学的重要性,不在于它清楚表明了万事发生于空间之中,而是在于它们发生的"地方",对于了解它们"如何"发生、"为什么"发生,是举足轻重的。③

这段话很明显地指出了对"空间转向"这一术语的"重新阐释",声

---

① 邹建军:《我们应当如何开展文学地理学研究》,《江汉论坛》2013年第3期。
② 陆扬:《空间批评的谱系》,《文艺争鸣》2016年第5期。
③ Barney Warf, Santa Arias ed.. *The Spatial Turn*: *Interdisciplinary Perspective*. London: Routledge, 2008: 1.

明其与20世纪空间转向的差异,在这一"新的视野"中,"地理学""举足轻重"的位置日益凸显出来,表明这是自20世纪70年代空间转向后的又一次发生在空间内部的转向,陆扬用"空间批评的谱系"来解释这一转向,如果用更激进一些的表述,我们是否可以说,这是发生在空间批评内部的一次"地理学转向"。

近20年来,文化地理学在经历了深刻的观念和方法论更新后,已成为社会科学中最有创新活力和影响力的学科之一,甚至成为一种"工具",与其他学科广泛嫁接,其直接结果之一,便是一系列跨学科话题的生成,地理学与文学的嫁接,催发了文学地理学的产生。欧美文学地理学发生的理论背景、理论资源、发展现状和基本线路是后现代语境下跨学科理论自身不断深入,彼此间不断互动的必然产物。

"空间转向"发生在20世纪70年代的法国,以列斐伏尔和福柯为代表的法国哲学家们,彻底颠覆了西方建立在时间优先基础上的历史叙事传统,把分析的视野从时间转向了空间,这是建立在新的社会理论知识学基础上的一次革命,成为20世纪后期发生在西方学术界的一次举足轻重的事件。之后,空间的视角迅速波及整个西方的人文社科领域,在各个学科和论域中不断增生扩展,衍生出各自的空间理论,菲利普·韦格纳在2002年的《空间批评:批评的地理、空间、场所与文本性》一文中总结指出,"在最近的25年中,正在出现的多学科把中心放到了'空间''场所'和'文化地理学'的研究上",[①]并罗列出一长串为空间研究做出贡献的学者,他们中既有社会理论家、历史学家、地理学家、建筑师,也有人类学家、哲学家、文学和文化批评家。进入21世纪以来,以空间作为切入建构多学科或跨学科联盟的趋势越来越强烈,它与空间转向的语境下知识生产的方式有着密切的关系,来自两个领域的理论被诸多相关学科或者跨学科建设所征用,其一是以列斐伏尔、福柯为代表的法国空间哲学,其二是英语世界的以哈维、索雅、段义孚为代表的文化和人文地理学。二者相互融合产生了极具吸引力的"地理学想象"(Geographical Imagination),"重新定义了地理学知识和人类通过空间营造体

---

① [英]菲利普·E. 韦格纳:《空间批评:地理、空间、地点和文本性批评》,《21世纪批评述介》,南京大学出版社2009年版,第243页。

现出来的生存实践"①。

地理学想象与米尔斯的社会学想象（Sociological Imagination）有直接的联系。米尔斯所描述的社会学想象"是一种心智品质，这种品质可以帮助他们利用信息增进理性，从而使他们能看清世事，……理解历史与个人的生活历程，以及在社会中二者间的联系"②，它要求社会学家对自身理解社会的认知模式的超越。本尼迪克特·安德森在《想象的共同体》中，通过对民族的认知层面上的界定来奠定其论证基础，认为"'民族'是一种现代的想象形式"，"民族"这一"想象共同体"本质上"是一种社会心理学上的事实"③。总之，社会学想象关注普通人对周围环境的想象，所以通常其表现形式不是理论抽象，而主要体现于意象、故事、传说之中，但由于它归属大多数人所共享，因此，社会学想象使共同实践成为可能。大卫·哈维将这一概念引入地理学，并使其备受关注，之后格里高利的专著《地理学想象》进一步将这一概念发展成为关于知识的构想。在此语境下，"Imagination 可以译为'想象'或'想象力'，前者指通过研究和教育传统而形成的知识，后者则侧重于由于特定背景所支撑的知识实践能力。'地理学想象'包括上述双重含义，它具有历史诗学和政治想象等多重抱负"④。因此，简单地说，地理学想象是人类了解所处世界的方式，通过这一方式认知并建构个人与所处世界的关系，并借此积极介入空间实践。法国哲学家将分析的视野转向空间之后，地理学想象便成为题中必有之意。列斐伏尔在元理论的基础上指出空间是社会生成的产物，代表着空间批评摒弃实证主义的科学方法，拒绝历史主义的决定论。在他的三元辩证法中，再现空间专指具体的个人生活和文化体验，这一个人的空间体验同时包含了构成该体验的标记、意象、形式和象征等内容。而空间再现则是"概念化的空间"，是具科学倾向的某类艺术家的空间，他们都

---

① 胡大平：《地理学想象力和空间生产的知识——空间转向之理论和政治意味》，《天津社会科学》2014 年第 4 期。
② ［美］C. 赖特·米尔斯：《社会学的想象力》，陈强、张永强译，生活·读书·新知三联书店 2005 年版，第 4 页。
③ ［美］本尼迪克特·安德森：《想象的共同体》，吴叡人译，上海世纪出版集团、上海人民出版社 2005 年版，第 8 页。
④ 胡大平：《地理学想象力和空间生产的知识——空间转向文理论和政治意味》，《天津社会科学》2014 年第 4 期。

以构想来辨识生活和感知。福柯通过权力与话语关系的研究展示了空间关系中地理学想象被塑造被规训的过程，由话语—知识生产出来的权力，建构了被客体化的地理学想象。同样在权力知识话语下，赛义德用"想象的地理"概念建构了其东方主义。之后德勒兹更是摒弃了结构主义以及后结构主义的批评框架，在哲学和地理之间进行有机嫁接，在称之为地理哲学的《千高原》中，创造出"块茎"结构的理论框架，"块茎"是一种以虚拟力量形式存在的、具有无限可能性的空间。德勒兹的地理学想象已经超越了现实世界，将可能世界亦纳入其中。

地理学想象在英语世界的地理学家绍尔、段义孚、哈维等人的理论中集中体现在人地关系上。早期文化地理学家绍尔将景观研究纳入地理学的范畴，景观研究在存在主义和现象学的观念下，导出感知和想象的命题。景观生成具有美学想象和象征性再现的特征，因此被当作可以解读的"文本"，地理景观在解读中的意义化过程也是地理想象的反映与塑造过程。地理学在近年的发展过程中逐步深入，"地方"日益成为研究的中心。从本体论层面上来看，人文社会学科是"关于处于特定情势中的生命本体和知识本性的研究"，[①] "特定情势"是地方性而不是空间性的显现，生命本体的感知和知识本性的获得是在"人地关系"实践中日复一日地生成的。人文地理学家段义孚将地方感的生成归结为情感与想象的产物，是理解人类本质及其各种丰富性和复杂性的基础，与巴什拉在《空间的诗学》里主张用现象学想象"把家宅当做人类灵魂的分析工具"[②] 有异曲同工之妙。更进一步，以哈维、索雅为代表的地理学家，将后现代视野纳入地理学，提出以地方性空间生产知识来对抗全球化资本空间。从现实语境看，后现代社会现实下的"时空压缩"和空间的碎片化，要求地方眼光和地方意识的驻入，地理学想象不仅建构着"第三空间""希望的空间"里的乌托邦想象，更是贯穿着区域共同体地方意识形成的整个社会过程，激发人们积极参与反抗资本全球化带来的后果。哈维在描述地理学研究这一总体趋势时指出，地理学想象"能够使……个人去认识空间

---

① ［英］迈克·克朗：《文化地理学》，杨淑华、宋慧敏译，南京大学出版社2005年版，第100页。
② ［法］加斯东·巴什拉：《空间的诗学》，张逸婧译，上海译文出版社2009年版，第25页。

和地区在他们自己经历过程中的作用……以及去正确评价由他人创造的空间形式的意义"①，地理学想象不仅是人"对实体或转译的地理环境的感知，也是对地理世界的再现/表征"。②

在此语境下，地理学想象不仅仅是一种研究方法或者是一个研究阶段，而是地理学知识本身的内在特质。地理学想象是文化地理学在本体论和认识论双重层面上的深化。在这里，主观想象代替了客观知识，成为文化地理学的本质和内容，表明了一种知识学立场的转换，完成了从建立客观理性知识的"空间科学"向获取主观认知和局部经验的"地方知识"转换。毕竟，"无论牛顿或后牛顿时代的物理学家可能会告诉我们有关自然界是什么，却无人体验到那种不是由特殊社会文化形式所中介或构造的时空决定作用"③，因为它们与我们的真实世界相差甚远。地理学想象有三个方面的主要特征，三大特征与文学本质属性密切相关：

首先，它削弱了同质性、抽象化、符号化的空间定义维度，转向对意向化、情境化、多元化的地方知识的关注，重视对地方观念形成的过程性描述；由此而来，文学文本作为作家主观意向性生成的产物，是一种情境化的"时空体"结构，是历史—地理的具体化，文学自身的内在属性为地理研究提供了最佳的研究资源。比如大卫·哈维的《巴黎：现代性的都市》的第一部分《表征：1830—1848年的巴黎》，便是通过巴尔扎克的巴黎叙事得以展开的。借助于巴尔扎克文本中的景观描述，哈维揭示了19世纪巴黎的社会政治、阶级和文化风貌。索雅对后现代景观的解读更是感悟于博尔赫斯的小说《交叉小径的花园》，认为他创造了一个"充满同存性和悖论的无限空间"，"使后现代地理学阐释所面对的某些两难处境具体化"④。

其次，真理的客观绝对，不再是唯一的追求目标，相反，还将主体性摆在了一个重要的位置上。空间知识与个体感知、个体想象不可分割，在主体的作用下，空间被"理解为真实的、想象的以及符号象征的方式"，

---

① ［英］R.J. 约翰斯顿：《人文地理学词典》，柴彦威等译，商务印书馆2004年版。
② 林耿、潘恺峰：《地理想象：主客之镜像与建构》，《地理科学》2015年第2期。
③ Rosenberg, Justin. *The Follies of Globalization Theory*. London：Verso，2000：6.
④ ［美］爱德华·W. 苏贾：《后现代地理学——重申批判社会理论中的空间》，王文斌译，商务印书馆2004年版，第4页。

地理想象成为地理表征的主要手段之一，在想象的过程中塑造了人对地方的"空间意识"，这种空间意识通过人对地方体验和零散知识的重构赋予地方意义，并主要通过文学作品、报纸杂志、游记、影视等媒介来实现，读者解读文本与图像的过程，是地理想象借助语言文化结构对景观与地方再现与重构的过程，这一过程得到的地方表征比"真实"的再现意义更加丰富，充满隐喻。

再次，空间—社会关系在认识论上的革命，为地理学想象提供了坚实的哲学基础，使文化地理学具有连接、越界、超越等学科特征，能"把不同知识领域、不同立场，以及理论和实践联接起来，打破学科、话语的藩篱以及它们与权力的联系"，将话语、凝视、表征、空间生产等诸多理论囊入其中，同时，又以新的理论资源和必不可少的切入视角渗入到人文社科的各个领域，像"块茎"一样，不断生成新的学科领域，如政治地理学、法律地理学、文学地理学等，这一现象已成为当下学科发展的一大主流趋势。正如哈维所说："地理学想象是精神生活中一个无所不在，太为重要的事实，已不可能仅仅是地理学家们的专利。"①

建立在人地关系基础上的地理学研究由"空间科学"变成了"地理学想象"，地理学空间研究的内部转向，使文学与地理学的联姻成为可能。

与此同时，文学领域也经历了深刻的革命性变化。以"文本"概念为例，"文本"概念的产生是对传统的文学研究模式的巨大冲击，在形式主义和结构主义话语里，"文本"是一个脱离了作家意志和读者释义，独立自主、客观存在的语言编织体；而后，在后结构主义的"互文性"理论中，克里斯蒂娃将不断自我建构的能动性"主体"楔入文本概念之中，"这种主体催生出溢出语言结构、具有'异质性'的文本单元，颠覆语言秩序，冲击意识形态结构的规约，从而实现文本的革命"②，使社会历史和意识形态成为文本意指实践必不可少的组成部分。希利斯·米勒敏锐地意识到了这一点："事实上，自 1979 年以来，文学研究的兴趣中心已发

---

① Warf Barney, Santa Arias, ed., *The Spatial Turn: Interdisciplinary Perspective*. London: Routledge, 2008: 1.
② 崔柯：《文本与主体革命——克里斯特娃的文本理论》，《文艺理论与批评》2012 年第 1 期。

生了大规模的转移：从对文学作修辞学式的'内部'研究，转为研究文学的'外部'联系，确定它在心理学、历史或社会学背景中的位置。"①所谓文学的外部联系，就是指在立足于文本自身的同时，更加侧重于文本与现实世界、历史、文化、意识形态等的相互关系，文本与外部世界的相互联系具有开放性、多元性、生成性特征，处于不断建构的过程之中。

在这一层面上最具有代表性的有西方马克思主义、新历史主义、文化批评等，文学文本的界限与哲学文本、社会科学文本之间不再泾渭分明，传统的文学疆界日渐消解，文学在一次次地裂变与转型，文学研究的理论疆界在不断扩展扩容。借用德勒兹的理论，"块茎式"的文学文本是一种辖域化，是具有自身生命和价值的有机体，文学文本之间、文学文本与其他文本之间存在着的互文关系，产生繁复多姿的链接与游牧的可能性，通过不断地解辖域化与再辖域化，文学的疆界不断地迁移变化，呈现出一种"辖域化—解辖域化—再辖域化"的空间走向。

但是，文学文本作为一种虚构想象的产物，文学话语作为一种虚构话语，到底在何种层面上与现实世界发生关系的呢？在何种意义上成为哲学与社会科学研究的重要对象呢？可能世界理论的出现，使文学中的虚构世界获得了和现实世界同等的地位，为文学话语提供了理论上的"合法"依据。

在西方哲学传统中，真与假、现实与虚构形成二元对立结构，后者一直是被压制和排斥的对象。然而，虚构却是文学的核心问题之一，这一问题长期以来一直被置于文学与现实世界关系的模式中来考虑，强调文学是对现实世界的模仿，文学话语是一种虚构话语，它所描述的一个虚构世界在现实中只具有虚指性，只有在作为对现实世界的再现或者表现的意义上，才具有存在的价值。可能世界理论抛弃了这种模仿论及其各种变体，废除了现实世界的特权地位，将现实世界纳入可能世界体系，在此体系中，文学的虚构世界和现实世界作为相互平等的两个世界，都是可能世界的一部分，现实世界只不过是可能世界获得了现实化。

"可能世界"的源头可以追溯到18世纪哲学家莱布尼兹对世界的解释。世界是由无数的原子构成的，通过排列组合，它可以构成无限数量的

---

① [美]希利斯·米勒：《文学理论在今天的功能》，《文学理论的未来》，中国社会科学出版社1993年版，第121—122页。

可能世界，我们现实所处的世界是上帝根据充足理由律创造的，是所有可能世界中最好的一个。因此，在莱布尼兹的解释里可以引申出来的是，上帝创造的世界不是唯一的，世界有着无限可能性的存在。维特根斯坦在其《逻辑哲学论》中将可能世界作为参照系，决定着现实世界命题的真伪，将命题在现实世界的必然性归结为该命题在所有可能世界的真理性。这一思想在20世纪中期，由美国克里普克等学者发展成为可能世界语义学，有关命题真假意义的核心观念是"把绝对的真（或假）概念用相对的真（假）代替，所谓相对的真就是在（或相对于）某个可能世界的真"①。可能世界语义学使命题的真值和意义与特定的可能世界联系起来，取消了现实世界本原性的特殊地位。20世纪70年代，可能世界理论被多勒泽尔等人引入文学研究领域，文学所创造的虚构世界是一个包含了无限可能的和最大变化的可能世界集合，通过通达关系与现实世界交往，却要比现实世界广阔的多，它包含了无限的人类想象空间，甚至与现实相矛盾的一切事物。"虚构世界在思维空间处于与现实世界平行的地位，不再是纯粹地对现实世界的模仿、映射或精神上的转移、宣泄，而是具有本体地位的一个可能世界，按照通达原则进行模拟的一个世界。"②

获得本体地位的虚构文学通过"表征（符号）—世界"的话语实践活动进行文学创造活动，从语用学角度来说，文学虚构话语具有施为作用，不仅体现在对文学文本的生产，还体现在思想观念的生产过程之中。"把文学作为述行语的看法为文学提供了一种辩护：文学不是轻浮、虚假的描述，而是在语言改变世界，以及使其列举的事物得以存在的活动中占据自己的一席之地。"③ 一句话，虚构文学具有言语行为功能，文学虚构的世界"不仅仅是一个先验存在的实体，而是一个行动，即一个修订过现实的动态过程"，④ 借助于可能世界的通达概念，现实世界中的读者得以进入虚构世界之中，打通了虚构世界和现实世界的界限，使文学虚构进入人类的日常生活实践中，参与对现实世界的认知和改造过程之中。

---

① ［美］R. M. 赛恩斯伯里：《虚构与虚构主义》，万美文译，华夏出版社2015年版，第82页。

② 周志高：《国外可能世界叙事理论研究述评》，《中国文学研究》2016年第2期。

③ ［美］乔纳森·卡勒：《当代学术入门：文学理论》，李平译，辽宁教育出版社1998年版，第101页。

④ Petrey, Sandy. *Speech Acts and Literary Theory*. New York：Routledge，1990：113.

一方面，以列斐伏尔、福柯等为代表的法国哲学家们，把分析的视野从时间转向空间。同时，英语国家的地理学者们将"历史""文化"等视角引入地理学，二者的相互融合形成了哈维所说的极具革命性的"地理学想象"，在新的时空观念下重新定义了知识的概念，导致了研究范式的革命和研究范围的更新扩张，文学文本成为重要的和必要的研究对象。另一方面，文学文本在概念旅行中经历了从自在的文本观到建构的文本观，从封闭的语言客体到开放的互文性机制的过程，文学的疆界不断敞开，向外延伸。可能世界理论将文学建立的虚构世界与现实世界平行，使虚构世界获得了合法性地位；认识论意义上，将文学文本提高到与哲学文本同样的高度，文学文本中的可能世界叙事具有对现实世界的指涉功能，通过多种文本间互文性参照，可以绘制出一幅现实世界的认知地图。文学理论和哲学理论的发展，尤其是地理学想象与可能世界理论，打通了文学与地理学的藩篱，在此基础上，一个新的跨学科领域——文学地理学应运而生。

作为跨学科的文学地理学在欧美文化语境下，最早涉及文学与地理关系的讨论，可见于18世纪意大利历史哲学家维柯的《新科学》一书。书中，维柯将对诗歌起源的考察放置于远古社会环境和地理环境之中。此后，法国的斯达尔夫人着力研究地理、民族性格对文学的影响，提出了西欧南方文学与北方文学的界说及其差异，她的文学社会学方法已然包含了文学地理学方法的要素。孟德斯鸠较为系统地提出地理环境对文学艺术本质的决定性影响，是西方较早从地理要素阐释文学起源和创作的重要哲学家之一。法国历史学家和文艺批评家丹纳，综合了孟德斯鸠的文学地理学方法、斯达尔夫人的文学社会学方法，提出种族、环境和时代是文学艺术本质的三个决定性元素。在这里，尽管丹纳强调的"环境"既包括社会环境也包括自然环境，但他更加注重强调自然环境对文学生成的影响。他提出，居住在寒冷潮湿的地理环境下的民族，受环境困扰生成忧郁性格，倾向于狂醉、贪食，渴望战斗流血的生活；而居住在地理环境美丽的海岸的民族，则向往航海和商业，偏爱社会事务、雄辩术、科学发明、艺术等。可以说，传统的欧美文学地理研究与中国文学与地理关系的考量也存在相似相通之处。

当代欧美文学地理学研究与西方学术界的空间转向以来的后现代学术思潮关系密切。空间问题之所以引起学术界的关注，在于它是一个"场"，与社会建构的方方面面相关——地域、文化、权力、政治、主体、身体、性别、身份、记忆、公共性、环境、心理、感知等，所有这些因素在这个"场"中齐聚，各自独立又相互联系，在一个动态性场域中获取自身合法性位置。出现在 20 世纪 70 年代的"空间转向"，以列斐伏尔的《空间的生产》与福柯的空间批评话语昭示了在时空这一二元对立话语中被遮蔽的空间的重要意义，预告了空间研究的勃兴。自此之后，欧美诸多学者皆表现出对空间问题的关注，催生了一系列建立在空间理论上的学术著作，对哲学、社会学、地理学、史学和文学批评理论等都产生了广泛的影响，他们的理论和实践为文学地理学批评的产生奠定了基础。譬如：詹姆逊的"认知地图"概念及其对后现代状况的空间思考，关注文学、电影、建筑的空间表征和美学生产的重要性。福柯的"全景监控"为空间批评提供了成功的范例。雷蒙·威廉斯《乡村与城市》的文化研究与爱德华·赛义德《文化与帝国主义》中的后殖民批评等，均是运用空间理论进行批评实践的范本。此外，大卫·哈维的"时空压缩"与爱德华·索雅的"第三空间"，也为我们认识世界提供了新的视角和洞见。可以说，空间理论给文学理论和文学批评带来新的视角和新的方法，它导致了文学研究新的范式的出现。空间理论从诸多角度开阔了文学研究的视野和方法：如从殖民后殖民角度，文学批评把焦点集中在欧洲人支配空间与移民、殖民地人民或不同文化人群之间的相互关系上；女性批评则将身体、性别和主体的社会化、具体化作为文学研究的主要问题；再如大卫·哈维和索雅著作中的马克思主义批评对文学批评的启示；雷蒙·威廉斯的文化批评则直接用英国文学传统中的小说经典分析乡村与城市差异所产生的不同的"情感结构"；此外，通俗文化研究、对文学经典的质疑、对全球化语境下文学史和文学实践的关注等，都体现出了当代西方不同于传统的空间观念。

文学批评家从空间的角度对文学现象和文学本质进行深入的思考，诸如巴赫金的小说"时空体"理论，突破了经典叙事学单一的时间维度，强调叙事是时间与空间互动的产物，正是因为空间的建构，小说的时间性才变得鲜活丰满。巴什拉的《空间诗学》用诗性的语言描述了主体对空间内在的生命感知，并强调了这种经验过程对主体形成和认知世界的重要意义。布朗肖的《文学空间》，以马拉美、卡夫卡等现代主义文学作品为分析对象，对现代文学的空间性进行了生存哲学意味的分析。而韦斯利·A. 科特在《现代小说的地方与空间》里，将地方与空间语言纳入叙事话语之中，在行动和事件的时间之维中加入空间之维，揭示时间如何通过叙事进入空间，得以地方化。科特等人的空间叙事理论，为传统叙事话语输入新鲜的血液，开启文本阐释的新空间。[①] 可以说，欧美空间批评发展至今，其"空间"几乎已无所不包，如科特探讨的抽象的精神空间、詹姆斯的知觉空间、苏珊·朗格的虚幻空间、布里奇曼的抽象空间、弗兰克的文本的建构空间和读者的接受空间、阿伯特的流动空间、查特曼的话语空间等。此外，也有批评者将地理批评归纳于空间批评之中，如菲利普·E. 韦格纳（Wegner, P.）的《空间批评：地理、空间、地点和文本性批评》，仅就标题亦突显出其地理批评是从属于空间批评，为空间批评的一个组成部分。

文学地理学作为一门跨学科的理论研究，它与地理学的关系应当最为紧密，尤其是文化地理学。"如果'地理学'意味着'描述世界'，地理学家就是以世界为对象，对世界进行思考并以不同方式进行写作"[②]，文化地理学中的文化是"现实生活实际情景中可定位的具体现象"[③]。景观、地方、空间是文化地理学的核心概念。美国文化地理学家绍尔的《景观的形态》标志文化地理学的产生。该书的核心是重新认识地理学中的景观（landscape）概念。在文化地理学中地理景观不再是纯粹的自然现象，而是带有人类活动印记的外貌，地理景观与人类文化活动是一个相互生成相互作用的动态系统，人的实践活动或者说地理经验是一种对象化的活动，地理景观因此成为折射、成为隐喻、成为蕴涵人类情感与价值观念的象征体，在此基础上研究地理现象，极大地开阔了地理研究的视域。文化地理学的另一个核心概念是地方（place），也有把它译成"域界"。地方

---

① 文学空间里的空间叙事被视为空间批评的重要部分。而空间叙事学是叙事学中新出现的领域，相关空间叙事理论代表作，诸如弗兰克的《现代小说的空间形式》从叙事的三个侧面，即语言的空间形式、故事的物理空间和读者的心理空间分析了现代小说中的空间形式。又好比加布里埃尔·佐伦的《走向叙事空间理论》，更是对叙事文本中的空间结构进行了复杂和系统的探讨，建构了叙述文本中空间结构的一般模型。二者皆强调文本表现形式，侧重于文本的空间结构分析，而不是具体的物理空间分析，与科特的研究进路不同，与文学地理学批评从具体的物理空间叙事展开批评的思路也不同。

② [英] 萨拉·L. 霍洛韦、斯蒂芬·P. 赖斯、吉尔·瓦伦丁编：《当代地理学要义——概念、思维与方法》，黄润华、孙颖译，商务印书馆2008年版，第62页。

③ [英] 迈克·克朗：《文化地理学》，杨淑华、宋慧敏译，南京大学出版社2005年版，第1页。

是景观发生的场所，景观通过具体的地方得以呈现。地方还是特定文化的承载者，文化必须在具体地方得以产生、发展和成型，所谓地方性就是它独特的文化特色，表现出与众不同的人文和自然景观。每个地方都以自身的独特性形成边界，地方与地方之间的关系靠差异性得以确立。因此，地方认同或跨越边界是人地关系的主要体现。相对于地方和景观，文化地理学里的空间是相对抽象的概念。空间与地方并列讨论时，空间是与时间一起构成人们的生活坐标，是普遍的社会生活事实，当人们将意义投向空间，开始赋予它价值的时候，空间就成了地方。宏观的空间研究表现为文化的空间性，空间被文化所渗透，并决定着我们生活的空间性实践，通过对地域不同文化现象的形而上的分析，完成对地方和景观以及人地之间所包含各种关系本质的探讨。空间、地方和景观三者之间的关系构成文化地理学关注的焦点，研究具体的地理环境中所隐含的意识形态和权力关系，人们如何在这种关系中产生地方认同、形成文化疆界、完成身份建构，改变空间地貌，形成新的人地关系。

在这样的背景中，许多文化地理学家将其他学科领域与地理结合起来，探讨地理景观所蕴含的生态思想、女权意识、权利话语、身份建构、后殖民思想等，而其他学科的理论家们也将自身理论与文化地理学联系起来，由此而滋生出文学地理、生态地理、女性地理、后殖民地理、历史地理等跨学科地理批评研究。"作为文化分析之空间视角的文化地理学从空间的角度分析了构成文化的个人之身份及立场：最重要的主题涉及话语、权利、公平、身体、差异、混杂、跨国界性、关系网络、反抗、越界、操演和再现，视角有马克思主义、女性主义、批评性的心理分析、后殖民、后现代主义等，重新构建了'空间、域界和地貌'的模式，发展出与权利结合的空间概念。"①

文学与地理的关系与生俱来，地理是文学的土壤，是文学的生命依托。所有小说都是时间与空间的统一体，文学通过想象建构进行的有关地理的叙事所要关注和表达的也是人与空间的互动关系以及这一过程所表现的价值和意义，是对所存在世界的心灵体验，文学中的景观、地域成为折射价值观念的象征系统。迈克·布朗的《文化地理学》的第四章专门讨

---

① 周铭：《走向人文空间诗学——薇拉·凯瑟主要小说研究》，中国人民大学出版社2009年版，第33页。

论了文学与地理的关系，指出小说具有的"内在地理学属性"，"体现了对空间现象进行理解和解释的努力"。① 文学地理学批评与文化地理学有两点在本质上是相通的。其一，都以具体景观和地域空间为考察对象，关注具体景观或地域是如何形成和相互关系的，是如何作为价值和意义的象征载体呈现的。不同的是文化地理学解读的是具体实在的地理空间，通过地方考察、科学计量、生活体验的方式，描述或解释地理现象，揭示人地关系。而文学地理学研究的是想象力创造的虚构空间，通过考察作家作品如何运用语言、艺术构思、艺术想象完成对场景、地方和空间关系建构的艺术传达，文学空间的偶然性、暂时性、具体性和片段性，是包容着一般的特殊性，是历史性时间的空间具体化。其二，文化地理学对于地方的研究接受了现象学和存在主义哲学思想和方法论的指导。现象学理论从三个方面为地方研究提供启示和方法：第一个是胡塞尔的关于"意向"的研究，物质的存在取决于我们对待它的方式，地方的意义取决于我们以何种"意向"来对待它。文学地理学批评则关注文本中的景观叙事如何体现作者的意象化建构，发现其审美意义。第二个是现象学对"本质"的研究。文化地理学不仅研究地理现象、地理事实，地方也不仅仅是所有地理事实的整合，还包括人们能够体验到这个地方所具有的超越物质和感官上的意义，以及使人们产生情感依恋的独特的地方精神等本质因素。文学地理学批评通过对文本景观叙事的审美感受做出审美判断，揭示其艺术价值及认知意义。第三个是海德格尔的存在主义中关于处于特定情境中的生命本体和知识本性的研究。我们通过对身边事物的"关心"与世界发生联系，这种对世界的认识不是通过抽象的图示或理论来构建的，而是通过我们自身意向性经验来实现的。文化地理学家必须研究特定情境中的生命本体经验过程，通过生命本体的经验过程实现对地方的认知。② 表现特定情境中生命本体的经验过程是文学的根本任务，文学批评无一例外地致力于揭示作家以何种方式完成了这一任务，在何种的广度和深度上实现了这一任务。如：巴什拉的《空间诗学》向读者展示了空间的诗性体验，他运用

---

① ［英］迈克·克朗：《文化地理学》，杨淑华、宋慧敏译，南京大学出版社2005年版，第39页。
② ［英］迈克·克朗：《文化地理学》，杨淑华、宋慧敏译，南京大学出版社2005年版，第100页。

感性知觉全面体验作为主体意向性物的存在，并用描述的方法揭示其意义。这种对人与其生存空间关系的理解的现象学进路与人文地理学研究是一致的，巴什拉的《空间诗学》既是批评理论也是批评实践。可以说，文化地理学研究所遵循的三条进路与文学地理学批评是相通的，也一一对应了文学创作和文学批评的本质。

考察欧美文学地理学的正式形成与发展道路，可发现以上所述及的"空间转向"以及文化地理学的深远影响。1942年迪布依在《法国文学地理学》一书中首次提出"文学地理学"这一概念，之后的1946年费雷发表《文学地理学》，欧美"文学地理学"研究得以进一步正名。但欧美文学地理学真正获得长足发展进步，还是21世纪发生的事情。2009年10月巴黎第三大学教授歇乐·科洛于北京师范大学做了一场文学地理学讲座，第一次把正在欧美兴起的文学地理学研究带入中国。讲座上他认为欧美广义的文学地理学研究主要有三个层次：狭义的文学地理学、地理批评及地理诗学三个范畴。狭义的文学地理学类似中国的文学地理学，关注作家的地理分布及地域空间对作家写作的影响以及作品中地理空间的建构。地理批评主要关注文本，作为文学实践主要研究文本中的空间表象是"如何出现在想象的头脑中"，研究作家们是如何通过想象地理空间的建构以表达对世界的理解和描述。地理诗学从学理角度研究文学地理学的概念、范畴、方法，建构一套完整的理论体系，为批评实践提供规范与指导。由于文学地理学是一门交叉学科，更由于文学和地理分别是两门基础性和综合性的学科，因此，文学地理学研究表现出在批评方法和批评视角上的多元路径，批评路径之间既相互联系又彼此区分、各有特色。

自21世纪以来，尤其是近十年来，文学地理学研究专著和论文的成果是以爆炸式形式出现的，在这方面美国学者罗伯特·塔利（Robert Tally）对文学地理学的译介和推动功不可没。他是《地理批评：真实与虚构的空间》的英译者，从2011年至2022年，共编辑了十多部文学地理学批评专著和论文集，汇集了上百篇欧美当代文学地理批评理论和实践的最新成果。文学地理学研究还得到了国际学术会议、大型出版社的大力支持，如麦克米伦出版社的《地理批评与空间研究》系列丛书，印第安纳大学出版社的《空间人文学》系列丛书；还有一些重要期刊聚焦述评"地理批评"研究成果，比如《美国书评》《文学地理与地理人文》。文学地理学，或者称为地理批评、文学制图、空间文学研究，无论以何种名称命名，无论作为理论话语还是批评方法，均已成为前沿领域，也因为研究的目的、方法、领域的差异而表现出多种面貌。正如贝尔唐·韦斯特法尔所说，地理批评"并不关闭空间，也不能闭锁在理论里，它需要让事物尽可能地敞开"。① 近 20 余年来，具有代表性的研究方法、代表学者及其研究成果如下：

存在主义现象学路径。存在主义认为，人文学科是对"处于特定情境中的生命本体和知识本性的研究"，② 在地理批评中，所谓"特定情境中的生命本体"是指处于特定的地方关系中的主体个人，"特定情境中的知识本性"是指生命本体与地方之间在互为主体性的关系建构中体验性的知识生成。因此，现象学体验和现象学描述的方法常被地理批评所采用，是地理批评最为基本的方法。如贝尔唐·韦斯法尔提倡的诸如"多重感觉性"（Polysensoriality）进入文本的方法，就是运用知觉现象学方法，借助于想象—同情的力量，对文本空间描述进行视觉、听觉、嗅觉等全方位的感知，在多重感觉的共同作用下，达到对地方的体验。S.P. 莫斯兰德（Sten Pultz Moslund）也在文章《文学中的地方呈现：一种具身地形诗学阅读模式》中提出类似方法，提倡对文本进行身体阅读，从阅读个体和文化角度强调语言对身体五官感受的激发作用，完成对作品中地方描述的现象还原。③ 现象学地理批评最杰出的代表作是巴什拉的《空间诗学》。

比较文学视角。地理批评概念最早出现于 1999 年，由法国利摩日大学比较文学教授贝尔唐·韦斯特法尔在《走向文本的地理批评》一文中正式提出，他在一个比较文学研究方法的语境中指出，形象学的研究方法已不能应对二战以后出现的新的世界景观，需要建立一种地理批评的方法作为补充。2007 年出版的《地理批评：真实、虚构、空间》标志着地理批评作为文学批评方法的确立。在比较文学语境中，地理批评研究对象是

---

① 骆燕灵：《关于"地理批评"——朱立元与波特兰·维斯法尔的对话》，《江淮论坛》2017 年第 3 期。

② ［英］迈克·克朗：《文化地理学》，杨淑华、宋慧敏译，南京大学出版社 2005 年版，第 100 页。

③ Moslund, Sten Pultz. "The Presencing of Place in Literature: Toward an Embodied Topopoetic Mode of Reading", *Geocritcal Explorations: Space, Place, and Mapping in Literary and Cultural Studies*, edt. Robert T. Tally Jr. New York: Palgrave Macmillan, 2011, pp. 29-46.

多部作品中出现的城市,将这一城市在不同文本中的再现,同时与当下现实中该城市进行互文性考察,以期确立对城市文化身份的认定。21世纪"球域化"(Glocalization)观念下世界文学的兴起,以比较文学视角将地理批评方法嵌入世界文学研究,韦斯特法尔亦是积极参与者之一。其他代表人物有弗兰克·莫瑞蒂(Franco Moretti)、麦茨·汤姆森(Mads Rosendahl Thomson)等。

地图学方法。空间转向和后现代时代的到来,人类进入读图时代,地图学也经历了自身的文化转型,随之成为诸多学科的关注对象。20世纪90年代,文学空间研究与地图的文化阐释进行了实质性的融合,共同催生了一种新的批评模式,即文学地图学,也有称为"诗性地图学"(Poetic Cartography)或者"地形诗学"(Topographesis)。地图所表征的是一种世界隐喻,反映出知识与权力结合所生产的空间关系。在文学中,文字作为文学意义的载体,是一种时间性的媒介,无法在共时性上展示出复杂多样的整体场景,地图的共时性特征能将诸多事件纳入同一场景之中,与文字一起完成对现实世界和经验宇宙的同构和共建。[①] 文学地图通常是图文并存形式,地图和文学相互映射形成互文。代表人物弗兰克·莫瑞蒂、艾瑞克·布尔森(Eric Bulson)、哈罗德·布鲁姆(Harold Bloom)。

数字化技术的发展给文学地图学带来了的新的视角,GIS被广泛运用到文学地图的绘制之中。如查尔斯·特拉维斯(Charles B. Travis)运用GIS技术将文学、历史、地理文本视觉化进行解释分析,通过分析塞缪尔·贝克特、奥布莱恩和詹姆士·乔伊斯等人的作品,特拉维斯说明了人文学者如何运用GIS创造可视化,用GIS地图帮助对文学文本进行理解和阐释,是地理批评的一种新尝试。[②] 2018年哈佛大学地理分析(CGA)中心与浙江大学合作,共绘"学术地图",建成国内首个综合学术地图发布平台,其中就包括文学地图上的合作,如模拟文学家历史运动等。

文学本体范式。该理论将批评话语限定在文学研究的语境之中,探讨地理空间再现与文学形式之间的关系研究,从文学文体学、形态学角度探讨文学与地理的关系,更宽泛的研究包括地域间文学的生产、传播和接

---

① Ungern-Sternberg, A.. "Dots, Lines, Areas and Words: Mapping Literature and Narration." *Cartography and Art*. Ed. William Cartwright et al., Heidelberg: Springer-Verlag, 2009, p. 231.

② Travis, Charles B.. *Abstract Machine-Humanities GIS*. Redlands: ESRI Press, 2015.

受。该批评理论是将结构主义文本批评理论与"地理意识"相结合的文学批评理论。罗伯特·塔利从文学史的角度探讨了美国文学鲜明的地方特色。他的文学地理学批评是融合当代空间哲学和地理学学科思想的跨学科理论。他认为作家的文学创作是"绘制认知地图",地理批评就是关注文本是如何进行想象性的空间再现,结合真实地域和历史因素探讨文本中作家、人物对文本地方的"认知地图"。对塔利来说"地理批评"是一种阅读批评方法,对应于作家的"文学制图",批评家要绘制出一幅文本的"认知地图",用来检阅或解码作家最为基本的制图策略。塔利通过借鉴詹姆逊的"认知图绘",将文本叙事功能本身隐喻为一种绘图形式,通过绘图实现对文本的总体性把握,以结构主义方法理解文本空间表征与空间意义的关系。安德鲁·萨克（Andrew Thacker）提出批判性文学地理学,不同于"文学绘图"的隐喻表述,他主张直接考察文本的具体地理空间的细节及景观叙事模式,探讨文本空间再现模式与文本形式的内在联系,进而反思文本、空间和权力之间的关系。

叙事学视角。地方和空间的差异在叙事学中也有体现,将地理批评研究引向纵深发展。韦利斯·A. 科特（Wesley A. Kort）在《现代小说的地点与空间》区分了空间语言与地方语言的差异,将地方语言与文化研究相联系,将空间语言与叙事话语相联系,区分了景观叙事和空间叙事。另一位代表人物为玛丽—劳尔·瑞恩（Marie-Laure Ryan）。最新专著《叙述空间/空间化的叙事:叙事理论和地理学的交汇》（2016）是她与两名地理学家合作完成的,表明她在叙事研究上新的尝试,通过突出对灵活动态的叙事模式研究、突出对历史事件中人物的空间移动叙事模式研究以及地图学的引入,她力图在叙事学和地理学之间建立联系,空间体验的强化,对当下地理转向的回应,突出了地理学视角,开拓了叙事学新领域。

跨学科研究视角。地理批评的嵌入性,使其能打破学科、话语的藩篱,以地理批评为"潜望镜",融入其他学科如人类学、政治学、伦理学、社会学之中,同时将性别、身份、族裔、后殖民、全球化等权力话语囊入其中。地理批评不仅是一门跨学科批评理论,既有文学属性也有地理学属性,同时,它也是一门超学科的批评理论,在这里,地理学作为批评工具,文学文本作为研究案例,成为人文社科通用的批评话语。早期的如女性主义地理批评、后殖民地理批评,最新趋势如生态地理批评,情感地理学、世界文学等。

总之，作为新兴的文学批评理论，欧美文学地理学首先是建立在比较成熟的空间理论基础之上的，它以文本中具体的地理空间为审美研究对象，是文学与地理学相结合的跨学科批评理论，由于文化地理学将地理研究的范围不断扩张，文学地理学所关注的领域也随之延伸。其次，文学地理学关注的焦点首先是文本对景观与地方的审美性和意向性建构，由对地理空间的审美感知进入到审美判断，再上升到对空间关系的辨析，是一个由形而下到形而上的过程，相对于空间批评的普遍性和抽象性来说，文学地理学批评更加具体和富于特殊性，与文学性关系更为密切。再次，按照巴赫金的时空体理论，所有的小说都是空间与时间的统一体，通过空间的叙事性表现时间的历史性，将时间物质化，讨论的是文学研究中普遍性与特殊性的关系这一文学的根本命题。契合这一理论，文学地理学批评起步于文学审美的特殊性，最终实现对包孕于审美特殊性中的普遍性一般性揭示。将文学地理学批评置入后殖民批评、原型批评、女性批评、身体批评、新历史主义批评、生态批评等语境中，正是把握住了文学创作的本质，它使抽象的理论批评进入了一个可视性空间，进入具体文本的语境之中，避免由于对政治和权利话语的过度阐释而在某种程度上忽视了对作品的艺术性的理解，缺乏在诗性层面上的文化意识和空间意识。最后，文学地理学批评不仅对其他批评具有基础性作用，同样也是一种意识形态批评。哈维认为对全球化的关注把空间问题、文化地理学推上了中心舞台，但"全球化"始终是一个意识形态的概念。由于空间被认为是进行政治、冲突和斗争的场所，同时也是被争夺的事物，为重新构建人类生存空间提供了可能。因此文学地理学常常通过对文本中地理空间的建构，地理空间的分割和转变，人在不同地理空间的移动，揭示社会变革的意义和影响，建构理想的乌托邦，具有很强的政治意识和批判精神。

## （三）文学地理学的当下意义与前景

文学地理学的当下意义和发展前景更应该放在国内学术语境下来考察。比如针对中国空间批评话语和文学地理学研究的发展现状和存在问题，欧美文学地理学能带来何种参照与借鉴？作为新的理论和批评方法，欧美文学地理学如何越过西方文化和历史语境，进入中国语境，实现理论和批评实践的本土化建构？

作为一种历史地理唯物主义的批评方法，地理视角的引入是空间批评进一步发展的产物。欧美文学地理学的产生不仅有其深厚的理论背景，也有其要面对的当下语境。国内空间批评的话语建构目前基本与西方同步，在运用空间批评话语的同时，也没有能避免西方空间批评实践出现的一些问题。目前一个较为普遍的现象是，讨论社会问题的时候，往往会把对社会问题讨论的话语权的争论用来代替了对该现象生成的过程性探讨，对问题的讨论往往停留在对如何看待问题的立场上，问题本身被回避。"'空间生产的知识'被置换成凭借不同知识进行空间生产的权利诉求。"另外，即使是讨论社会问题，也停留在形式特征或结构抽象层面上的意识形态批评，缺乏深入具体历史社会情境之中，对问题发生、发展以及形成做动态性分析。文学地理学批评方法的主体性、情境性、体验性以及开放性可以消解表层化、形式化和概括化的空间批评话语，借助文本实践，文学地理学研究的是地方性经验，地方是人地关系、政治纲领、民族处境以及经济行为的混合体，是人与地方互为主体性的空间，是异托邦与乌托邦并存的场域，以地理批评的方法对建立在空间想象和可能世界之上的文学文本进行研究，有助于问题意识的生成和新的空间知识的生产，可以有效地化解目前存在于空间批评的抽象化和符号化弊端。

　　作为当下语境另一个要面对的问题是，如何将欧美文学地理学本土化。国内的文学地理学研究在 21 世纪同样风生水起，中国文学地理学是在继承传统文学史研究经验的基础上形成的，与理论先行的欧美文学地理学相比较，欧美空间批评谱系下的"地理学"与国内历史文化语境下的"地理学"之间并无大的交集，明显地表现出理论建构的地方性差异。在对待欧美文学地理学的情境化阐释过程中，首先，应当以拿来主义的态度对其理论和批评方法进行征用，在理论征用的程度和具体内容的过程中，实现外来理论的本土化建设。具体方法可以采用比较研究的方法，从共时性层面上进行差异性研究，比较中西文学地理学在理论建构、研究对象、研究方法、研究重点上的不同，取长补短，洋为中用。其次，国内文学地理学自我界定为文学批评，运用地理学知识进行文学批评实践活动，因此，我们在坚持批评的立场时如何保护文学的疆界，是以地理中心还是文本中心来建构我们的文学地理学？既然文学"不是以词语来模仿某个预先存在的现实。而是创造发现一个新的、附属的世界，一个元世界，一个超现实"①，是一个平行于现实世界的可能世界，那么我们在考据外部历史地理对作家作品影响的同时，是否更应该关注文本的"自治性"，关注文本自身是如何在文学地理的想象中建构了一个超现实的世界，进而讨论这一世界对现实世界的指涉意义。借用文本社会学一词，我们是否更需要建构一种文本地理学意义上的文学地理学批评话语。最后，欧美文学地理学，无论是以文学或者地理学为中心，还是被作为一种超学科的批评方法，始终贯彻保持着参与社会实践过程的批判性姿态，这是我们应当学习和借鉴的。但同时这种批判性视野具有很强的后现代性质，表现出对于"他性"文化的过度关注，比如后殖民、女性、少数族裔、原始文化等等，这些问题对于整体上处于现代性语境下的中国社会，并不是主要问题，西方学术界也意识到，当前"对边缘和差异的迷恋，见证了它在理论上整体测度当代资本主义内在结构危机的无能，在实践上改变制度能力的缺失"②。这要求我们时刻以历史地理唯物主义的眼光，在理论征用的过程中保持警惕，不要被时尚的名词所迷惑。

## 四　研究内容与相关概念界定

### （一）研究内容与研究进路

如前所述，遵循批评界对凯瑟创作三个主要时期的划分标准，本书试图从文学地理学的视角阐释凯瑟三个时期创作的不同特色，并参考凯瑟所处的美国社会语境和文学传统来解读文本，以发现凯瑟创作的独特美学内涵和审美价值。作为地域作家的凯瑟，人地关系是其作品贯穿始终的主题。凯瑟的创作分三个阶段展开，是人地关系的不同体现。主人公从早期家园的缔造者、守望者到中期的家园丧失、自我流放再到晚期人在大地上"诗意地栖居"，描写了一个从伊甸园到失乐园到复乐园（想象乌托邦）的过程。鉴于凯瑟三个时期的文本，本书也试图从文学地理学视角探讨凯瑟如何通过对人地关系的审美实践实现对三个阶段人类存在状态的考察，

---

① ［美］希利斯·米勒：《文学死了吗》，秦立彦译，广西师范大学出版社2007年版，第29页。

② 胡大平：《西方激进社会理论中的空间问题》，《学习与探索》2012年第5期。

梳理人物生活环境变迁所反映的社会结构变化以及其背后的意识形态意义，以及在三个时期中凯瑟艺术思想与主题变化之间的动态架构过程。

本书的研究文本为薇拉·凯瑟创作成熟期的早、中、晚七部有代表性的长篇小说（七部小说分别是早期草原系列《啊，拓荒者！》《我的安东尼娅》，中期危机小说《迷失的女人》《我们中的一个》《教授之屋》，以及晚期历史小说《大主教之死》《磐石上的阴影》），七部作品较为全面地反映了凯瑟创作中始终关注的作家与世界、作品与世界的关系问题，代表了凯瑟创作中思想认识改变的主要阶段以及艺术创作的重要变化。论文主要讨论凯瑟七部小说，以地理批评为主干，从文本分析入手，结合历史语境和当代多元文学批评视野研究凯瑟三个主要时期的小说创作。主要进路为：探讨创作的社会语境和艺术思潮的影响，作者如何在此情境中形成自身创作理念，如何不断被触发艺术灵感和创作构思。其次，通过文本分析，运用文学地理批评方法，研究小说的景观叙事手法。剖析作家如何进行对地方、景观的空间建构，如何通过隐喻或象征手法完成对主题揭示，即小说主题思想的艺术表达。最后，从景观叙事的角度提炼作家不同时期独特的美学特征和占主导的诗学倾向，做出审美价值判断，进而上升到该审美价值所投射的社会意识形态表征意义。

## （二）相关概念界定

文学地理批评相对于空间批评的泛化来说，有其自身的规定性。其一，是以人地关系为核心。人的在世是"此在"，此在的人与空间最为本质的关系是定居，它是指人类在与世界的交往中不断寻找自己的家园，而不是被抛入无边无际的虚空之中，是"人栖息在大地上"。因此地理学的核心问题是研究人如何在大地栖息，而这一问题也是文学安身立命的基本问题。其二，以情境化为目的。任何一部文学作品，"必须在涉及一种明确的历史构造和历史投射的同时，还必须涉及一种明确的地理构造和地理投射"[1]。小说作为一种"时空体"建构，就是情境化的过程，在文学地理学批评中，情境化的过程表现为地方叙事和景观叙事，批评的目的就是解释景观叙事如何实现情境化。其三，以文本地理空间和景观为研究对

---

[1] ［美］爱德华·W. 苏贾：《后现代地理学——重申批判社会理论中的空间》，王文斌译，商务印书馆 2004 年版，第 36 页。

象。专注文本中地方和景观的建构,通过对文本景观叙事的审美感知,实现对文本叙事整体的把握,之后再上升到对于普遍性的追问,总结其价值意义。

在进入凯瑟长篇小说的文本分析之前,还有必要对下述概念进行梳理:

**景观与景观叙事:**"景观"一直是地理学的核心概念之一,其自身概念内涵与外延随着地理学的发展发生着变化。自20世纪80年代人文地理学的兴起,这一概念再次得到人文地理学家的高度关注,成为这一时期人文地理研究的中心话题。在早期西方经典地理学著作中,景观主要用来描述地质地貌属性,常等同于地形的概念,具有纯自然的属性。作为研究对象,在学科规定性意义上强调其客观物质性,反对将人文投射和艺术表征介入到景观研究之中。对此,理查德·哈特向(Richard Hartshorne)特别指出,景观同时具有土地和外观(指景观所具有的美学与心理内涵)双重含义,警告要以坚定的地理学立场将后一种含义去除,因此,景观二重性中的人文性质在早期地理学研究中成为地理科学要警惕的问题。

在景观概念史中,对这一概念有较大推进的是19世纪初的德国地理学家洪堡,他将景观解释为"一个区域的总体特征",并将其作为地理学的中心问题,探讨原始自然景观变成人类文化景观的过程。洪堡的景观概念开始关注自然与人类活动之间的关系,从人地关系的角度来解释某一特定区域的总体特征。80年代人文地理学中"景观"概念的复兴,承接了洪堡的景观概念,尤其强调发展了景观概念的内在二重属性,这种二重属性代表着人文与地理二者统一的必然要求。人文地理学家认为,景观从来就不是一个纯粹的自然对象。人文地理学家强调景观的外观或者"凝视"(也说人的意向性)的这一特点,使其与其他地理范畴比如地点、区域、风景、地形等区分开来,景观既是自然又是文化,既是物质又是观念,既是历史又是当下,既是主体又是对象。用布鲁诺·拉图尔(Bruno Latour)的术语来说,景观可以被看作是经典的"准—物质"(quasi-object),不可能安置在自然和文化二元概念的任一面,而是穿梭在参照域之间。①

80年代景观研究比较盛行的方法是将景观作为文本对象进行阐释的符号学方法。运用这种方法,丹尼斯·科斯格罗夫(Dennis Cosgrove)将

---

① Latour, Bruno. *We Have Never Been Modern*. London: Harvester Wheatsheaf, 1993, pp. 5-6.

景观作为一种"观看的方式"进行研究，即视觉处于景观话语的中心地位。既然景观是"观看"到的一种形态，就与观察者密切相关，与观察者的位置、社会地位、价值观、利益、动机和背景等因素有关，这些因素都会影响对景观的描述和解释。视觉隐含着权力关系，观看者可以行使某种想象权力将物质空间转变成文化景观。中文"景观"二字很直观地把这一关系表现出来了，"景观"是由"景"与"观"两部分组成，是由被观看的对象和观看者所构成，景观的形成是一个意识形态和社会生产共同构建的过程，通常是一个文化族群塑造了景观并以同样的方式阅读景观，因此，"我们的人类景观无意之中成了我们的自传，对于知道如何寻找它们的任何人来说，我们的全部文化赘瘤和瑕疵、我们的普通日常品质就在那里"[①]。当景观成为凝视对象、成为阅读文本时，常常和历史、记忆、地方感、共同体、身份等意识形态联系在一起的。文学地理学吸收了景观在这一层面上的意义。

20 世纪 90 年代，景观研究的对象被进一步扩展，向着社会空间生产领域和日常生活领域深化。特定地域社会空间物质生产所形成的文化景观研究，可以说是对列斐伏尔空间理论的具体化。地理学家唐·米切尔（Don Mitchell）的加利福尼亚农业景观研究在这一层面上为我们提供了鲜活的案例分析。在这个案例中，他将劳动作为景观中一个重要的分析概念，说明景观是土地上所从事的劳动生产，普遍抽象化的劳动概念在这里具体化为来自南方各地包括墨西哥的移民在每年的5、6月份聚集到加利福尼亚的各个农场从事的采草莓劳动。米切尔通过对加利福尼亚的劳动景观的分析，具体包括形成加利福尼亚景观的劳动、从风景价值或形象提升的规划中被抹去的劳动以及依据特定景观视角所完成的劳动，完成了其作为"人民地理学项目"的加利福尼亚农业景观叙事。[②] 按照米切尔观点，加利福尼亚农业景观是作为具体社会关系的物质体现。通过理解景观背后所隐藏的意识形态与社会关系各种合作与较量，景观的文化价值被解读出来。尤其重要的是景观不只建立了社会和土地之间的物质性关系，还建立

---

① Lewis, P. F.. "Axioms for reading the Landscape". Meinig, D. W (ed.,) *The Interpritation of Oridinary Landscapes.* New York: Oxford University Press, 1979, p. 13.

② 戴维·马特莱斯：《景观的属性》，《文化地理学手册》，商务印书馆 2009 年版，第 320 页。

了观察和表征世俗民心的独特模式。米切尔的研究有两个重要的突破，其一是将活的劳动和资本流动过程引入景观研究之中，其二是扩大了整个景观研究的尺度。这种社会建构主义方法上的景观研究，极大地丰富了文学地理学研究对象，给予地理批评的文本细读以更大的阐释空间。

  景观研究对日常生活的关注是 20 世纪哲学日常生活批判转向的产物。突出的成果是大卫·西蒙（David Seamon）的《日常生活地理学》。西蒙在这本书中解释了日常生活文化空间的形成。西蒙运用"芭蕾"的隐喻来解释人类的日常生活实践。"身体芭蕾"指为支持某个特定任务或目的而被整合的一套姿态和动作，因其在长期的生活和工作中不断践行和练习而具有类似芭蕾舞蹈的韵律和特质。比如菜场商贩处理鸡、鱼的功夫，去鳞脱毛、处理内脏、拆骨拉肉，一气呵成。妇女们的编织刺绣的绝技，环境艺术家的户外雕刻，制陶艺人的烧陶技艺，民俗艺术家编织中国结、剪纸、吹糖、捏面人、制藤器，等等，均熟练自如而有余裕。这些因人类自身的勤劳聪慧而展示出来的熟练精湛的身体芭蕾，是日常生活经验和意义得以实现的基础。"地方芭蕾"是承接"身体芭蕾"提出的概念。"地方芭蕾"是许多"身体芭蕾"汇聚在一个空间中，由诸多身体芭蕾在时间和空间里有韵律地交织形成的地方景观。这个空间是人们日常生活环境中的某一空间；扎根于空间中的身体芭蕾与时空惯常（time-space routines）之间形成互动，这种互动表现为人与地方之间特定的依附关系，展示为独特的地方景观。[①] 各行各业的专业手艺在工作场所自成规律的肢体动作，配合业者的智慧、知识、态度、沟通艺术及行业之间的相互支持，在此过程中展现的身体芭蕾与时空惯常的交互渗透构成一个完整的表达系统，有其特殊的空间语言形式和时空运作逻辑，显现出一个微观世界的韵律感、节奏感。这种"活态"的文化空间，是作为"一种客观化（对象化）形式的社会实践"而被引入地方文化之中的，提姆·克雷斯韦尔（Tim Cresswell）称之为"实践景观"[②]。

  这样一来，一种实践的、日常生活的景观概念便得以形成。"实践景观"这个概念允许将当下性和移动性同时注入到静止之中，日常生活中

---

[①] Seamon D.. *The Geography of the Lifeworld*. New York: St Martin's Press, 1979, p. 57.
[②] 提姆·克雷斯韦尔：《景观、实践的泯灭》，载凯·安德森、莫娜·多莫什等主编《文化地理学手册》，李蕾蕾、张景秋译，商务印书馆 2009 年版，第 390 页。

的婚丧嫁娶、宗教仪式、民俗节日、戏台庙会等都是在实践情境下呈现的景观。因此，"实践景观"既可以是人们生活和工作于其中的景观，是人们在日常感觉中通过惯常实践所形成的景观，也可以是特定地域文化传承中不断习得、不断操演的主体行为展示。在实践景观中，不是居高临下的俯瞰或主客二分的凝视在主导着景观的意义，而是身体的参与其中，成为文化空间的一部分，在体验和操演之中对空间进行具身化重写，是长期社会实践嵌入世界中形成的。这是地理学在景观概念上的一次突进，景观从原来的"知道是什么"的认知模式变成"如何被经验和使用"的过程实践。从文学地理学视角来说，日常生活实践的景观化使地理批评与文化批评得以深度结合，进一步使地理批评方法成为文学批评方法谱系中最为基础和普世的方法，能灵活地嵌入和嫁接到其他文学批评话语之中。

　　景观在文学作品中是作为文学表征，一种想象的地理学而存在的，是对景观的一种叙事。景观叙事在传达人地关系时，是以景观为中心来进行地方建构的，观察者的叙述视角和社会身份会决定景观的理解和阐释，不同的观照主体面对同一景观会给予不同的解释。另外，景观建构与人物"情感结构"有着内在的必然联系，所谓"一切景语皆情语"也可以从这一意义上来理解。因此，景观的主观性和象征性特点使景观描写成为景观叙事中最为活跃、最为基本的因素。在景观叙事中，通过象征、隐喻、拟人等多种修辞手法的运用，景观描写可以塑造环境、建构地方；可以表现人物、暗示冲突；可以营造气氛、预示情节走向；在情节淡化的小说里，景观甚至还有结构小说的功能。

　　的确，文学从产生的那一刻起，就与地理结下了不解之缘，与地理形成一种共生的关系，有人物就得有存在的空间，有情节就得有展开的场所。这样，景观描述便成了题中应有之意。尽管在具体的文学创作中，景观叙事以不同的内容和形式出现，但无论如何，它都像骨架一样，支撑着文学作品的整个有机体，至始至终地存在于叙事文本之中，随着文本内在机制要求和社会时代变化而变化。文学中的空间是人物参与其中，在文本特定情境中所创造出来的，同时，空间自身也是一种建构性力量，它要反作用于其中的人物，影响人物的思想和行为，人与地方的互动关系是具体的和富于各自特色的，景观叙事的内容是审美对象化的具体反映。

　　从文本分析的角度来看，景观叙事泛指叙事文本中通过多种艺术手法所表现的地理空间，如自然山水、地方风情、城市图景，以及人类想象的奇幻世界（如爱丽丝漫游仙境）、技术创造的虚拟世界（如盗梦空间）。这种地理建构既具有内在的审美品质或曰可述性，在推进情节、刻画人物、传达意旨等方面发挥着重要的叙事功能，同时也构成一幅社会人生的认知地图。这样一幅认知地图是作家基于现实世界个人情境的真实体验，是时代风貌、民族精神以及个人情境在这一特定场景中的具体投射，也可以是对愿景世界的想象性投射（如桃花源）。景观叙事通过多种艺术手法表现地理空间、地方与情境，呈现出空间的多元性和异质性布局，凸显个体生存、时代变迁和民族文化的具象情境。文本景观叙事所建构的具体情境意义在于只有将人物和事件嵌入情境之中，人物才能活起来，才成为有血有肉有独特体验的个体，也只有在具体的空间关系中，情节的发展才成为可能，社会话语和权力的动态建构过程才能得到反映。过分侧重时间维度，人物和事件就显得抽象和空泛，失去了血肉和有机活力。只有建构出有机的时空体才能称作成功的叙事。总之，小说中的景观叙事是至关重要的，关系到作品是否真实，是否能立起来，关系到文学表达的本质属性，是审美对象化的集中体现，是叙事本体的一部分。

**空间与地方**：当前发生在欧美的地理批评不同于 19 世纪以斯塔尔夫人和丹纳为代表的关于环境自然对艺术家及艺术创作影响的论述，它是后现代语境下空间转向的产物。由 20 世纪 70 年代列斐伏尔等理论家开启的空间转向，解构了传统范式里的时空二元对立，解放了空间。但是，在空间批评一步步深入的时候，一组新的二元对立产生了，那就是空间和地方之间的对立，随着全球化进程的不断推进，学者们越来越意识到地方意义的重要。美国地理学家沃尔夫（Barney Warf）在 2008 年《空间转向：跨学科视野》一书中指出："地理学的重要性，不在于它清楚表明了万事发生于空间之中，而是在于它们发生的'地方'，对于了解它们'如何'发生、'为什么'发生，是举足轻重的。"① "地理批评"便是这一语境下生成的批评话语。同时，通过对地理批评生成语境的梳理，我们也能从空间和地方二者对立统一的关系中对两种批评进行区分。

"二战"后的整个欧洲都经历了城市重建的过程，城市规划、城市建设与工业化、全球化进程相伴相生，极大地改变和深化了人们日常生活的

---

① Walf, Bamey, Santa Arias, ed.. *Thespace Tam: Interdisciplinary Perspective*. London: Routtedge, 2008: 1.

空间体验，社会关系不再是抽象的形式，而是作为一种由空间生产出来的社会存在投射到城市的各个角落，吸引着诸多社会学家、历史学家、地理学家、建筑学家对空间的极大兴趣，他们力图在城市的空间表征中去描述、捕捉、把握、再现生成于其中的新的社会现象和社会关系，这种努力促成了以列斐伏尔及福柯为代表的空间理论家引发的人文社科领域内传统范式的革命，也就是众所周知的人文科学领域的空间转向。从20世纪70年代直至今天，空间研究一直处于世界日益城市化与全球化的语境中，贯穿着从现代性向后现代性转变的整个过程，一方面，空间理论与空间批评支撑着人文社科领域的批评话语的展开和新的理论的生产。与此同时，对于空间及空间关系的理解和把握也随之不断推进和深化。在这一情境中，"地方"（place，也译成场所、场域）的意义和重要性日益彰显出来。地方意义的彰显是以空间意义为参照的，用段义孚在《空间与地方》一书中的观点，就是"地方主义"与"空间主义"之间的对抗。

事实上，对地方主义的捍卫更早还可以追溯到19世纪的浪漫主义诗人那里，诗人们强调的是"对一个地方超乎寻常的特别的体验"，"是对一个地方的心灵体验，而不是对它的理性理解"。① 浪漫主义的地方意识是对启蒙运动以来笛卡尔式的理性空间极度扩张的一种反驳。但笛卡尔式的理性空间并没有因浪漫主义的反对而消退，反而在20世纪初的建筑领域里被发展到了极致，表现为以勒·柯布西耶（Le Corbusier）为代表的建筑风格，柯布西耶认为"社会平衡归根结底是个造房子问题"②，空间是实现社会改造的工具，主张按照功能主义原则大批量地建造整齐划一的房子。这种将一个个生命个体装入"笼子"的设计，形象化地表征出德勒兹所描述的现代社会通过"编码—辖域"手段完成对个体生命的身体控制。海德格尔对此提出质疑："住宅建筑可以为人们提供宿地，今天的居所甚至可以有良好的布局，便于管理，价格宜人，空气清新，光照充足，但是：居所本身就能担保一种栖居发生吗？"③ 海德格尔认为，作为

---

① ［英］迈克·克朗：《文化地理学》，杨淑华、宋慧敏译，南京大学出版社2005年版，第134页。

② ［法］勒·柯布西耶：《走向新建筑》，陈志华译，陕西师范大学出版社2004年版，第232页。

③ ［德］海德格尔：《筑·居·思》，《海德格尔选集》（下），上海三联书店1996年版，第1188页。

存在者，人是通过他在这个世界上的栖居来思维和行动的，栖居凝聚天、地、神、人于一个位置，是具体情境下的一个场所，"根据这个场所，一个空间由之而得以被设置起来的那些场地和道路得到了规定"。① 在这种规定性中，人完成了在大地上的栖居，"空间"便转化为"家园"。玛帕斯进一步阐释了海德格尔"地方"的思想，人栖息于世界，便是主体性嵌于地方之中，也就是说，只有在"地方"之中，具有自我意识的主体的存在才成为可能，人与地方互为主体，特殊的地方是一种主体间性的生成，是一个"包括空间性和时间性、主体性和客体性、自我和他者的结构"。② 20世纪六七十年代关于存在空间的重要论著，如法国哲学家巴什拉的《空间的诗学》（1957）、德国哲学家奥托·弗雷德里希·鲍诺（Otto Friedrich Bollow）的《人与空间》（1963）、挪威建筑理论家诺伯格—舒尔兹（Christian Norberg-Schulz）的《存在·空间·建筑》（1971）、加拿大都市景观理论家爱德华·瑞夫（Edward Relph）的《场所与无场所性》（1976）、美国人文主义地理学家段义孚的《空间与地方》（1977），都持地方主义的立场，认为空间应当是与人的存在直接关联的世界。③

随着后现代社会与全球化经济的不断深入，地方的意义显得更为重要。在鲍德里亚的后现代社会"超空间"概念中，地方被压制，空间则是可以不断地被再生和复制的，虚拟与真实的界限也变得日益模糊，人因此产生迷失感，无法确定自己在世界中的位置。针对后现代空间迷失的文化语境，詹姆逊提出了使"个人主体能在特定的境况中掌握再现，在特定的境况中表达那外在的、广大的、严格来说是无可呈现（无法表达）的都市结构组合的整体性"④ 的具体方法，提出重建日常生活的"认知绘图"策略，用以克服后现代社会与全球化经济下的个体迷失感。在此，地方意识成为锚定主体自身的基础和前提，对世界的认知建构以此在情境

---

① ［德］海德格尔：《筑·居·思》，《海德格尔选集》（下），上海三联书店1996年版，第104页。

② Malpas, Jeff. *Place and Experience: A Philosophical Topography.* Cambridge: Cambrilge UP, 1999, p. 163.

③ 冯雷：《当代空间批判理论的四个主题——对后现代空间论的批判性重构》，《中国社会科学》2008年第3期，第44页。

④ ［美］詹明信：《晚期资本主义的文化逻辑》，陈清侨等译，生活·读书·新知三联书店1997年版，第510页。

为基点,向外部空间的广度和深度辐射。大卫·哈维的马克思主义地方观则是针对资本的全球化扩张语境提出的,他认为资本和权力的结合重新对世界进行新一轮的瓜分,新一轮的殖民化,整个社会如同一个大的流水线,形成共时性的空间分割,地方成为共时性空间上的一个个节点,是资本斗争、抗拒全球化的堡垒。因此,作为对抗全球化资本扩张的"地方"就显得尤为重要。哈维的"地方建构"不同于海德格尔"诗意地栖居",也不是段义孚的"地方依恋",它本质上是动态的、斗争的,要求一个积极介入的实践性主体。

从地理学科内部来说,地方一直是地理学研究的核心对象,面对整个人文社科领域的空间转向中对地方意识的日益关注,地理学自身也经历了深刻的变化。地理学上的空间主义意指20世纪60年代为代表的计量地理学的空间量化研究,其"目的是发现空间现象中的规则以便揭示人的活动在空间中分布的一般过程,最终发现空间的'规律'"。(克朗2003:128)与此相对应的是以绍尔为代表的伯克利文化地理学派,认为地理学是对地方的独特性研究,其中作为"超机体"的地方文化是造成地方特征和差异的决定因素。到70年代末,在学科内部出现的人文地理学的发展导致了对地方研究的重新评估,中心放到人与地方的关系研究之上,以段义孚为代表。80年代产生的新文化地理学则是建立在后现代语境下、对伯克利学派的批评之上的。新文化地理学不承认有一个高高在上的地方的"超机体",强调社会的多样性和问题答案的个别性,尤其对个人价值的强调,对地理知识属性的相对性的强调,使"研究某一问题在特定时间与特定地点的独特性(time-space specific),成为后现代主义研究的主流"。[①]

就文学中的空间叙事学来说,"几乎没有什么源于叙述文本概念的理论像空间这一概念那样不言自明,却又十分含混不清"[②]。它可以分为表达层面空间和内容层面的空间,表达层面的空间叙事学强调的是作品结构的空间性,研究小说的空间形式。如弗兰克的《现代小说中的空间形

---

① [英]迈克·克朗:《文化地理学》,杨淑华、宋慧敏译,南京大学出版社2005年版,第128页。
② Mieke, Bal. *Narratology*: *Introduction to the Theory of Narrative*. Toronto: Toronto UP, 1997, p. 132.

式》、戴维·米切尔森在《叙述中的空间结构类型》、加布里埃尔·佐伦的《走向叙事空间理论》、查特曼的"故事空间"与"话语空间"等都属于文本表达层面的空间叙事。其他如苏珊·朗格的"虚幻空间"、布里奇曼的抽象空间、弗兰克的文本建构空间和读者接受空间、阿伯特的流动空间等等，不胜枚举。内容层面空间指文本自身内容相关，是文本所建构的虚拟世界，因此更为驳杂，直接对应哲学里五花八门的各类空间。上述空间都不属于文学地理学批评的空间范畴。《劳特里奇叙事理论百科全书》中所讨论的"叙事空间"较为明确地将空间界定为"故事内人物运动与生活的场所，这个场所包括：空间边界、空间内的物体、生活场景以及时间的维度"[①]。这种界定与文学地理学里作为研究对象的空间最为接近。

从地理学角度来看，"在现代性研究的语境中，空间与地方的概念具有截然不同的理论内涵。前者通常是社会与经济活动发生与分布的物质性载体，体现的是抽象的、物质性的空间过程，实证性的科学原则以及普世性的空间法则；与之相反，后者所体现的是独特的区域特征，是个人与社会群体多样化的空间实践，以及地方所承载的丰富的社会与文化意义"[②]。地方生成于空间，是倾注了人类经验、记忆、意向和欲望的空间，是倾注了特定情感的空间，地方可大可小，大到地球、国家、地域、城市、村庄，小到一片树林、一条小河、一间屋子、屋子的某一个角落，甚至废墟、坟地。文学地理学语境下的空间和地方内涵与新文化地理学相似，只是文学作品中的地方是由文学想象建构的，另外地承担着审美功能，本身还是一种修辞手段。地方建构的过程，就是人类塑造地景并将历史和欲望书写于其上的过程，只有地方书写才能将各种抽象的空间关系具体化特殊化，才能实现文学意义上的通过特殊表现一般。人与地方因此可以相互定义彼此，人是某个地方的人，地方是某些人的地方。景观叙事的过程就是将空间地方化的过程。

---

[①] Herman, David. *Routledge Encyclopedia of Narrative Theory*. London and New York: Routledge, 2005, p. 552.

[②] Yi-fu, Tuan. *Space and Place: The perspective of Experience*. Minneapolis: Minnesota University Press, 1977, p. 14.

# 第一章　西部叙事与"美国梦"

## 一　美国文学与地理的关系

### (一) 美国文学的地理渊源

> 在我们向您推介历史之前，有必要先向您介绍一下演绎历史的舞台，因为正如抛开历史后的地理就好比不会运动的尸体，脱离了地理的历史也就像居无定所的流民。①
>
> ——约翰·史密斯

美国建国的历史是与美国的地理扩张同时开始的，历史书写与地理扩张齐头并进。从1607年第一批英国清教徒踏上这块"新大陆"起，到19世纪末西进运动的结束，美国移民从东部沿海的普利茅斯和詹姆斯敦开始，跨越密西西比河，从马萨诸塞到加利福尼亚，一路开疆拓土，边界不断向外扩展。伴随边疆西迁进程，一座座乌托邦式的美国城镇接踵耸立，横贯整个北美大陆，直到将大西洋和太平洋连接起来。可以说，前两百多年的美国史是一部美国各民族在地理上开拓与迁徙的历史。

正是在这一过程中，美国的自然地理成了上帝"应许之地"的投射，成了"伊甸园"的隐喻，在"山巅之城""天定命运"等信仰的指引下，美国早期移民在人烟稀少却资源丰富的北美大陆上一步步扩张，上演着一场场移民、定居、迁徙、国家建设的剧目，实现着自身的"美国梦"。在

---

① 参见约翰·史密斯《弗吉尼亚、新英格兰以及萨莫岛通史》(1624)，转引自［美］卢瑟·S. 路德克主编《构建美国——美国的社会与文化》，王波、王一多等译，江苏人民出版社2006年版，第37页。

这种历史语境下，美国社会的政治观和价值观的形成与其广袤的地域、各具特色的气候环境联系起来。新兴的美国在历史和传统上无法与欧洲的悠久和璀璨的文化相提并论，但其自然环境的丰富性、地理的开阔广袤以及早期移民的宗教使命所赋予这片土地的神圣色彩，使美国政府有意识地将这块新大陆想象成具有神圣使命的地理共同体，以其地理上的象征意义比肩于欧洲，凸显自身的民族精神和美国特色。故而在早期的美国文学中，美国文学就意味着要有"地方色彩"，地理成为"美国化"小说的重要因素。与欧洲相比较，美国小说中人物和情节设置不是在宫廷、在沙龙、在证券所或古战场等蕴含历史和文化传统的场景中发生的，而是直接在人与自然的冲突中展开，自然代替历史拥有话语权，成为故事中替代历史的一股力量，甚至作为故事中的一个角色与小说人物发生关系。人与自然之间的关系成为小说常见的主题。

随着社会经济的发展，自然空间被不断地区域化，不同地区表现出迥异的地方特色，因此，美国人也习惯用地域来指代不同的经济关系和文化特色，因此有东西南北的划分，南北的划分代表着传统的生产方式与新兴的资本运作之间的差异，东西的划分代表着富裕文明与广袤荒蛮的对照。这种划分表现在文学上，早期有新英格兰文学（东部），之后又有南方文学、西部文学，而都市文学则更多出现在东北部的大城市如纽约、芝加哥等。这个时候，美国人对地域的情有独钟由早期的殖民文学中反映的人与自然的关系变为人与地方之间的关系，随着自然一步步被人类改造成为一个个的地方，地域文学开始兴起。

人地关系在20世纪初的地域文学中表现得格外突出，这一时期也是美国进步主义时期，大力宣传民族化和美国化。地域文学通过地方独特的自然景观、风土民情、地方语言展现具体的历史语境，以地方特色体现美国性，融入美国化运动的大语境之中。地域小说是作家在自觉意义上生产的、独立于欧洲的美国文学的重要组成部分。这一时期产生了一大批享有世界声誉的地域作家，如：马克·吐温、舍伍德·安德森、威廉·福克纳、萨拉·朱厄特等。薇拉·凯瑟自然是其中重要的一员。

## （二）凯瑟与西部

在美国的历史地理中，西部有许多的代名词：处女地、世界的花园、伟大的荒野、天定命运、民主的乌托邦等。对大西部的重新命名过程是定居者一步步将荒蛮而又陌生的神秘空间地方化的过程,西部千年的自然景观成为19世纪来自世界各地移民投射想象的对象,有些甚至是在移民进入这块土地之前就被赋予了,因此,这些西部代名词赋予移民和自然之间一种隐喻和象征性关系,正是由于这种象征性关系的建立,移民被赋予了新的身份,由异乡的迁徙客变为肩负神圣使命的拓荒者,将荒蛮神秘的自然空间改造成栖息的家园,多民族的融合共存,将西部划分出一片片疆界,形成一个个相互独立而又相互联系的区域共同体。

最早将西部拓荒运动上升到国家精神高度的是美国社会历史学家F. J. 特纳。1893年,特纳在美国历史协会年会上发表了《边疆在美国历史上的重要性》,这是一篇论述西部意义的纲领性文件。特纳提到西部开发的意义:"封锁去路的莽莽森林,峭然耸立的层峦迭嶂,杳无人烟、荒草丛生的草原,寸草不生、一望无垠的荒原,还有干燥的沙漠,剽悍的蛮族,所有这些都是必须加以征服的。""一部美国史在很大程度上是对于大西部的拓殖史。"① 特纳从区域地理的角度强调西部边疆自然地理环境对民族性格形成所产生的影响,在文章中论证了美国民族的个人主义和开拓进取精神如何在这一征服自然的过程得以形成,有很强的地理决定论色彩。美国总统威尔逊也是特纳的大学同学,他从国家有机体概念出发,强调西部在促进整个美国大陆形成民族共同体意识方面发挥的重大作用,"发生在西部的这个过程瓦解了旧的政治边界,消融了民众中的差异元素,催生了共同体精神,促进了广大区域内的合作意识,对参与促成我们这个民族的那些人来说,它在物质和政治发展中就像是一个单一的巨大的合伙人"②。在任职期间,威尔逊进一步发展了"边疆"理论,以不断进取不断创新的边疆精神在全国范围内发起了"新边疆"的进步主义改革运动。地理决定论也好,国家有机体也好,均从不同的角度评价西进运动在美国历史上的重要意义,一时间,"西部精神"成为美国精神的代名词。

作为一位地域小说家,凯瑟从小就和西部结下了不解之缘。九岁时随

---

① 关于"边疆假说"有多种不同的译文,参见何顺果的《特纳"边疆假说"的一个翻译问题》(《读书》1998年第9期),本书采用何顺果的翻译版本。

② Link, Arthur S., ed., *The Papers of Woodrow Wilson*, Vol. 9. Princeton: Princeton University Press, 1970, p. 312.

全家从南部的弗吉尼亚迁徙到西部的内布拉斯加①。内布拉斯加是一个中西部移民州，当时这个州的移民与本土人口比例大致为9∶3，凯瑟所生活的分水岭一带很少有美国本土人。据她回忆，周围的邻居大部分是瑞典人、丹麦人、挪威人与波希米亚人等非英语国家的移民。凯瑟在大草原度过了她的青少年时期，她经常骑着自己的小马驹在大草原上驰骋，和来自欧洲特别是北欧、东欧的移民成为朋友。大草原极端恶劣的气候、它的荒蛮辽阔所释放出来的野性、生活在这片土地上人民的勤劳坚韧、不同民族独特的语言及风俗信仰，都给凯瑟留下了深刻的印象。凯瑟和这里的人民一样经历着由突然闯入巨大陌生空间的恐怖感，到将荒原变桑田的与土地逐渐亲近的过程。内布拉斯加的生活经历渗透了凯瑟的思想和创作，按照凯瑟的说法，"八岁到十五岁之间是一个作家的形成时期……他成熟之后可能积累许许多多有趣而且生动的形象，但是形成创作主题的材料却是在十五岁以前取得的"②。内布拉斯加的生活影响了她的精神建构、价值取向和审美倾向，内布拉斯加的草原、它的朝阳和落日、它的耕地与牧场，还有倾注在这片土地上的汗水与激情，深深地注入凯瑟的身体之中，成为她生命的一部分，可以说内布拉斯加小说系列是从凯瑟身体里流淌出来的文字，是发自灵魂深处的歌唱。和华兹华斯一样，她的创作同样产生于"强烈情感的自然流溢"：

> 当我回到匹兹堡开始写一本完全属于我自己的书，我发现这是一次跟写作《亚历山大的桥》完全不同的经历，我全身心地投入其中。不需要再去考虑布局虚构之类的，也不管是对还是错，一切都是自然而然各就其位。这过程就像骑着一匹马穿越熟悉的乡野，在一个清朗的早晨你渴望去驰骋，而马儿也知道你要去的地方。③

这部"完全属于我自己的书"就是《啊，拓荒者！》，凯瑟在这部小

---

① Cather, Willa "Nebraska: The End of the First Cycle", in *The Nation*, 117 (5 Sept. 1923), pp. 236-38.
② 董衡巽等：《美国现代小说家论》，中国社会科学出版社1988年版，第23页。
③ Cather, Willa. "My First Novels [There Were Two]." *Willa Cather on Writing: Critical Studies on Writing as an Art*. New York: A. A. Knopf, 1949. pp. 91-97.

说中终于找到了属于自己的题材和自己的形式。内布拉斯加成为凯瑟创作的中心，一切情感和经历皆来源于这片土地，变成一个个意象、一个个主题形诸文字。在这部作品中，她第一次将地域作为小说的创作要素，作为展开想象的空间，在此之上搭建人物、情节和叙事。

《啊，拓荒者!》发表后即大获成功，之后凯瑟以内布拉斯加地区为背景创作了"内布拉斯加拓荒者系列"，该系列通过再现19世纪末内布拉斯加大草原的移民拓荒史，为读者呈现了开拓者在这片土地上不屈不挠的艰苦创业历程，艺术化地表现了时代倡导的美国"边疆"精神，塑造了一代拓荒者的形象。"内布拉斯加系列"发表时期正值席卷全国的美国化运动，使西部叙事成功地融入了美国意识形态主流的叙事话语之中，具有积极的现实意义，得到主流话语的一致赞同和评论界的高度认可。凯瑟一跃成为美国最著名的西部小说家之一，一时好评如潮。评论界赞扬她以惠特曼式的雄浑力量创作出了美国的建国史诗，有力地、最好地体现了美国精神的民族文学。与凯瑟同时代的评论家门肯盛赞《我的安东尼娅》："不仅是凯瑟自己最好的作品，而且是迄今美国人——不论东部、西部，以前、现在——最优秀的作品。"①

对于评论界的肯定，凯瑟生前也做了积极的回应。在1921年的一次访谈中，薇拉·凯瑟谈道：

> 我知道我家周围的每一个农场，每一棵树木，每一片土地，它们都对我发出呼唤。我的深情扎根于这片土地之中，因为一个人最强烈的感情和最生动的想象画面是她15岁之前获得的。我一直想写一本书，告诉人们我所热爱的家乡的魅力，它的罗曼史，它的人民在耕耘那片土地中所表现出来的力量、勇气和英雄主义。所以我写出了《啊，拓荒者!》。②

《啊，拓荒者!》是凯瑟小说生涯一个重要的转折点。从这部小说起，凯瑟摒弃了先前作品在主题和表现手法上詹姆斯式的模仿。在乡土

---

① Mencken, H. L. "Mainly Fiction" in Margaret Ann O'Connor ed., *Willa Cather: The Contemporary Reviews*. NewYork: Cambridge University Press, 2001, pp. 188-89.

② Cather, Willa. *The World of Willa Cather*. Lincoln: University of Nebraska Press, 1961, p. 87.

作家朱厄特的启发下，找到了自己的题材，并形成自己的风格。在这部直接描写西部拓荒者生活的代表性作品中，凯瑟以早年的真实生活体验，借用史诗的体裁，通过对人地关系的艺术化表现，塑造出以亚历山德拉为代表的一代美国拓荒英雄的形象。凯瑟将强烈真挚的情感融入到西部大地之中，将她的社会政治理想根植于地域共同体之中，将浪漫主义的想象置于抒情语言和简练叙事之中。小说大获成功，在读者中引起强烈共鸣。

本章专注于凯瑟早期的两部拓荒者系列小说，主要探讨下列问题：凯瑟是如何通过《啊，拓荒者！》《我的安东尼娅》将客体性的空间转变为充满主体间性的地方，自然或文化景观如何通过叙述人或小说人物的呈现实现其叙事功能的，这两部地域小说是如何实现美国梦的历史书写的。更具体地说，人物如何通过地方实现情感上、精神上的认知和交流，文化景观是如何表现人在社会群体中的身份位置，如何联系人物性格暗示人物命运的，这两部描写内布拉斯加草原拓荒者的真实故事是如何超越地方日常生活经验转变为民族的历史叙事的。进而探讨凯瑟创作从第一部长篇小说《亚历山大的桥》就隐约出现的矛盾断裂主题在这两部作品中如何以新的方式继续出现，如何暗示第二阶段失乐园的危机主题。

## 二　《啊，拓荒者！》——新世界的创业史

《啊，拓荒者！》发表于1913年，很快就得到了公众的积极关注。但也有评论家认为这部小说结构松散欠紧凑，或多或少地影响了小说的质量，而凯瑟则坚持这部小说是一个有机的整体。近来的评论家从人物和主题角度对小说的结构进行了解释。罗索斯基认为亚历山德拉在第二部分完成了性格的成长，从与自然的联姻中回归到人类之爱，最后找到个人感情的真正价值。[①] 奥布莱恩也认为小说是内在统一的，通过对比表现了两类激情。亚历山德拉代表的是将自我消解于土地的类似艺术创作的

---

① Rosowski, Susan J.. "Willa Cather's Women." *Studies in American Fiction* 9 (1981): 261-275.

激情，而其他人则代表着不完整的甚至超越禁忌的性爱激情。[1] 亚历山德拉自我的完整和超越，是以白桑树下的爱情悲剧和卡尔的归来为参照的。从凯瑟创作历程的角度来看这部小说的结构，也许更容易解释小说为何会出现两部分的叙事。这部小说之所以以两部分结构出现，是因为它依然内在地包含了凯瑟在其所有作品中自始至终贯穿的对人生的两难境界、对人之存在状态的辩证思考，这种思考在她的第一部长篇小说《亚历山大的桥》（1912）最先表现出来，之后这一主题几乎贯穿作者的全部作品之中。[2]《啊，拓荒者！》（1913）是凯瑟紧接《亚历山大的桥》一年之后创作出来的小说，两部小说的关联很容易从小说主人公的名字得到证明，亚历山大以女性的名字亚历山德拉出现在《啊，拓荒者！》里，从人物塑造的意义上可以说《啊，拓荒者！》是对《亚历山大的桥》的重写。凯瑟创作《亚历山大的桥》时已经 39 岁，在此之前她已有了 20 年的创作经验，是位知名的编辑和戏剧评论家，出版了一本诗集《四月的黄昏》（1904）和一本短篇小说集《精灵花园》（1905）。应当说，凯瑟已经是一位有独立的艺术价值观念，已形成了自己独特的语言风格，更是有自己对人生社会深刻体验和思考的成熟作家。《亚历山大的桥》艺术上的欠缺正如她自己所说，产生于模仿，尤其是对亨利·詹姆斯的模仿。她将一直萦绕于自身的主题思想放进自己并不能驾驭的"詹姆斯式"的跨国恋情题材之中，故事常发生在客厅、沙龙和宾馆里，是先有概念和框架，再想象题材来表现。而在《啊，拓荒者！》里，这一创作进程被逆转过来了。青少年时期大草原上的生活在她的脑海里渐渐地形成一个个具体鲜活的形象和场景，内布拉斯加的生活成为凯瑟小说的核心内容，使她在自己熟悉的生活中找到最完美的题材和形式，主题自然地被融入材料之中。《亚历山大的桥》主题是人的社会化与个人欲望之间的冲突，小说以主人公的死亡暗示在二者之间搭建桥梁的失败。在《啊，拓荒者！》里，社会化主题在亚历山德拉拓荒叙事中得以实现，以正剧结束；个人欲望在埃米尔和玛丽之间的爱情

---

[1] O'Brien, Sharon. "The Unity of Willa Cather's 'Two-Part Pastoral': Passion in *O Pioneers*!" *Studies in American Fiction* 6 (1978): 157-71.

[2] 参见周玉军《从〈亚历山大的桥〉看薇拉·凯瑟的创作构思》，《四川外国语学院学报》1999 年第 3 期。

中得以展开，以悲剧结束，暗示《亚历山大的桥》主题依然存在。不同的是，《白桑树》讲述埃米尔和玛丽的爱情悲剧之后，紧接着也是最后一部以《亚历山德拉》为标题，强调这一事件对亚历山德拉的影响和意义，这一矛盾最后在亚历山德拉与土地和与卡尔的关系之中似乎得到了解决。总体上说，作为守护者形象，亚历山德拉承认共同体社会对人的规训和要求，欲望和激情的野马需要套上理性的缰绳，应当被更高一层的信仰所引导和超越。社会化和个人欲望之间的矛盾是贯穿两部分田园诗的一条主线，而景观叙事所呈现的人地关系是承载这条主线的基石，地方成为凯瑟叙事的核心。凯瑟在《啊，拓荒者！》里通过内布拉斯加叙事找到了自己的创作题材，通过对内布拉斯加草原移民生活的地理书写，将发生在19世纪美国西部的拓荒者故事地方化，在地方化的同时又不断地进行超越，在特殊化的叙事中呈现一般性的主题。从作家个人创作来说，《啊，拓荒者！》对小说家的意义重大，这部小说的成功，使凯瑟最终找到了自己创作的题材和形式，也因此成为代表美国西部文学的地域主义作家，凯瑟的地域主义为她开启了迈入世界一流作家行列的那扇大门。

《啊，拓荒者！》共五部分，第一部"荒原"，讲述亚历山德拉继承父亲的家业在荒原开疆拓土的故事。第二部"邻土"，讲述地域共同体生活。小说讲述拓荒事业成功之后人们开始的西部田园生活，以及发生在这片土地上的悲欢离合，故事在这一部分被展开。第三部分"冬忆"，短小抒情，是个过渡或转折段，叙事空间从户外转向室内，人物活动也从日常生活转向内心世界，暗示新的冲突和转变的发生；第四部分"白桑树"，讲述埃米尔和玛丽亚发生在果园里的爱情悲剧；第五部分"亚历山德拉"，承接这一转向，讲述埃米尔和玛丽亚的爱情悲剧以及对亚历山德拉的影响。凯瑟认为这是"两部分的田园诗"结构。第一部是关于征服自然的田园史诗，第二部是农耕生活的田园诗。在这"两部分的田园诗"里，景观、地方和空间各自承担着小说叙事的功能。第一部分亚历山德拉的英雄业绩是建立在对土地的改造之上的，通过将空间变成地方，主人公完成了自己的神圣使命，在荒原上建立了人间的"伊甸园"。第二部分的花园叙事关注的是人们如何在新的家园里建构自己的生活。内布拉斯加大草原上的分水岭此时已经成为以亚历山德拉为代表的一代拓荒者的精神家园，同时它也是传统、习俗、宗教等各种社会关系存在和作用的载体。小说中宗教信仰、传统伦理和民间习俗对个人情感、精神体验的产生和影响是潜在的，它们均必须通过每一个具体的生活场景来生发，是与果园、麦田、居所、教堂、义卖场和大草原的星空、阳光、池塘、虫鸣、花香一一对应的。小说通过内布拉斯加地域叙事，将荒野、花园美国传统文学原型融入地域特色成为小说的结构要素，从三个层面上完成小说主题的建构：首先，通过表现人地关系的荒野叙事，再现拓荒者对空间地貌彻底改造的历史事件，歌颂作为拓荒者形象出现的美国精神的缔造者；其次，通过富于地方特色的日常生活叙事，建构分水岭共同体社会生活图景，再现了美国梦中建造人间伊甸园的乌托邦美景；再次，在日常生活叙事之中融入经典文本的主题，将欧洲图景置入新大陆内布拉斯加地域景观之中，使历史在现实中得以再现，使19世纪末发生在美国中西部内布拉斯加的拓荒事件成为人类文明的延续，完成从地方特色到人类生存形而上的提升，成为人与世界关系的一个转喻。

## （一）以人地关系为主线的荒野叙事

荒野意象是美国文学传统重要的原型之一。对于早期的移民来说，广袤的美洲大陆既是一片荒野，更是一片有待开垦的处女地，召唤着移民们远离欧洲的腐败和迫害，是实现理想和自由的福地。联系当时的清教思想背景，荒野是人之子战胜魔鬼的地方，新大陆是"神的应许之地"，战胜荒野，在新大陆建造人间的"伊甸园"是清教徒的神圣使命，是早期"美国梦"的核心内容。因此，在美国文学传统中，荒野和花园是美国梦叙事不可分割的整体。利奥·马克思在其代表作《花园里的机器》中指出，早期"人们对美洲产生的种种意象中，一方面是可怕的荒野，而另一方面则是花园……它们每一种都是根深蒂固的隐喻，是一种诗画的观念，展现了价值体系的本质"[①]。因此，"清教思想与自然结合，不仅建构出美国新大陆这一空间的独特性，形成'地域归属感'（a sense of place），而且以此归属感为基础，建构了美国的民族意识的认同"[②]。

在《啊，拓荒者!》中，小说以内布拉斯加独特的地域特征为背景再

---

[①] Marx, Leo. *The Machine in the Garden*. London: Oxford University Press, 1964. p. 9.
[②] 朱新福：《美国文学上荒野描写的生态意义述略》，《外国语文》2009年第3期。

现美国传统的荒野叙事。按照段义孚对空间和地方的区分,荒野变花园的地域化叙事本质上是一个将空间转化为地方的过程。空间和地方对人来说具有不同价值意义。空间意味着无序、威胁,而地方则带给人认同感和归属感:"开放的空间没有行走的痕迹,也没有路标。没有代表人类意义的固有模式;就像一张白纸人可以在上面书写意义。"①《啊,拓荒者!》的荒野叙事通过内布拉斯加的地貌特征具体化了这一建构过程,在这一过程中,荒原的无序和威胁被消除,在人的意向性活动中被刻上了人的烙印,被赋予了价值和意义,给人以地方的归属感。因此,地方建构的过程,就是人类塑造地景并将历史和欲望书写于其上的过程。人与地方因此可以相互定义彼此,人是某个地方的人,地方是某些人的地方,地域书写的重要性在小说中由此可见一斑。

小说开篇第一部《荒原》,共5章,着力于荒野叙事。这一部分通过拟人化的手法,将内布拉斯加荒野景观转化成角色形象,参与小说情节的建构,分别以敌对者、启示者、情侣的角色完成叙事功能。小说开篇直接向读者展现荒野景象,描写出极其恶劣的空间环境,以主人公富于象征性地进入荒野拉开史诗的序幕。这一大段的景物描写,人物和场景都极富于象征意义,被苏珊·罗索斯基称为"美国文学中对空间秩序之需求最有力的描写之一"②。

> 30年前一月里的一天,坐落在内布拉斯加一片高地上的汉诺威小镇正在风中挣扎,努力不让自己被风卷走。那些色调灰暗的低矮房屋在灰蒙蒙的草原上挤作一堆,在灰蒙蒙的天空下缩成一团,而一阵阵细细的雪花正围着它们飞舞旋转。房屋被随意地搭建在那片硬草甸上;有的看上去像是在一夜之间被搬来,有的直端端地朝向茫茫旷

---

① Yi-Fu, Tuan. *Space and Place: The Perspective of Experience*. Minneapolis: PU of Minnesota, 1977, p. 54.
② Rosowski, S. J.. "Willa Cather and Fatality of Place: *O, Pioneer!*, *My Antonia*, and *A Lost Lady*," in *Geography and Literature: A Meeting of the Disciplines*, eds. William E. Mallory and Paul Simpson Housley. New York: Syracuse University Press, 1978, p. 81.

野,仿佛它们自己正要离群而去。①

小说以俯视的视角呈现一个天黑前气候恶劣,被阴暗灰蒙包围的荒野,渲染出沉重压抑的气氛。整个草原被笼罩在茫茫雨雪之中,狂风大作,小镇"正在风中挣扎,努力不让自己被风卷走"。"随意搭建"的低矮房屋在"灰蒙蒙的草原上挤作一堆",在呼啸的寒风中,正要"朝着茫茫旷野""离群而去"。茫茫的旷野、寒冷的天气、飞旋的狂风控制着整个草原,灰暗的房屋像是"一夜之间被搬来"的突然着地,尚未站稳脚跟,正挣扎着不被驱逐出荒野这片领地。小说使用拟人化的语言隐喻了一场人与自然力量悬殊的对抗,"挣扎""挤做一堆""缩成一团"将房屋人性化,暗示出在这场人与自然的战役中人的弱势与艰难处境,似乎自然正要将人类驱逐,从它的空间里抹去。荒野成为战场的隐喻,人类岌岌可危的处境暗示着对拯救者的渴望。

亚历山德拉在这样的背景中出现了,作为一个战士,一个英雄的形象进入了狂风大作的草原。她"身材颀长、体格健壮","步伐矫健而坚定","就像一名年轻的士兵","明澈碧蓝的眼睛凝视着远方"(威,159—160)。主人公由远至近,从身材步履到装饰穿戴最后定格到面部神情特别是对眼睛的特写,随着视角的平稳拉近,亚历山德拉一步步走向前景,人物逐渐占据了整个空间,她作为拓荒者形象得以确立。在这一象征性的景观中,人与环境形成对立的双方,拓荒者的主题得以彰显。值得注意的是小说开端的这一段景观叙事,它采用了俯视的全知视角、人与荒野对比手法和拟人化的描写,使景观叙事承担了两方面的功能:首先,明确了小说探讨人地关系的主题,使荒野意象同时成为荒野形象,荒野与主人公成为冲突对立的双方,奠定了以亚历山德拉为代表的新一代拓荒移民的形象。其次,运用俯瞰式视角进行的充满象征意义的环境描写,赋予小说一种历史的纵深感,具有史诗风格,潜在地将内布拉斯加这一特定地域里发生的故事并入美国历史的书写之中。

在达到高屋建瓴的层次之后,小说进入第二章,随着亚历山德拉的马

---

① [美]沙伦·奥布赖恩编:《威拉·凯瑟集:早期长篇及短篇小说》(上),曹明伦译,生活·读书·新知三联书店1997年版,第159页。后文出自同一著作的引文,将随文在括号内标出该著名称首字("威")和引文出处页码,不再另行作注。

车进入故事演绎的中心分水岭，展开荒野叙事。第二章的开篇依然是一幅地景的描写，与第一章宏观俯视的视角不同，采用的是亚历山德拉父亲柏格森的视角。柏格森是一位病人，被限定在自己屋子的病床上，每日只能坐在病床上遥望土地。叙事视角的拉低和限定，使宏观叙事转变为个人对现实境遇的观照，通过将人物的行动拉入具体的情境之中，暗示亚历山德拉一家与土地的关系是疏离的。

亚历山德拉家住的矮木屋位于凄冷荒原的一道山岭之上，以"挪威"命名的小河虽然代表着早期拓荒移民将荒野变家园的乌托邦梦想，事实上却并没有将所谓的农场与荒蛮的自然区分开，大自然似乎并不理会人类的一厢情愿。"在一个新开拓地区之所有令人迷惑的事中，最让人垂头丧气的事莫过于举目难寻人为设置的界标。"（威，168）在柏格森的视域里，矮小的房屋"蜷缩在低洼地带"，"压根就看不见"，"不过是无处不在的土地的另一种形式"（威，168）。"耕地则几乎令人难以察觉。犁痕之毫无意义就犹如远古民族在岩石上留下的淡淡划痕，模糊得使人觉得那很有可能是由冰川作用形成，而非人类艰苦奋斗的一种明证。"（威，169）十几年的漫长劳动却没能使柏格森在这片荒野上留下多少印记。"它仍然是一块野性未泯、暴躁乖戾的土地"（威，169）。这片土地对柏格森先生来说一直是个灾难，是个望尘莫及的谜，他只能把这片未被驯服的荒野交给亚历山德拉。叙事巧妙地运用柏格森的视角传达了双重意义，关于住宅周围环境的描写真实再现了分水岭上的一家人生存的窘迫，部分早期移民拓荒生涯的失败；另一方面，限定式的视角也暗示一种主观的甚至是谬误的认识，这种认识产生于柏格森与土地之间的彼此疏离对立的关系，解释了这种陌生是导致拓荒失败的根本原因。第二章以父亲的去世结束，父亲的死亡代表了旧的人地关系的结束和新的人地关系的开启，荒野的形象也从先前的敌对者变为启示者。

从第三章起小说自然地将叙事视角转移到亚历山德拉，以亚历山德拉的视角观察土地，标志着以亚历山德拉为主体的新的人地关系的建立，荒野作为启示者向亚历山德拉开启。沿着这一路径，渐进式地拉近亚历山德拉与土地的距离。第三章开篇叙述亚历山德拉去拜访草原中的隐士伊瓦尔。伊瓦尔的生活与草原上的动植物完全地融为一体，"像一只北美郊狼一样"（威，177）住在自己的洞屋里。借助伊瓦尔，通过他与草原融为一体的自然状态，亚历山德拉进入了草原的中心："站在他的洞屋门前眺望那粗犷的原野、明媚的天空以及在骄阳下如白浪般起伏的荒原，或是在那片暝寂清幽中侧耳聆听云雀的欢唱、鹌鹑的扑棱和知了的颤鸣"（威，179），在见证草原的生机和美丽的同时，伊瓦尔朗读圣经也在她耳边响起："耶和华使泉源涌在山谷，留在山间／赐荒原百兽以饮水，野驴得解其渴……"（旧约·诗篇第104篇，10—11）荒野通过自然人伊瓦尔，完成对亚历山德拉的启示，其本质是早期"美国梦"的核心：这是一片神赐的土地，充满了奇迹和生机，她担负的是"天定命运"的使命。这次经历之后，亚历山德拉与土地的关系发生了本质变化。之后她不再需要通过任何中介，而是直接实现与土地的交流。小说紧接着描写她驾着马车对整个分水岭进行巡游，花了5天的时间跑遍了分水岭的每寸土地，遍访各地农户请教农业知识、了解土地行情，当她再次回到自己的土地上时，曾经的主客体对立关系变为互为主体关系。她与土地就像是一对情侣，从相互怨恨到逐渐理解到最后融合："它在她眼里显得美不胜收，显得富饶、雄壮而瑰丽。"使她"如痴如醉""泪水模糊"；而土地终于第一次感到"有人怀着爱心与渴望将脸朝向它"，"以前所未有的顺从向一个人的意志低下了头颅"（威，195）。彼此的相互敞开使先前父亲柏格森对土地的那种陌生感消失了，所有的界限被扫除："她对那片土地有了一种新的感觉"，"一种新的关系"（威，198）。而它们也"热切地委身于犁铧；犁尖到处，泥土伴着轻柔而快活的长叹乖乖地滚到一边……"，"沉甸甸的麦穗把麦秆压向刀刃，割起来就像剪裁丝绒似的"（威，199）。从此，这片沉睡的西部草原向亚历山德拉敞开胸怀，热情拥抱。主体与客体实现了相互认同和融合，荒野叙事完成。

在荒野叙事中，小说并没有将重点放在农事活动的具体细节，而是以象征的笔调围绕人地关系这一核心，通过叙事视角的变化建构特定的景观和事件，一步步地表现作为行动主体的亚历山德拉与土地的不断相遇，在空间转化为地方的同时建构主体自我身份，实现了从欧洲流散移民、荒原的闯入者到共和国的拓荒者、伊甸园主人身份的转变，是"美国梦"的真实再现。

### （二）以地域共同体为中心的花园叙事

当亚历山德拉完成了对自然的征服，面对日渐封闭的边疆，英雄何为呢？《啊，拓荒者！》小说的第二部分着力于这一意义的思考。在针对自然空间的拓荒结束之后，小说展开田园诗的另一部分，在这一部分中，随着空间被重新建构，以地域为单位的共同体社会形成，人与自然空间的冲突转化为人与社会的融合与冲突。在这一部分中，亚历山德拉是作为精神家园的缔造者和守护者身份出现在分水岭的。亚历山德拉所捍卫的精神家园代表了凯瑟对这样一个共同体社会的认同，它是欧洲各民族的传统文化与美国总统杰斐逊倡导的自由的"农耕"社会生活的有机统一：整个国家由这样的一个个家庭单位或者地域共同体组成，他们存有自身民族文化和宗教传统，保持着拓荒精神，在与土地的交流中发展自然健康的体魄和心灵，不受商业铜臭的污染，不受资本的剥削和官僚体制的压制，是一个民主平等的乌托邦社会。对于这种乌托邦的想象直接来源于凯瑟对于童年故乡的记忆，凯瑟眼里的内布拉斯加草原就是这样的一个共同体［她用"共和国"（commonwealth）来称谓］。① 地方的意义对于凯瑟来说是与理想和信仰相联系的，凯瑟本人像她作品中的人物一样，每当在东部或者欧洲大都市生活一段时间后，都要回到家乡，回到红云镇，从这块土地寻找精神慰藉。

小说第二部分的开篇依然是景观描写，刻意与第一部形成鲜明对比，全景表现人间花园的美景，用俯瞰的视角向我们展现了分水岭上共同体社会的欣欣向荣，人们安居乐业的景象。

> 人们看到的是一张巨大的棋盘，一块块麦田和玉米地在这张棋盘上划出一个个深浅相间的方格。电话线沿着一条条纵横以直角相交的白色道路嗡嗡鸣响。从墓地入口望去，可见十几幢涂饰的非常艳丽的农场住宅；一个个红色大谷仓顶上的镀金风向标隔着绿色、褐色和黄色的田野相互眨眼。当那种往往整整一星期也不停一停的风吹过这片具有活力和毅力的高地远野之时，一座座轻巧的钢制风车整个骨架都在颤动，把它们固定索拉得紧绷绷的。（威，199）

墓地与麦田遥相呼应，土地一望无际延伸到地平线，生长着注定丰收

---

① 参见"Nebraska: The End of the First Circle", *The Nation* 117 (September 5, 1923), p. 237。凯瑟在这篇文章中阐述了西部移民所存有的欧洲传统对美国精神的影响，以及对农耕文明的赞赏。

的玉米和麦子。电话线与道路纵横交错,风车向高原展示着自身的活力,"人们可以从空气中感觉到耕地所具有的那种使人兴奋、催人振作的特性,感觉到同样的活力和毅力"(威,200)。分水岭地区的居民根据自身语言、宗教和国别分为一个个居民区,彼此持守各自的信仰,相互尊重,友好往来。小说的视角渐渐地从俯瞰慢慢拉近,集中到分水岭两个年轻人身上,顺着两位年轻人马车的带领一路向西①,将肥沃的田野和美好祥和的景致一直牵引到它的目的地,由两个并列的"驰向"将人们的视线最终定格到"坐落在几英里外小山上的一幢高大的白色房子"上。房屋居高临下,作为"山巅之城"②俯视着美丽富饶的田野,围绕房子周围的农场是分水岭最富有的地方,大农场的特色就是"收拾得格外整齐,管理得格外细致","随处可见的井然有序和精心安排"。小说对亚历山德拉房屋的描写,无疑是以隐喻的形式来暗示房子与这一地区的关系,房子作为一个地理隐喻,颇像斯蒂文斯诗里那只田纳西州山顶上的坛子,君临荒野,瞬间使周围景色发生了神奇的变化,使凌乱不堪的荒野围绕着坛子井然有序地排列起来,坐落在西部小山上的这栋房屋则统领着整个农场。小说反复强调大农场的整洁有序,甚至它的富饶美丽也是在井然有序的规整下被体现出来的,暗示着关注、理性、秩序是维持共同体的必然因素。进一步,小说用"高大的白色房子"来暗示与它的主人亚历山德拉之间的象征关系,小说多次描写亚历山德拉身材高大,肌肤雪白,通常穿戴一身

---

① 美国的西部观念有很长的历史渊源。基督教传统认为上帝之城在西边,欧洲已经堕落。西部象征着天启的神圣土地,美洲位于欧洲的西部,清教徒把走出欧洲进入北美的历史看作是又一次的"出埃及记",美国就是上帝的应许之地。发生在18世纪的西进运动更是让美国人认为自己是上帝的选民,担负神圣的使命。因此,美国历史是建立在"花园神话"和"帝国神话"之上的。甚至连本杰明·福兰克林在和一位年轻的艺术家谈论艺术时也对西部寄予了厚望:"艺术永远都是在向西行进。毫无疑问,自此以后各类艺术将在大西洋我们的一边得到繁荣。"因而在美国文化里,西部观念自始至终都是与美利坚民族的命运和全球使命联系在一起的。关于西部观念历史梳理的进一步理解可参考王庆奖论文《论西部观念与美利坚民族的使命》,《新疆大学学报》2001年第9期。

② 建造"山巅之城"是美国建国者的理想,在英国清教徒登陆新大陆前夕,其领袖约翰·温思罗普曾放言:"我们要创建山巅之城,全世界将瞩目我们!""山巅之城"出自《圣经》,"城造在山上,是不能隐藏的。人点灯,不要放在斗底下,要放在高处,照亮一家人。你们的光也要这样照在人前,叫他们看到你们的好行为,便将荣耀归于你们在天上的父"(《圣经》马太福音5章14—16节)。

白色的衣裙，这座高大洁白的房子就是亚历山德拉本人的人格外化。这样，位于挪威河畔的小山上俯视四周的房子就代表着亚历山德拉在这片土地上的位置："实际上你会觉得亚历山德拉的住宅是那片广阔的原野，是她最能表现自己的那片土地。"（威，204）她根本就是这片土地的守护者，司管这片土地的女神①。

作为这片土地的保护人，亚历山德拉的房子就是一个大的庇护所②，这所房子庇护着在"美国化"和"文明化"过程中被边缘化的人们。与人类疏远却与自然形意相通的伊瓦尔因为"经营不善"失去了自己的土地，被认为是疯子、精神病要送进疯人院，亚历山德拉收留了他；说一口瑞典话，喜欢光脚、害怕用浴缸洗澡的李老太也在亚历山德拉这里找到了舒适的居所；一群只会说瑞典语在厨房里嬉戏的女孩子可以在这里一直住到她们出嫁。而亚历山德拉自己最喜欢的地方就是厨房和她个人的起居室。在厨房她和所有的雇工一起吃饭，可以看着家乡的这些姑娘们，听她们嬉笑、读家乡的来信；在起居室，亚历山德拉把父亲在老木屋里用过的简陋家具以及家人的画像和母亲从瑞典带过来的东西全放置在里面，与祖先和传统相伴。庇护所体现了一种对多元化的包容和对传统文化尊崇的态度。亚历山德拉身上反映了凯瑟对"美国化"运动的更深刻的理解，特别是对"美国化"运动的过激行为给予的批评和纠正。1924 年，凯瑟在一次采访中公开表达自己的这一立场：

> 他们"移民们"到这里来本想过他们在旧世界的生活。如果任他们自由发展，他们的生活可以像他们家乡的生活一般美好。但是他们的生活受到了干涉，社会工作者、传教士们——任你们称呼——追

---

① 评论界多将亚历山德拉的形象与古希腊罗马神话相联系，认为她是"大母亲""大地母亲得墨忒耳""谷物之神"的化身，兼有男性力量和女性的丰产、对土地的超常理解、与自然的亲密关系、独立和自我抑制等特征，这部作品因此也在此意义上具有史诗性质。参见 Reaver, J. Russell: "Mythic Motivation in Will Cather's O Pioneers!", Western Folklore, Vol. 27, No. 1 (Jan., 1968), pp. 19-25; 宋运田：《薇拉·凯瑟〈啊，拓荒者！〉中的女性形象与古典神话》，《河南教育学院学报》2005 年第 5 期。

② 庇护所曾是将新世界田园诗化宣传中的核心观念之一。在 18 世纪早期，殖民者们把新世界描述成上帝应许逃避之处，可以远离欧洲的堕落、压迫和贫穷，"庇护所"是当时用的最多的名词。

踪他们的生活,整天致力于把他们复制成愚蠢乏味的美国人。一种试图同化任何事与人的狂热是我们的致命疾病。①

亚历山德拉所生活的地方是一个多民族的移民居住区,人们根据语言和传统习俗形成定居点,分布在大草原的不同区域。亚历山德拉尊重不同民族的生活方式和宗教习俗,不同于她两个保守狭隘弟弟的随波逐流和墨守成规,体现出早期共同体内部所表现出的开放和包容的姿态。小说描写亚历山德拉的活动总是和公共空间相联系的,一条条的道路把她和共同体紧密联系起来。她驱车向住在下游的有经验的农者了解土地和作物,向外地来的有知识的年轻人学习最新的科学耕种理念,在挪威教堂、法国教堂或者归正派教堂自由选择星期天的去处,凯瑟将她的主人公的刻画置于一系列的公共事件场景之中,如义卖会、教会事务、财产分配等,将亚历山德拉的故事和社会环境联系起来,在这样的背景中,共同体社会生活图景得以彰显。

共同体生活的意义在阿梅代死亡的事件中被充分展现。小说将阿梅代的葬礼叙述成一次公共事件,只以极其简练的笔触交代其家人情况,而将重点放在教堂、墓地和草原三个公共场景上,用强烈的地方色彩和抒情笔触将三个空间连接起来。在教堂场景中,阿梅代的葬礼和盛大的坚信礼仪式先后举行,葬礼举行时,参加坚信礼的新教友已经列队坐在了教堂前排为他们保留的座位之上,"一张张清秀而虔诚的面孔看上去都很漂亮"(威,297),仪式上死亡和新生并列,悲痛兴奋、泪水欢颜相互交融,新旧更替中,阿梅代的死亡不再是一个私人事件,其生命在共同体里得到了重生,生命的归属和意义在共同体里得以实现。对人生最重要时刻的分享是连接共同体群体的重要纽带,表明对身份、价值、生命意义以及共同体自身的认同。在墓地场景中,当迎接主教的马队经过正在挖掘的阿梅代墓穴时,小伙子们不约而同地将目光从墓地移开,"转向山上那座红砖教堂,教堂尖顶上的镀金十字架正闪耀着金光"(威,297)。这是死亡被神圣的信仰所超越的象征,"阿梅代已经到达了那个千百年希望和信仰的最终目标"(威,296),死亡不再是恐惧悲伤的事情,在共同体中意味着回

---

① Cather, Willa. *Willa Cather in Person: Interviews, Speeches, and Letter*, ed. L. Brent Bohlke. Lincoln: University of Nebraska Press, 1986, pp. 1147-1481.

归和永生;草原场景是整部小说最富于感染力的部分,对永生灵魂的信仰带来的是对生于斯死于斯的土地的热爱,40名迎接主教的法国小伙子的马队飞驰在阳光普照的内布拉斯加草原之上:

> ……一旦来到晨光照耀的麦田之中,他们就再也控制不住胯下的骏马和青春的活力。一阵火一般热烈的激情席卷着他们。他们恨不得有一座耶路撒冷让他们去解放。他们所经之处,奔腾的马蹄声打断了许多农家的早餐,把许多妇女和儿童引到了一座座农场住宅的大门跟前。(威,297)

这种活力和激情呼应着小说开篇的诗歌《大草原之春》,"从那百年沉寂的嘴唇"中发出了青春的歌声,青春"怀着难以抑制的柔情/怀着不胜翘企的渴求/怀着迫不及待的欲望"(威,155),在尽情地歌唱。一切都是新的,充满了渴望和激情,教堂、草原、青年对应着信仰、创造和活力,饱含了对共同体生活的赞美和歌颂。至此,花园叙事达到顶峰。亚历山德拉这个"周身沐浴着乳白色的朝晖",直接从草原的"清晨里走出"(威,228)的大地女神的形象在这样的大背景中被凸显出来。

亚历山德拉作为西部家园守护者的形象也是相对于更大背景的东部城市意义塑造的,特别是相对于卡尔这样的城市漂泊者而存在的。对于卡尔来说,西部是家园、是故土、是精神的慰藉地、是被商业文明禁锢身心者的心灵家园。凯瑟的草原系列一直延续着这个主题,只是卡尔在后来的小说中成了吉姆和圣彼得。另外,西部作为一个地方概念,是和芝加哥、纽约这样的城市相并存的,西部是一望无际的麦田、平静的农耕生活,代表着广袤的地域和传统的留存。芝加哥的形象是大桥、钢铁、汽车;而纽约则与高楼大厦、金融政治相联系,代表着新型工业化社会和现代文明,他们以自身的地方特色共同构成了美国的丰富多彩和美国特色。对于整个国家来说,西部是美国的西部,是产生美国精神的传奇地方,是多元化生活的一部分,亚历山德拉守望的这片土地既是美国精神的象征,同时也为美国工业发展源源不断地提供大量的粮食和原材料,是城市的供给地。亚历山德拉明白西部对于城市的意义,也明白自己坚守在这片土地上的意义:"要是这个世界并不比我的玉米地更广阔,要是出了我的玉米地就再也没有别的地方,那我也许会觉得劳动并没有多大意思。"(威,227)亚历山德拉为代表的拓荒者们在书写自己脚下土地历史的同时，也书写着共和国的历史。"如今的故事是我们在写，用我们所拥有的最美的一切。"（威，325）

### （三）地域的超越与历史的轮回

凯瑟创作这部小说的时间是 1913 年，此时，西进运动已经结束，边疆也已经关闭，这部小说是对那段波澜壮阔的拓荒历史的记录，同时也是对特纳的《边疆在美国历史上的重要性》以及总统威尔逊致力于美国化的进步主义运动的回应。

为了将地域叙事提升到史诗的高度，《啊，拓荒者!》巧妙地将《圣经》、惠特曼、密支凯维奇的文本融入拓荒叙事之中，通过打磨一幅幅场景将欧洲图景移植到新大陆的内布拉斯加景观之中，揭示出作为地方特色的拓荒叙事与美国化以及与整个欧洲文明史的关系，使历史在现实中复活。小说大量汲取《圣经》故事中的意象和隐喻，如上文的花园荒野叙事分析，通过将其地域化使《圣经》隐喻转化为拓荒生活的有机组成部分。伊瓦尔类似于东欧传统中的"圣愚"形象，小说通过伊瓦尔之口两次直接引用《圣经》教义，一次是上文提到的在辽阔的大草原上，伊瓦尔朗读《圣经》的声音与风声、鸟虫鸣唱相应和，启示亚历山德拉土地的神圣意义。另一次是伊瓦尔在内布拉斯加一个风雨交加的傍晚默读《诗篇》第 101 篇，预示亚历山德拉将在暴风雨中、在死者的坟前和世界达成新型的关系，使亚历山德拉从丧失埃米尔的个人伤痛中走出，从历史的高度完成对世界的重新理解和自我主体空间的再建构。

小说娴熟地使用文本嵌入的手法，将内布拉斯加地域叙事与欧洲文明传承联系起来，在更大的时空中拓展小说主题的深度。小说的扉页引用了密兹凯维奇歌颂家乡的诗句："那些田野哟，那些由五谷染色的田野！"来指代西进移民在荒野重建家园的图景。内布拉斯加草原上的移民多来自东欧和北欧，与诗人同一宗元，密兹凯维奇民族史诗中魂牵梦绕的家园美景移植在内布拉斯加草原上，表明移民们已在大草原上建成了他们新的家园，欧洲古老民族的史诗在新大陆上被重新塑造和书写："如今那故事是我们在写，用我们所拥有的最美的一切。"（威，325）勃利思·斯洛特也指出凯瑟对波兰诗人密兹凯维奇的引用，史诗《塔杜斯》开篇赞美故乡的诗句："那一块块田野，被谷物绘染成各种颜色，/金色的麦子，银色的麦穗……"可以直接对应小说第二部《邻土》开篇对家园的描写:"一块块麦田和玉米地在这张棋盘上划出一个个深浅相同的方格……一个个红色的大谷仓顶上的镀金风向标隔着绿色、褐色和黄色的田野相互眨眼。"(威,199)更进一步,上述景物的描写也自然地推演到美利坚民族的形成。移民们从旧世界来到新大陆,带来的不仅仅是一块块被开垦的土地,更是民族间的大融合。凯瑟的确喜欢用绘画和色彩的比喻来形容内布拉斯加草原民族的多样性。"来自欧洲殖民地的人们,斯拉夫人、德国人、斯堪的那维亚人,他们分布在我们古铜色的大草原上,就像是画家调色板上涂抹的各种色彩。"①

为了将西部叙事美国化,表现美国这一新兴民族文化及传统的多元有机统一,凯瑟选取了最能表现美国精神的诗人惠特曼的文本。小说标题取自惠特曼的同名诗歌《啊,拓荒者!》,显示出小说主题与惠特曼诗歌所倡导精神相契合。小说以诗歌《大草原之春》为题词,诗歌主题为土地与青春,大草原的独特景观衬托着拓荒者的奋斗精神:"青春就像野蔷薇如火如荼,/青春好似云雀在田野上高歌,/青春宛如一颗星薄暮中闪出。"(威,155)惠特曼诗歌中的拓荒精神被具体化、内布拉斯加化,美国人所肩负的"天定命运":建造自由民主人间花园的使命落在大草原的青年身上,形象化为以亚历山德拉为代表的拓荒者群体在内布拉斯加土地上演绎的开疆辟土的故事。

西部拓荒的历史意义,从某种角度来说可以归纳成某个历史性的母题,正如卡尔对亚历山德拉所说:"人类只有那么两三个故事","就像这里的云雀几千年来一直唱着同样的五个音符。"(威,224)亚历山德拉和她的拓荒英雄们重复着先人的故事,就像《圣经》的《出埃及记》一样,历史又一次地轮回,发生在远古埃及与迦南的故事重新在欧洲和新大陆上演,然而欧洲的教堂毕竟不同于古埃及的城堡,大草原的辽阔也不同于迦南的富饶,地域差异在很大程度上决定了历史在空间棱镜中折射出各自独特的色彩和光影,所以亚历山德拉拓荒的故事虽然是历史叙事的又一个轮回,但它却是另一番的景象,凯瑟赋予它一种时代精神,这是新大陆的故事、美利坚的故事、大草原的故事、内布拉斯加分水岭上移民的故事,是

---

① Cather, Willa. "Nebraska: The End of the First Circle." *The Nation* 117 (1923): 236-41. p. 237.

一部美国西部的拓荒史诗。

## 三 《我的安东尼娅》——西部生活的田园诗

　　《啊，拓荒者!》这部小说的成功给了凯瑟很大的鼓舞，她继续内布拉斯加题材写了《云雀之歌》和《我的安东尼娅》，其中《我的安东尼娅》与《啊，拓荒者!》因为主题相似，同是讲述西部边疆拓荒故事而被评论界称为一对并蒂莲。在时间上，《我的安东尼娅》也被认为是《啊，拓荒者!》之后西部叙事的延续，主人公的身份发生了变化，早期来自瑞典、挪威的亚历山德拉们已经成为老移民，被来自俄罗斯、波兰和捷克的新移民安东尼娅们所代替。著名评论家 H. L. 门肯（H. L. Mencken）赞扬《我的安东尼娅》"不仅是凯瑟自己最好的作品，而且是迄今美国人——不论东部、西部，以前、现在——最优秀的作品"[1]。关于小说的主题，有人认为小说将"安东尼娅"作为美国生生不息、生命循环的象征，是一部美国的民族罗曼史。[2] 也有批评家梳理了《我的安东尼娅》与维吉尔《农事诗》的关系，指出这是一首凯瑟版的美国现代田园诗[3]；还有学者认为，小说"一方面反对美国主流社会同化移民的文化策略，一方面又不自觉地拥护美国化运动中所信仰的'百分之百的美国性'"[4]，是一部包含帝国意识的小说。上述的论断，无论是帝国意识、民族罗曼史还是美国田园诗，都表明这是一部充满时代感和意识形态倾向的作品，是对西部运动、进步时代的工业化和美国化运动的回应。其他包括女性批评、生态批评、身份批评、后殖民批评等，20世纪几乎所有的批评方法都被运用到对这部作品主题和人物的解读之中，视角多元，新意迭出，在深度和广度上推进了对这部作品的认知和理解。但这些批评美中不足的是对于意识形态和权力话语的过度阐释，而在一定程度上忽视了对作品的艺术性的理

---

[1] Bohlke, L. B.. *Willa Cather in Person.* University of Nebraska Press, 1986, p. 22.

[2] 见 James E. Jr. Miller, "My Antonia: A Frontier Drama of Time." *American Quarterly* 10.4 (1958): 476-84。

[3] Dahl, Curtis. "An American Georgic: Willa Cather's *My Ántonia.*" *Comparative Literature*, Vol. 7, No. 1 (Winter, 1955), pp. 43-51.

[4] 参见许燕《"谁"的安东尼娅？——论〈我的安东尼娅〉与美国化运动》，《外国文学评论》2011年第2期。

解，缺乏在诗性层面上的审美体验。在对这部小说的分析中，笔者尝试以景观描写为切入点，将审美经验与意义阐释有机结合起来，以弥补上述批评的不足。《我的安东尼娅》是一部地域小说，表现地方特色的景观描写在文本中大量出现，这是这部小说的重要特征。在传统叙事中，小说中的景观描写常常作为情节发生的背景、作为延缓叙事进程甚至停止叙事进程来使用，较少参与人物行动和小说情节的建构，但《我的安东尼娅》这部作品大量地运用景观进行叙事，赋予景观以人物塑造、情节发展叙事功能，艺术化地呈现了小说的主题。笔者拟从文本的景观叙事功能入手，结合文本的具体历史语境，在认同小说对田园理想歌颂的同时，指出这是一部转型时期的田园挽歌，更进一步指出《我的安东尼娅》是作者自我身份的一种影射，回答了美国社会转型时期"诗人何为"的问题。景观的叙事功能在这部小说中具体表现为三个方面：首先，确立可靠的叙事人吉姆，通过吉姆对土地的体验方式建构吉姆想象性认知模式，以此认知模式完成对拓荒者安东尼娅的想象性建构；其次，对应于人物不断的空间位置移动，建构不同情境下的景观与环境，通过对比，推动主人公的不断行走，使小说主题不断深化；最后，通过象征性的景观分析，讨论作为双刃剑的工业文明对田园诗意的扼杀以及知识分子在转型时期身份所属与责任担当。

## （一）建构可靠叙事人的体验式景观

这部小说除了继续延续拓荒者主题之外，在叙事上变得更加考究，更加完美。凯瑟在小说中引入一个明确的叙述人吉姆，将拓荒者安东尼娅置于客体位置之上，自始至终通过吉姆·伯顿的叙事讲述安东尼娅的故事，避免了《啊，拓荒者！》在叙事中被人诟病的结构上的断裂倾向，使故事在固定的视角下被统一连贯起来，建构了一个稳定的叙事框架。这一手法的另一个优势在于，吉姆作为小说第一人称叙事人的视角在叙事中可以成功地避免传记小说对人物成长背景和动机的描述分析，叙事能够根据形象塑造的要求更有选择性，避免陷于自然主义的琐碎和繁重。在这样的小说中，叙事表现出很强的主观性，叙事人的文化修养和社会地位决定着小说叙事的可靠性，叙事人的个人性情和体验的方式影响着小说的风格，表现出特定取向的世界观，因而也决定着小说主人公的塑造。在此语境中，叙事人是否真实可靠决定着故事的可信度，决定着是否能引起读者情感上的共鸣。在《我的安东尼娅》中，从童年到中年，时间跨越40多年，叙述人和主人公一同成长，以至于某些评论文章认为这部小说讲的是两个人的成长故事。① 事实上，凯瑟此目的是在不断地树立和稳定吉姆·伯顿作为可靠叙事人的地位，凯瑟在跟朋友伊丽莎白·金谈到这部小说时，曾做了一个有趣的比喻。她把一个花瓶放在茶桌中央，并移动台灯，使光线更好地照到花瓶上："我要我新小说的女主人公这样——像桌子中央一个珍贵的物品，人们可以从各个角度观看她。"② 这件轶事说明凯瑟是借用吉姆的视角来表现安东尼娅的。这也解释了为何吉姆一生一直处于不断的迁徙移动之中，从弗吉尼亚到内布拉斯加，从乡村到小镇到东部城市，最后作为西部一家大铁路公司的法律顾问来回在纽约和西部奔走。吉姆走得越远，空间层次越丰富，眼界就越宽阔，对安东尼娅的认识就越全面、越深入。弗吉尼亚、内布拉斯加、纽约分别是美国南部、西部和东部经济文化的典型代表，在历时性上各自代表着南方种植园经济，西部边疆拓荒精神和现代工业文明。吉姆的行走绘制了一幅美国历史地理地图，景观叙事以表现人地关系的建立来塑造可靠的叙事人。在此背景框架下，吉姆将自身定义为西部人，吉姆对身份的认定暗示着小说叙事的情感倾向和价值判断。在吉姆的叙事中，吉姆是将安东尼娅想象为西部的精神体现来建构自身回忆的，"这位姑娘在我们心中似乎更意味着那片土地"（威，803）。在这一目的的驱使下，想象力将作为观察和记忆客体的安东尼娅象征化，通过安东尼娅的形象将西部的精神和美丽传达出来。因此，叙述人的真实可靠决定了小说叙事的可靠性，叙述人的观察认知方式内在地决定了人物的呈现方式。

吉姆的西部人身份是在人地关系的体验中建立起来的。吉姆与土地的关系经历了三个阶段，分离—融合—再分离，是一种爱默生超验式的景观

---

① 夏洛特·古德曼认为《我的安东尼娅》是一部"男+女双成长小说"，表现为一种循环式的三分结构：男女主人公青梅竹马，在一个伊甸园般的地方长大；进入青春期后，男女分开，男主人公在不断地迁徙和移动中遭遇世界，经历成长，女主人公则留守在家里；多年后他们再次重逢、相遇，重现童年时代的情形。古德曼认为"《我的安东尼娅》哀叹每个人不可能同时经历安东尼娅的母性之满足和吉姆的男性智性之成就，而凯瑟通过'双成长小说'这个艺术形式为雌雄同体式的完整提供了可能"。见 Charlotte Goodman, "The Lost Brother, the Twin: Women Novelists and Male-female Double Bildungsroman." *Novel* 17.1 (1983): 37。

② Woodress, James. *Willa Cather: A Literary Life.* University of Nebraska Press, 1987, p.285.

体感知方式：首先，主体进入完全陌生的空间，体验客体带来的迷失感和分离感，在这一阶段中主体从空间中被抹去。接下来，主体逐渐趋近空间，进入空间，体验与空间的情感共鸣，建立地方认同，获得身份归属感。最后，主体再次返回分离状态，但这是主体自觉选择的一种体验方式，客体在此过程中被对象化，成为包孕价值和精神的象征整体。在这一过程中，吉姆通过想象力将客体对象升华为精神象征，建立起对西部的地方认同。

小说一开始就让吉姆感受人与土地的分离状态。当吉姆初次进入西部时，面对的是一个茫茫无边、混沌黑暗的荒野：

> 路边似乎什么也看不见；没有篱笆或围栏，没有溪流或树木，也没有小山或田野。如果说有条路的话，在暗淡的星光下我也辨认不出来。那儿除了土地什么也没有，而那种土地压根不是乡村，只是能造就出乡村的原料而已。的的确确，那儿什么也没有，只有土地……我觉得世界已经被留在身后，我们已经越过了人世的边缘，走出了人类的管辖范围。我以前仰望天空时绝不会看不见一道熟悉的山岭衬映着天幕。可这片天空是个完整的苍穹，天幕上什么也没有。我不相信我死去的父母正从那儿向下注视着我；……我甚至把他们的亡灵也留在了身后。……在那样的苍天与那样的大地之间，我觉得自己已被删去，已被抹掉。（威，810）

这段描写是吉姆第一次面对西部的情形，呈现在他眼前的是完全陌生的尚未开发的荒野，土地只是构成乡村的原料，文化载体的缺失表明传统人类秩序的缺席，吉姆在这种环境中无法辨认方向，也不知道自己所在的位置，荒野这一地理意象成为独立于人类意志之外的象征性力量，在这种力量下吉姆体验到自我的丧失。但这种面对荒野的自我的丧失感同时也暗示着全新体验的可能性，暗示着主体地位重新确立的必然要求，以及赋予空间以意义的价值诉求。随着时间一天天地过去，吉姆渐渐地融入了草原，用身体体验它内在的生命力："我感受最深的是眼前的景物在动，清新柔和的晨风在动，而且大地本身也在移动，仿佛那片乱蓬蓬的荒草是一个宽阔的藏身之处，下面有一群群野牛正在狂奔，正在狂奔……。"（威，816）进一步，吉姆试图超越身体进入更神秘的空间体验："我想径直朝前走，穿过那片红草，越过那道看上去不可能很远的世界的边缘。我身边的清风告诉我世界的尽头就在这里。"（威，816）借助于想象的翅膀，吉姆试图融入其中："那样一个人就可以飘进天空，飘向太阳，就像那些从我们头顶上飞过、其身影在草地上缓慢移动的草原鹰一样。"（威，816）接着吉姆进一步超越了身体，超越具体的物质经验，西部草原的自然转变为精神意义上的象征，这一过程类似于爱默生的超验主义体验，吉姆融入了宇宙的整一之中。在与自然的统一里，主体重新找回了自我在世界中的位置。

> 像那些南瓜一样，我也是在阳光下感受其温暖的某种东西，而且我并不希望成为别的什么。我感到了彻底的幸福。也许在死后并成为某个整体的一部分之时，我们就会有那样的感觉，不管那个整体是阳光还是清风，是善良还是知识。融进某种巨大而完整的存在，那无论如何也是幸福。（威，817）

此时吉姆将自己想象为这片土地的一部分，更确切地说借助这一片土地他与整个世界整个宇宙连为一体，他与土地的关系已经发生了质的改变。西部不再是陌生荒蛮的异质空间，而是"某种巨大而完整的存在"的象征，吉姆自身在与西部的这种关系中获得了身份的归属。在接下来的日子里，草原成为吉姆和安东尼娅的伊甸园，两人的伊甸园并没有堕落，因为吉姆象征性地杀死了那条闯入园里的蛇。小说在高潮之处描绘了一幅西部日落图，我们看下面这段极具情感象征性的文字：

> 空中没有一丝云，夕阳在金黄而明亮的西天往下坠落。……在某个高地农场上，有人把一架犁竖着留在了地头。残阳正巧慢慢沉到它的后面。被平射的余晖通过距离的作用而放大，那架犁衬着斜阳显得非常醒目，而且刚好嵌在那圆盘之中；犁把、犁托、犁铧——墨黑的剪影衬着熔岩般的殷红。那架被放大的犁成了绘在落日红轮上的一幅图画。（威，975）

这是用吉姆的视角传达出的情感体验，景观导致的最初反应是由壮丽辉煌所带来的心理震撼，继而是对景观所传递的象征意义的认知。其插入大地的犁的意象与谈话中提到的新出土的西班牙宝剑形成对比。耕犁代替了宝剑，其剪影像是佩戴在天空中的一枚勋章，太阳的光芒带来了神圣与崇高的体验，"熔岩般的殷红"也象征着炙热的情感，就这样，小说通过景观描写，将吉姆的认知体验和情感结构传递出来，读者在景观认同中与吉姆达成情感共鸣。

小说在确立真实可靠的叙述人的同时，把这种体验方式放大到主人公的塑造之中。在叙事策略上，对安东尼娅故事的叙述也遵循"分离—融合—再分离"同一模式。从对生活在洞穴里的安东尼娅的陌生（她是波希米亚人，不懂英语），到作为童年伙伴，进一步成为所谓的恋人、妻子、母亲、姐姐之后离开，直至20年后，吉姆完全超越安东尼娅的身体，将其想象成为一个象征甚至一个符号，成为"适合我们凭直觉认为既普遍又合理的人类最古老的那些概念"，成为"一座蕴量丰富的生命之矿，恰如人类初期各民族那些祖先"（威，1044）。这种同构关系使吉姆用安东尼娅的形象完成了对故乡体验的置换。面对早已不在的家园，吉姆只有以安东尼娅为记忆和想象的核心，为安东尼娅建造一个"家"，他才能在这里找到自己的栖息之地。

## （二）叙事推进中的情境化景观

《我的安东尼娅》景观叙事的另一大特色是塑造情境化空间，用于推动叙事进程，暗示人物的生存处境、表明人物与环境的关系。凯瑟不提倡极端写实的自然主义景观描写，赞赏托尔斯泰情景交融的写法："衣服、菜肴及古老的莫斯科宅邸令人难忘的内室总是人们的感情的一个部分，以致两者完全融合起来……变成了经验的一个部分。"[1] 景与物的描写进入情境之后，便拥有了叙事功能，表明人物的生存状态和相互关系。

最为典型的是宅地景观。小说塑造了一个宅地景观系列，宅地景观的分布需要从小说的整体框架来把握，按空间分布于吉姆行走的不同疆界之中，形成草原、小镇和城市宅地景观群，每一处宅地的描写，都成为一个典型的意象，紧密地联系着故事中的人物和事件的进程。如草原宅地景观中，吉姆家房屋地理位置反映了他一家在乡下邻居中的地位，内部构造包

---

[1] Cather, Willa. *Cather: Stories, Poems, and Other Writings*. The Library of America, 1992, p. 837.

括日常用具的摆设，无不表明内在的秩序和归属感，与安东尼娅家的洞屋形成鲜明的对比，成为安东尼娅一家梦想拥有生活的具体所指。30多年后，吉姆重返草原，小说以吉姆的视角对安东尼娅宅地极尽渲染，叙述语言呼应着童年时代的记忆，情景交融之中，安东尼娅的农场成为自己的"家"，自己的精神归宿，对于吉姆定居的纽约，却无一字着笔，有意空缺。

宅地空间的分布也规定不同人群的生活区间，反映人物之间的社会关系和文化差异，同时，空间关系的变化必然带来的社会关系的变化，社会关系的变化导致人与人之间关系的变化，在重新塑造一种新的共同体的同时，也是对旧共同体的摧毁；在塑造新的情感结构的同时，也是对旧的情感结构的摧毁。对比于草原叙事来说，小镇生活则是另一种空间体验。黑鹰镇是一座精心规划设计的小镇。方格子般的街道贯穿整个小镇，"住宅周围都有白色的栅栏和青翠的庭院"，还有"形状优美的小树"（威906），整个小镇井然有序，有学校、法院，还有"四座白色的教堂"，小镇市民说的是同一种语言，住的是同样的房屋，甚至连篱笆的颜色都是清一色的白色。小镇景观暗示着早期狂飙突进式拓荒生活的结束，开拓进取的西部精神逐渐被保守拘谨的清规戒律所替代。空间上的井然有序代表着秩序和约束开始成为主导，清一色洁白的篱笆和造型优美的小树更是暗示着市民们自以为是的道德优越感和狭隘的等级意识，这种秩序和约束反而把真正的拓荒者隔离在主流社会之外。漫步于夜间的街道，小镇的庸俗狭隘让吉姆刻骨铭心，渴望逃离：

> 镇上其他地方九点以后就不再有灯光。在有星光的夜晚，我常常在那些清冷的长街上徘徊，皱着眉头打量街两边那些正在沉睡的小屋，打量它们那些可御风暴的板窗和有遮檐的后廊。它们是极不坚固的藏身之所，大部分都用易燃的木料草率建成，细细的廊柱也被车床车得遍体鳞伤。然而这些住房虽说全都不结实，可其中一些居然容下了那么多的猜疑、嫉妒和不幸！在这些屋子里延续的生活在我看来是由种种借口和否认构成；由减少炊厨、洗涤和清扫的各种办法以及讨好长舌妇舌头的各种措施构成。这种谨小慎微的生存模式就像是生活在一种暴政之下。人们的言辞、声音和目光都变得鬼祟并压抑。每一种个人情趣和天生爱好都受到谨慎的约束。我认为睡在那些屋子里的

人是想像他们厨房里的老鼠一样生活;……各家后院里越堆越高的煤灰炭渣便是生活之消耗过程尚在延续的唯一迹象。(威,957)

小镇日常生活的描述正是巴赫金在时空体小说里提到的"福楼拜的类型"。"这样的小城,是圆周式日常生活时间的地点。这里没有事件,而只有反复的'出现'。"① 这是一个封闭、单调、刻板的空间,生产出了城里人的狭隘、怯懦和偏见。对比之下使在草原上自由的风里长大的帮工姑娘们在吉姆眼里显得如此卓尔不群。安东尼娅这一群帮工姑娘都寄宿于自己帮工的主人家里,她们在黑鹰镇没有自己的居所,尽管用自己的双手辛勤劳作,却是社会的底层,是外地人、乡下人。黑鹰镇上的小伙子虽然对她们着迷,但依然希望"娶黑鹰镇上的姑娘,然后住进小巧玲珑的新屋,屋里摆上绝不能坐的最好的椅子和绝不能用的彩绘瓷器"(威,945)。小镇生活体现了"浓重黏滞的在空间里爬行的时间。所以它不可能成为小说的基本时间"。像巴赫金指出的那样,"小说家利用它作辅助的时间,它同其他非圆周式的时间系列相交织,或为这些系列所打断。它常常作为相反对照的背景,借助这一背景来映衬事件性强的富于活力的时间系列"。凯瑟具体化了小镇时空体,用其来映衬内布拉斯加的草原时空体,并促使吉姆离开小镇,去寻找新的、能替代田园生活意义的时空体。

逃离小镇的吉姆来到城市求学,先在林肯后到哈佛,城市生活和求学经历在开阔了他的视野、丰富了他生活阅历的同时,又总是不忘将吉姆的记忆和意识推向西部。西部生活成为城市生活的一个参照,"每当我的意识活跃之时,意识中的那些早年的朋友也全都活跃起来,并以一种奇特的方式伴随我经历我所有的新的体验"(威,985)。景观描写巧妙地将这种意识融入其中,景观描写成为人物意识活动的投射:

  我的窗开着,迎面吹来的带有泥土气息的晚风使我懒洋洋的。在夕阳已在那儿坠下的大草原边上,天空蓝得宛如湖泊,湖面上有金色的光点在颤动。朝上望去,在西边清澈明净的苍穹,金星犹如用银链

---

① [俄]巴赫金:《小说的时间形式和时空体形式——历史诗学概述》,《巴赫金全集》(第3卷),白春仁、晓河译,河北教育出版社1998年版,第449、450页。

悬挂在天上的一盏明灯——犹如印在旧时拉丁文课本扉页上的那盏明灯,它总是出现在新的天际,在人们心中唤起新的渴望。它当时至少使我想到关上窗户并点亮灯以示回应。我怅然若失地把灯点亮……(威,985)

这是吉姆求学城市的一个普通的初春夜晚,"我的窗"对着"泥土气息""大草原""西边的苍穹"开着,"迎面吹来""懒洋洋"暗示上述西部意象在心理的无意识状态下对"我"的进入,"夕阳已在那儿坠下","金色的光点在颤动"其实是潜意识中的记忆闪光,"在西边清澈明净的苍穹"上的那个"金星"像"印在旧时拉丁文课本扉页上的那盏明灯",它唤起了"我"的渴望,可是这新的渴望到底是什么,"我"暂时还不清楚。但"我""关上窗户并点亮灯"的行为,表明"我"意识到这种潜意识的召唤并打算给予"回应"。这种召唤到底是什么?"我"点灯再读维吉尔,我意识到维吉尔写《农事诗》的"渴望","因为我要活着,我将是第一个把缪斯引进我故土的人"。"我"相信维吉尔的"故土","在这儿指的不是一个国家,甚至也不是一个省,而是明乔河畔诗人诞生的那片小小的乡野"(威,985)。作者巧妙地在城市景观中嵌入西部意象,在城市生活图景中折射出西部对吉姆的意义,使吉姆意识到自己的身份和归属,完成精神上对西部的又一次回归。吉姆再次顿悟到他属于"我自己渺小的过去的那些地方和人们。……它们便是我对新的召唤的全部回答"(威,984)。

吉姆走过了草原、边疆小镇、城市求学、纽约定居,空间位置处于不断移动中,西部拓荒精神在整个国家中的意义被彰显出来。景观叙事渐进式地安排吉姆由边疆向国家中心城市不断推进,最后再回到西部,情境化多元空间的书写策略帮助凯瑟实现了其创作目的:"我要我新小说的女主人公这样——像桌子中央一个珍贵的物品,人们可以从各个角度观看她。"[①]

### (三) 作为价值载体的象征性景观

《我的安东尼娅》不仅是美国田园理想的颂歌,也是一首田园生活

---

[①] Woodress, James. *Willa Cather: A Literary Life*. Nebraska: University of Nebraska Press, 1987, p.285.

的挽歌，小说开篇扉页上引用的便是维吉尔《农事诗》里的句子："最好的日子……最先逝去"，暗示出这部小说的主题。在小说中，这句话是在吉姆进入大学求学后，开始反思西部经验对美国意义时所发出的感慨，其背后的语境是美国边疆的封闭以及工业文明在西部的长驱直入，这种历史感在小说的开始便得以呈现，在一辆飞驰于西部平原上的列车上，"我"和吉姆坐在"每样东西都厚厚地蒙上了一层红色尘土的观光车里"，"想起了许多往事"（威，801），最终催生了《我的安东尼娅》。我们说《我的安东尼娅》是首田园诗，是因为作品通过对维吉尔的直接引用，将文本归入美国传统田园叙事的谱系之中。维吉尔的田园诗曾影响了一代代的欧洲人，并漂洋过海，在以杰弗逊为代表的新大陆缔造者们的心中根深蒂固。维吉尔"在诗中建构了将神话与现实巧妙融合的象征风景（symbolic landscape），这一点与美国经验的关联性更大"[1]。美国清教诸多隐喻与维吉尔的田园诗相结合，衍化出美国文学中极具象征意义的"花园""荒野"叙事，"风景的实有性，以及事实与想象的缜密并置，是以新世界为背景的田园诗的一个显著标志"[2]。《我的安东尼娅》的景观叙事也同样烙上了这一标志，鲜明的地域色彩和强烈的象征意义水乳交融，意味深长。在小说结尾处，吉姆拜访安东尼娅，小说以抒情的笔调描写安东尼娅家的苹果园，它的根隐喻（root metaphar）是"花园"叙事。

> 那座果园十分幽寂。它四周围着三道屏障：先是铁丝网围栏，接着是刺槐树篱，最后是那道夏日可阻挡热风、冬天可固定起保护作用的积雪的桑树篱。树篱很高，所以除了树梢上方的蓝天外我什么也看不见，既看不见牲口棚的屋顶，也看不见风车。……整座果园就好像一只注满了阳光的酒杯，我们能闻到树上成熟的苹果。那些欧洲的苹果像用线穿起来的珠子一样密密匝匝地挂满枝头，紫里透红，表面泛着一层薄薄的银光。（威，1036）

---

[1] ［美］利奥·马克思：《花园里的机器：美国的技术与田园理想》，马海良、雷月梅译，北京大学出版社 2011 年版，第 13 页。

[2] ［美］利奥·马克思：《花园里的机器：美国的技术与田园理想》，马海良、雷月梅译，北京大学出版社 2011 年版，第 32 页。

这一段景观描写是"现实与神话巧妙融合的象征风景",体现了田园理想之"美国经验"。但又充满了矛盾和悖论,果园集中了圣杯和伊甸园的双重隐喻。"注满了阳光的酒杯"是一种精神的隐喻,暗示"我"终于找到了生命活力的源头,同时也暗示着肩负"天定命运"的美国人终于在荒野上找到了圣杯,使欧洲的种子在新大陆上结出了累累果实,完成了历史使命。但另一方面,这个"幽寂"的果园被"铁丝网""刺槐"和"起保护作用的桑树"围成"三道屏障","我"在其中,满足于对外面世界"什么也看不见",仿佛是逃进了远离尘嚣、与世隔绝的庇护所。对于吉姆来说,这个圆形的果园便是世界的中心,是逃避物欲横流的工业化社会的世外桃源。

维吉尔式的田园理想的幻灭在小说第一卷结尾处就暗示了,四季在小说中亦成为隐喻,草原叙事开始于秋天,结束于夏天,象征着"一个周期的结束"[①]。盛夏的草原一片丰收的景象,但突如其来的暴风雨击碎了吉姆"夏天还长着哩","干嘛不一直这么好"(威,904)的幻想。

> 闪电刹那间使一切都历历在目地闪现在我们眼前。半个天空积满了黑压压的雷暴云砧,但整个西天却明净如洗:闪电时看上去就犹如一潭洒满了月光的碧波;而乌云斑驳的那部分天空则像大理石铺成的人行道,像某座已注定要毁灭的壮丽的海滨城市的码头。……一团和小船一样大小的乌云孤零零地飘进了那片明净的天空,并继续向西边飘动。(威,904)

闪电犹如神启一般,把世界清楚地展现在二人面前,它被一分为二,成为西部和东部、乡村与城市,西部明净如月光,浩瀚如碧波;东部则乌云斑驳,城市生活如同黑压压的雷暴向西部挤压过来,最终将西边全部占领。这段景观象征性地却又清楚地展现了当时存在于美国社会东西部的城乡之间、农业文明与工业文明之间的价值二元对立关系,西部的田园社会

---

① 凯瑟在1923年以《内布拉斯加:第一个周期的结束》为题,高度赞扬了西部开发的历史意义和影响,但同时她也受当时知识界盛行的历史循环论影响,认为美国西部边疆的封闭以及工业文明西方的入侵,代表着新大陆拓荒时代的结束。参见 Willa Cather, "Nebraska: The End of the First Circle." *The Nation* 117 (1923): 236-241。

最终以边疆的封闭和工业化进程的推进而全面溃退。也就是凯瑟之后反复提到的"第一个周期结束"。

对于不可逆转的西部变迁，小说以历史循环论的视角意识到其必然性，并回应个体如何在新的社会物质条件下适应环境并改造世界的问题。吉姆对小说命名的修改便是这种应对策略的隐喻，他在《安东尼娅》"前面又添了个单词，使其成了《我的安东尼娅》"（威，804），"我的"一词的添加，是吉姆成功地通过对安东尼娅叙事的占有完成个人主体身份建构的隐喻。在第四卷结尾，吉姆向安东尼娅宣称她是他的"恋人或妻子""母亲或姐姐"，"是我思想的一部分"，甚至说"你实际上是我的一部分"，接下来，小说立刻通过一段象征性景观的描写来呈现吉姆自我身份建构的意义。

> 当我们穿越田野朝家里走去时，坠落的夕阳像个硕大的金球低悬西天。而当落日西悬之际，车轮般大的月亮已升起在东方，灰蒙蒙的银盘带有浅红色的条斑，淡的像个气泡，或者像是月亮的幻影。足足有五分钟，也许是十分钟，那两个发光的天体隔着平坦的大地遥遥相望，停滞在这世界两个相对的边缘。在那种奇异的光照之下，每一棵小树、每一堆麦捆、每一株葵花以及每一丛银边翠，全都引人注目地抬高了身子；田野里的每块泥土和每道垄沟似乎也都明显地向上抬升。（威，1024）

月亮和太阳同时出现在天空的那一时刻，象征着融合与统一，这种融合发出"奇异的光"，使田野上的万物得以提升，象征着精神上的圆满和升华，吉姆最终将安东尼娅符号化，作为"既普遍又合理的人类最古老的那些概念"（威，1044）实现精神意义上的融合，从而塑造自己的人格结构，开始投入到以铁路为象征的新一轮的"西进运动"之中。

"我的"似乎暗示着这是吉姆个人与新时代的和解方式，但小说套嵌式的叙事结构成功地将吉姆的个人体验转换成集体认同，小说"我"讲述吉姆的故事，吉姆讲述安东尼娅的故事。但由于第一个叙事人是"我"，安东尼娅就成了叙述的叙述，故事的故事，手稿"和他送到我手上的基本一样"。（威，805）表明"我"赞同吉姆作为西部精神代言人的身份，这样"我的"便转为"我们的"，西部叙事成为一代人的历史记忆。

此外，小说横贯于西部与纽约的铁路也对主题的呈现起着结构性的象征作用。安东尼娅的波希米亚身份是一个巧妙的隐喻，波希米亚既是捷克西部的一个地方的称谓，也特指19世纪巴黎都市的一类知识分子和艺术家。作为地方意义上的波希米亚人居无定所，一生都"在路上"流浪，他们崇尚自由，能歌善舞。而以波德莱尔、库尔贝等城市"浪荡子"为特征的波希米亚人，则是"底层（无产阶级）知识分子"，① 这群人在诸如"伏尔泰""莫米斯"咖啡馆或者"安德勒尔""殉道"啤酒馆聚会②，生成一幅独特的城市文化景观，成为"现代性的公共场景的经验的象征"③。波希米亚空间④意味着在资本主义中心城市地带，存在着一种将资本主义视为对立面的积极的反抗性的文化，存在着一种将艺术与生活合二为一的生活方式，是作为资本主义大都市里的"反空间"或者"第三空间"而存在的。⑤ 以安东尼娅为核心，薇拉·凯瑟讲了三个波希米亚人的故事⑥，通过波希米

---

① ［法］皮埃尔·布迪厄：《艺术的法则》，刘晖译，中央编译出版社2001年版，第69、88—89页。

② ［法］皮埃尔·布迪厄：《艺术的法则》，刘晖译，中央编译出版社2001年版，第88—89页。

③ ［英］阿雷恩·鲍尔德温等：《文化研究导论》（修订版），陶东风等译，高等教育出版2004年版，第383页。

④ 纽约的格林尼治村（Greenwich）也在20世纪初成为世界闻名的波希米亚文人聚集地，薇拉·凯瑟本人以及弗兰克·诺瑞斯（Frank Norris）、格莱特·伯格斯（Gelett Burgess）、斯蒂芬·克瑞恩（Stephen Crane）等一批之后享誉美国的小说家在此处度过了一段波希米亚岁月。参见Albert Parry. *Garrets and Pretenders: A History of Bohemianism in America*. Dover Publications, Inc., 1960, pp. 255–280。

⑤ 对于波希米亚主义（bohemia或bohemianism），德国的评论家海尔默·克鲁则（Helmut Kreuzer）作了如此的定义："'波希米亚（主义）'意味着一种知识分子的亚文化，特别是处于布尔乔亚经济秩序之中的一种亚文化；它由那些行动和企图主要体现在文学、艺术或是音乐方面、行为与态度表现为非布尔乔亚或是反布尔乔亚的边缘群体所组成。波希米亚形成了对那些工业化或正处于工业化社会中自得其所的中产阶级的一种对抗性的补充现象，这些社会提供了足够的个人自由度并允许（对布尔乔亚的）符号入侵。"见Michael Soto. *The Modernist Nation: Generation, Renaissance, and Twentieth-Century American Literature*. The University of Alabama Press, 2004, p. 96。

⑥ 小说中三个波希米亚人分别是安东尼娅的父亲，流浪诗人以及安东尼娅，前两位分别代表着边疆拓荒运动的开始和结束，火车成为拓荒运动的象征性符号。安东尼娅的父亲被同乡所骗，在一个漆黑的深秋的夜晚被火车带到内布拉斯加，无法承受极度的贫穷和鄙陋而绝望自杀，这位波希米亚艺术家最终用欧洲贵族赠送的枪支射杀了自己，另一个故事是进入工业化时代后，一名来自外乡的波希米亚流浪诗人将自己投入了收获的脱粒机滚筒里，死在机器之中。安东尼娅成年后则被铁路上的人所骗，被火车带到城市之后又回到内布拉斯加，从铁路的碾压下有尊严地活了下来，成为了苹果园的守护者。机器闯入田园一直是美国文学的主题，代表阿卡迪亚式的田园理想被打断，其中尤以铁路为主要意象。

亚的隐喻梳理了新大陆的艺术谱系，绘制了知识分子的身份地图，回答了知识分子在转型时期身份所属与责任担当的问题。三个故事分别暗示了旧世界的知识分子无法理解应对新世界的严酷现实；新一代的知识人则无法面对机器化大生产对田园诗意生活的扼杀，而代表西部精神的安东尼娅才是波希米亚气质的真正代言人。最后吉姆在与安东尼娅的融合中，成功地将波希米亚身份从内布拉斯加转到了纽约，从农村转到了城市，实现了新时期知识分子身份的转型，而开篇那条连接纽约与西部的铁路作为象征景观，暗示着我和吉姆两个都市波希米亚人所肩负的历史使命。在整个波希米亚深层叙事之中，铁路一直作为核心的意象，成为贯穿始终的结构性象征。

许多评论家认为《我的安东尼娅》是凯瑟最好的作品。在这部作品中，凯瑟进一步发展了自己的写作风格，优美中透显出崇高，简单中蕴含着复杂，朴实中显见着深刻。她对西部精神描写中所体现出高贵和尊严的气质，被评论界誉为"荒野上的贵妇人"。内布拉斯加系列小说中，景观叙事核心是表现人地关系，凯瑟发展出了多种表现人地关系的丰富变化的形式：如以花园、荒原为主题的叙事；典型化的景观嵌入；在空间移动中塑造人物形象等。内布拉斯加系列是对逝去时代的历史记录和回忆。然而，"最好的日子……最先逝去"（威，707），这是《我的安东尼娅》扉页上引用的维吉尔的句子，面对边疆封闭后的美国，面对20年代的浮华和喧嚣，诗人何为？

# 第二章 分裂世界的空间表征

## 一 文化转型中的美国社会

### (一) 20世纪20年代的美国

第一次大战结束后,美国社会被两大主流思想意识主导,其中之一就是"一战"结束后弥漫在整个国家尤其是知识界和宗教界的幻灭情绪。战争将欧洲置于混乱动荡的境地,而青年们所想象的"拯救欧洲文明"的荣誉事业结果被证明是毫无意义的杀戮。温斯顿·丘吉尔在1922年的一段话很有代表性地说明了战争的残酷不义和欺骗性质:

> 所有时代的所有荣誉都被聚集在了一起。不仅是军队,而且是所有人都被强行推到这些荣誉中来……各个民族和统治者们对可以帮助他们赢得胜利的行为都没有任何限制。德国制造了天下大乱后处于极端的恐惧中;但是,被她袭击的绝望的城市最终迈着复仇的脚步紧紧跟随在她的身后……受伤的人在战壕中死去,死去的人在泥土中腐烂。商船、中立国的船只和医院的船只被击沉,所有留在船上的人都在等待着他们的命运,而游向岸边的人则被杀死。战争中的人们不择手段要使整个国家的人无论男女老少都陷入饥饿,以便让他们臣服。城市和纪念碑被大炮摧毁。空中飞来的炮弹一顿狂轰乱炸。各种毒气使士兵窒息而死或把他们烧焦。①

经历了这场战争的年轻人成为迷惘的一代,从前光荣与梦想的抒情时

---

① [美]萨克文·伯科维奇主编:《剑桥美国文学史》(第6卷),张宏杰、赵聪敏译,中央编译出版社2009年版,第96页。

代让位给幻灭、喧嚣的 20 年代。对战争的反省和人性的揭示成为这一时期文学的主题之一。战争幻灭论代替了战争荣誉论:"那些神圣、光荣、牺牲之类的字眼儿和那些毫无实际意义的话总让我感到尴尬。人们不断这么说……报纸上不断这么写,但是我们没有看到什么神圣的东西,而所谓的光荣也根本不光荣,牺牲就像芝加哥的屠宰场把不要的肉埋掉。许多字眼儿你听得忍无可忍,最终只有那些地名获得了尊严。"①

伴随"拯救文明"、建立新世界理想幻灭而来的是美国经济的飞速发展。"一战"后,美国成为世界现代化的中心,物质繁荣带来的消费上的满足、社会迅速变化带来困惑和不适也成为 20 年代美国社会的主要文化现象。在这十年间,美国社会经历了传统社会向现代社会转型的深刻变化,在第二次工业革命过程中,特别是通过"一战"这一历史机遇,美国一举成为世界上头号经济强国。现代化的持续推进,社会财富的急剧增加,使美国从 20 世纪 20 年代起开始进入消费时代,由产业经济型社会进入消费经济型社会,其社会结构、文化生态、日常生活方式与一战前迥然相异,呈现出这一时期特有的文化景观。

经济的飞速发展极大地改变了美国人民的日常生活。1919—1929 年十年期间,美国的社会财富和人均收入都达到了历史上前所未有的水平。"1919—1929 年 10 年中,实际工资每年增长 26%;平均每小时工资增加 8%,平均实际工资增加 11%,而每周平均劳动时间则从 47.3 小时缩短到 45.7 小时。"② 人均收入的增长和工作时间的减少使民众的休闲娱乐成为可能。产品的极大丰富使国家的经济政策也发生了变化,为了保证经济的发展和持续的繁荣,政府鼓励民众消费,以消费为手段、生产为目的的思想来指导国家经济发展。政府通过大力宣传消费理念,展示消费行为对普通民众的生活产生影响,使消费成为一种意识形态渗透到民众心里,逐渐内化为人们的生活准则和价值观念,最终演变成美国式的生活方式,极大地影响了日常生活的方方面面。政府的大力提倡和强有力的物质保障,将美国带入了一个追逐物质享受的时代,一个有别于"一战"前的新型社

---

① [美] 萨克文·伯科维奇主编:《剑桥美国文学史》(第 6 卷),张宏杰、赵聪敏译,中央编译出版社 2009 年版,第 102 页。

② [美] 阿瑟·林克、威廉·卡顿:《1900 年以来的美国史》(上),刘绪贻、王锦瑭等译,中国社会科学出版社 1983 年版,第 295 页。

会开始出现。

消费社会的出现导致了以清教为基础的传统价值观念的崩溃和享乐主义思想的盛行,这是20世纪20年代美国另一大主流思想意识。"与美国的开国元勋富兰克林所提倡的节约的美德风尚所不同,20世纪20年代的美国人认为,节俭对社会有害,消费才是一种美德。"[1] 社会把消费作为一种"美德"公开鼓励人们为金钱而奋斗,消费成为美国文化的一个新词,成为新的社会价值的符号,"节俭自律和享乐主义分别是美国人在两个不同历史时期的价值取向。节俭是新教道德传统给美国人留下的精神财富,是早期美国社会重要的道德标准之一。然而随着社会经济的发展……美国人逐渐忘了节俭自律的传统,开始重视眼下的消费和享受"[2]。洗衣机、收音机、汽车、电影的日益普遍,冲击了传统平淡高雅的娱乐方式,使大批美国青年对传统娱乐不再感兴趣。新的娱乐如体育运动、电影、填字游戏、麻将风靡全国。妇女花在家务劳动和照料家庭的时间越来越少,女权运动开始出现,离婚率持续上升,女性的裙子越来越短,性行为带来的羞辱感不断下降,家庭的规模越来越小。大批恶俗的杂志、电影充斥社会,通宵达旦的聚会狂欢成为新贵的享受方式,酗酒使人的行为日益随便和放纵,"维多利亚式"和"清教徒式"逐渐成为耻辱的称呼,传统价值观念面临进一步崩溃。"从19世纪末开始,美国社会就滋生了现代意义上的消费理念,把以金钱而非地位与身份作为决定性因素"[3],金钱可以买到一切,可以买到名誉、身份和地位,对财富的占有意味着对地位和身份的拥有。美国梦的核心价值逐渐被置换,早期移民的自由、民主的概念是建立在同为上帝子民的基础之上的,个人主义表现为一种献身精神,强烈的使命感和自我反省意识,这种精神塑造出勤勉、律己、诚实、坚忍不拔的个人品格。积累财富的目的不是为了现世的消费,而是作为上帝的选民完成在人间的使命,指向彼岸的更高层面的价值追求。到了20年代,大战中生命转瞬即逝带来的幻灭感,理想主义遭遇搁浅未能实现的失落感,科学发展出现的实用主义和社会达尔文主义的盛行,使美国梦的宗教内核

---

[1] 李其荣:《美国文化解读》,济南出版社2005年版,第471页。
[2] 刘绪贻、杨生茂:《美国通史:崛起和扩张的年代(1898—1929)》(第4卷),人民出版社2001年版,第61—62页。
[3] 朱世达:《当代美国文化》,社会科学文献出版社2001年版,第11—12页。

被抽空，个人主义变成了利己主义的代名词。霍顿在《美国文学思想背景》中的一段话代表了美国当时的知识界和文学界对这一时代的共识：

> 20年代是一个标志着理想主义急剧衰落的时代。……理想主义一直是美国精神的一个主要部分……但在这个时代里，青年人的爱国主义蜕化为愤世嫉俗的消极情绪，而城市、汽车以及低级的公共娱乐活动的瓦解性诱惑力，使家庭的团结和谐受到削弱。在20年代，到教堂做礼拜的人数大大减少，这在美国历史上是绝无仅有的。人们把占领整个世界视为重要的事业，而傲慢地把拯救灵魂看做是这个事业的一种虚饰。……这个时期是物质繁荣的高峰，但它标志着一种深刻的社会和精神危机的开始，而且随着20世纪的发展，这一危机日益深化。①

于是，在华丽喧嚣的爵士乐声中，老一辈人背过身去，开始反思，对战后的新世界日益失望；青年人则感到遭受了背叛，战争的残酷和理想的破灭使他们或远离祖国或叛经离道，质疑或反抗传统价值观；另一方面，新老两代人都没有能寻找出拯救世界替代性的新力量，因此倍感迷惘，对未来不抱希望。在文学界，青年一代的幻灭和反抗以海明威、菲兹茨拉德及其作品为代表，而老一辈的反思则在薇拉·凯瑟身上体现得尤为明显。

## （二）"世界一分为二"

凯瑟在《不到四十》中写道"1922年，世界一分为二"②。这句话为我们理解20世纪20年代期间凯瑟作品中出现的明显变化提供了钥匙。在这一时期，凯瑟早期三部曲里所洋溢的乐观精神被阴郁怀疑的阴影所笼罩，从伊甸园变为失乐园，花园叙事转化为现代意义上荒原叙事，通常评论界把凯瑟这一时期的小说创作称为"危机系列"。

"一战"之后，凯瑟作品在主题和叙事口吻上都发生了标志性的变化。"一战"期间美国社会现状和西部精神的没落已经引起凯瑟的关注和

---

① [美] 罗德·霍顿、赫伯特·爱德华兹：《美国文学思想背景》，房炜、孟昭庆译，人民文学出版社1991年版，第329—330页。

② Cather, Willar. *Not Under Forty*. New York：Alfred A. Knopf, Inc., 1936.

焦虑。但是对于战争，凯瑟的思考是矛盾的，既反对又渴望。相对于国家民族的利益，凯瑟更多的是从人类历史发展的角度来审视战争。一方面她从根本上反对战争，战争是恶的最集中体现，"这场战争打不出任何结果，但它又不得不打"。年轻人奔赴战场去打仗，"是因为我们父辈的罪孽。这绝不是为了使民主在全世界得到保障，也不是为了任何这类的豪言壮语"。（威，1406）尽管凯瑟对战争的态度基本上是否定的，对人类间相互的杀戮行为深为震惊和愤怒，另一方面她又认同当时的达尔文社会进化论思想，承认这种"恶"是必要的，是人类进步过程中的阵痛。她期望战争能开启某种新的东西，甚至认为会有某种预料不到的奇迹般的东西出现："你记得古典神话中的那些故事吗，当神的儿子们诞生时，那些母亲总在极度痛苦中死去？也许我所想到的只有塞墨勒。但不管怎么说，我有时候总纳闷，不知是否非要我们这一代年轻人去死才能使一种新观念在这世上诞生。"（威，1405）这种新的东西具体是什么，凯瑟自己似乎也没有把握，但却满心期待。然而战争结束后，让凯瑟失望的是她所期盼的新世界并没有出现，战后美国的繁荣也没有带来新的精神层面上的提升，反而是她尊崇的传统价值的进一步丧失。工业革命的发展和商业社会的繁荣使现代社会在凯瑟眼里表现出与传统社会迥异的特质：早期拓荒者建立的农耕生活方式已不复存在，农业人口大量减少，安东尼娅式的传统大家庭解体，杰弗逊理想中鸡犬相闻的农耕社会让位于机器轰鸣、高楼林立的城市生活。社会流动性的提升使大批农村年轻的劳动力涌入城市，成为产业工人，成为标准化机器大生产体系的一部分，异化劳动取代了创造性劳动；消费工业化大批量地生产出千篇一律的廉价商品冲击着各种家庭手工制品；生活的目的不是如何去创造而是如何去消费，金钱在人们心中代替了上帝的位置，宛如神明一般。

20年代社会结构的重大变化也渗透了凯瑟家乡内布拉斯加州，凯瑟意识到美国传统的农业社会和西部边疆精神正在被一种新的生活方式和新的价值观所替代：

> 在内布拉斯加，和其他许多州一样，我们必须面对的事实是：开拓者们辉煌的故事已经结束，代替它的新的有意义的故事还未出现。征服荒野开垦处女地的这一代人正在逝去，但还未完全退出，作为坚韧的形象依然令人尊重使人仰慕。老一辈获取物质财富是一种道德上

的胜利，因为那是在与艰苦境况的搏斗中，在各种人生的考验中获得的。……第二代人正值中年，在艰苦岁月中长大，自然他们会对物质享受感兴趣，喜欢购买昂贵丑陋的东西。……. 这一代人目前正坐在驾驶室位置上，他们驰过老一辈辛苦耕耘的玉米地，愿意生老病死在汽车里，厌恶生产任何东西。他们只想购买一切制造好的东西：衣服、食物、教育、音乐、享乐。那血气方刚、快乐的第三代人正从山边走来，他们会是愚蠢的一代吗？他们会相信生活的轻松就是生活的幸福吗？①

凯瑟对第一代拓荒者充满敬意，对第二代边疆人深感失望，对第三代的青年人怀疑担忧，表现出对当时社会现状的失望和焦虑。内布拉斯加土地依然是丰产富饶的，但生活在这块土地上的人们精神却日益贫瘠和荒凉，呈现出精神层面上的荒原景象。她经常在信中或者在谈话中透露出对乐园逝去的伤感："我们的现在已经无可救药了。"② 拓荒时代已经过去了，生活中美好的东西正在丧失，那体现她所认同的价值观和生活模式的社会实体已经不存在或者正在消失，现实生活在同一化和机械化下变得单调和丑陋。正在内布拉斯加出现的生活方式违背了凯瑟对生活的认知和想象："我们通过机器欣赏音乐，我们靠机器带我们旅行——美国人是如此沉溺于其中，有时我甚至想只有机器才能让他们欢笑或者哭泣。"③ 这种文化是违反生活和艺术创造的，她感到与当前世界格格不入的孤独和痛苦，发现自己很难接受、更无法融入现实生活。因此，这也解释了中期小说主题的改变。小说人物常常感到精神的家园正在逝去，选择出走或者逃离所处的环境。"逝去"和"逃离"成为这一时期的重要主题。

当移民们在大草原上建造起人间的"伊甸园"，实现其"美国梦"时，西部精神也随着乌托邦理想一起成为美国精神的核心。随着西进运动的结束，边疆的关闭，西部逐渐成为一个符号、一个象征、一枚贴在共和

---

① Cather, Willar. "Nebraska: the End of the First Cycle." *These United States*, ed. Ernest Gruening. New York: Boni and Liveright, 1925.

② Sergeant, Elizabeth. *Willar Cather: A Memoir*. Philadelphia: J. B. Lippincott, 1953, pp. 163-164.

③ E. K. Brown and Leon Edel. *Willar Cather, A Critical Biography*. New York: Alfred A. Knopf, Inc., 1953, p. 226.

国胸前的勋章,地方被命名化和符号化代表对一段特定历史的定义和塑形,甚至成为消费文化的一部分。工业化和商业文明的进程使西部成为一种文化、一样精神、一份记忆。如何延续这一充满光荣与梦想的时代精神?如何将其融入后人的生活使其成为心灵的归宿之地?如何实现爱默生所说的"精神与爱的使命"都可以在西部的景色中找到合理的依据?①

  因此不难理解为何凯瑟中期的创作表现出强烈的悲观情绪,她在为逝去的田园唱响挽歌。凯瑟早期的内布拉斯加叙事系列和中期的危机系列都以内布拉斯加为主要背景,这种史诗性与哈代的威塞克斯叙事相似,哈代讲述完英国农村从宗法制农业社会一步步演变为资本主义农场经济后,便结束了威塞克斯叙事,不再创作小说而是转向了诗歌。凯瑟同样通过早期的草原系列和这一时期的危机系列,从花园叙事过渡到荒原叙事,完成了内布拉斯加叙事。之后她不再讲述内布拉斯加的故事,而是穿越时空,回到过去,进入小说创作的第三个阶段:历史小说。

  当我们将凯瑟的草原系列和危机系列作为内布拉斯加叙事整体来看,各个小说之间的内在关系就在时间上构成一种序列联系,整个内布拉斯加叙事就是一部西部拓荒史,从第一批进入大草原的移民开疆辟土到西部拓张停滞、农业文明所拥有的简单、纯洁、自然传统被商业文明所玷污,导致在梦想破灭下人们的焦虑、困惑与绝望。从时间上看,《啊,拓荒者!》描写的是第一批北欧移民开拓边疆的故事,尤其歌颂的是草原上的乌托邦农业社会生活。《我的安东尼娅》主人公安东尼娅是第二批来自波希米亚的移民,此时草原农业共同体社会已经开始衰退,大草原上很多青年人离开农村进入城镇,选择留在农村的安东尼娅是作为家园守望者的形象被吉姆歌颂的。小说结尾时吉姆漫步在牧场,面对童年的那条古道遗迹缅怀感叹曾经的辉煌,为早期移民们的伟大功绩画上了句号,凯瑟创作从此进入被评论界认为的中期"危机系列"小说。"危机系列"的第一部小说是《我们中的一个》,主人公克劳德·惠勒是安东尼娅们的后代,此时田园牧歌似的农村生活面对工业资本主义的强大攻势正面临解体,农村日益被纳入商业世界巨大的流通链条之中,农产品和工业产品一样成为商品,劳动的目的是获得最大价值的利润。小说描写克劳德一生对有意义生活的渴

---

① Emerson, Ralph Waldo. "Journals and Miscellaneous Notebooks." ed., Sacvan Bercovitch, *The American Jeremiad*. University of Wisconsin, 1978. p. 182.

望与追求,克劳德的死亡代表理想主义的最终破灭。《迷失的女人》可以看作一部隐喻作品,作为西部美象征的福瑞斯特夫人在商业社会里一次次遭受打击摧毁,最后远嫁加利福尼亚。加利福尼亚对于凯瑟来说意味着文化和知识的缺席,是堕落和贫乏的代名词,是一个没有灵魂的城市。小说结尾福瑞斯特夫人浓妆下苍白的脸出现在加利福尼亚这个没有灵魂的城市,无疑是西部精神死亡的象征,它宣告了内布拉斯加拓荒叙事的结束。之后凯瑟小说不再以内布拉斯加为故事发生地,但这种精神上的荒原感在《教授之屋》中更加深化,西部作为一种记忆想象依然存在,以奥兰在西部发现的遗迹作参照和象征,教授在日记和历史中感受到西部精神的召唤,却无法在现实生活中找到所对应的所指价值,对现实生活的极度绝望使圣彼得躲进了自己的房子,甚至选择了自杀。如果说凯瑟在草原系列中精心建构了一个花园,那么在危机系列中,这一花园被工业文明所摧毁,人再次地遭受流放、寻找自我,身份焦虑等现代性危机成为这一系列的主题,世界一片失乐园的景象。

在凯瑟"危机系列"小说的创作中,景观叙事依然占据非常重要的地位。小说的叙述结构、中心意象都有很强的空间性。最为明显的标志是她解构了花园叙事中所建构的意象体系,重新安排布置空间,区域间的移动、地貌、景观、房屋构成了相互联结相互对照的象征体系。同时,运用自由间接引语的手法形成浮动的叙事视角,提供了两套景观解读视野,在表面叙事层下展开潜文本叙事。另一个重要的手段就是空间的并置,在《教授之屋》中,空间并置成为结构小说的主要手段。"危机系列"里凯瑟对景观叙事的大量征用,再一次印证了伊恩·贝儿所言:"凯瑟对起源和身份追求的分析更多地偏向地域而非社会结构的方面。"[①]

## 二 《我们中的一个》——家园的丧失

评论界总体上认为凯瑟小说主要描写了两类拓荒者主题。早期多表现拓荒者的高尚进取精神,如《啊,拓荒者!》《我的安东尼娅》,后期则描写在商业社会下拓荒精神的衰退,其中重要的主题之一便是拓荒精神已经

---

① Bell, Ian A.. "Rewriting American: Origin and Gender in Willa Cather's *The Professor's House*." *The Year Book of English Studies* 24 (1994): 12-43.

成为远离现实的传统，丧失了对当下空间的塑造功能，主人公们或者在异国他乡死亡，或背井离乡流浪。如《我们中的一个》《教授之屋》《迷失的女人》。对于凯瑟来说，以内布拉斯加为表征的西部历史是一部创造和毁灭的文明史，《啊，拓荒者！》《我的安东尼娅》重点在于如何建造和巩固新兴的文明，而从《我们中的一个》开始，这个文明周期就已经结束了。

《我们中的一个》出版于1922年，这是一部在当时就非常有争议的小说。梅瑞尔·斯卡格斯（Merrill Skaggs）分析认为，正是当年出版的小说《我们中的一个》所遭受的过激批评，致使凯瑟在1936年出版的散文集《不到四十》中谈道"1922年，世界一分为二"。① 尽管小说出版后即获得了巨大的商业成功，并于1923年获得了普利策奖，评论界也认为《我们中的一个》获普利策奖是因为："成千上万的美国家长和许许多多的美国一战老兵在该作品中看到了对他们所作牺牲的回报与光辉展现。"② 但很多有影响的作家和批评家对小说进行了言辞较为激烈的评论，尤其表现出对小说后一部分的战争描写和人物塑造的失望。在《我的安东尼娅》中给予凯瑟高度赞扬的批评家 H. L. 门肯批评这部小说对主人公在战场上的描写缺乏真实性，对克劳德至死依然抱着对战争的狂热幻想表示怀疑；辛克莱·刘易斯（Sinclair Lewis）甚至于1926年拒绝接受普利策奖，原因是反对普利策委员会为凯瑟颁奖的理由："该小说最好地表现了美国生活总的氛围，表现了美国行为和男子汉气概的最高标准。"③ 海明威写给埃德蒙·威尔森（Edmund Wilson）的信更是不加任何掩饰地表现出对这部小说的嘲讽："最后那一幕很棒吧？你知道从哪来的？是《国家的诞生》中

---

① Skaggs, Merrill Maguire. *After the World Broke in Two: The Later Novels of Willa Cather*. Charlottesville: University Press of Virginia, 1990. p. 212.

② Sergeant, Elizabeth Shepley. *Willa Cather: A Memoir*. Lincoln: University of Nebraska Press, 1953, p. 181.

③ Richard Harris. Historical Apparatus of *One of Ours* [Z]. Sept. 7, 2009, retrieved from http:/cather. unl. edu /0019. html. 另：在写给普利策委员会的拒绝信中，刘易斯明确指出，他拒领普利策奖是因为普利策给凯瑟的颁奖理由让他不能苟同，他认为该理由显示出小说评判标准并非基于文学成就本身，而是迎合当时时髦的好形式准则。不过也有人认为，这是因为刘易斯1921年的《大街》（Main Street, 1920）和1923年的《巴比特》（Babbit, 1922）都没有竞争过沃顿和凯瑟两位女作家，一气之下才罢领普利策奖。因为他后来并没有拒领诺贝尔文学奖。

的战争场景里弄来的。我一个一个地对了，只是被凯瑟化了，可怜的女人，她真得从什么地方弄点战争经验才行啊。"① 埃德蒙·威尔逊在《贝尔先生，凯瑟小姐及其他》一文中认为凯瑟的这部小说对战争不乏真实的描写，但小说只停留在表面上的真实，缺乏的是克劳德对战争的情感真实，小说失败在对战争抱着一种幼稚的浪漫天真。②

由于这些大批评家、作家的负面评论，从20年代到70年代初，评论界对《我们中的一个》一直不离左右地追溯上述评论，对战争的简单化、浪漫化、理想化是这部小说的致命弱点，导致这部作品在半个世纪的时间里备受冷落。1975年加拿大学者戴维·斯多克（David Stouck）在专著《薇拉·凯瑟的想象》中指出，《我们中的一个》实际上是一部反讽小说。凯瑟并不认同主人公堂吉诃德式的理想主义，小说在"美国生活粗犷的现实"与"任性而又浪漫主义的理想"③ 之间存在着巨大的讽刺。从此，《我们中的一个》的反讽成为学术界讨论的热点，学者从荒原意象、叙述视角和互文性等多重角度发掘文本的潜在讽刺话语。1984年简·施温德（Jean Schwind）在文章《〈我们中的一员〉的"美丽"战争》中指出，主人公克劳德戴的是"克劳德镜"，从他的视角看到的世界成为景观，被浪漫化，但克劳德的声音不是唯一的，作者在文本中还安排了多重声音，使"浪漫"与"反讽"的主题相互作用统一在有机体中。④ 1986年凯瑟的权威评论家苏珊·罗索斯基在《危险的旅程：薇拉·凯瑟的浪漫主义》一书中将丁尼生的《国王叙事诗》与《我们中的一个》相对照，在二者的互文性中指出克劳德浪漫精神的盲目性，这种盲目乐观与战场的严酷冷峻之间的鲜明差距形成反讽。⑤ 1987年凯瑟的传记作者詹姆斯·伍德莱斯（James Woodress）指出小说很多时候是以克

---

① Wilson, Edmund. *The Shores of Light: A Literary Chronicle of the Twenties and Thirties*. New York: The Noonday Press, 1952, p. 118.

② Wilson, Edmund. "Mr. Bell, Miss Cather and Others". Vanity Fair (Oct.1922). Rpt. in *Willar Cather: The Comtemporary Reviews*. Ed. Margaret Anne O'Connor. Cambridge: Cambridge University Press, 2001. 143-44.

③ Stout, David. *Willa Cather's imagination*. Lincoln: University of Nebraska Press, 1975, p. 84.

④ Schwind, Jean. "The Beautiful War in *One of Ours*" in *Modern Fiction Studies*, 1984 (1), p. 155.

⑤ Rosowsk, Susan J. *The Voyage Perilous: Willa Cather's Romanticism*. Lincoln: University of Nebraska Press, 1986, pp. 106-107.

劳德的视角叙述的，但克劳德的立场并不能代表凯瑟的，海明威等人对作品的恶评是因为"他们没有仔细阅读作品，因而未能看出凯瑟本人对战争并无幻想"。① 之后，梅瑞尔·斯卡格斯认为《我们中的一个》中凯瑟一反早期草原系列小说风格，在作者和主人公之间保持着一定的距离，这种距离充满了讽刺，并认为《我们中的一个》是凯瑟分水岭式的作品，后期主题和创作风格均可从该小说中找到源头。

在评论一路倒向作品中反讽因素的同时，莎伦·奥布莱恩（Sharon O'Brien）另辟新径从叙事的角度谈到小说的"不稳定性和变动性"，② 指出小说使用第三人称全知叙事视角，当全知全晓的叙事视角通过贯穿始终的自由间接引语进入克劳德的意识，叙事话语便内在地包含了双重声音，读者通过克劳德视角了解的世界在某种程度上就跟叙事人的世界遭遇了，而这个叙事者在一定程度上就是凯瑟本人。其他如史蒂芬·斯达特（Steven Stout）、理查德·哈里斯（Richard C. Harris）也指出小说的含混倾向，克劳德的原型是凯瑟"一战"牺牲在法国的堂弟，凯瑟对这个人物倾注了很深的情感，她甚至在信中跟朋友说克劳德就是她年轻时的自己。但他们同时认为对克劳德的情感并不表明凯瑟坚持克劳德的理想主义，尽管偶尔会赞赏一下，小说在对堂吉诃德式主人公进行反讽的同时，又流露出对这位优秀年轻人的敬意和同情，对青年之死的哀伤。强调这是一部充满开放性、对话性、多声部的现代小说。③

学术界对《我们中的一个》的评论反映出早期草原系列小说对读者接受的影响，早期小说乐观积极的腔调形成了一种思维定式，这种定式限制了读者的期待视野，不大能一眼看出《我们中的一个》中暗藏的反讽悲观口吻。针对前期对这部作品的误读，之后评论界的话题又一边倒地集中在小说的反讽特征之上。近年来批评视域更加开阔，不再拘泥于非此即彼的选择之中，更多地关注于作品内在的复杂情感和主题意蕴含混的倾

---

① Woodress, James. *Willa Cather: A Literary Life*. Lincoln: University of Nebraska Press, 1987, p. 1326.

② O'Brien, Sharon. "Combat Envy and Survivor Guilt: Willa Cather's 'Manly Battle Yarn'" in Adrienne Munieh and Susan Merrill Squier. eds., *Arms and the Woman: War, Gender, and Literary*. University of North Carolina press, 1989. p. 191.

③ Steven Trout, ed., *Memorial Fictions: Willa Cather and the First World War*. Lincoln: University of Nebraska Press, 2002.

向，各种主题交织在一起，建构了小说意义文本的大厦。但是，从小说创作的基点来看，反讽叙事也好、多主题叙事也好，小说表现出的最基本的情感是逝去感和困惑感，早期评论家所批评的作者对战争的美化实际是受作家草原系列的乐观腔调的影响，还有就是对作家创作倾向的错误思维定式所导致的误读，之后评论家指出的战争描写所包含的反讽特色是对这一误读的纠正，误读和纠错两者其实都是在揭示小说的同一个主题——逝去与追寻。富于理想的优秀青年的死代表着能支撑这种理想的社会价值的缺失，代表着曾经孕育出这种理想的精神家园的丧失，主人公外出求学、恋爱、参军赴死的行动都是召唤逝去理想的努力。然而，所有事情无一例外地都失败了，"历史之书已不会再有续篇，因为人类已到了贪得无厌的晚年，高贵的进取精神已永远湮灭"（威，1276）。主人公的死更是为逝去时代无可挽回地吟唱了一首挽歌。

从文学地理批评视角上看，《我们中的一个》依然是一部地域小说，小说的地域性是文本解读立足的基础，发生在内布拉斯加草原法兰克福镇一个年轻人身上的故事，充满了地方色彩。人物情境、家庭生活、田间劳动、共同体社会都打上了地方的烙印，正是时代的地方化特征成为解读小说主题意蕴的一把钥匙，最明显的标志是边疆的封闭，杰弗逊理想化的农业文明遭遇解体，新型商业化社会随着铁路向西延伸完成其空间扩张。小说描写的是一个"一战"前后的西部农场，折射出与19世纪末截然不同的生存环境以及人物与环境之间的关系，巨大的落差通过多次出现的《失乐园》篇章给予暗示，一个曾经的边疆花园正在逝去，精神上的荒原对主人公来说如炼狱一般难以忍受。在这部小说中，花园主题被荒原主题所替代。[①]《我们中的一个》整部小说共五章，分为两个部分：第一部分发生在美国

---

① 有学者曾将凯瑟的这部作品与同一年出版的艾略特的《荒原》相比较。《荒原》和《我们中的一个》这两部作品之间本身没有相互的影响，但两部作品在主题和结构上有很多的相似性，都记录了"无法超越另一种文化的精神现象而导致的个人和社会的失败"。两部均为五章结构的作品在主题的发展上也是一致的，第一部均展现出社会整体衰败的景象，第二、三两章描写个人层面上的一步步失败，第四章是"水里的死亡"，紧接着的第五章表达对精神上再生的渴望，贯穿在两部作品中共同的主题是圣杯传奇，主人公四处找寻的过程暗示了现实环境无法提供任何有意义的精神价值，"荒原"成为两部作品的隐喻，成为《我们中的一个》整部小说的情境和意旨。参见 David Stout, *Willa Cather's imagination*, Lincoln: University of Nebraska Press, 1975 p. 89。

国内，描写克劳德在西部家乡小镇农场的压抑生活；第二部分是克劳德去法国参加第一次大战最后战死疆场的经历。小说的第一部分依然发生在西部，是《啊，拓荒者!》《我的安东尼娅》内布拉斯加叙事的延续，这两部作品作为前文本，与《我们中的一个》形成互文，自然、家庭、农场、共同体的空间建构在时间和地点上具体清晰，丰富的现实细节给人以真实的感受。小说与前两部作品形成对照，更加容易看到从花园主题到荒原主题的这种转变。

### （一）互文性下的失乐园叙事

小说第一部的主要情节发生在"一战"前后的内布拉斯加，克劳德是继亚历山德拉和安东尼娅之后的内布拉斯加第三代拓荒者。早期亚历山德拉所遭遇的荒原景象已不复存在，取而代之的是一个个富足的家庭农场，农业生产基本实现机械化，技术革命导致了空间的拓伸，新的时空构造形成了新的社会结构，引发了家庭结构、农场经济、共同体生活的内在变化。对比前两部小说《啊，拓荒者!》和《我的安东尼娅》，这种变化就相当明显了。在这前两部小说中，故事均以人进入荒原为开篇，人与自然互为主体，与自然逐渐构成互为主体间性的空间，最后实现从荒原到花园的转变。在这种转变过程中，人、房屋、土地、果园，自然环境与四季循环建构成一种有机的稳定的时空社会结构，形成一幅美国早期理想农业社会的图景。在这两部作品中，小说主人公将自身价值和情感投射到土地和果园之中，日常生活的具体场景被升华成具有象征意义的景观再现，空间成为充满情感和神圣价值的所在，小说用抒情的笔触描写了亚历山德拉和土地之间类似于情侣般的亲密关系，象征旺盛的生命力必然孕育出丰收和富饶；而吉姆也在安东尼娅的果园里找到了寻觅的"圣杯"，这是人与人之间、人与环境之间的情感交流和彼此关爱的源头。小说结尾主人公都选择守候家园，表现出对所生活地方的强烈的情感认同和归属感。《我的安东尼娅》结束时盛大的家庭晚宴场景将对田园理想生活的抒情推到顶峰：

> 晚餐时我们是怎样的一桌人：只见灯光下长长两排静不下来的人头，而当安东尼娅在桌子首端就座，盛满一个个盘子并开始把一道道菜往下传时，有那么多双眼睛兴奋地注视着她。孩子们的座位分布遵

循了一种秩序：一大一小平均间隔，大孩子负责照管小孩子用餐时的举止并确保得到食物。安娜和尤卡不时离开座位去端来一盘盘新鲜的柯拉契司和一壶壶牛奶。(威，1040)

吉姆用惊叹的语气将晚餐的场景仪式化。女主人的"首端就座"暗示仪式的开始，参与者按照规定坐在各自的位置上，一盘盘食物也先后有序地传送到每位进餐者的面前，在充满了期待与兴奋的气氛中，营造出以关爱、秩序和丰盛为核心的共同体空间。对比《我们中的一个》，《我的安东尼娅》是"最后的晚餐"、西部生活的绝唱。《我们中的一个》在时间上承接《我的安东尼娅》，从早餐开始叙事，象征新的时代的开始。此时家庭结构和进餐形式都发生了明显的变化，其中最为意味深长的是父亲这一角色。在前两部作品里，开疆拓土创业中的父亲是不在场的，美国文化总是在地理上将世界分为新旧两个部分，欧洲被称为旧世界，来自于古老欧洲的父亲们身体和精神上都显得纤细而羸弱，作为文化象征的父亲在新大陆的死亡，再次强调了拓荒运动是对欧洲旧世界的离弃，新世界必须由身体健壮而充满活力的新人来创造，两位女性成为新世界的象征。而《我们中的一个》父亲再次出场而且成为家庭的主宰。对照前两部小说的隐喻，父亲回归暗示大洋彼岸的工业文明和消费社会再次登陆，经历短短几十年里的攻城略地，又重新占领了这片土地。在这部小说里，进餐变得随意而简单，更没有关于食物色香味的具体描写，只用零星片段的笔触勾画出早餐的情境。"高大""魁梧"的父亲从"封闭式的楼梯"走下，穿着"皱巴巴的衬衫""随随便便"地"一坐下便拿过大糖钵开始往自己咖啡里倒糖"，嘲笑并打消了克劳德洗车进城看戏的想法，使薄煎饼"在克劳德嘴里变得又硬又涩"（威，1063）。母亲在一边谨慎地喝着淡咖啡，显得紧张而怯懦。父亲充满力量却傲慢自私，嘲笑克劳德身上任何与想象有关的东西，用功利实用的理性精神对浪漫抒情的田园情怀进行压制。安东尼娅式的大家庭缩小了、兄弟间关系冷淡、雇工们猥琐且充满怨恨，关爱、秩序、丰盛被冷漠、随意、自私所代替。如果说安东尼娅和亚历山德拉在开篇遭遇的是自然意义上的荒原，克劳德遭遇的则是精神意义上的荒原。少年吉姆带着《杰西·詹姆斯传》进入内布拉斯加，拉开了在茫茫荒野上冒险传奇的序幕；而克劳德却是一遍又一遍地听着"他们让杰西·詹姆斯躺进了坟墓"这支"悲凉的山歌"（威，1081）长大。在他成长的岁月里，一个时代正渐渐地离他远去，最让他刻骨铭心的是五岁时对一棵樱桃树的记忆："那棵树冠被修剪成圆形、满树绿叶红果的美丽的樱桃树已被他父亲锯断！"小克劳德看到被砍倒的樱桃树，对父亲的愤怒几乎疯狂，他"天天去果园看着那棵树慢慢凋残干枯"（威，1085），认为上帝一定不会原谅砍树之人。老惠勒砍樱桃树似乎是"华盛顿与父亲的樱桃树"的变体，象征着"阉割行为"，背后传达的是传统文化坠入现代文明深渊之后所产生的恶果。父亲希望通过砍果树这一象征性行为，告诫克劳德从前被珍惜的美和田园浪漫情感在实用主义盛行的当下美国社会是脆弱的无用的，这种虚无缥缈的矫情必须加以剔除，克劳德应当抛弃传统，忘记过去。

除了与前两部作品形成互文来表现主题差异外，小说还使用家国同构的形式，用家庭结构、成员关系、日常生活氛围影射整个农场和共同体生活。家庭本身就是个微型的社会，辐射开来便能了解整个社会的变化，克劳德的家就像他的邻居一样：

> 克劳德深信在他小的时候，当所有的邻居都还很穷时，他们以及他们的房屋和农场都更具有个性。那时候庄稼人曾花时间在他们的土地上种植美丽的三角叶杨树林，并沿着各家的地界种植桑橙树篱。如今这些树全部砍掉并被连根掘除。究竟为什么，谁也不知；反正谁家都不再有树。繁荣昌盛带来了一种冷漠无情；人人都想毁掉他们过去常引以为自豪的那些东西。开车进城买水果比自己种植果园要省事得多。
>
> 人本身也变了。他还记得这一带所有人都友好相处的时候；可如今他们相互间官司不断。他们的儿子要么既吝啬又贪婪，要么既奢侈又懒惰，而且老是没完没了地惹是生非，显而易见，消费财富比创造财富更需要智慧。（威，1149）

这两段并列在一起，再自然不过地展示了农庄生活与人性塑造之间的关系。当房屋和农场是"具有个性"的，果园和树木是"美丽的""引以为自豪的"时候，人们之间是友爱和谐的。这些体现人类情感的形容词表现出景观在塑造人生活的同时又参与并影响了人的情感建构，形成类似于威廉斯所说的"情感结构"。拥有这些房屋和果树的个人因此是"美丽的""具有个性的""引以为自豪的",对生存空间的情感灌注成为联系共同体成员关系的牢固纽带。但随之而来的砍树运动改变了先前共同体的地貌,同时也改变了人们的价值观和情感结构。早期拓荒者的后代们现在和克劳德的两个兄弟一样,哥哥"既吝啬又贪婪",专注于积累财富;弟弟"既奢侈又懒惰",满足于疯狂购买带来的快乐。流水线、机械化带来速度和繁荣的同时,也将根植于土地上的富于个性的美连根拔起。砍除果树这一行为之所以具有象征意义,是因为它不是克劳德父亲的个体行为,而是一种普遍现象,暗示作为情感归属之地的果园被摧毁,人们被逐出花园。砍树行为与"人人都想毁掉他们过去常引以为自豪的那些东西"联系在一起,暗示连接昔日共同体的价值纽带被割断,在《我们中的一个》里,安东尼娅的果园遭遇摧毁,《啊,拓荒者!》中的花园共同体遭遇解体。

为了表现田园生活被现代工业文明所摧毁的这一无可挽回的历史进程,《我们中的一个》也沿用了一个美国传统的景观模式,即"机器闯入风景"的意象作为隐喻,表现阿卡迪亚式的田园生活被打破。利奥·马克斯在《花园里的机器》一书中曾指出"维吉尔的《牧歌集》(Eclogues)才是美国文学中田园风格的真正源头"。因为他在这些诗歌中发现了阿卡迪亚,"建构了将神话与现实巧妙融合的象征风景,这一点与美国经验的关联性更大"①。《我的安东尼娅》中,吉姆在阅读维吉尔时,联系自己的故乡,认为内布拉斯加草原就是自己的阿卡迪亚。"机器闯入风景"这一景观模式在美国文学传统意象中反复出现,是因为它抓住了事物的本质而具有象征意义,反复出现的意象核心是建立在风景与机器相互对立模式之上的,机器突然闯入风景在美国文学中象征着阿卡迪亚式的宁静和谐被打破,在霍桑、梭罗、麦尔维尔、马克·吐温、菲茨杰拉德等人的作品里,人们都能读到这样的场景,主人公沉浸在对自然和景物的沉思遐想中,突然被火车或汽船的声音所惊扰,此刻,无论是心灵中的还是现实中的阿卡迪亚都被破坏。美国早期移民把新大陆作为远离欧洲工业喧嚣的静穆田园加以赞美,当西部被开发之后,田园理想便成为西部神话的必然主题,亚历山德拉的分水岭、安东尼娅的农场是美国田园叙事里的阿

---

① [美]利奥·马克斯:《花园里的机器——美国的技术与田园理想》,马海良等译,北京大学出版社2011年版,第13页。

卡迪亚,代表着宁静、简单和自给自足的生活,正是在这个意义上《啊,拓荒者!》和《我的安东尼娅》才被看作是美国西部的田园史诗。

而在《我们中的一个》里,这种宁静和谐被打破,克劳德在地里拉着两头骡子埋头耕地时,突如其来的卡车轰鸣声使两头骡子受了惊吓,将克劳德拖离地面开始狂奔。"他们拖着在空中飘荡的他没命地跑,最后使他撞上有刺的铁丝网围栏,把脸和脖子全划伤了。"(威,1178)有学者认为"人缠到铁丝网的意象暗示着美国边疆和边疆精神的消失"[1]。但从小说上下文看,也许作者要表达的意义更加深刻。小说并没有直接描写克劳德受伤,而是通过伦纳德向克劳德最好的朋友埃内斯特传达的,当听到克劳德受伤的消息时,埃内斯特脑海里正在浮现父母耕种的场景,而且这是"他所记得的最早的一幅耕耘图",意味深长的是这幅耕耘图的背景是欧洲,两个场景的并置,不仅暗示着美国边疆和边疆精神的消失,也在更大的范围上为一种古老的农耕传统画上了句号,让它从此遗留在人们的记忆和向往之中。亚历山德拉进城后曾慨叹这个世界对于她来说是个大的囚笼,但她还能拥有让她远离尘嚣的分水岭,那是她最后的阿卡迪亚。如今,对于克劳德来说,这片乐土也在一片轰鸣声中不复存在了,他无处可逃,那个象征着囚笼的铁丝网将克劳德囚禁,从前的阿卡迪亚现在成了囚禁他的牢笼。最后一块净土的失去使整个世界变得就像克劳德母亲天天朗诵的《失乐园》,那里"四面八方围着他的是个可怕的地牢,/像一个洪炉的烈火四射,但那火焰/却不发光,只是灰蒙蒙的一片,/可以辨认出那儿的苦难景况,/悲惨的境地和凄怆的暗影。(60—70)"[2]

在《我们中的一个》里,与"内布拉斯加系列"相比,小说的叙事语调也发生了变化。贯穿《我的安东尼娅》的抒情语调在《我们中的一个》里变成了讲述语调,叙述视角也由外在视角变为内视视角,不再有大量情景交融的景观描写。凯瑟解释说之所以"砍去所有的画面描写是

---

[1] James, Pearl. "The 'Enid Problem', Dangerous Modernity in *One of Ours*." ed., Steven Trout. *Cather Studies: History, Memory, and War.* Lincoln & London: University of Nebraska Press, 2006: 101.

[2] [英]弥尔顿:《失乐园》,朱维之译,天津人民出版社1996年版,第6页,弥尔顿描绘的地狱景象。

因为这个孩子不看画"①:"克劳德习惯性地穿过田野,没有抬头看他正走向何方。他的视力已转向内心,正在看那些眼下还完全是想象中的场景和事件。"(威,1261)对眼前景观的拒绝,说明人物与环境之间的隔阂,或者说拒绝在场,有意地拉开距离。凯瑟将美丽的田园景观以及激发人激情和想象的画面从克劳德眼中删除,与吉姆叙事中自始至终的景观抒情手法正好相反,使同一片土地在两个人心目中激发出完全不同的情感和想象。吉姆要做这片土地上的诗人,期望自己是"第一个把缪斯引进我那片故土的人",并怀着"一种伟大的情感",撰写"笔尖之于诗行就犹如犁铧之于犁沟的田园诗"(威,968)。从这种角度就不难理解为何《我们中的一个》不再有《我的安东尼娅》里自始至终的抒情和景观描写。克劳德从他的樱桃树被砍倒的那时起,那种能激起他情感想象的世界就远离了他,即使是面对"秋日一天中最灿烂的时刻",他也"迷惘地站在枯叶沙沙作响的玉米林中,隐藏在这个世界看不见的地方"(威,1130)。一个很有趣的对比可以看出凯瑟对景物建构的精心策划:凯瑟一直将内布拉斯加地域叙事放到历史循环论的背景中来思考,边疆的封闭和工业主义在这一地区的兴起代表着一个时代的结束和另一个时代的开始。亚历山德拉和卡尔"双双进了屋子,把分水岭留在了他们身后",而《我的安东尼娅》整部小说就是吉姆对一个逝去时代的回忆,凯瑟在一次著名的演讲中把这个时代的结束称为"内布拉斯加,一个周期的结束",所以《我们中的一个》实际上是另一个周期的开始。对比于前两部拓荒小说中的辉煌景象,《我们中的一个》的农场似乎失去了昔日的光彩,不再能激发人们的激情和想象了。因此,凯瑟有意识地在小说一开头用散淡的笔触描写克劳德一家早餐的情形,与《我的安东尼娅》结束时浓墨书写的晚餐形成鲜明对比,同时在时间上的承接也是富于深意的。除了晚餐和早餐之间的承接,在季节上也反映出二者之间的承接关系。景观描写在时间上以一个周期结束另一周期开始的叙事顺序:《我的安东尼娅》里,吉姆是在一个深秋的夜晚进入内布拉斯加草原,整个叙事经历了秋、冬、春、夏一个四季的循环,到夏天达到顶峰。

《我们中的一个》开篇秋天又返回世间,开启另一个循环。在这个

---

① Cather, Willa. *Willa Cather in Person*. ed. L. Brent Bohlke, Lincoln: University of Nebraska Press, 1986, p.39.

循环里，景观与前面形成时间上的衔接，内容上的对照。又是一个深秋接近落日的时分，克劳德在田野上收割玉米，周围的景色对他没有任何触动，他静静地躺在车上，陷入对土地的沉思。小说少有地对农场进行了景物描写，采用的是隐含叙事人的视角，而不是克劳德的视角。这是一个秋日陨落的时刻。这幅深秋落日图酷似梵高的《乌鸦飞过的麦田》，梵高在这幅画里传达的是死亡的意象，一群群乌鸦象征着死神。凯瑟在这里只是将麦地置换为玉米地，"蓝的耀眼的天空"下，"一群群乌鸦从它们觅食玉米粒的地头经过他的头顶，飞回它们在洛夫利河边树丛中的窝巢"（威，1130）。在这种背景下，克劳德得出了结论："拥有财产的人是财产的奴隶，而不拥有财产的人则是拥有者的奴隶。"（威，1130）当克劳德思考完这些问题开始驱车回家时，凯瑟以隐含作者的视角加了一段景观叙事：

  贪吃的乌鸦在归巢之前继续在周围呱呱啼叫。当他驾车钻出玉米林驶上公路之时，已是残阳坠落的时分，……还有耸立在暮色中的黑乎乎的风车。他前面是那片高地牧场的陡坡，一些几乎掉光了叶片的小树在河边紫色的阴影中挤做一团，惠勒农场的住宅耸立在小山顶上，它的窗户全被最后一抹余晖映得通红。（威，1130）

"残阳坠落"，天空充满了乌鸦的阴影和啼叫，黑乎乎的风车，阴影里挤做一团的小树，克劳德的马车在夕阳下独自驰向通往高地牧场的陡坡。这幅图景有很强的中世纪哥特色彩，荒凉的城堡下，肩负使命的骑士单枪匹马去远征。那抹映红他家窗户的余晖是最深沉的召唤，召唤他离开这片不再有激情和创造力的土地，去逃离，去寻找有意义的生活。每当感受到它的召唤时，"他会一跃而起，……因为他心中那个旧有的信念往往会突然闪现，带着一种强烈的希望和剧烈的痛苦——生活中肯定有某种辉煌的东西，要是他真能够找到它该有多好"（威，1150）。

## （二）骑士传奇下的空间推进

  类似于乔伊斯的《尤利西斯》以希腊神话为潜文本，凯瑟的这幅策马独行图从文学传统来说颇有中世纪的骑士传奇色彩，暗示小说以骑士传奇为潜藏文本，与表层文本形成对话关系。当然仅以一幅景观描述不能说明问题。凯瑟还使用了中世纪圣杯传奇作为潜文本来描写克劳德的精神探险。彼得·史迪奇指出凯瑟对中世纪骑士精神情有独钟,他引用了凯瑟1899年的一首诗《那就回到古老的法国》的最后一节作为证明:"高举古老传奇的酒杯/让我们一饮而尽/忘记生活的谎言/这些才是生活的现实。"① "这些"指的是中世纪骑士理想,而高举的杯子暗示"圣杯"。凯瑟1920年写完克劳德在内布拉斯加的生活之后专程到法国考察"一战"。在此之前,她已经调查过参战士兵、护士以及大量描写战争尤其是"一战"的小说。她去法国更多的是体验由法国的教堂、街道、房屋、自然这类现实中的具象空间,但这种空间体验带给凯瑟的不是现实感,而是一种历史的回溯:"像生活在中世纪。"伊迪斯·刘易斯在解释这部作品时说:"中世纪表面上可能与整部小说没什么联系,但从某个方面来说的确相关。她需要拥有完全的法国情感来描写战争。"② 刘易斯的话暗示凯瑟将在这部小说中,将中世纪的骑士精神赋予法国这个国家,并使克劳德经历的每一个地方都能感受到这种精神的召唤。我们上文已经谈到,这部小说的目的并不是歌颂一战的胜利和廉价的爱国精神,克劳德走向战场也并不仅仅是完成美国远征军的历史使命,而是追求一种更久远更辉煌的理想,为日益封闭物欲化的西部生活寻找新的出路。为了实现这一目的,凯瑟选用了富有象征意义的圣杯神话作为小说的潜文本。苏珊·罗索斯基认为凯瑟通过这个潜文本将小说转为"一个美国版的亚瑟王传奇",在这个神话中,克劳德也像一名骑士,去"崇拜他的英雄,完成一个使命,追随骑士理想"③。圣杯在基督教传统中是一种原型象征,代表绝对的"统一和完整",具有无法解释的"神圣特征",神圣具有爱的力量,它浸溢人的心灵,使人总是被这种神圣所吸引,个人所追求的更高的宗教体验以它为象

---

① Stich, K. Peter. "Historical and Archetypal Intimations of the Grail Myth in Cather's *One of Ours* and *The Professor's House*", *Texas Studies in Literature and Language*, Vol. 45, No. 2, Summer 2003. Texas: University of Texas Press, 2003. pp. 201-230。史迪奇引用这首诗的全文如下:"Lift high the cup of Old Romance, / And let us drain it to the lees, / Forgotten be the lies of life, / Fore these [chivalric ideals] are its realities!" 译文为笔者翻译。

② Lewis, Edith. *Willa Cather Living: A Personal Record*. New York: Knopf, 1953, p. 120.

③ Rosowski, Susan. *The Voyage Perilous: Willa Cather's Romanticism*. Lincoln: University of Nebraska Press, 1986, p. 97.

征,表现出无限的勇气和进取精神。① 从人类精神意义上说,圣杯是一种绝对精神理想,人类总是在追求它,无限接近它,直至生命结束,但永远不可能绝对拥有它。克劳德要离开荒原去寻找他的圣杯,带着"这支军队将怀着坚定的宽宏之心和骑士精神参战,绝不会在战斗中施暴肆虐"(威,1270)的信念参战。

圣杯传奇故事具有很强的空间建构性。骑士也叫游侠,总是从一个地方到另一个地方展开其冒险经历,寻找圣杯就是一直在路上,是空间上的不断推进。以圣杯传奇为潜文本形式上也要求主人公在空间上的不断推进。为了表现她的主人公对理想和有意义生活的不懈追求,凯瑟安排克劳德不断地行走在不同的空间里,景观叙事通过求学、婚姻、参战建构不同的空间,将圣杯母题现代化、内布拉斯加化,具体展现20世纪初内布拉斯加农场上那个作为"我们中的一个"的克劳德的生活情境。克劳德通过不断地"去地域化",寻求在新的空间中摆脱荒原危机。克劳德最初的出走是求学,他去了城市,进了一所宗教学院坦普尔学院,坦普尔(Temple)英文是"圣殿"的意思,暗示他开始了最初的征途。城市生活和校园生活向他展开了新奇丰富的一面,他在州立学校选修中世纪历史,而他最感兴趣的是圣女贞德的事迹,他选择了贞德来做历史课程的论文,在自己心中建起了一座圣殿,贞德的形象总是和"绣着百合花徽的旗帜""宏伟的教堂"和"一座座有城墙的城市"(威,1115)联系在一起,空间上的对应性为克劳德之后去法国参战的动机做了自然的铺垫,克劳德选择去法国参战就是要实现贞德在空间的复活与再生。

在遭受父亲拒绝让他在大学继续读书的打击之后,克劳德又不得不回到农场,为了反抗农场生活的压抑,他开始了第二次冒险——进入婚姻,希望借助婚姻摆脱父亲的控制获得独立,同时也期望婚姻能摆脱周围世界的冷漠与庸俗。按照约翰·瑞代尔的看法,这部小说的情感结构和凯瑟早期许多小说结构相似,家庭一直是主人公去外部世界实现自己理想的障碍,主人公必须跨越这些障碍最终逃到自己理想的王国之中。② 跨越障碍

---

① Adolf, Helen. *Visio Pacis: Holy City and Grail*. State College: Pennsylvania State University Press, 1960, p. 176.

② Randall III, John H. The *Landscape and the Looking Glass—Willa Cather's search for Value*. Houghton Mifflin Company Boston, 1960, p. 174.

同时也是所有传奇叙事的故事因,在这部现代版的圣杯传奇中,克劳德所要战胜的不仅仅是家庭的桎梏,更是整个内布拉斯加社会的压抑。婚房的选择和搭建显示克劳德在这个世界里重建伊甸园的小小实验,或者说是搭建抵抗外界的小小城堡。对于克劳德来说,农场唯一未受商业污染的地方就是树林,那是他的一片圣地:"他不会让任何人动那林中的一草一木。为了保护那片树林他甘愿献出生命。"(威,1239)克劳德将他的婚房搭建在那片林边的平地上,那块"他从小就认为那片树林是天底下最美的地方",是鸟儿的乐园,他要在林子里的一条深沟边种几垄豌豆(威,1212),好让鸟儿们在家门口就能觅食,免遭外部的袭击。房子的天花板上"开着两个屋顶窗,一个向北朝着那片林地,一个向南朝着洛夫利河",晚上则"星星正好在头顶",克劳德把这个可以看得见风景的房间的"整个二楼留给我们自己住,而不像人们通常那样把它隔成一个个小间。我们可以上这儿来,忘掉农场、厨房和所有的烦恼"(威,1212)。克劳德希望能通过婚姻建造二人世界的伊甸园,借以远离物欲横流的现实世界。然而,生活又一次地嘲讽了他。他找错了伊甸园里的夏娃,伊妮德并不喜欢世外桃源般的二人世界,而是追随她姐姐去中国传教了。克劳德锁上了门窗,从前让他感到骄傲的房子现在在他眼里成了一堆破烂,当感情不再存在,曾经珍贵的东西也变得难看,变得像垃圾一般。

第一次世界大战的爆发给了克劳德又一次远行的机会,他参加了美国远征军,对他来说这是一次真正的十字军东征。他在法国的鲁昂,当年贞德被处以火刑的地方发现了一座教堂,在这座教堂里,克劳德身临其境地感受到当年给予贞德的力量是如何穿越时空给予他的。在处理这件对克劳德有重大意义的事件时,凯瑟有意地让克劳德进错了教堂。之后,小说一直使用的是克劳德的视角。克劳德本意是和他的战友们一起去参拜圣母大教堂的,那里有"一尊狮心王查理的雕像,雕像就竖在那颗狮子心被埋葬的地方"(威,1348)。查理王是第三次十字军东征的领袖,身边跟随着一批来自圣地的神殿骑士。美国军队东渡大洋来到欧洲文明的中心同样是一场象征意义上的十字军东征。而他却阴差阳错地进了一个"有紫色花心的圆花窗"的圣旺教堂,"紫色花心"是圣母玛丽亚的隐喻,传统中代表着爱、仁慈、希望和神圣的智慧,与率领士兵进行武力征服的狮心王形象形成鲜明的对比。当他独自站在圣旺教堂前的时候，他觉得"他一直在找圣母大教堂，而这座教堂看上去似乎就是他要找的地方"（威，1346），"花窗和钟声几乎是同时出现，仿佛他们总是相依相随；而它们双双都是他心灵一直在探索的顶峰"（威，1346）。他"怀着肃穆的心情"久久地坐在花窗前，感受到了神圣历史穿越的时刻，"有些天体发出的光要在太空中穿行数百年方能到达地球和人类的眼睛。这花窗射出的五颜六色的光在到达他之前也走了那么久……他清楚地感到那光射透自己并继续深入……"（威，1347）在这一时刻过去的时间和现在的时间通过教堂花窗玻璃的阳光在克劳德身上合二为一，教堂里曾使贞德感受到召唤的钟声、花窗和阳光也同样地召唤了克劳德，时空在这一瞬间重合，克劳德成为肩负使命的骑士。史迪奇考证了圣旺教堂的圣徒传奇，认为该教堂的圣母应该是耶稣的妻子玛丽亚·麦格戴伦，她被认为是"活着的圣杯"。[1] 凯瑟通过教堂的隐喻把圣杯传奇置为潜文本，这个圣杯所代表的不是尚武的征服精神，不是建立在堂皇借口上的杀戮和暴力，作为圣杯载体的圣母代表在人间永远传递的友爱与仁慈，以及为实现这一理想所拥有的勇气和激情。空间上的一步步推进在这里形成高潮，教堂空间承载了一个特定的历史记忆，使克劳德沉淀的记忆混合着抽象的理想和强烈的情感在教堂的启示中得到了回应，类似柏格森的由直觉瞬间带来的顿悟。他不再迷惘，用"坦率而沉思的目光穿透教堂的幽暗"，一种理念在光的穿透中形成："生命是这样短暂，倘若它得不到某种能持久的感情之不断充实，倘若芸芸众生来来去去的只身孤影，不衬着一个凝为一体的背景，那生命将会毫无意义。"（威，1402）圣旺教堂的启示使克劳德终于找到了自己的圣杯，并毫不犹豫地为它而献身。克劳德是怀着骑士追求圣杯的神圣使命踏上征途，去拯救"流血的法兰西"。信仰使他战胜了远洋航行中大海的风暴、镇定自若地面对船上瘟疫的肆虐、面对战场的痢疾、苍蝇、蚊子和难以想象的酷热，不畏行军路上的泥泞艰辛，甚至可以对战壕里浅浅掩埋的一堆堆软乎乎的尸体和蜂拥而至的苍蝇视而不见，直至在最后的危急关头跳出战壕，指挥士兵到生命的最后一刻。小说后半部分的战争叙事是传奇历险经历的法国

---

[1] Stich, K. Peter. "Historical and Archetypal Intimations of the Grail Myth in Cather's *One of Ours* and *The Professor's House.*" *Texas Studies in Literature and Language.* Vol. 45, No. 2, Summer 2003. Texas: University of Texas Press, 2003. pp. 201-230.

化，每一处恶劣的环境对克劳德来说都是一种鼓励，是骑士历险所必须的成就英雄的潜在动力。

在法国教堂中找到心中的圣杯后，克劳德将整个法国之行浪漫化和神圣化，由失乐园到复乐园，重新构建起心中的圣地。花园、树林和教堂是乐园的核心要素，编织起了一幅乌托邦美景。特别是花园叙事，在前三章里，小说从未出现过花园空间，而在第五章则对三处花园进行了描写，他们房东的法国老夫妇有一处沙地花园，老太太在樱桃树下做针线，墙头爬满了奶油色的蔓生蔷薇，他们每天在花园的餐桌上享用老太太准备的佳肴，樱桃树叶或者叶上水珠常落在他们的餐桌上。这座花园让克劳德有了家的感觉，是他在家乡求之而不得的阿卡迪亚。另一处花园位于饱受战争摧残的山顶之上，山顶上的教堂和修道院已变得残缺不全。在这座花园里，他发现了长在故乡洛夫利河畔的无名小花，并将故乡内布拉斯加画在花园的沙地上。在法国一片废墟中的花园绘制美国西部地图，这是一种覆盖的行为，更确切说是一种植入行为，法兰西的花园要长出新的文明，它应该是欧洲文化的精华与美利坚的民主富饶的结晶。克劳德在法国的花园里绘制了未来欧洲战后的乌托邦。最后一处花园是法国贵族的家族花园，从花园的构造来看可以上溯到18世纪的园林艺术，这是一个包容历史视觉和历史积淀的空间。叙事开始于花园、结束于花园，花园像是一首音乐的主题，"音乐在这幢房子里一直都像是一种宗教"，而现在"远处大炮的轰鸣正有节奏地划破夜的宁静"，克劳德面对"沉睡的房子、沉睡的花园，以及离头顶并不太远的清朗的星空"，决心"为一种理想而献身"（威，1414—1415）。沉睡中的花园和头顶的星空是历史的隐喻，构建了克劳德心中的传统美的乌托邦。现在这美正遭受威胁，他甘愿为此而进行冒险牺牲。花园一直是美国文学的传统母题，是美国梦的组成部分，三个花园叙事将过去、现在和未来结合在一起，形成完美的战后乌托邦愿景，成为克劳德追寻圣杯的具体指涉。

### （三）双重视角下的反讽叙事

如果小说仅仅只有圣杯传奇这一潜文本，它就完全符合普利策奖对这部小说的评价："该小说最好地表现了美国生活总的氛围，表现了美国行为和男子汉气概的最高标准。"① 但却无法解释小说为何引起评论界诸多喧哗，个中既有作者自身经验原因，也有文本叙事方式的因素。《我们中的一个》是个非常复杂的文本，凯瑟和当代新英格兰诗人罗伯特·弗罗斯特一样，在简单明了中深藏玄机。凯瑟在公开场合里宣称，克劳德的形象来自她牺牲在一战的年轻侄子，但是在给朋友多丽·费舍尔的信里，她声称克劳德就是曾经的自己，通过克劳德她再次经历了对小镇生活的不适应，以及对外面更大更复杂世界几乎病态的向往。② 可以说她在死去的侄儿身上看到年轻的自己，是中年凯瑟对自我的反思性回望，既有对青年时期压抑反抗的记忆，同时也包含一个过来人的反思，以一种反讽的语气对概念化理解生活和浪漫不切实际自我的讽刺。因此，小说呈现出双向的反讽，一方面是对整个美国生活庸俗现实的批判，另一方面则是对克劳德无视现实，耽于浪漫的讽刺。小说共五章，前三章在美国本土，视角集中在对美国庸俗社会现实的批判之上。后两章写克劳德远离家乡去法国参战，这时，小说讽刺的视角就从细节化的美国生活转到克劳德个人身上。克劳德对欧洲和战争的浪漫化使自己成为战争的牺牲品。在艺术处理上，除了嵌入圣杯传奇的潜文本，凯瑟还引入了罗马神话、传奇以及历史故事，将其分散、混杂、变异，注入具体历史情境的叙事之中，充满象征和隐喻的景观将历史传奇内布拉斯加化或法国化，花园、树林、地方自然景观、航船、教堂构成一个象征体系，精心的描述、真挚的情感和反讽的口吻将地理意象对象化，成为人与世界关系的隐喻，杂糅出小说的多层意蕴。同时运用自由间接引语使小说具有双重叙事框架，叙事视角在隐含作者和克劳德本人之间游移，造成意义层面上的反讽和模糊。从地理批评的角度来说，对景观的解读是主体意向性的结果，小说中，克劳德的景观解读和隐含作者的景观解读常常同时并置，呈现出不同的精神和情感反差，二者之间的张力产生反讽。

  凯瑟塑造的克劳德是一个既追求崇高、富于激情却又单纯幼稚、涉世不深的年轻人，身上具有一种类似于"堂吉诃德似的理想"（威，1270）。

---

① Harris, Richard. Historical Apparatus of *One of Ours* [Z]. Sept. 7, 2009, retrieved from http:/cather. unl. edu /0019. html.

② Stouck, David. *Willa Cather's Imagination*. Lincoln：University of Nebraska, 1975, p. 84.

凯瑟暗示他总是戴着一副"克劳德镜"来理解世界①。很显然，这种人为的要求如作画般的观景方式不是一种客观理性的观照世界的方式，而是一种具有主观想象色彩的认知方式。凯瑟将主人公命名为"克劳德"，暗示他总是用自己理想化的眼光来看世界，透过"克劳德镜"将真实世界误读或者美化。主观意识上的一厢情愿，导致他对世界认识的误读和扭曲。因此，凯瑟在小说的场景设计中，使用了双重视角，一种是克劳德的，一种是隐含作者的。克劳德在林肯市求学期间，通过橄榄球赛认识了对方球员尤里乌斯·埃利希，后者邀请他到家中做客。首先是隐含作者视角下的景观描写："他们从操练厅出来没走上两个街区，尤里乌斯便拐向一栋布局凌乱的木头房子，房子前面有块没围栅栏的倾斜的草坪。他领克劳德绕到边房，从一扇玻璃门进了一个其三面墙的墙裙之上都开有窗户的大房间。"（威，1094）其中，"布局凌乱"、木头建筑、没有栅栏，草坪倾斜没有对着正门，暗示这是一个潦倒的贫困之家，甚至暗示在道德和社会规范上并非像克劳德家的中规中矩。克劳德被带着"绕"进了一间四面都是玻璃的边房，四面是玻璃的房子给人一种不真实的空间印象，暗示克劳德可能进的旁门左道，看到的都是表象，始终没有找对正门进入正厅。进入房间之后，叙事便转入克劳德的视角来观察房间布置，而在"克劳德镜"下的景观显得如此的新奇和活力。硕大的中国瓷碗、瑞士风景画、系着领带的拜伦石膏像、沉甸甸的旧黄铜裁纸刀、钢琴上方的拿破仑像、书架上塞满书籍以及屋里随意轻松的气氛，让这个从小生长在清教家庭的神学院孩子感到无比的新奇，连埃利希年过半百的母亲在他眼里也很年轻，这位会唱伤感的德国民谣的夫人，"看上去像旧时银版照片上那些女士"。所有这些都触动了克劳德浪漫想象的闸门，每次离开这栋房子时，他"都会想起山毛榉树林和有城墙的市镇，或是想起卡尔·舒尔茨和浪漫主义运动"。所以，他满耳只是埃利希弟兄们各种丰富的词汇和"像一出戏里的台词"般的评论，却未发现他们讨论的不过是女孩"是否漂亮，

---

① "克劳德镜"名称来源于法国17世纪著名的风景画家克劳德·洛兰，他尤其善于将自然景色进行选择和色调的处理，绘制出比真实景色更加优美和谐的风景画。18世纪盛行风景观光，由于受这类油画的影响，游客们喜爱用一种叫"克劳德镜"的东西来辅助风景观光，通过圆形或椭圆形的凸面镜来选取理想的角度，使真实的自然风景具有类似于带框的油画效果，也叫"克劳德式景观"。在这种景观中，前景较为阴暗，两边的侧景为废墟和树林，中景明亮，为河流、湖泊或者平原，背景为远处的山脉或近处的小山。

有多漂亮，她是不是天真幼稚"，或者法国流亡贵族假发上是否要擦粉；他也无法领悟埃利希太太称他为"领主"时对他财产的觊觎和表露的暧昧之情。凯瑟通过制造一系列的聚会，使克劳德将其所见的场景戏剧化：长兄亨利参加的仿殖民地时期风格的舞会、给歌唱家威廉明娜接风的家庭宴会、林肯市的音乐会，那松散地系在拜伦雕像上的领带也是晚会结束后的标志。在一系列的戏剧化场景中，克劳德既是热情的观众也是积极的参与者，完全把现实和想象混为一团。尤其是音乐会场景中，克劳德穿戴时髦地成为埃利希太太的陪同，他完全沉浸在自己的角色表演中，终于在骑士与贵妇的扮演中圆了自己的骑士梦。而此时隐含作者讽刺道："如果说她绘就了一幅色彩艳丽的小品画，他那副从容不迫的保护者的神态就是这幅画的画框。"（威，1112）暗示"克劳德镜"下所谓真实生活的虚幻性，所谓高贵、浪漫、激情不过是主人公一厢情愿的自我想象。在隐含作者的笔下，埃利希的家犹如柏拉图《理想国》中的洞穴。"眼界狭窄的克劳德是洞穴里的囚徒，任由居心叵测的埃利希太太安排参加了一场又一场的影子戏，并将戏中无聊的青年、虚假的贵妇、庸俗的艺术家奉若神明。"①

　　克劳德离开家乡来到法国，小说进入第二部分的战争叙事。在这部分叙事中，小说的叙事手法发生了变化。"从第四卷和第五卷起，凯瑟将她的批评重心从对美国生活细节的讽刺转移到对美国理想主义和它的牺牲品的讽刺之上。"② 也就是说转移到对堂吉诃德式理想主义者克劳德的反讽之上，克劳德由前三卷的"不看景"转为对风景的格外关注。对于克劳德来说，欧洲和战争是他浪漫梦想的投射，当我们从克劳德的视角来看他所经历的一切时，就很容易认同海明威批评凯瑟描写的战争是对电影《一个国家诞生》的模仿，充满戏剧化和舞台化场景。而实际上这正是凯瑟有意在风格上的转变，从现实主义的叙事方式向一种讽刺的浪漫笔调转移。在景观叙事上，前三卷里使用的现实主义细节描写在后两卷里被克劳德充满主观性的情景叙事所替代，而隐含作者却不时出来暗示这是幻觉效应，也就是说景观叙事在叙述人和克劳德之间不断切换，通过反差产生讽刺。如第四卷一开始运送克劳德及远征军的列车停靠在海边的造船厂时的

---

① 桂滢：《表层文本与潜藏文本的对话——论〈我们中的一员〉的反讽叙事》，硕士学位论文，南京师范大学，2011年，第18页。

② Stouck, David. *Willa Cather's Imagination*. Lincoln: University of Nebraska, 1975, p. 91.

一段景观的描写:"眼前的景象简直像个梦。他想象的一切几乎都没有,只有绿茸茸的草地、灰蒙蒙的海湾、一阵漂浮的薄雾、一片玫瑰色的夕阳余晖、一些展着被晚霞映红的翅膀像幻影般慢慢飞翔的海鸥——还有水边支架上那四个正面向大海沉思的船壳。"(威,1284)景观描写出一幅虚无缥缈的景象,暗示所谓克劳德的理想不过是场梦幻,但同时小说又用自由间接引语传达克劳德的解读,这些船:

> 好像简单而伟大的思想,好像是在大西洋一个风平浪静的海湾旁宁静中慢慢形成的意图。他对船一无所知,但他无须知晓;那些船壳的形状——他们那坚固而必然的轮廓——便是它们的故事,便在讲它们的故事;讲人类在大海上的全部冒险经历。(威,1284)

这种念头让克劳德激情澎湃,希腊罗马的远征史实际就是一场木船的航海史,借着史诗带来的想象他发表了出征前的誓词:

> 木船!当极大的热情和高涨的士气搅动一个国家时,在它的海岸建造木船便是它勇气之显示……它们是真正的动力,它们是潜在的行动,它们是"越洋过海",它们是上弦的利箭,它们是尚未吼出的震耳的呐喊,它们就是命运,它们就是明天!(威,1284)

叙述人直接转述了克劳德的语言,感叹号和一系列的排比句是对克劳德夸张激情的戏仿,与隐含作者所描述的景观形成对比,产生讽刺效果。同样当小说以克劳德的视角描写看到自由女神像时的激动、欢呼的人群和朗费罗的诗歌的同时,叙述人冷静地在这幅场景中插入了画外音:

> 那群黄衣黄帽又喊又唱的小伙子看上去不过像是一群要去什么地方看一场橄榄球比赛的美国青年。但那个场面是一幅永恒的图画:青年们出海去远方,去为一个理念、一种情感,或者仅仅为一句话而献身……在他们出发的时候,他们正在对着海中的一尊铜像发誓。(威,1289)

这群青年对自己将要面临的严酷战争一无所知,被盲目的爱国激情所驱使，让他们为之献身的不过是抽象的理念、朦胧的情感甚至仅仅一句话，从"理念"到"情感"到"一句话"，力量一步步地递减，越来越不肯定，越来越虚弱，最后变为一串省略号，"缭绕"在自由女神身后自始至终的"大团大团的烟雾"，使她成为海中一尊模糊不清的铜像，青年们为它而献身。

　　整个航海叙事极富象征意义，叙事同样在两种视角间移动。首先作者有意识地通过对船的命名将历史隐喻具象化，使士兵的远航具有象征意义。同时在航行中不断插入景观叙事，自由间接引语则不断表现克劳德对景观的主观想象和误读。克劳德乘坐的船名为"安喀塞斯号"，安喀塞斯是维吉尔的史诗《埃涅阿斯纪》中埃涅阿斯的父亲，他指导埃涅阿斯创建了罗马城。克劳德和乘坐这艘船的其他士兵一样，心里自然很容易就激发起史诗般的情感，在史诗中，青年人出发去拯救他们的父辈，对克劳德来说，新大陆合众国与古老的欧洲不仅仅是两个地理概念，也代表着文化上的父子关系，是美国精神对古老文明的拯救。行进在海洋的航船帮助克劳德实现了希望成为伟大使命中一员的梦想。而事实上这艘船却破旧不堪，油漆剥落，连水管也是锈的："这艘轮船的确就是'老安喀塞斯'；连为了这次航行而对它进行改造的那些木匠也认为它不值得多费手脚，于是只对它敷衍了事。新隔板只被几颗钉子固定在托梁上。"（威，1312）这艘破旧的船暗示海上凶多吉少的命运。很快船上就爆发恶性流感，导致大批士兵死亡，使这次远行成为死亡之旅。叙述者通过富于象征意义的自然景观的描写，传达出不祥的征兆，与死亡笼罩的运兵船相呼应。"浪尖上泛着泡沫的惊涛骇浪像无数面镜子反射着阳光，刺得人几乎睁不开眼睛。海水显得好像比前几天更稠，稠得就像熔化了的玻璃，而泛着泡沫的浪尖则像一把把锋利的尖刀，谁要是掉进里边准会被砍成碎片。"（第1305页）到了黄昏时分："夕阳显露凶兆。一小片黑云急速飘过红通通的西天，随后又一片接着一片。乱云阴霾从海面升腾而起，急匆匆赶到西方汇合，像是应召去参加一次邪恶的密会。奇形怪状的黑云衬着夕阳低垂西天，聚首碰脑地策划着什么阴谋。"（威，1306）这段极富象征意义的景观描写，既暗示大规模暴发的疾病更点明这场战争的不义，"乱云阴霾""邪恶的密会"正是聚集在欧洲战场上的发动战争的力量，是世界大战的象征。而当叙事转为克劳德的自由间接引语时，他却将这种景象与童年读冒险小说的场景等同起来："这一切都像他很久以前的某种想象——或许是他儿时读航海冒险小说留下的某些记忆——它们在他心中燃起了一团火焰。就在这儿,在安喀塞斯号上,他仿佛是从童年时已止步的地方又开始往前走……"(威,1315)他心满意足地对自己说:"好啦,历史对他这样的人已施予恩赐;这整个辉煌的冒险行动已变成了日常工作。"(威,1322)而这一次,隐含作者一针见血地点明"那只是他的幻觉"(威,1315)。

小说第五章描写进入法国后参战,第五章原本命名为"因怜悯而觉醒的无辜愚者"(The blameless fool by pity enlightened)①,出自瓦格纳歌剧《帕西法尔》,讲述"无辜愚者"寻求圣杯的故事。暗示克劳德是一位"无辜愚者"。克劳德对景观的误读从富于讽刺意义的进错教堂为起始,走错教堂的行为符号化为错误的信仰,导致他之后的一连串的景观误读。在战火中变成废墟的城市"像一个巨大的垃圾场","死水坑和长在沟里的野草发出难闻的气味"(威,1380),在这样恶劣的环境里,克劳德依然发现了花的美丽:矢车菊、丝带花和罂粟花,他们刚好是蓝、白、红三色,代表着法兰西,也代表着他所追随的理想。另一处场景发生在坟场,可即使从坟场这个绝对异托邦所在,克劳德依然能找到他的阿卡迪亚,在一座白色的十字架下,他反复念着刻在十字架上的"法兰西"这个词,"那真是个令人愉快的名字","可以怀着激情并带着鼻音"(威,1392)反复地念,全然不顾他的四周是荒凉的坟场。这片坟场一边埋的是法国士兵,另一边埋的是德国士兵,以白色十字架和黑色十字架为区分,小说有意识地再次提到坟头开满蓝色的矢车菊和红色的罂粟花,与白色十字架再次形成红白蓝三色,作为死亡象征的白色十字架再次印证了前文提到的青年们为了一个理念、一种情感甚至一句话去献身的单纯与盲目。隐含作者借克劳德战友的口指出战争的荒唐和不义:"这真是他妈的愚蠢之举。看看竖在这儿的十字架吧,黑色,白色,活像一张棋盘。接下来的问题是:谁把棋子放在上面,而且下这盘棋有什么好处呢?"(威,1393)这些战死的青年们就是被牺牲的棋子。而克劳德全然不以为意,面对同伴的追问,他"心不在焉地"回答:"这我怎么知道。"(威,1393)

总之,《我们中的一个》通过互文、通过圣杯传奇的潜文本、通过隐含作者和克劳德视角创造出对比景观和空间,表达出作者的矛盾心态:一

---

① Lee, Hermione. *Willa Cather: Double Lives*. New York: Vintage, 1989, p.198.

方面是对美国工业文明飞速发展所带来繁荣的赞叹，与此同时惋惜被物欲横流所替代的简单朴实的田园生活；一方面是对克劳德不断维护理想不惜献身精神的颂扬，与此同时又惋惜他的盲目和单纯，控诉战争的不义和残酷。整部小说构成了一个现代性的主题，不再具有早期创作中主题的统一性和完整性。在《我们中的一个》出版的这一年，为了克服自己在日益分裂多元化社会强烈的迷失感和失落感，凯瑟加入了圣公会。

## 三 《迷失的女人》——何处为家

《迷失的女人》是继《我们中的一个》之后的又一部长篇小说，也是凯瑟20世纪20年代最畅销的作品。小说分为两部分，第一部分主要交代尼尔与福瑞斯特一家的交往，尼尔对福瑞斯特夫人玛丽恩的迷恋，然而不久尼尔发现福瑞斯特夫人有婚外情，同时上尉在经济危机中为保护他人利益而破产，福瑞斯特夫人支持丈夫的义举，小说第一部以尼尔离开甜水镇去麻省理工学院学习建筑而结束。在第二部分，福瑞斯特上尉的身体日渐虚弱，社会风气较之以往也变得更加的物质化，福瑞斯特夫人的生活日益窘迫，她的情人也娶了富家女为妻，上尉不久去世。从学校回家的尼尔一直以保护者的身份料理上尉的家事，然而，玛丽恩却投入了暴发户艾维·彼得斯的怀抱，尼尔认为这是对上尉及理想的背叛，从此离开甜水镇。之后很多年再次听到夫人的消息时她已去世，尼尔为她死前受到好的照料感到欣慰。

A Lost Lady 被翻译成《一个迷途的女人》或者《迷失的女人》，都只表现出一层意义，即迷失了生活方向。在英文中，"lost"有双重意义，一方面指"迷失"，找不到出路或者误入歧途，另一方面指"失去""幻灭"，不再拥有。事实上小说中的"lost"也有此双重含义，既指夫人的迷失也指尼尔的幻灭。小说根据主题设定了两组人物关系，福瑞斯特上尉和艾维·彼得斯为一组，尼尔和福瑞斯特夫人玛丽恩为一组。上尉和艾维·彼得斯是作为对立的两极而存在的，人物性格是静止的，自始至终稳定不变，作为社会中两种主要力量的代表出现。两种力量的对抗以福瑞斯特上尉房屋的最终归属为表征。在叙事功能上，他们为玛丽恩的行动提供了一个参照框架，展现福瑞斯特夫人在这两种力量较量之中的反抗、挣扎和自我救赎。另外一组人物关系是尼尔和福瑞斯特夫人玛丽恩，这组人物呈现出动态变化的特征。小说以尼尔的视角描写玛丽恩,尼尔承担的叙事从十二岁的少年一直到二十出头的青年,从小说的叙事功能看,尼尔这个"在开篇时还是个性格尚未形成的男孩承担了定义价值观的任务"①,因此,尼尔对玛丽恩的视角既不稳定也不可信,正如凯瑟自己所言,他只是提供了一个合适的角度向读者来展示主人公的多面性。② 在尼尔的视角下,玛丽恩的魅力只有当她和上尉联系在一起时才有意义。"尼尔之所以对她发生兴趣,是因为她是福瑞斯特上尉的妻子,他最欣赏她对待丈夫的态度"③,"使这所房子如此出众的是福瑞斯特太太","只有上尉才是现实的东西"(薇,296)。在尼尔眼里玛丽恩是拓荒年代美的象征。然而玛丽恩的不断越界和自我颠覆使尼尔最终失去了象征所指,象征客体的缺席不在场,导致尼尔理想的幻灭。在小说中,最为理解玛丽恩的是上尉本人,"上尉对他妻子的了解比她自己更深;对她的了解——用他自己的话来说——就是对她的尊重"(薇,283)。上尉对玛丽恩的了解可以从他对玛丽恩印象深刻的一件事上看出。他向尼尔舅舅波梅洛埃法官讲起玛丽恩最迷人的时刻是她在牧场上被一头公牛追逐的情景:"只见她沿着沼泽地的边缘窜去,像一只兔子似的,还笑得前俯后仰,手里死死抓住那把红伞不放,其实都是红伞惹出来的事。"(薇,222)红色的伞是美与生命活力的象征,死抓不放是玛丽恩性格坚毅不屈不挠的体现。上尉像欣赏漫流过青草的沼泽溪水的美一样,欣赏玛丽恩充满生命活力的自然美,玛丽恩的活力与美在具有绅士传统和开放进取精神的社会里才能最完美地体现出来,它也反映了凯瑟一直的主张,只有在文明与道德价值相互统一的社会里,美才不是一种寄生的附庸。一旦这种文化失去其优势空间,被商业文明的功利主义所占据,美便像那只失去双眼的啄木鸟,变得冲动而盲目,找不到栖息之所。上尉的去世和尼尔的离开,代表着传统价值和对传统价

---

① Rosowski, Susan J.. "Willar Cather's *A Lost Lady*: The Paradoxes of Change." *Novel* 11.1 (1997), p. 57.

② Woodress, James. "Willar Cather." *Sixteen Modern American Authors*. Vol. 2 p. 341. 凯瑟在《迷失的女人》中谈到尼尔这个人物时认为,尼尔不是一个角色,只是一个抽象的视角,为观察她幼年时所敬爱的夫人的世界提供了可能。

③ [美] 薇拉·凯瑟:《薇拉·凯瑟精选集》,朱炯强编选,北京燕山出版社2010年版,第254页。后文出自同一著作的引文,将随文在括号内标出该著名称首字("薇")和引文出处页码,不再另行作注。

值认同的退场，拓荒文明已经失去了生命力，丧失了对空间的塑造功能，新的力量商业资本登堂入室，完成了对空间的重新分割。

因此，《迷失的女人》并不像传统批评认为的属于19世纪包法利夫人形象谱系的通奸故事，小说中心意旨不在于道德探索，而是关注在社会转折中，时代命运对人物的冲击，人物不得不面对的由外部物质力量所导致的巨大变化，有很强的达尔文主义的倾向。小说的景观叙事建构了一个典型的20世纪初的西部小镇，讲述福瑞斯特夫人玛丽恩个人的身世沉浮，并以玛丽恩的个体遭际为象征，揭示出老一辈拓荒者的伟业被新一代的商业力量所吞噬。小说模仿奏鸣曲结构，以房子为主部、以啄木鸟为副部展开叙事。房子是小说的核心意象，是一个包含过去时间和现在时间的空间，房子及其周围地貌空间的改造与重新归属在小说中作为现实表征，用以再现时代变迁这一具体过程。作为副部的啄木鸟随着房屋的变化不断变化，房子与啄木鸟的关系是上尉与玛丽恩、时代与美之间关系的隐喻。房子、啄木鸟成为核心的意象群，类似一首奏鸣曲中的动机，反复出现不断变化推进，以隐喻和象征的方式完成小说的超越层面。

## （一）房屋之战

在凯瑟的小说里，耸立的房子一直是居住者精神和价值的体现，和《啊，拓荒者!》相似，在《迷失的女人》里，福瑞斯特上尉也拥有一幢山上的白色房屋。小说家威尔蒂·尤多拉在谈到凯瑟小说中房屋的重要性时指出：

> 在土地之中是居所——为人类之手所建造，用来保存人类生活。凯瑟的小说中充斥着建造房屋的欲望，用来居住，或用来膜拜。对她来说，它填补了过去的空白，赋予当下以意义，也是未来的来源：房屋是物质表象和证据，证明我们生活了，正在生活；某天会证明我们曾经生活过，这是对抗时间之争议和历史之骗局的证据。①

房屋记载了生活，铭刻出岁月的痕迹，是时代精神价值的象征。在

---

① Eudora, Welty. "The House of Willa Cather." *The Eye of the Story*. New York: Vintage International, 1978. (41-60) p. 56.

《迷失的女人》中，耸立于甜水镇的上尉的白房子，其象征意义同样非常明显。小说开篇以遥远的叙事人视角讲述一个发生在三四十年前的故事，"……当年有一个小镇，镇上有一幢房子，因为主人好客，又有某种迷人的气氛，因而从奥马哈到丹佛市一带都有些名气"（薇，220）。

这座房子曾经是小镇的标志性建筑和景观："你坐火车进入甜水镇，头一眼看到的，就是山上这所房子，背后是密密的树林；当你离开甜水镇的时候，最后一眼看到的也是这番景色。"而现在这栋房子"变得灰暗了"，尤其是现在"越发灰暗"（薇，220）。房子的主人上尉也"变老了"，即使是比他小二十多岁的玛丽恩——上尉的妻子"哎呀，也见老了"（薇，220）。叙述人采用的是童话故事的叙事语气，似乎在暗示一个王国的衰败，国王老了，谁将是他城堡的继承者？什么是王后最后的归宿？小说之后紧紧围绕这两条线展开，时间跨越几十年，描写上尉死后房子如何被继来者占领，以及玛丽恩的反抗挣扎、被迫离开的悲剧，通过上尉及玛丽恩直接写出了一个时代的落幕。这两条线在景观叙事中衍生为房子和啄木鸟叙事，叙事核心是对衰退过程的揭示。小说第一部开始，房子是老一辈拓荒者辉煌历史的见证，作为象征，上尉的这座房子：

> 建造在一座又矮又圆的小山上，大约在镇东一英里路光景；这是一栋白色的房子，还有一翼边房，房顶斜度很大，可以泻雪。房子周围都是走廊，从现代人图舒适的观点看来，这些走廊嫌小了一些，而且支撑的柱子带有那个时候特有的华而不实的风格，好好的木料非要用旋床扭成可怕的形状。要不是墙上的蔓藤和周围的灌木林，这房子本来够难看的。它附近有一片漂亮的三角叶树林子，树向左右两边伸去，长遍了房子后面的山坡……
>
> 要进入福瑞斯特上尉的地方，你先得跨过镇东边的一条宽阔的、带泥沙的河。你可以走小桥，也可以蹚水过去，这就来到了福瑞斯特上尉私家的小路，两边是伦巴第白杨树和宽阔的草地。就在房子所在的山脚下，你走过一座结实牢固的木桥，跨过第二条小河。这条小河未经改造，又弯又绕地流过半是牧草、半是沼泽的草地。换了别人，准会把这片低地的水抽干，改为高产的庄稼地。但是福瑞斯特先生早就看中了这个地方，觉得它漂亮。他恰恰喜欢小河这样曲曲弯弯地流过草地，两岸还有薄荷、节连节的草和闪闪发亮的柳树。（薇，221）

房屋是人们对自身存在的空间化表达，房子建造在花园的中心，房子是白色的，女主人也总是穿一身白色的衣裙，白色是精神洁净的象征。这座房子"华而不实"，上尉只是"觉得它漂亮"，"喜欢小河这样曲曲弯弯地流过草地，两岸还有薄荷、节连节的草和闪闪发亮的柳树"，很明显这栋房子更多的是情感寄托而不是功利主义的结果，是按照美学原则而不是实用原则建造的。每一根被"旋床扭成可怕的形状"的木材都在表明建构房屋时强烈的主体意识，房屋设计者在遵循某种具有代表性的理想或者观念对空间进行重组，其价值不在于作为住宿的私人实用性，而在于其非个人化的象征意义，是拓荒时代精神和上尉人格特征的物化符号。房屋的选址也富于象征意义，上尉所挑选的房址曾经是印第安人的营房，从前驻扎在此的印第安人的痕迹被抹去了。上尉买了这块营地，并在其上搭建了这栋房子，建房行为就是宣布归属、治辖的行为。按照凯瑟历史循环论的观点，人类文明处于不断的更替循环之中，在西进运动之前，西部保存着印第安文明，西进之后，拓荒者们接替了印第安人的位置，上尉在印第安营地上搭建房屋这种空间置换行为，代表着旧循环的结束、新循环的开始。位于小山上的房子连同周围的牧场和园林象征着上尉具有的给予周围环境以秩序的能力。上尉之后的衰老，小说形容他的脸像中国老官僚或一位印第安长者，暗示他像中国和印第安古老文明一样，也要退出历史舞台了，用凯瑟自己的话来说就是"一个周期的结束"。所以说房子是权威和力量存在的象征，"一个人的房子就是他的城堡"（薇，251），上尉建造了这座城堡，并在他的"城堡"周围建造了一个大"花园"，房子连同周围的林地、牧场、沼泽形成一个空间，形成他的帝国，它的权威象征性表达是：人们必须经过两条河、跨越两座桥才能进入王国。在上尉最鼎盛的时期，这幢房子就像是一个朝圣之地，所有经过此地的显贵们都要停车驻留，拜访这栋房子的主人。

"在一个以安居和'发展'为历史的国度，勘测、开拓、拓展土地，以及在上面的建筑物成了主要的经济、政治和心理结果。"[①] 区别于印第安人的房屋，上尉的房子是西部理想的现实化。上尉建造这座房子的动机产生于"年轻人的理想生活"（薇，241），那段时间，他一直在建造第一

---

① Chandler, Marilyn R.. *Dwelling in the Text*. Berkeley: University of California Press, 1991, p. 1.

条跨越整个草原的铁路。拓荒时代理想的生活是以空间和时间上的无限延伸为表征的：

> 在无边无际的草原上行驶六百英里，忘记了今天是几月几日星期几。天天都是好天气，可以打猎，有许多羚羊和野牛，天空一望无际，阳光普照，草原也无边无垠，青草随风荡漾，长长的大湖，水流清澈，开遍了黄色的花朵，野牛换季迁徙的时候到这里来喝水、洗澡，在水里翻滚。（薇，241）

货车进入草原一直向前，新世界在它两边敞开，时空消融在阳光和草原之中，生命也消融在宇宙的无限之中……这是拓荒者进入西部被新世界激发出的全部梦想和开拓精神的隐喻，它召唤拓荒者们在一往无前的进取中向着无限的可能驶去，似乎暗中承诺在这块土地上所有的梦想都能成为事实。在无限延伸的时空中留下痕迹是人试图融入宇宙克服有限的必要手段，建造贯穿大草原的铁路就是人类将有限的自我与新世界的无限联系在一起的见证，是探险和征服精神留在大地上的印记，在小说中体现的是一个文明产生的过程。上尉正是在这个过程中萌发建造房屋的念头，因此上尉的房子是和铁路互为印证的，房子是拓荒时代成就的象征。一旦上尉从马上摔下来，不再承建铁路，失去了与铁路的联系时，他作为房子主人的地位也开始岌岌可危。

房子的内部陈设也使上尉心理倾向和价值观念有了具体的指涉。上尉的"屋里净是老式、笨重的胡桃木家具"，"厚重的窗帘"（薇，229），意味着房屋主人价值观的传统和根深蒂固，不会轻易因时势的变化而改变。上尉本人以及和他同辈的拓荒者们与房屋的陈设相似，他们像"大象""黑熊"，"像山一样"，体积庞大，行动笨重跟房屋家具一样。"墙上挂着老式的大幅的雕刻画：《庞贝末日诗人住宅》《伊丽莎白女王聆听莎士比亚朗诵》"（薇，234）还有两幅是尼尔最喜欢的《威廉·退尔的教堂》和《悲剧诗人之家》，这些都是"非常美丽的古老东西"（薇，283）：昔日繁荣的毁灭之城，追求自由的民族英雄，将世界审美对象化的浪漫诗人，一方面他们是壮丽和辉煌的，另一方面这些曾经的壮丽和辉煌都遭遇了无法避免的毁灭。借助于房屋的内部陈列，上尉也成为诸神黄昏里的一员。"定居在古老西部的是那些梦想家、心胸宽广的探险家，他们不计实利,豪放爽朗;他们互相谦让,讲究义气"(薇,266),是美国的民族英雄。小说中作为拓荒精神传统的奠定者和体现者的上尉,和他之前的亚历山德拉、安东尼娅一样,在理想和现实之间坚守。古老传统的拓荒精神中有对自然美的尊重,有对弱者同胞关爱的骑士精神。上尉在他的城堡里保护了房前那块湿地的美,以绅士情怀保护和尊重玛丽恩的自然天性,以自我牺牲的精神维护着"那些没有资本,只靠腰背、两只手"的人,那些存钱是为了"买间房、照看病人或者供孩子上学"(薇,260)的人。正是这样的人"有能力将沼泽的自然属性转化为人类的审美,同样他也有能力把钱的经济价值转化为人类的同情心。他用审美和道德感知力协调了自然和经济,使客观物质世界服从于更高级的人类理想"[1]。可是这些宏大而高尚的精神在商业社会里显得过时而迂腐,古老而笨重如家具油画的上尉们无法适应变化迅速的时代,他们:

> 善于进取却不善于守业,所以他们只会征服,不能长治。现在他们所获得的大片土地落到了像艾维·彼得斯这样的人手里,这种人从来不敢大胆干什么事,从来不冒风险。他们享尽别人的幻景,驱散早晨的新鲜空气,挖掉伟大的自由的思索精神,铲除伟大的占有土地的人的自由自在的生活方式。这一大片空旷的土地,这些色彩,拓荒者这种无拘无束的王子派头,都被他们摧毁了,割裂成一块块有利可图的小片,好比火柴厂把原始森林切制成一根根火柴。从密苏里州到山间这一路上,这一代精明的年轻人身逢艰难弄得小里小气,其作为就像艾维·彼得斯一样,只会把福瑞斯特家的沼泽地里的水抽个精光。(薇,266)

"驱散""挖掉""铲除""摧毁""割裂""抽干"这是一系列的空间占领行为,像是经历了一场攻城略地的战役,上尉被打败了。水是生命力的象征,上尉沼泽里的水被抽干无疑意味着衰竭与死亡。作为年轻一代代表的艾维·彼得斯攻入了上尉的城堡,成为房屋的主人,新的周期开始。新周期的来临是《我们中的一个》里克劳德和戴维所预料的,但绝

---

[1] Rosowski, Susan J.. "Willa Cather's 'A Lost Lady': The Paradoxes of Change." *A Forum on Fiction*, Vol. 11, No. 1 (Autumn, 1977), 51-62, p. 52.

不是以他们预想的方式，这是一种"起源等于衰败"[①]的文明。

房子的变化归属是小说结构发展的一条主线。小说结构非常对称，全书分为两部，每一部各九章，历时近十年，季节变化配合房屋变迁形成一个大的象征系统，展现情节发展和人物关系变化。第一部叙述以福瑞斯特上尉的房子为中心的甜水镇上层社会生活，开篇即为上尉的房子的描写，紧接着夏季的"花园"，穿插上尉房子里的"家宴"，转折于冬季上尉的破产，结束于初夏的洪水，尼尔的第一次离开甜水镇。第二部叙述以艾维为代表的下一代如何蚕食领地侵占房屋，开篇即为艾维对上尉家园的恶意改造，紧接着依然是夏季的"花园"，但已萎缩进室内了。紧接着以上尉冬季去世为转折，穿插叙述上尉去世后的"家宴"，类似最后的晚餐，最终尼尔永久离开甜水镇。两部分都在冬日转折后叙述春天的来临，春天的来临已不代表希望和复苏，而是类似长诗《荒原》中的四月，"一个残忍的季节"，长满了"欲望的根芽"，最终催生的是一片荒原，对应着凯瑟危机时期作品一个重要的主题"起源等于衰败"。幻灭和挣扎都以上尉的房子为场景，以房子被他人闯入，最终被占领、原主人死去、玛丽恩流落他乡为结局。自始至终甜水镇小山上那幢房子不仅作为玛丽恩迷失的见证，也是一个时代变迁史的象征。

对这片乐土的威胁在小说中紧接着序言就出现了，叙事策略上围绕房屋的花园展开，以花园里被剜去双眼的啄木鸟意象为人物命运暗示，从而使景观叙事超越情节层面实现象征意蕴的传达。一个夏天的早晨，一群十二三岁的孩子来到上尉家门前，请求夫人同意进入上尉的领地。夫人穿着一身白色衣裙，手持红玫瑰，女神一般笑语盈盈地向孩子们敞开了大门。孩子们进入上尉的家园，尽情嬉戏：

> 他们一个早晨像动物似的，又是站在微风吹拂的峭壁上大喊大叫，又是穿过结在高高杂草上露水晶莹的蜘蛛网，冲下银光闪闪的沼泽地，在灰褐色的香蒲草丛里跑过去，跳进带泥沙的河里蹚着水玩，追逐一条在老柳树墩上晒太阳的条纹水蛇，砍丫杈做弹弓，趴在地上喝冷泉水，这股水从岸上溢出，流进田芥草蓬。……鲜艳的野玫瑰花

---

[①] 周铭：《走向人文空间诗学——薇拉·凯瑟主要小说研究》，中国人民大学出版社2009年版，第88页。

盛开山坡,蓝眼睛草开放着紫色的花朵,银色的马利筋刚刚要开花。鸟儿和蝴蝶到处飞来飞去。(薇,224)

正如《啊,拓荒者!》和《我的安东尼娅》一样,早期西部大草原的生活是一个伊甸园,上尉家的花园也是这样一块乐土,这里不允许狩猎,也无意将沼泽地的水抽干变成丰产的田地,这是一个动植物的庇护所,沼泽、牧场和动物都以自然的状态存在。孩子们在玛丽恩的许可下在水洼里钓鱼、蹚过长满青草的沼泽、在草地上午餐,尽情享受着阳光、空气和泉水,享受玛丽恩亲自送过来的午餐甜饼。仙女一般的女主人、无忧无虑的孩子、"露水晶莹""银光闪闪"的自然建构了充满善和美的空间,一个具有最初纯洁的神性空间。当孩子们正在欢笑嬉戏的时候,"毒艾维"扛着猎枪突然出现了,空间的纯粹与和谐被打破,正如《圣经》里的伊甸园一样,上尉的花园也闯入了毒蛇。艾维·彼得斯是未经主人同意偷偷溜进花园里来的。他的外貌极其丑陋,尤其是眼睛的描写点明了他"蛇"的属性:"他的眼睛之小,没有眼睫毛,因此两眼死死盯着,僵硬不变,像是蛇或是蝎子的眼睛。"(薇,226)艾维闯进花园当着尼尔以及所有的孩子们用小刀利索地剜掉了啄木鸟的眼睛,这只林中失明的鸟成为福瑞斯特夫人性格和命运的象征,啄木鸟的意象会在下文进一步分析。尼尔为了抓住受伤的啄木鸟从树上摔了下来,艾维抱起尼尔的主要原因是他对这所房子的欲望,这是"一个进入福瑞斯特住宅的好机会,看看里面究竟是什么样子,是他渴望已久的事情"(薇,229)。进入房子后他大胆地打量房间的陈列,最终的兴趣是上尉的皮椅子,他渴望坐在上尉的皮椅子上。艾维闯入花园、进入房间、占据上尉座椅这些行为象征着对上尉所属空间的觊觎,在这场房屋争夺战中,上尉逐步失去对空间的塑造能力和控制力量。

上尉遭受银行破产和身体中风双重打击之后,不得不将土地出租给艾维。艾维抽干沼泽的水将其变为麦田的空间改造行为,是商业文明的功利伦理对上尉审美理想的颠覆。他常常"穿过一排排杨树,那副神气俨然是主人的样子。他砰地一声关上屋后面的门,吹着口哨穿过院子。他常常在厨房门口停下,同福瑞斯特夫人说几句打趣的话"(薇,271)。艾维登堂入室的行为是对上尉权威赤裸裸的挑战。相对于艾维的咄咄逼人,上尉却越来越行动不便,活动的空间逐渐限制在一个周围树丛密集的玫瑰花园里,他每天静静地坐在院子里,看阳光一点点地移过面前的日晷仪,"望着玫瑰花上最后的余晖",静止地坐着。日暮、余晖、眉目不清的面庞都是时间流逝或停滞的象征,集合在被挤压的花园空间里,强烈地暗示着上尉对当下时间的无能为力,一旦老绅士退出舞台,新的力量必然出现重新定义空间。空间格局的进一步改变是在上尉第二次中风之后,镇上的家庭妇女以照看病人的名义,"精神抖擞,得意非凡""像蚂蚁似的涌进房子","她们在福瑞斯特家的厨房里进进出出,熟门熟路,好像出入在她们相互之间的家里似的。他们翻箱倒柜,找床单、阁楼、地窖处处翻遍"。从前孩子们进入花园都要福瑞斯特夫人许可,而现在"门闩什么的都已经拆除,她也无力顾及"(薇,281)。这次对房屋的侵袭行为是摧毁性的,如果说上尉在印第安人的营地上建造房屋是确立拓荒文明胜利的仪式化的象征,那么,这次对上尉房屋的洗劫则使房屋曾经被赋予的神圣性和权威性不复存在。上尉的摔倒、瘫痪隐喻拓荒文明的日渐式微,被狭隘、势利的小市民气所颠覆,在空间上的优势地位完全丧失,降格到与小镇上普通小市民同等的地位。对房屋的不断侵占随着上尉的去世变得变本加厉。小说在第一部和第二部分别描写了客厅里的两次家宴,结构的对称使两次家宴的对比意义更为明显。小说描写第一次家宴所用的手法,类似于《我的安东尼娅》中最后的晚餐,通过排列座位、分割食物、约定俗成的礼仪、谈话内容的选择,将进餐作为一种文明仪式化,流通于特定的文化圈子之中,使进餐行为上升为文化演示。第二次家宴发生在上尉去世之后,老一辈的拓荒者或破产或衰老,纷纷退隐或者离开,在此背景下玛丽恩邀请镇里以艾维·彼得斯为代表的年轻人进行了一次晚宴。主观意图上,玛丽恩期望通过对进餐仪式的模仿将上尉时代的传统传袭下来,她专门请尼尔坐在上尉的位置上,重新演示进餐仪式,回忆她和上尉的爱情,美与德行的联姻。然而这次操演却以失败告终,晚餐的结果事与愿违,年轻一代进入了上尉的房屋,拥有了自己的席位,却上演着另一台戏剧。使这次晚餐成了名副其实的最后的晚餐,象征着代表商业文明的一代完成对拓荒者一代的替代,正式登上了历史的舞台。之后,艾维在这所房间里随意出入,同时也占有了玛丽恩。"艾维·彼得斯从厨房进来,走到她背后,用胳膊随随便便地搂着她,两只手正好搭在她胸前。"自此玛丽恩不再是福瑞斯特夫人。在凯瑟的象征谱系中,厨房一直是家的核心,艾维·彼得斯从先前的"在厨房门口停下"到现在的自由进出厨房,其主人的姿态彰显无遗。小说结尾时,"艾维·彼得斯终于买下了福瑞斯特的房子，从怀俄明娶了个女人，住进这所房子。福瑞斯特太太到西部去了"（薇，296）。这个故事的结局是国王死了，王后废黜了，新的王登上了王位，又一个朝代开始了。

## （二）啄木鸟意象变奏

小说的另一个意象是林中被剜去双眼的啄木鸟及其相关的意象群。凯瑟常用鸟来指代其小说中的人物，小说《云雀之歌》用云雀来指代渴望成为歌唱家的女主人公尼娜，而在《迷失的女人》中，用啄木鸟来指代玛丽恩。林中的鸟儿是自然界中的常态，但是一旦自然空间为阶级社会所分割占有，它便不再是一个纯自然属性的生物，和林子一起归属于林子的主人，被赋予了社会属性。林中啄木鸟意象和房子的意象均在小说第一部开始呈现，类似奏鸣曲的主副部动机，贯穿整个小说的始终。以房子为核心的意象群象征着上尉以及拓荒文明，是小说中一开始就存在的固有力量，而林中的啄木鸟则是玛丽恩的象征，尤其是被剜去双眼后的啄木鸟，它暗示出失去庇护之后的玛丽恩的处境，她的奋斗和挣扎，林子中迷失的鸟儿就是现实中迷失的夫人，是小说中动态变化的因素。在叙事过程中，林中啄木鸟这一节中的核心意象和景观被不断地拆解、变奏，在玛丽恩和他人关系中被重复和再现，像音乐中的主要动机被不断地以变化的形式呈现，定义着玛丽恩与其他人物的关系，在各种关系中塑造人物、表现性格。

啄木鸟叙事开始描绘了一幅西部草原的人间乐园景观，在这段类似抒情主旋律的音乐下，艾维以蛇的意象突然闯入，并剜去了花园里一只快乐的啄木鸟的双眼，尼尔为了让这只鸟体面地死去，在捕杀的过程中受了伤。尼尔摔倒之后，他和艾维成为唯一进入上尉房屋的两个人，艾维觊觎着上尉宽大的皮椅，渴望能坐上去；而尼尔则被上尉房屋的陈设和玛丽恩的美丽所吸引，可以说，同时作为后来者和对手的两个人捍卫和摄取上尉权力及其遗产的斗争开始了。啄木鸟事件的出现成为隐含的不祥之音，它的象征意义通过后面叙事中不断出现的相似意象和场景得以证实和加强。先看对这只被剜去双眼的啄木鸟的描述：

> 那啄木鸟用螺旋形的姿势飞到空中，飞到右边，撞在树干上——飞到左边，又撞在树干上。它在错综缠结的树枝丛间飞上飞下，飞前

飞后，斜拍着翅膀，一会儿往下掉，一会儿稳住。……这只瞎鸟儿在树丛里拍打着翅膀，在阳光下打转却又见不到阳光，它摇晃着脑袋，啄着嘴儿，像在饮水似的，这一切给人一种慌乱、绝望之感。不久，它好歹停栖在它给打下来的那根树干上，好像认出了那根栖木。它受伤之后似乎悟到了什么道理，啄了一下，沿着树枝跳动，躲进自己的洞里。（薇，228）

这是玛丽恩在失去上尉庇护之后处境的真实写照。她不接受上尉的朋友包括尼尔给她安排的生活，这个比上尉小20多岁的女人充满了生命的活力，要在失去上尉庇护后继续为自己挣得一席之地。"我要看看我身上到底还有没有可贵的东西。告诉你，我还有！你简直想不到，但我就是有。"（薇，275）然而，覆巢之下，安有完卵。林中的鸟儿只有接受暴雨的打击，仓皇逃避别无他路。在她失去上尉、失去恋人、失去房屋，输得一干二净时，终于"认出了那根栖木"，并"沿着树枝跳动，躲进自己的洞里"。小说结尾时，她嫁给了一位英国老绅士，并请人每年在阵亡士兵纪念日那天给上尉墓前献花，即使在她去世后，上尉的墓依然被精心照看。

啄木鸟场景除了暗示玛丽恩日后的命运，同时也是她与小说中其他人物关系的隐喻。小说后面的叙事往往通过对相关意象和场景的模仿或重现来暗示这种联系，类似主旋律下的变奏。在上述那一场景里，小说中与玛丽恩相关人物角色的设定被暗示出来。上尉是园林的所有者和保护者，艾维是闯入者和伤害者，而尼尔扮演的是同情者和拯救者的角色。啄木鸟意象将小说连接成内在统一的整体。啄木鸟悠闲自在，完全不管林子里孩子们的吵闹，是因为"它们在这儿是受保护的，所以它们不怕"（薇，227），它在林中被很好地保护了起来，上尉园中禁止狩猎。这个事件同时也暗示在林子归属于上尉之前，啄木鸟就有随时遭遇被射杀的危险。因此，从时间上来说，小说中第一件与啄木鸟叙事相联系的事件就是上尉遭遇玛丽恩。尽管这个故事基本是在小说即将结束的时候才出现的。当时玛丽恩为回避丑闻去户外登山，不幸绳索断裂，同伴当场坠入峡谷身亡，而玛丽恩"掉在一棵松树上，没有摔下来。不过她的两条腿跌断了"（薇，294）。玛丽恩栖落在树干上与鸟儿认出了栖木是时间上的承续关系。福瑞斯特上尉救了受伤的玛丽恩并使她成为福瑞斯特夫人，而尼尔的拯救则宣告失败，啄木鸟失去了自己的栖息地。上尉常说"罗马风信子是福瑞斯特太太的花。它们同她相配"（薇，251）。风信子花语代表着生命之火，说明尽管上尉娶了玛丽恩，但他并未将玛丽恩作为自身属性的一部分来看待，而是将她作为有自我性情的独立个体给予尊重。上尉常说的一句话就是："对她的了解就是对她的尊重。"（薇，283）早期拓荒者浪漫的骑士精神使玛丽恩成为林中那只自在的鸟儿。

玛丽恩与尼尔的关系也同样与啄木鸟事件相对应。与上尉不同，尼尔一直将玛丽恩作为上尉属性的一部分来欣赏，尼尔阅读了大量古典浪漫作品，接受了将女性作为理想和美德的化身这一传统文学隐喻，并将其挪用到玛丽恩身上，玛丽恩只有作为上尉所处时代精神象征时才有其存在的价值，才是美的。小说运用一个夏日清晨的景观，将尼尔对早期拓荒文明的审美观照对象化：

> 这是夏天的黎明，万里无云，天际一片闪闪的粉红色。沉重、低着头的牧草齐到他的膝头。沼泽地开遍了银边翠，上面露珠滚滚，像一层层清凉的银片，沼泽地上的马利筋草伸展着一簇簇绛色的扁平的叶子。清早空气新鲜，天色柔和，花草上的晨露发出光泽，这一切简直具有宗教似的圣洁。一切有生命的事物清澈、欢乐——好比清晨的鸟儿，飞向纯洁无尘的空中，发出湿润、清新的啼声。在东方番红色的天边，散发出一道道稀薄、橘黄色的霞光，渐渐地染红香气盎然的草地和树林闪亮的尖梢。尼尔后悔他过去为什么不常来，为什么不在人们还没有起来活动的时候来欣赏天色，那个时候的清晨还没有遭到污染，好比从远古英雄时代传下来的一件宝物。（薇，257）

这是具有典型特征的凯瑟景观叙事，凯瑟的景观描述从不简单地停留在具象之上，而是超越具象传达象征。留心的话，这段景观描写中的花草、露珠、光影、色香等与小说开篇花园景观描写相呼应，也与上尉讲述西部作为年轻人的理想生活所在相呼应，那时"天天都是好天气""天空一望无际，阳光普照"（薇，241）。所以，通过相同或相似意象重复再现形成意象体系，就能在具体的语境中传达出价值所指，将这一特殊时刻的风景转化成为拓荒文明价值的象征体现，成为一个同时包含着现实和历史、物质与精神象征空间。注意其中"鸟"的意象，鸟是在"宗教似的圣洁"的环境之中出现的，只有在这个圣洁的环境之中，"一切有生命的事物"才能保持"清澈"和"欢乐"。与玛丽恩一身洁白的衣裙出现在花园里的意象相映证，她的笑声"清澈""欢乐"，恰如清晨鸟儿"湿润、清新的啼声"。甚至"事隔许多年之后……在他心境沉闷、凡事意懒的时候，他常想：要是他再能听到这个失之已久的女人的笑声，他会感到轻快的"（薇，250）。在这里，尼尔运用类似华兹华斯似的审美反思，将玛丽恩的美抽象为一种声音，提升到精神的高度，上升为一种有价值的生命意义体现。这段景观叙事的另一层也指明尼尔对玛丽恩的态度。尼尔作为这一文明的迟到者，发出了"那个时候的清晨还没有遭到污染，好比从远古英雄时代传下来的一件宝物"的感叹，"那个时候"这一指代已经游离出上下文，通过后文的"远古英雄时代"得到了落实，这样尼尔此时面对的就不再仅仅是西部小镇一个平常的夏日清晨，而是文明的遗迹。尤其是"好比从远古英雄时代传下来的一件宝物"一句，将景比喻为物，有一定文学修养的读者会自然想到济慈的《希腊古瓮颂》里所歌颂的静止凝固却永恒的美，景观中的鸟儿被雕刻在古瓮上永远地展翅高飞，唱着"听不见但更美"的歌。所以，当代表着拓荒文明的上尉去世后，尼尔希望玛丽恩能够牺牲自己，像古瓮上的鸟儿一样，做"这些伟人的未亡人"，而不是不体面地"接受任何条件去生活"（薇，295）。鸟儿的意象多次在尼尔的救赎情怀中出现。福瑞斯特上尉破产后，尼尔从学校回来探望他们，他在林中见到了玛丽恩，先是听到她"欢乐"的笑声，循着笑声将她"连躺着的人带吊床一股脑儿抱在怀里。她是多么轻盈，多么活跃！好像一只落在网里的鸟。如果他能够挽救她，像这个样子把她抱出去多好呀——离开这个劫数难逃的悲惨世界，离开这个令人衰老疲惫的逆境！"（薇，267）尼尔这种以终止生活为代价的悖论般的救赎情怀不断地遭遇玛丽恩的反叛，尼尔觉得自己因此而备受伤害。

　　的确，尼尔作为拯救者的角色显得过于理想以至于冷酷，他要求玛丽恩作为福瑞斯特夫人，在上尉去世以后，像活化石一样成为一个逝去时代的标志。这一切也如尼尔在啄木鸟事件中所扮演的角色，他以毁灭的形式来实现对啄木鸟的拯救，以终止啄木鸟的生命使其价值凝固得以保存，与艾维、弗兰克一样是对生命力和美的绞杀。艾维通过对上尉领地的不断侵占和改造,将充满想象与美好的浪漫空间改造成充满实用和功利的商业空间,而环境的改变使玛丽恩迷失了方向,逼迫她改变自己的身份,最后不得不成为艾维的猎物,如同被艾维打下捕获并用刀剜去双眼的那只鸟儿。福瑞斯特夫人情人弗兰克对她的扼杀,也是通过意象重复出现实现的。啄木鸟最后通过找到自己栖息的树干得以保全生命,类似玛丽恩登山免于坠落于峡谷得自于一棵松树躯干的拯救,而弗兰克则"从座位下拿出一把斧子",回到峡谷,砍下一棵雪松,砍树声传到玛丽恩的耳里,她"全身微微颤抖"(薇,248)。所以,对玛丽恩来说,弗兰克的背叛如同那棵拯救她的松树被砍倒,让她彻底地坠入峡谷,尼尔觉得"她身上没有一滴热血了"(薇,280)。类似与艾维剜去啄木鸟的双眼、弗兰克砍倒松树,尼尔对玛丽恩的绞杀也是通过"刀"实现的。尼尔在那个宗教般圣洁的早晨,摘下上尉沼泽地上的野玫瑰,将其做成一束花献给夫人,为了让这些花"美丽的天真纯洁",尼尔"拿出小刀,砍断长满红刺的、坚硬的梗子"(薇,257)。尼尔摘下玫瑰、砍去刺梗、做成花束的行为是对野生玫瑰花自然生命的扼杀,通过对野生玫瑰的修剪与重塑,将其规约,将自身的意识企图强加在客体之上。尼尔试图通过采摘和修剪来保持清晨时玫瑰特有的美丽纯洁,这一行为与上尉让沼泽的水自然流过草地保护其自然美正好对立,暗示上尉对玛丽恩个性的尊重而尼尔则将其视为上尉的附属,限制甚至扼杀其天性,希望她能像那束失去生命力的玫瑰花一样,作为逝去传统墓前的一束鲜花或祭品,放在一扇法国式窗户外面的这束花,是对已经丧失的浪漫骑士传统祭奠的象征。尼尔对上尉的态度就是对传统的态度,这一态度回应了开篇时尼尔执意要杀死啄木鸟的最终动机,他宁愿玛丽恩体面地死去也不愿她可以"接受任何条件去生活"(薇,295)。对尼尔来说,只有福瑞斯特夫人没有玛丽恩,而这个夫人也是浪漫传统的投射,是尼尔心目中价值精神的所指,可是,玛丽恩却一再越过尼尔对她的身份指认,当作为精神象征的偶像坍塌时,尼尔将这束玫瑰"扔进河岸上牲口踩过一脚的泥潭里"(薇,257)。

《迷失的女人》通过围绕房屋的战争和啄木鸟的命运变奏建构了两个象征体系,两个体系之间相互交织,生活场景、自然景观、象征空间多重并置反复再现,体现出叙事的节奏和结构的规律,更在一定程度上规定着小说人物的行动和命运,完成对小说情节发展的控制和主题意蕴的表达。

## 四 《教授之屋》——生活在别处

《迷失的女人》之后,凯瑟发表了《教授之屋》,这部小说的主题依然承接凯瑟中期小说中的迷惘和悲观的情绪。不同之处在于,相对于前两部小说人物的主人公通过自我流放或不断越界等外在行动来实现对理想的追求和现实的反抗而言,《教授之屋》变得更趋内在化。凯瑟笔下的教授不再从外部寻找价值,而是从自我内心去发现"独特身份"[1]。内聚化的视角以及叙事技巧的革新使这部小说成为凯瑟"危机系列"小说中意义最为复杂、含混的一部。复杂的心理和模糊的意义指征系统反映了凯瑟内心的焦虑和渴望,无论其主题还是叙事手法都表现出强烈的现代性特征。

小说共三部分。第一部分《家庭》,高弗雷·圣彼得是中西部汉米尔顿大学的历史教授,因为撰写了八卷本的《西班牙探险家在北美》获得了一大笔奖金,他用这笔奖金给家人买了栋新房子。教授发现事业上的成功以及生活上的富足并没有给他带来快乐,物质与理想差距使他与家人的关系越来越疏远,个人生活的压抑加深了他对周围世俗社会的厌恶,他拒绝彻底搬出从前的旧房子,将小阁楼作为他个人的"庇护所"。在阁楼上,他回忆起自己最喜爱的学生汤姆·奥栏,奥栏的精神气质和考古发现给教授的学术事业和生活注入了活力。奥栏战死疆场后,教授决定为奥栏的日记作注。第二部分是《汤姆·奥栏的故事》。由奥栏讲述他和朋友布雷克在西南山区的传奇经历,他们在平顶山发现了古印第安人文明遗址并进行了挖掘,奥栏因为布雷克卖掉文物与其分手,之后来到圣彼得教授所在的大学求学。第三部《教授》,叙事再次回到教授的日常生活,在经历了一次"死亡"事故之后,教授重新调整自我,学会"没有快乐的生活"[2],暗示一种"生活在别处"的存在方式。

从小说的写作背景来看,20世纪20年代尤其是"一战"以后,美国

---

[1] Rosowski, Susan J.. *The Voyage Perilous*: *Willa Cather's Romanticism*. Lincoln: University of Nebraska Press, 1986, p.131.

[2] [美]薇拉·凯瑟:《教授之屋》,庄焰译,上海文艺出版社2011年版,第194页。后文出自同一著作的引文,将随文在括号内标出该著名称首字("教")和引文出处页码,不再另行作注。

在"国际舞台上对欧洲的领导角色取而代之",① 迫切需要重新定义美国身份,重新评估美国在欧洲世界的地位。这一时期的进步运动和美国化运动都关注如何运用欧洲历史,如何确立本土地域特别是西部边疆对美国精神的塑造,如何评价古印第安文明在美国身份建构中的地位,重塑美国形象成为当务之急。同样是在这一时期,美国还面临着"一战"后伦理价值的崩溃和消费浪潮的冲击,日益工业化和城市化的社会使传统的边疆精神和田园理想遭遇解构,那些曾经受珍视的传统价值底线被不断刷新,距离早期移民建造"山巅之城"的美国梦越来越远,知识界弥漫着悲观甚至是绝望的情绪,文学界以"迷惘的一代"为其思想代表,面对文化多元、城乡剧变、各种思想泥沙俱下的社会境况,美国身份的重构显得举步维艰。《教授之屋》是这一历史语境下的产物,美国和教授一样正步入中年,中年危机隐喻表现二者在身份建构过程中无法克服的障碍和艰难。正如 A.S. 拜厄特所认为的,小说"确实以一种非常深思熟虑的形式,表达对西方、美国文化历史的关注"②。小说以《教授之屋》为题,描写教授在新、旧房屋之间两难的抉择,向读者暗示了这是部充满空间隐喻的小说。

评论界对这部阴郁复杂的作品评议众多,部分评论家认为这是一部传记性作品,书中很多细节与凯瑟本人相吻合。詹姆斯·伍德雷斯(James Woodress)将其称为凯瑟的"心灵自传",圣彼得在作品中的处境和凯瑟形成了互为镜像的关系。③ 小说中圣彼得 52 岁,出版了 8 卷本的《西班牙探险家在北美》,获得学术界的高度认可,处于功成名就之时。而凯瑟本人也正好 52 岁,在创作《教授之屋》时,也已经发表了 8 部作品,《我们中的一个》获得了普利策奖,是一名成就斐然的小说家。小说中圣彼得 8 岁时父母卖掉了湖畔的农场,把他和兄弟姐妹们带到堪萨斯中部的麦田,"圣彼得差点为此丢了性命"(教,16),这与凯瑟 9 岁被父母从弗吉尼亚南方带到内布拉斯加类似,这次迁徙对凯瑟的影响也是致命的。除

---

① 周铭:《〈教授的房屋〉:进步主义时期美国的身份危机》,《外国文学评论》2014 年第 3 期。

② Hively, Evelyn Helmick. *Sacred Fire: Willa Cather's Novel Cycle*. Lanham: University Press of America, 1994, p.113.

③ 周铭:《走向人文空间诗学——薇拉·凯瑟主要小说研究》,中国人民大学出版社 2009 年版,第 100 页。

此之外，两人都陷入中年精神危机之中：教授认为"从社会意义上讲，这个国家已经分裂成两半；我不知道它还会不会重新走到一起"（教，87）。而凯瑟自己后来也在《不到四十》中写下了著名的话："在 1922 年左右，世界一分为二。"① 因此，《教授之屋》作为小说的标题反映了凯瑟在分裂的世界中"寻找正确处所"②的努力。小说创造了两个主要空间，一个是教授当下的生活空间，一个是奥栏探险发现的历史古迹。奥栏探险发现的历史空间和教授日常的生活空间并置，如同"一块绿松石镶嵌在哑银上"（教，扉页）。在这个分裂的世界里，"有两种思想在互相竞争：世俗化和逃避主义，物质化和理想主义，过分装饰和简单化"③。批评家如斯威夫特认为小说意旨明确，空间建构表达了对现代社会的批判，奥栏的平顶山发现是小说的核心，平顶山构造显示出一种和谐，将生活与艺术整合到一起，成为商业文化的他者。平顶山的启示既是历史地理意义上的也是美学意义上的，意在对堕落、日益商业化的现代社会进行审美替代，美国西部平顶山居民的生活为社会进行一种再组合提供可供借鉴的模式。④ E. K. 布朗认为小说中房子的象征意义是解开作品主题的核心钥匙。教授对新房的拒绝表现了对虚荣消费不满，认为他女儿正在建造的别墅是对过去的一种掠夺，而他写书的旧阁楼和西南部古印第安人的生活遗址却是有创造力的、统一的生活表征。⑤ 另外如希尔加特等批评家认为，小说中关于平顶山的想象是回避当代社会的，表现出强烈的怀旧倾向，将目光远离工业化社会回转到前农耕时代。教授躲进自己的房子，是一种逃避的保守主义策略。⑥ 上述所有评论都集中在对小说中房屋、平顶山等空间的

---

① Cather, Willa. "Prefatory Note" in *Not under Forty*, New York: Alfred A. Knopf, 1936, p. v.

② Stout, Janis P.. "Autobiography as Journey in *The Professor's House*." *Studies in American Fiction* 19. 2 (1991): 203–15.

③ Swift, John N.. "Fictions of Possession in *The Professor's House*." *The Cambridge Companion to Willa Cather*, Ed. Marilee Lindemann. Cambridge: Cambridge University Press, 2005, 175–190. p. 176.

④ Maxfield, James F.. "Strategies of Self-Deception in Willa Cather's *The Professor's House*." *Studies in the Novel* 16. 1 (Spring 1984): 79.

⑤ See E. K. Brown. *Willa Cather: A Critical Biography*. Completed by Leon Edel. New York: Avon Books, 1953.

⑥ Hilgart, John. "*Death Comes for the Aesthete*: Commodity Culture and the Artifact in Cather's *The Professor's House*." *Studies in the Novel* 30. 3 (Fall 1998): 377–404.

理解阐发，显示出地理空间在小说创作中的核心地位。诚如伊恩·贝儿所言："在《教授之屋》中，凯瑟对起源和身份之追求的分析更多地偏向于地域而非社会结构的方面。"① 这部呈现了一系列"互相呼应和修正的象征空间（地貌、房屋、房间）"的小说，是一部"关于庇护所的小说"。② 小说整体上是阴郁的，最后给出教授的出路是暗示性、内向性的，缺乏行动上的明确性，寻找"正确处所"的努力似乎渺茫，奥栏的故事包括他的名字 outland（外域之地）都暗示这是个乌托邦幻想。教授在小说中的存在是"分裂的和离析的"。③ 与早期征服的主题相比，这部作品充满了"挫折和死亡"。④

## （一）荷兰油画式的空间结构

为了呼应小说的主题，《教授之屋》在形式上使用了分裂式结构。小说共三部分，第一部分《家庭》和第三部分《教授》讲述的是教授及一家人的生活，在教授生活之中插入第二部分《汤姆·奥栏的故事》，这部分时间、人物、情节包括叙事人称与第一部和第三部明显不同，小说整体叙事在中间断裂。这的确是一个大胆而又冒险的尝试，所以小说出版后即遭遇不少评论家的诟病。艾尔弗雷德·卡津曾很尖锐地说："这本书的缺点表明了作者缺乏想象力。她把小说打断而插入对汤姆·奥栏青少年时代在西南生活的冗长而又离题的叙述是一个技巧上的错误，它破坏了整个小说。"⑤ 虽然嵌入式结构现在已成为当代小说家常用的叙事技巧，但在当时的确是一种结构上的实验。凯瑟自己曾解释说："当我写《教授之屋》的时候，我希望在结构上做两种实验，首先是早期法国和西班牙小说家们

---

① Bell, Ian F.. "Rewriting America: Origin and Gender in Willa Cather's *The Professor's House*." *The Year Book of English Studies* 24（1994）：12-43.
② Strychacz, Thomas F.. "The Ambiguities of Escape in Willa Cather's *The Professor's House*." *Studies in American Fiction* 14.1（1986）：49-61. p. 49.
③ Lee, Hermione. *Willa Cather: Double Lives*. New York: Pantheon Books, 1989, p. 224.
④ Edel, Leon. *Willa Cather: The Paradox of Success: A Lecture*. 1959. Washington, DC: Library of Congress, 1960, p. 14.
⑤ Kazin, Alfread. *On Native Grounds*. New York: Reynal & Hitcheoek, 1942, p. 255.

常用的一种手法：将一个较短的故事插入一个长篇小说。"① 奥栏的故事就是插入其中的一个传奇，与其他部分形成对比。另一个让她感兴趣的想法是模仿音乐中奏鸣曲的三部结构，呈现—发展—再现即 A-B-A 曲式，按照此种模式，奥栏在第一部呈现部一直是一个动机，它在小说中被各类人物提及而不断地出现，由他导致的各类冲突和矛盾以教授为核心被呈现，可以想象，当教授看见奥栏在一个春天的早晨进入花园的那一刻，对应着一定是明亮的副部主旋律。到了第二部发展部，奥栏这个动机就成为主旋律，和第一部形成对照和冲突，第三部再现部又回到第一部的主题，回到教授身上，结尾其实是富于开放性质的。但最著名的是从地理和修辞意义上对荷兰绘画所做的阐释，它最为完美地体现形式对主题的驾驭，对我们理解把握小说叙事策略、修辞手法、象征意义极有帮助。凯瑟解释这一创作手法说："就在我开始写第一部之前，我在巴黎看了一次荷兰的早期和现代画展。""不论是起居室还是厨房，都有一扇开着的方窗，从那里可以看到船帆或一片灰色的海洋，人们通过窗户看到大海的感觉是印象深刻的，甚至能想象有一群荷兰的船队静静地行驶在地球的水面上——一直到爪哇，还有其他地方。"② 荷兰油画的起居室或者厨房内部总是充斥着该民族日常生活的各类物件，而在打开的窗户之外，海洋清新之风吹进室内，激发人们的想象：在永恒的海洋上，帝国的航船正在扬帆远航，将人带到世界的其他地方。新的空间被不断开辟，帝国身份也被不断更新和完善，海洋在画面中作为永恒的地平线召唤着被空间限定的帝国，成为国家身份的基石和参照物。③ 相对于音乐曲式的借鉴，凯瑟对于荷兰绘画的利用更能体现作为小说审美建构的形式与主题意旨的关系。凯瑟意识到荷兰油画鲜明的民族性和历史的连续性是通过空间对比产生出来的，因此，凯瑟对荷兰油画的理解不仅是一种美学技巧，更是一种地理学观察世界的方法。凯瑟将这一模型下的空间建构运用到《教授之屋》中，"在我的书

---

① Cather, Willa. *Willa Cather on Writing: Critical Studies on Writing as an Art.* New York: A. A. Knopf, 1949, p. 31.

② Cather, Willa. *Willa Cather on Writing: Critical Studies on Writing as an Art.* New York: A. A. Knopf, 1949, p. 31.

③ Wilson, Sarah. "'Fragmentary and Inconclusive' Violence: National History and Literary Form in *The Professor's House*", *American Literature*, Volume 75, Number 3, September 2003, Duke University Press, pp. 571-599; p. 573.

中我尽力让圣彼得教授之屋拥挤,充满了新东西,让平顶山的新鲜空气和汤姆·奥栏脸庞上和行为中体现的对琐事潇洒的不屑一顾都从窗户那里吹进来"①。很明显,凯瑟的荷兰油画论为我们提供了小说叙事的结构图。我们看看她在这部小说中采纳的结构是如何实现主题意蕴的。

荷兰油画作为一种国家风俗油画,其美学特色包含着国家认同、边界划定,民族性、地域性、历史持存等因素。在荷兰油画里,室外景观对室内空间的意义起着解释与修正作用,这一功能正好对应着奥栏西南部的平顶山遗迹对教授中西部小镇生活的理解和重构。从这层意义上看,我们可以更好地理解凯瑟对《教授之屋》的解释:

> 对大多数人来说,我想,这不过是"又一个故事"而已。但是,对我来说它是一次有趣的实验。我的确从荷兰油画里得到启示:一个丰富又温暖的室内——透过一扇开着的窗户是海洋,蓝色的,非常有活力,水面上微风荡漾。我尝试着把平顶山也这么处理,可大部分人认为这是一种非常错误的结构。②

《教授之屋》的一、三部分相当于图画的室内部分,第二部相当于图画的室外部分,通过这样的结构,国家共同体身份在历史语境下得以建构。小说第一部分《家庭》情节围绕着圣彼得教授及其家人的日常生活,是油画的室内部分。小说的第二部分《汤姆·奥栏的故事》,这部分是奥栏给教授的讲述,使用第一人称,与一、三部分所使用第三人称叙事形成对照。奥栏讲述的他在西南部悬崖城古印第安人废墟探险的故事,宛若荷兰油画中水面上行驶的来自远方的航船,将理想希冀带入闭塞庸常的日常空间,"就在他觉得世间的晨曦逐渐失去光辉的时候,奥栏来了,给他带来了第二次青春"(教,177)。奥栏发现的印第安人的遗址叫"平顶山",从远处看是一块巨大的耸立在地表上的岩石,和教授的名字(Peter,磐石)契合。第三部分《教授》,通过对奥栏日记的编撰,教授完成了对历史的重构和对现实世界的再理解。但平顶山的清风最终还是带走了所有最

---

① Cather, Willa. *Willa Cather on Writing*: *Critical Studies on Writing as an Art*. New York: A. A. Knopf, 1949, p. 31.

② Moorhead, Elizabeth. "The Novelist," *Critical* Vol. 1. 87-96. p. 95.

珍贵和美好的东西,"卷走了所有的年轻人和所有的手掌,甚至差点带走了时代本身"(教,179)。奥栏的名字是"外域之地"之意,暗示这是一个理想乌托邦所在,在强大的商业力量之下乌托邦理想无法实现,但却作为一种精神力量支撑着教授走完人生旅途。

小说不仅在整体建构上采用了荷兰油画式结构,而且小说的三个部分也分别借用了这种套嵌式结构形式。A、B两个空间同时并置,空间A常常是包涵着厚重时间痕迹的历史空间,空间B常常为现实的当下空间,空间A为空间B提供参照和启示。

在小说第一部里,教授生活的旧房子是一座三层的楼房,下面两层提供一家人的日常生活起居,最上面一层是间小阁楼,它白天是缝纫室,晚上是教授的书房,制衣模型、缝纫机、教授的书稿和服装样纸使这间"黑压压的小窝"拥挤不堪。然而这个狭窄拥挤的空间却保留着一扇打开的窗户:"透过窗户能看到在远处地平线那里,有一汪狭长、碧蓝的水面——密执根湖,他童年的内陆湖。""只要看上湖泊一眼,你便知道自己马上就要自由了。"(教,15)在这里,空间B——老房子,空间A——密执根湖。空间B是成年教授的日常生活空间,空间A所谓的密执根湖,则是一个存于现在却包含着历史的空间,是教授"童年的内陆湖"。童年时圣彼得生活的家庭简直像是联合国,教授全名为拿破仑·高复雷·圣彼得,他长得却像西班牙人,母亲是卫理公会教友,属于英国国教传统,父亲是法国天主教徒,老祖父为法裔加拿大人,祖父的祖父跟随拿破仑穿越欧洲一直到俄国,最后"来到北美荒原,来忘记皇帝战败带来的苦恼"(教,186)。还有各种各样的兄弟姐妹,这个纷扰嘈杂的大家庭使圣彼得的生活里充满各种"反调"和"沉闷",而故乡的密执根湖是唯一能使他感到平静的力量。它是一种独特的蓝色,跟欧洲所有其他地方的水域"完全不同","这些年里,窗口看见的湖泊,对他的支持和帮助胜过任何东西所提供的方便"(教,16)。凯瑟用密执根湖这一隐喻呼应荷兰油画的海面,在凯瑟的人类地理学谱系下,教授的家庭成为美国移民多元化的缩影,来自欧洲各地背景迥异的人们被新世界所吸引,汇集到同一块土地,"蓝色的水域"成为超验的象征,代表着早期将所有民族聚集到一起的"乌托邦"冲动和共同理想下的情感联系。因此,教授将其书房开着的窗户永远对着那一块水域,那是他"远处的地平线"(教,16),是他理解自己当下使命的基础,使他能在旧屋的阁楼上写出享誉世界的《西班牙探险家在北美》,尽管当时其他历史学教授们建议他"采用约翰·费斯克①那种更加平滑、亲切的文风"(教,17)。教授的身份意识是建立在故乡的密执根湖上的,建立在特定的"地方"之上的,空间被转化成为一种身份修辞。

A、B空间并置结构在小说第二部《汤姆·奥栏的故事》同样存在。在这一部分故事中,空间 A 是平顶山古印第安人遗址,是一个纯粹的历史空间,空间 B 是华盛顿,即指美国现实社会。作为并置空间,小说通过奥栏的视角描述了两个地方的落日景观,先看奥栏对华盛顿落日的描述:

> 在等待预约的日子里,我常会绕着白宫草坪外的栅栏转上几个钟头,看华盛顿纪念碑在美丽的日落时分变换颜色,直到所有的职员都从财政部大厦、战争部和海军部大楼涌出来。成千上万,或多或少都和我同住的那对夫妇有点像。在我看来,他们有点像被奴役的人,应该获得自由。我对这座城市的记忆,主要是那些美丽、朦胧、忧伤的日落,白色柱子和绿色的灌木,还有繁星出现时仍旧呈现出粉色的纪念碑柱。(教,161)

平顶山的落日的静穆辉煌与华盛顿那空洞矫饰的粉红形成对照:

---

① 约翰·费斯克是凯瑟同时代的种族主义历史学家,鼓吹社会达尔文主义。社会达尔文主义在美国风行一时,从 19 世纪一直持续到第二次世界大战结束。达尔文进化论清楚地说明,各物种为了生存而不停地斗争,弱小物种和种族的消亡和灭绝贯穿了历史。白种人被看作是最伟大的人种是因为他们具有优越感和征服欲。白人在有些地方征服了野蛮人,在另一些地方则干脆将他们灭绝,正如美国人在北美洲及英国人在新西兰和澳大利亚的所作所为。从"适者生存"的观点来看,创造了辉煌的西方文明的白人才配生存。在这种逻辑下,约翰·费斯克认为"盎格鲁—撒克逊"为优等种族,要担负起拯救整个美国民族的责任。这一思想对美国化运动有较大影响,在美国化运动中,英语和盎格鲁—撒克逊化的生活方式被作为美国标准强制推行。凯瑟对这种强制性的文化一元化倾向十分反感,她在演讲中多次提倡文化多元化,提倡保留各民族自身的文化传统;在《我的安东尼娅》里,凯瑟将说着一口波希米亚语、保持着自身民族生活习惯的安东尼娅塑造成共和国母亲的形象。Guy Reynold 指出:凯瑟所秉承的地域主义强调各民族文化和建立在共同地域之上的共同体社会的存留,反对由现代工业帝国主义所带来的文化标准化和中心化倾向。参见 Guy Reynold. "Willar Cather as progressive: politics and the writer", *The Cambridge Companion to Willa Cather*, edited by Maeilee Lindemann, London: Cambridge University Press, 2005。

我永远都忘不了回去的那个晚上。日落前的一个小时我渡水过河，在宽敞的牛谷谷底骑着马深一脚浅一脚地往前走。太阳还没落山，月亮已经升起来了，它是亮银色的，是那种海拔高的地方早早出来的星辰常有的颜色。从深深的谷底望出去，天体显得比地平线上看到的要遥远很多。不过上升的崖壁倒是能引导着视线望出去。我在一块仿佛谷底的小岛一样孤零零的岩石上躺了下来，向上望去。我周围的灰色灌木篱和蓝灰色的岩石已经隐入了阴影之中，但是上面很高的地方，峡谷的岩壁染着一层日落映出的火焰般的颜色，悬崖城则裹在一层金色的薄雾中，衬在黑暗的岩洞前面。没过几分钟，它也变成了灰色，只剩下顶端的岩石边缘留有红色的光辉。那抹光辉消失之后，我还能看见黄铜般的光亮在山顶岩石边缘的矮松间游动。山谷上方的天穹是银蓝色的，挂着淡黄色的月亮，这会儿星辰闪闪，就像水晶坠入了澄清的水中。（教，172）

两个空间都由奥栏视角展示出来，二者之间的视角、色彩变化和地平线差异形成对照，成为两种泾渭分明的文明象征。在华盛顿落日叙事中，奥栏位于栅栏之外，凝视着代表商业文明和官僚体制中心的白宫，被关在栅栏之内的是"成千上万""被奴役的人"，类似于福柯的权力监控下的"监狱"，《啊，拓荒者!》中亚历山德拉去城市探访时也曾发出过"这世界就是个大的监狱"（威，320）的感叹。奥栏不止一次强调这一现代城市景观对他的冲击："看见成百上千的职员们在日落时分涌出那座大楼，曾经让我多么难受啊！他们的生活在我看来是那么渺小，那么卑屈。"（教，159）在这种俯视的视角下现代都市中人的生活是压抑和卑微的，华盛顿是座大监狱。华盛顿的落日没有地平线，与教授书房前面的辽阔水域所形成的地平线形成对比，都市里的囚徒们是一群没有自我根基的漂浮的幽灵，类似《荒原》里伦敦桥上的行人，《荒原》中的死亡意象出现在华盛顿的白色大楼里。"美丽、朦胧、忧伤"，"白色""绿色""粉红色"这些具有阴性色彩的颜色和情感暗示出都市人精神的肤浅和孱弱，华盛顿落日空间成为压抑封闭、庸俗冷漠的象征。

相对于华盛顿落日的空间压抑感，平顶山落日空间是向外无限延伸的。整个景观叙事极富象征意义。开篇即暗示一个重要的时刻，太阳与月亮同辉共存。在凯瑟的象征体系中，太阳和月亮的相遇代表着所有二元对立的消失，宇宙在那一刻达到高度的和谐统一。类似的情景在《我的安东尼娅》中作为小说的高潮也出现过，在那一刻吉姆达到了对拓荒时代的历史启示和精神意义的把握。在这一神圣的时刻奥栏平躺在山谷的底部，采用的是仰视的视角，景观随着视角一步步上移直至苍穹，视线随着光的移动而移动，从谷底望上去，到"上面很高的地方"再到"顶端的岩石""上方的天穹"，在这一上升过程中，心灵也随着光线飞升，进入星宇，如水晶一般"融入澄清"的水中，最终实现自我和宇宙的融合。空间建构呈现出层次感，最底层是汤姆·奥栏所在的"谷底的小岛"，中间是岩壁上的"悬崖古城"，最高处是浩瀚无垠的"天穹"，共有三层空间。三层空间象征性地将历史具体化，最底层是当下的存在，中间的"悬崖古城"是历史遗迹，最上层的"天穹"是整个人类历史所融入的永恒。作者通过层层推进将关于时间的叙事空间化、具体化，同时在认知模式上秉承爱默生式的超验主义体验原则。平顶山这个圆柱形的直通天宇的空间，充满历史的纵深感，三个层次逐层递进，螺旋上升，奥栏的当下存在借助于悬崖城的历史观照最后融入人类文明的全部整体中。从色彩的运用上，整个平顶山落日色彩变化丰富，从底层的灰色到中间的火焰色和黄铜色，到天顶处的银蓝和淡黄，代表着奥栏内心从阴郁到顿悟到最后的幸福的过渡。在平顶山这个激情和澄净交融，历史和永恒并置的空间里，奥栏顿悟了美国、印第安古城、整个人类历史之间的关系，这种领悟让他感受到了宇宙最大的和谐。"我突然间开悟了"，"我能够和谐、简单，而我内心发生的那个过程，带来了巨大的幸福感"（教，172）。

华盛顿空间与平顶山空间是一组对立空间，在二者的对比中，平顶山空间的象征意义得以更好地体现。凯瑟期望从历史中寻找整合分裂世界的办法，平顶山空间是这一理想的审美化表达。

而最终，奥栏的死以及女儿们的贪婪和嫉妒使平顶山理想成为泡影。小说最后一部依然是A、B空间并置，A代表悬崖城，B代表即将作废的老房子和教授的现实生活世界，是理想与现实之间的对照。在小说中不仅起着结构前两部的功能，也同时点明了小说的主题。我们可以尝试着从小说家韦尔蒂对小说结尾的评价展开论证。韦尔蒂认为《教授之屋》的结构简单而且大胆直接，第三部通过教授背诵的诗歌自然地把不相关的前两部联系起来："通过将教授的老房子和悬崖居民的住所并列到（教授的）脑海里，凯瑟给了他们共时的存在。随着时间的流逝，我们可以看到，通过幻觉或者想象，人类的居所最终都归于一处。"① 把教授背诵的诗和他接下来的动作联系起来，这段话的意义就很清楚了。教授背诵的这首诗歌是朗费罗诗歌《坟墓》的前四句："汝未降生兮，／而汝舍已备；汝在母腹兮，／而汝穴已垒。"（教，187）教授一边背诵着诗歌，一边疲倦地躺在老房子的旧沙发上，"觉得自己差不多已经在那个屋舍中。松弛下陷的弹簧就像棺材里放的假软垫"（教，187）。诗中"舍"指人间居所，"穴"指去世后的坟墓，无论曾经的"舍"多么辉煌，最终还是回归于"穴"。对于教授来说，"舍"即现世的存在，虽然他眷念自己的老房子，但新房子也好，旧房子也罢，都是暂时的居所，和曾经辉煌的平顶山上的悬崖城居民的住所一样，最终也会成为被埋葬几个世纪的遗迹，成为"穴"。老房子意象在此也进一步引申，随着小说情节发展一点点地叠加，从乐园、避难所、洞穴，最后到坟墓隐喻。由于找不到"可以重构的过去"，教授感到了彻底的虚无。在"房子—沙发—弹簧"对应"坟墓—棺材—假象"的结构中，美国也被拉入这个隐喻框架，"他想到这就是暧昧的美国方式，以此来对待严肃的事实。为什么要假装它能缓解最终的这张硬板床？"（教，187）。小说结尾是极其悲观的，教授躺在书房里被称作棺材的沙发上，"火苗在墙壁上投下闪烁的光影。他躺着看它，心不在焉"（教，190）。联系小说前文里教授多次将他的书房比喻成洞穴，因此，印在壁上的火光很容易让人联想起柏拉图的"洞穴隐喻"，教授就是洞穴里的囚徒，他所面对的世界全是虚假和幻象，甚至那个带给他"第二次青春"（教，177）的奥栏也"只是一个，一个闪闪发光的念头"（教，75），教授希望自己"从所有家庭和社会关系中脱出身来，实际上是，从人类家庭中他所处的位置上脱身出来"（教，189）。于是他静静地等待着死亡，因为在死亡中"人类的居所最终都归于一处"。这种"归于一处"不是指向尘世世界的大同，而是尘世世界的虚无，只有彼岸世界或神圣空间才能使人类最终"归于一处"。

　　前文说过，这是部寻找正确处所、定义自我身份的小说，结尾清楚表明教授在现实生活中的寻找是失败的，对西部的期许和倚靠不仅没有带来新的生活意义，更像是一场虚幻之旅，透出浓厚的悲凉情绪，只有奥古丝

---

① Welty, Eudora. "The House of Willa Cather," *The Eye of the Story*. New York: Vintage International, 1978, pp. 41-60. p. 57.

姐刻板的信徒生活能给予他些许尘世安慰。小说中奥古丝姐把教授从死亡里拯救出来这一情节设定也是暗示凯瑟今后小说的转向，她将目光投向历史和宗教。"从1925年的《教授之屋》开始，凯瑟似乎觉得人文教育已经无助于解决西方社会的种种问题——信念的缺失、绝望、异化等等，只得把希望寄托在宗教之上。"①

### (二) 景观叙事中的身份建构

除了在空间结构层面上表达建构理想的国家和个人身份失败的主体，小说还通过景观叙事中写实与象征结合的手法表现主人公的心路历程。圣彼得建构神圣空间的努力、圣彼得历史书写的美国化、奥栏国家共同体的构想，均与景观叙事密切相连。整部小说的景观叙事像是一个潜文本，对人物、事件和情节起着解释和深化的作用。

小说开始第一句就用空间象征着危机主题："家搬完了，都完了 (The moving was over and done)。教授独自一人面对搬空的屋子。"（教，1）"搬完了"，在时间上表现为一种"逝去"，在空间上表现为旧物的"缺席不在场"，从具体的故事情境来说指教授要离开生活了20多年的老房子，搬入新买的大宅子。从背景看这部小说写于1925年，对凯瑟个人来说，世界在1922年分裂成两半，而对于其他美国人来说这种分裂更早，从第一次世界大战就开始了，所以开篇第一句"The moving was over and done"其象征意义就自然明显，新老房子成为新旧世界的象征。因此，"教授独自一人面对搬空的屋子"的象征所指是暗示教授独自面对一个逝去的时代。老屋和新房成为这个分裂世界的隐喻，历史中的两个时代在新旧空间中被并置起来，从前内在的统一整体分裂成两部分，教授疲于在两房之间转换成为其身份危机的隐喻，在更大层面上折射出美国社会的身份焦虑。因此，小说的第一句话是点睛之句，空间隐喻暗示了小说的主题动机，说明这是一部关于现代人如何面对危机的小说。

教授在旧房子里徘徊流连，使叙事在开始时就表现出缓慢沉郁的特点，是一种对现实的困惑以及因此而导致的行动上的延宕。教授的徘徊流连成为一种存在方式，四处徘徊看到的是满目的凄凉：

---

① Yenor, Scott. "Willa Cather's Turn" in *Perspectives on Political Science*, 36.1 (Winter 2007), pp. 34-37.

公园里没有人。弧光灯是关着的。清晰的星光下，光秃秃的树木纹丝不动。圣彼得环顾四周，世界是哀伤的；湖畔的乡土平坦阴沉，汉密尔顿狭小、憋屈、密不透风。学校、他的新房、他的旧居，他身边的一切，都摇摇欲坠，就像是晕船的人被囚禁在海上的一叶扁舟。是啊，这小小的世界，滑行在群星之中，也可能会这样演变下去。人们无法再乘着这艘船继续行驶，人们无法再仰望那些运转的明亮光环。（教，104）

这一段的景观明显不是冷静客观的风景描写，而是人物主观心理的投射。景观随着人物的观察和思考逐渐由具体变得抽象，逐渐由外在具象变成内在心像，由公园夜景到天空宇宙深化成一种世界观。开篇是叙述人客观的景物描写，很快转到圣彼得的主观视角，环境被拟人化。世界变得"哀伤"，土地变得"阴沉"，城市变得"憋屈"。这时，人物将景观据为己有，个人的主观意向被硬加在外在世界上，景观在观察主体的眼中被进一步主观化、内在化，他的新房旧居以及身边的一切变得"摇摇欲坠"，"就像是晕船的人被囚禁在海上的一叶扁舟"，这就是心像了。很快内在景观由地方延伸到整个世界，世界像他的居所一样在"滑行"，迷航的人类"无法再仰望"星空，失去信仰的世界一片荒凉。结果是"在圣彼得的眼中，商业文化和社会关系是蒙蔽精神世界、扼杀想象力的无序空间，压抑了人们对'理念'——那些高远之处闪耀的星辰——的追求"[①]。

面对日益物质化的世界，科学只能带来生活上的便利和舒适，它对宗教的"去魅化"甚至加剧了人类的堕落。圣彼得从艺术与宗教中寻找对策，即重塑空间，通过仪式化和审美化对空间进行改造，将其转化成为新的启示。他在课堂告诫学生说，摩西正是意识到这一点的重要性才发明了"精妙的仪式，以便带来一种尊严感和使命感"，"每个行为都产生了富于想象力的结局。剪指甲成了宗教仪式。基督教神学家们和艺术家一样查遍了律书，靠着禁条获取壮美的效果。他们用更大的空间和神秘感重整出一个背景舞台，把所有的光线都打在少数几个具有极大戏剧效果的罪恶上"（教，43）。圣彼得尝试着以此方式在纷乱的世界里打造出自己的神圣空

---

[①] 周铭：《走向人文空间诗学——薇拉·凯瑟主要小说研究》，中国人民大学出版社2009年版，第102页。

间。审美化和仪式化策略首先表现在对老房子的营造,圣彼得将其变成一个庇护所。庇护所的核心是他的书房,是老房子顶层的小阁楼,房子里有两尊"制衣模型",和他公用一间阁楼的女裁缝奥古丝姐称其为"半身像",教授认为她"完全遵循了语言的规律,简便的转喻"(教,6)。而教授自己却赋予模特隐喻意,将其拟人化,使其成为女性气质的象征。在文学作品中,转喻和隐喻是两种描述世界的不同方式,转喻主要运用在传统小说中,通过现实、再现来表现经验现实中的具体事件,而隐喻则以象征性手法对世界进行诗意表达。转喻式语言表达出对现实事件理解的客观实证性,而隐喻式语言却突出主体对世界的诗意性想象,是对实体世界的超越。[①] 教授通过制衣模型的隐喻性想象将自己的书房空间浪漫化,写作行为仪式化,这一过程"经历了由物质到理念的垂直跃升"[②]。制衣模型与阁楼窗前的那一片湖水一起,共同营造了教授的诗性空间。他还在楼下建造了一个花园,用围墙与世人隔开。这是一座与美国西部小镇格格不入的花园,布局整齐对称,花园里花木茂盛却不结果实。教授在美国的汉密尔顿建造一座封闭的法式花园的空间施动行为,正是在为自己"重整出一个背景舞台",那些不结果实的花木是最为纯粹的审美功能的存在,类似于上尉的沼泽地,是对墙外功利世界的反抗。阁楼书房、法式花园、湛蓝的湖水构成教授"自己的房子"。这些审美化和仪式化的空间改造,"产生了富于想象力的结局",教授成功地将老房子重构成诗性空间。

圣彼得教授不仅通过家园空间的改造将自己的文化立场投射于其中,也用同样的手法处理他的历史创作。他将自己去西班牙、美国西南部、旧墨西哥和法国的巡游经历"消化和分类,将它们编织到他的历史中属于它们的合适位置"(教,26),以此将西班牙探险史"美国化"。圣彼得时代的美国正处于国家身份建构的焦虑之中,尤其是"一战"之后,美国面临双重身份危机。国内针对弥漫在青年中的幻灭情绪,必须重塑美国梦,国际上则企图代替英法成为世界的领袖,展示"新美国"形象,当时的美国化运动实质上就是浩大的国家文化工程。在美国化运动时期,尤

---

[①] 参见李娟《转喻与隐喻——吴尔夫的叙述语言和两性共存意识》,《外国文学评论》2004年第1期。

[②] 周铭:《走向人文空间诗学——薇拉·凯瑟主要小说研究》,中国人民大学出版社2009年版,第102页。

其是"一战"结束以后,美国渴望代替欧洲成为世界新领袖的欲望变得更加强烈和直接:

> 我们都亲眼所见,现在的美国已经走过了她的幼年和准备时期,在世界列强中站稳了脚跟。她朝气蓬勃、依然年轻,却不再是民族大家庭中的新来者,而是一位领导者、世界事务的和平守护者……没有人能够预测的新时代已经到来。历史是理解新时代的关键:美国的历史在现代历史中占据中心地位。①

美国野心勃勃地想成为世界的领导者和历史的中心,就必须将"新美国"区别以"旧欧洲"。特纳在《边疆在美国历史中的重要性》这篇美国历史地理的纲领性文件中指出,美国的历史学研究"过度强调了日耳曼起源,太少注意到美国因素。边疆是迅速、有效的美国化的界线"②。选择在国际舞台强调"美国因素"与"日耳曼起源"的差别,特纳采取的是以地域为根本,淡化欧洲影响,以地域共同体代替民族共同体的美国化策略。因此,作为一个知识分子,一个历史学家,圣彼得考虑的不仅仅是如何在世界安置自身的问题,他也会自觉地投入到对国家身份建构的想象之中。小说多次提到教授的 8 卷本西班牙探险史,但始终只字不提这套划时代的历史书是如何对探险史进行具体描写的,而是不断通过教授的四处巡游,用空间隐喻传达一种历史观和历史书写策略,暗示真正的意义并不包含在著作之内,而体现在圣彼得"撰写历史"的行为中。所谓教授"创造性"地书写了《西班牙探险家在北美》,具体表现为对欧洲文明的传承和对古印第安文明的征用。历史书写是建立在历史观之上的对史料和素材进行选择和重新安排的过程,"历史的文本性"说明史料和素材的布置是为历史学家的意图所支配的,历史学家的历史观解释和规定着史料的选择和安排。圣彼得教授对西班牙探险史的创造性书写正是这一过程的

---

① Wilson, Woodrow. "Preface: The Significance of American History" in Benson John Lossing, ed., *Harper's Encyclopedia of United States History from 458 A D. to 1909*, vol. I. New York: Harper & Brothers, 1910, p. xxi.

② Turner, Frederick J.. *The Frontier in American History*. New York: Henry Holt and Company, 1920, p. 3.

"美国化"结果。小说没有直接说明圣彼得的历史书写策略,而是通过景观隐喻,形象化地展示在读者面前。一个阳光明媚的深秋下午,教授站在自家房屋外面,观看室内的景观:

> 客厅里全都是秋天的花朵,大丽花和野紫苑花还有秋麒麟草。厚重的蓝色地毯上,有一块块耀眼的金红色太阳光斑,给蓝色的填充椅周围笼上了一轮轮模糊的光环。他透过窗户望进去,只见屋里有浓郁而强烈的秋天气息,比红色枫叶和返家的小路两边种的野紫苑花更加鲜明甜美地呈现了十月的氛围。他突然意识到,季节感有时候是请进屋之后才产生的,跟被画下来或写进诗里异曲同工。那双进行挑选并布置安排的挑剔而大胆的手,是造成这区别的关键所在。在自然界里,是不加甄选的。(教,47—48)

房屋是空间之中的文化处所,一个超越自然空间的人文建构,室外的自然空间和室内的人造空间相比,室内秋之气息更加"浓郁而强烈",更加"鲜明甜美",这一更高审美效果来自于"挑选"和"布置",这种人工的布置类似于绘画和诗歌,那只"挑剔而大胆的手"是审美判断力的隐喻,季节感是在审美观照下实现的,以室内景观为代表的人文空间是超越自然、优于自然的空间。来自日常生活中的领悟启发着教授的历史书写策略。教授那只"挑剔而大胆的手"是如何具体实施其"挑选"和"布置"呢?犹如"季节感有时候是请进屋之后才产生的",教授的历史观不仅建立在时间上,还表现为一种地域空间关系史。教授的空间"布置"来源于一次西班牙探险之旅。小说专门点明每个随行人员所来自的地方,船长和水手们来自普罗旺斯,二副则是加泰罗尼亚人。普罗旺斯是欧洲的"骑士之城",是中世纪骑士冒险文学的发源地。加泰罗尼亚归属于西班牙,加泰罗尼亚人是10世纪由俄罗斯草原上的阿兰人和北欧哥特人混合的一个新种族,和美国一样是一个外来移民融合形成的新种族,它在中世纪创造了辉煌的文明,曾是天主教文化的中心,至今天主教最重要的文物和建筑仍被保留在此地。教授西班牙探险航行的时间巧妙地定在美西战争的刚刚结束,西班牙败给了美国,美国替代了加泰罗尼亚,成为新世界的中心。英法混血的美国教授,来自"骑士之城"的水手,在加泰罗尼亚人的带领下来到西班牙的内华达山脉,相于西班牙探险家在美洲的冒险,教授在这次类似仪式化的航行中实现了对历史的空间逆行,以全新的视角重新书写北美西班牙探险史。"船长、那个加泰罗尼亚老二副,还有大海本身,都滋养了圣彼得脑海里正在形成的写作计划。"(教,71)面对静穆耸立的内华达山,突然之间犹如"天启理念"一般,他找到了自己的话语形式:

> 他们那天一直沿着西班牙南岸行驶——从玫瑰色的清晨到金灿灿的日落——连绵起伏的内华达山脉一直在他们右侧耸立着,一个雪峰连着一个雪峰,比他脑子异想天开的东西还要大,像水晶和黄晶一样闪闪发光。圣彼得躺在一艘在紫蓝色水中行驶的小船上,仰望着群山,关于书的设想就在他头顶上展开了,清晰得就像连绵的群山一样。(教,71)

内华达山脉作为象征连接着欧美两块大陆,西班牙的内华达山脉将自己的名字赋予了美国西南部的一座主山脉,而给美国内华达山脉命名的正是教授笔下当年的西班牙探险家,两座山都是各自大陆山脉的主体山脊,通过象征性的命名行为,这些探险家们完成了对美洲的占有,在美洲呈现了欧洲。圣彼得跟随一群水手所进行的对历史的空间逆行是对曾经征服和占有的逆反,这一行为成为打开历史书写策略的一把钥匙。教授史书的结构在西班牙风景中得以成型,传统欧洲和美洲关系形成了一个倒置。教授的名字"圣彼得"在《圣经》中就是掌管着天堂钥匙的门徒,在这里也隐喻着教授拥有打开历史之门的钥匙。"像水晶和黄晶一样闪闪发光"的"一个雪峰连着一个雪峰"实际上是教授脑海里一个个不断闪现的观念和构想。教授以美国主体身份撰写西班牙探险者的事迹,他要征用西班牙探险者的故事整合进美国历史,将西班牙探险史囊括进整个美洲的开拓史。那拥有的常年不化积雪的顶峰也是一种隐喻,象征欧洲历史沉淀下来的辉煌与永恒。圣彼得正是要通过美洲探险史表现出这种辉煌和永恒在美国的传承。历史书写的目的在于"不仅再创了过去,使过去复活,而且还坚信历史是启示,在历史中能发现某些值得敬仰的价值,这些价值应当被带到现实中来"[1]。而目前最大的现实就是美国化。

---

[1] Randall, John H. III. *The Landscape and The Looking Glass: Willa Cather's search for Value*. Boston: Houghton Mifflin, 1960. p. 209.

新大陆与旧欧洲关系的倒置，仅靠美国对欧洲文明的传承显然是不能完成的。因为在这个意义上，美国依然是欧洲大陆的附属和支脉，必须有异质的且可以与古老欧洲文明并驾齐驱的文明注入才能使美国民族摆脱附庸的地位。在这样的语境中，古印第安文明成为摆脱欧洲起源、重写美国历史的重要工具。美国将美洲的原住民古印第安人文明据为己有，有两方面原因。其一，相对于欧洲来说，印第安人要么被消灭，要么被驯服，被限定在狭小的印第安保留区内，但印第安文明却被塑造成美国历史的开端。"这一文化而非生理上的继承关系既保证了美国人的血统免于印第安人的'污染'，又赋予他们对于美洲的占有权"，[①] 既削弱了欧洲中心的影响，也阻止了像教授女婿犹太人路易这样的新移民成为美国的一员。其二，平顶山上的古印第安文明遗址表现出农耕文明的主要特征，小说描写的悬崖城上的印第安遗址是对美国西南部古印第安遗址场景的真实再现。遗址所呈现的文明明显不同于以狩猎和游牧为主要特征的现代印第安人文化，却符合美国"自耕农"社会的理想。通过对古印第安文明的"解域化"和"再域化"，美国变成了古印第安文明的真正继承者。类似的观点凯瑟在参观古印第安人遗址时也表达过："我们知道，如果我们不闯入这个令人沉迷的世界，其他人也会；但那些人不会像我们一样热爱和尊敬这些古时的符号。这种感觉很奇怪：可能所有这些都是置于我们的掌管之下，直到有比我们更适合的人出现。"[②] 因此，在小说中，奥栏因为布雷克把古印第安文物卖给德国人而怒不可遏，斥责道："可我从来没想过要把他们卖掉，因为那不是我的，也不是你的！他们属于这个国家，是政府的，也是所有人的。是你我这样，没有其他祖宗的东西可以继承的小伙子们的。你把它卖给了一个自己有好多文物的国家。你出卖了自己国家的秘密，就像德雷福斯。"（教，167）

　　所以，汤姆·奥栏的平顶山给教授带来了这一新鲜血液。正是在此意义上，教授认为"如果说《西班牙探险家在北美》的最后四卷比起前几卷来说是更加凝练的作品，那主要得归功于奥栏"（教，177）。奥栏带给

---

[①] See Michaela, Walter Benn. "The Vanishing American" in *American Literary History*, 2.2 (1990), p.237.

[②] Woidat, Caroline M.. "The Indian-Detour in Willa Cather's Southwestern Novels." *Twentieth Century Literatare*, 48.1 (2002): 22–49, p.25.

教授的是大西南内华达山脉的地域经验，这正是教授缺乏的。"他口袋里都是秘密，是老路、岩石和河流只对年轻人透露的秘密。"你可以"随便给他一个印第安村落，他总是能找到牧师去下一个村落所走的路径"（教，178）。奥栏地域经验的核心是平顶山，美国本土的古印第安文明遗址。在教授的历史地理谱系中对印第安古文明的占有，比之于对欧洲文明的征用，显得更为核心与重要。圣彼得教授与汤姆一起去美国西南部时，"使用了西班牙传教士弗雷·哥赛斯（Fray Garces）绘制的地图，地图的绘制时间被富有深意地定在了美国独立战争开始的1775年，隐晦地呈现出空间巡游中从'殖民美洲'到'独立美国'的意识形态变化"①。美国西南部的探险与西班牙探险一起完成了教授"美国化"的历史书写。正是这种原因，蓝岩平顶山成为教授心中的圣地，去平顶山的道路是一条朝圣的道路："南下去奥栏的地盘，去看太阳在纹路嵌刻的峰顶和走不通的山路那里升起——眺望那些对美国心来说十分珍贵的、长长的、崎岖不整的山间小路。也许那对所有的心灵都很珍贵——至少，它召唤着所有的心灵。"（教，186）

国家身份建构是第二部《汤姆·奥栏的故事》的主题。《汤姆·奥栏的故事》是奥栏在一个雨夜给教授讲述的自己的故事，与一、三部分所使用的全知及有限第三人称叙事不同，这部分使用第一人称叙事。个中缘由是因为奥栏的平顶山叙事是对古印第安文明占有的宣告和解释，代表了一种国家主义立场，回答的是"我是谁，我从哪里来"这一国家身份的问题，第一人称显得最为有力。奥栏发现的印第安人的遗址是一座建立在悬崖上的小城，从远处看是一块巨大的耸立在地表上的磐石，奥栏向教授描述了他第一眼看到这座悬崖上的古城的样子，这座古城像古希腊雕塑一般充满了"高贵的单纯和静穆的伟大"：

> 我碰巧抬头往上看了一眼崖壁。真希望我能说出头一回的那个早上，我透过那层飘落的小雪在那儿看到的，我的亲眼所见。在我头顶上很高的地方，大概有一千英尺左右，我看到在崖壁上的一个巨大的岩洞里，有一座石头小城，安然沉睡。它就像雕塑一样凝止不动，本身也像雕塑品。它们悬在那儿，看起来好像有某种布局：浅色的小石

---

① 周铭：《〈教授的房屋〉：进步主义时期美国的身份危机》，《外国文学评论》2014年第3期。

头房子一个紧挨着一个，一个摆在另一个上面，平顶、窄窗、直墙，整个房屋群落的中央，有一座圆塔。

那座塔，比例美极了，基座往上先是鼓出来一些，又再纤细下去。凸凹起伏，做工对称而有气魄。这座塔，把那一团房子很好地统一了起来，赋予它们意义。即便在那个灰暗的天气里，它还是红色的。阳光下，它是冬季橡树叶的颜色。岩洞边缘长了一圈雪松，像个花园。它们是仅存的活物。无比宁谧、凝止和沉静——永恒的沉静。那个村落以永恒的平静俯视着峡谷。下坠的雪片环绕着矮松，赋予它一种特别的隆重感。我形容不好，就像雕塑，不像别的。（教，138—139）

雪花飞舞中头顶上的古城像是个神话世界，与边疆神话的狂飙突进不同，这个世界静谧永恒，"像是琥珀里的飞蝇"（教，139），在这里时间被凝固成物质，使得整个古城像是一件雕塑品，它的建筑"布局"符合审美原则。悬崖城的结构性、对称性所形成的有机体象征着曾居住于此的居民和谐、有序的生活，房子一个接一个地连在一起，这种紧密的结构象征着亲密联系的人际关系，对古城的空间建构的对象化观照实现了教授所期望的日常生活的仪式化和审美化。对于那座塔，奥栏解释道："只有强大而充满活力的部落才会搭出这座塔，而且是很有设计感的一群人"（教，140），它不仅是审美创造力的体现，也类似于斯蒂文斯那个田纳西荒山顶上的坛子，"使散乱的荒野/以此山为中心"，代表着理性和秩序。但这座雕塑般的悬崖城整体上更像是济慈诗里的那个希腊古瓮，记载着一首田园牧歌，体现了一种完美的生活形态。经过奥栏和朋友们的不断挖掘、整理，他们发现整个建筑群有"清晰的设计感"（教，151），每一块石头，每一根横梁都被精心打磨上色，有烧制精美的陶器，陶罐的精美可以跟古希腊"克里特岛早期的陶器"相媲美（教，151），甚至还有动手术用的外科工具。他们不再是游牧的印第安人，而是定居在悬崖城上，生产出高度发达的农耕文明的古圣先贤。特别是精通拉丁语同时又掌握好几种印第安语言的法国神父杜尚的解读使古城地位进一步提升：两座方塔是存粮的；半圆形的土垒是圆形剧场，用来从事宗教和体育活动的；至于那座圆塔，神父认为是用来观测天文的；城市设计实用合理，相当便利。稳定的农耕生活使他们"发展了和平的艺术"。这是一群"有远见有思想的

人",用"宗教典礼和仪式净化生活,尊重逝者,保护孩子"(教,151),杜尚神父认为这是一块圣地:

> 我跟你们一样,也对这个地方心生敬意。不论在哪儿,只要最难萌生的人性发芽了,脱离开简单的野蛮行为,那里就是圣地。……他们不是受了什么激励,而是天生就有对秩序和安全的渴望。他们让自己驻扎在这座平顶山上,并给它赋予了人性。(教,152)

按照神父的解释,悬崖城的古印第安文明是一个集科学、伦理、审美、宗教和日常生活于一身的统一体。平顶山上的居民将日常生活的实用原则与审美原则、神圣原则相互结合,形成一个和谐有机的共同体社会,它那宁静、自然、充满灵性的生活是早期美国移民所追求的,它的社会结构模式正是杰弗逊农耕社会理想的具体体现。在奥栏的讲述中,有两条脉络一直贯穿始终,其一是古希腊罗马文明,其二是基督教信仰。这两条脉络是建造欧洲文明大厦的主梁,是欧洲文明起源和发展的两大基石。奥栏将古希腊文明与古印第安文明进行并置比较,目的在于将古印第安文明的地位提高到与欧洲文明平等的位置上,削弱甚至去除欧洲影响。同时将基督教话语编织进对古城的指认和解释,实际上是一种美国化策略,目的在于将古印第安文明据为己有,成为重建美国身份的重要元素。克里特岛是欧洲文明的发源地,古城里的陶器与克里特岛上的"不止是相似,而是一样的"(教,151),古城的遗址像是古希腊雕塑一样充满"高贵的单纯和静穆的伟大",与希腊文明一样,他们也拥有圆形剧场、天文观测台;奥栏特别提到维持古城生命的一股从岩石里涌出的泉水,阳光下"那水看起来就像液体水晶,纯净无色……像钻石般折射着阳光"(教,144)。暗示古城作为文明的源头自身拥有的"高贵的单纯"。奥栏在将古城文明与古希腊文明相提并论的同时,一直用基督教的视角观照悬崖古城。奥栏是在平安夜那一天发现的悬崖城,平安夜是耶稣诞生的日子,象征新世界的来临。他把所见的岩洞边缘的一圈雪松,解读为一个"花园",将悬崖城的一个风干的女性尸体命名为"母亲夏娃",于是悬崖城被解读为"伊甸园",甚至山上的生物也被笼上了基督色彩:"要是一头山地绵羊在你上面几百英尺的高岩上冒出头来,脑袋上顶着那喇叭似的羊角,你会发现他身上有种高贵的气质——看起来像个牧师"(教,147)。最后神父到了悬崖古城，宣称此处为"圣地"，整个悬崖城古迹就演变成了早期"美国梦"的印第安版本，清教徒们远涉重洋来到新大陆就是为圣地而来。当奥栏从生产日益现代化、生活日益消费化、文化日益欧洲化的华盛顿失败而归时，他像"思乡的孩子回到了家乡"，平顶山的意义对于他更加重要："他们属于这个国家，是政府的，也是所有人的。是你我这样，没有其他祖宗可以继承的小伙子们的。"（教，167）奥栏在平顶山读罗马史诗《埃涅阿斯纪》时总能看到两幅画面："书页上的，和后面的：蓝紫色的岩石，黄绿色的平顶雪松，挤成一团以获保护的一大片小房子，还有中间立着的一个粗朴的塔——拔地而起，坚固、镇静而勇敢——后面就是黑暗的洞窟，里面有清澈的泉水。"（教，174）将罗马建国史与悬崖城景观并置，为悬崖城的意义提供了再清楚不过的解释：这是与欧洲文明同等重要的源头，美国将以此为源头、为建国模式，重塑美利坚共和国，以此为借鉴，重构国家身份。圣彼得正是立足于奥栏的立场写出了他的历史书最精彩的部分："如果说《西班牙探险家在北美》的最后四卷比起前几卷来说是更加凝练的作品，那主要得归功于奥栏。"（教，177）

悬崖城这座"像是一只琥珀里的飞蝇"一样的古城，以永久沉睡的形式抗拒了时间的侵袭，小说也相应地以共时性的空间叙事代替了历时性的进化发展叙事。整个蓝岩平顶山叙事建立在对悬崖城地理考古、奥栏和朋友们对环境、建筑文物的重新勘测、编码、描述的基础上，既是对历史的记录，更是对历史的承载和借用。地理在此过程中是核心修辞，以地域解释历史，以地域代替种族，奥栏的国家认同不是建立在历史、种族之上，而是以地域为核心，建立在地域之上的，美国是一个建立在新大陆（圣地）之上，与欧洲鼎足而立的地域共同体国家。

前文说过，这部小说的主旨是探讨如何在一个分裂社会里重建国家身份，如何安置自身的话题，因此，第二部分《汤姆·奥栏的故事》也回答了小说开始的场景，教授面对空荡荡的房子不知何处安身这一问题。从小说的空间结构来看，奥栏的故事是和圣彼得的故事相互对应。教授的旧房子分为上下两部分，在顶楼从事写作，是精神生活空间，楼下是妻子和女儿们，代表世俗生活空间。奥栏的平顶山也分为高下两部分，山上的悬崖城是理想社会空间，山下的纽约大都市是现实社会空间。随着世事变迁，先前完美的空间被打破了，教授遭受了来自友谊、亲情和理想幻灭等各方面的打击，被迫要离开原来的旧房子，搬到新房去；而奥栏也同样遭遇了一系列的打击，独自经历了纽约都市生活的庸俗功利，同伴死亡、朋友决裂、文物被外国人掳掠一空的厄运，最后建构理想社会模式的幻想破灭，战死疆场。从上文分析可以看出，整部小说是对国家和个人身份的追问，并尝试寻找整合分裂的有效办法。平顶山模式对外指涉美国身份建构，对内指涉个人内心的统一。从奥栏的战死疆场和教授对社会家庭生活的绝望可以看出，外在的国家身份建构是失败的，内在的个人身份建构是幻灭的。奥栏的理想国就像他的名字一样，只是一个想象的乌托邦，"有时候我觉得他只是一个，一个闪闪发光的念头"（教，75）。整个平顶山叙事如洛夫所言：

> 从地理意义来说，平顶山在空间耸立的高度使它跃升成为一个隐喻，凯瑟用之来形容她笔下角色的心智觉醒和灵感。更重要的是，在平顶山的中央是"悬崖城"，综合体现了小说的中心意义。和整部小说一样，它反映了人类寻找自身位置的需求，既是字面意义上的，也是比喻意义上的。[1]

《教授之屋》象征地反映了凯瑟对时代的观察和思考，以及对理想出路的探索。教授的问题是分裂世界自身的问题，小说开始于秋天结束于秋天，教授也经历了从生到死的生命轮回。结尾教授将要离开旧宅，准备应对全新的生活。教授个人的轮回也象征着凯瑟第二阶段叙事的结束，一个新的阶段的开始。

---

[1] Love, Glen. *Practical Ecocriticism*: *Literature Biology and the Environment*. Charlottesville: University of Virginia Press, 2003, p.98.

# 第三章　神圣空间的诗意建构

## 一　凯瑟与20年代末期的美国文坛

### (一) 晚期创作与20年代末期的美国文坛

20世纪初美国文学开启了它的第二次复兴。与第一次文学复兴不同的是，在文学大师层出不穷的同时，美国文艺界也出现了一大批专业的文学评论家，他们不仅敏感地辨认出出现在文学里的新内容新形式，反过来也用新文艺理论和意识形态指导作家的创作。20年代中后期发生的文学激进派和新人文主义者之间的辩论引起了文学界的广泛关注。文学上的激进主义反对清教背景下的浪漫主义传统，要求文学能真正反映美国社会现实生活，在创作手法上推崇风行一时的自然主义表现手法。然而用自然主义的眼光看待凯瑟晚期的象征主义作品，自然是把错了脉，得不出符合实际的评价。所以，文学激进主义者对凯瑟早期和晚期作品的评价出入很大。门肯高度赞扬《我的安东尼娅》"不仅是凯瑟自己最好的作品，而且是迄今美国人——不论东部、西部，以前、现在——最优秀的作品"[1]，而对于其晚期作品评价却不高。希克斯甚至指责她"从来不按照本来面貌讲述现实生活，而老是纠缠于曾经存在而现已失去的多少有点理想化的东西"[2]。与文学激进派发生激烈争论的是新人文主义，与激进派反传统相反，新人文主义对老一代理想主义者所强调的道德观念依然持尊敬态度，反对自然主义所衍生出的道德相对主义，尤其强调对人性的尊重，试

---

[1] Schroeter, James. ed.. *Willa Cather and Her Critics*. Ithaca, New York: Cornell University Press, 1967, p.9.

[2] Schroeter, James. ed.. *Willa Cather and Her Critics*. Ithaca, New York: Cornell University Press, 1967, p.144.

图在自然主义和浪漫主义之间保持平衡，强调"内在制约"，通过适度的控制和平衡使社会避免"过度的自然主义（走向极端的'多'）和过度的超验主义（走向极端的'一'）"，①"借助'内在制约'选择理想的中间存在，相信自身的想象和思考能够揭示一种普世真实和整个人类的道德经验"②。美国的新人文主义信奉阿诺德的精英主义文化论，在社会实践中依靠特定社会群体充当文化的中保人，类似知识分子群体之类（凯瑟的大主教兰登就是其中典范）。阿诺德相信在这类知识分子的人文积淀中具有可以超越具体社会语境的品质，是一种维护传承的社会力量。"这些人并不以其阶级精神为主导，而是以一种普遍的人类精神，以对人类完美的热爱为主导。"③ 这类品质充分体现在自荷马以降一切伟大作家的经典作品之中。这种超越的品质，使新人文主义者不认为文学作品必须表现复杂的社会问题或者为具体社会问题提供解决方案的做法是文学的使命。他们批判激进主义的文学主张："我们的批评组织都成了那些服务于实际目的的任何政党的机构。对他们来说，最需考虑的是实际目的，思想的自由活动反倒是次要的。"④ 凯瑟提出的"以人性的方法看世界"是对新人文主义批评的积极响应：

> 只有一种如实地看待世界的方式，那就是以人性的方式看待世界。科学家把世界看作一种原子和力的汇合，政治经济学家把世界看作一个权力和联邦的体系，他们的看法是错误的。他们看到了事实，但是没有看到真理。唯一的实在的真理是那些在某种程度上影响到所有人的事物。原子并不重要；即使我们不知道它们的存在，这个世界照样是快乐的。最终的真理从来不是通过理性而是通过想象来看

---

① 周铭：《走向人文空间诗学——薇拉·凯瑟主要小说研究》，中国人民大学出版社 2009 年版，第 135 页。

② J. David, Jr. Hoeveler. "The New Humanism, Christianity, and the Problem of Modern Man." *Journal of the American Academy of Religion* 42. 4 (1974): 658-72, p. 664.

③ Arnold, Matthew. *Culture and Anarchy*, ed. Wilson, J. Dover. Cambridge: Cambridge University Press, 1966, p. 109.

④ Arnold, Matthew. "The Function of Criticism at the Present Time." in Matthew Arnold, *Essays in Criticism*. London: MaCmillan and Com., 1865, p. 19.

到的。①

对于凯瑟来说正确认识世界的方法是以"人性"的眼光,揭示掩盖在"事实"之下的"真理",真理因为"影响到所有人"而具有本质性,具有超越具体时代的普世特征。通向真理发现的途径是"想象",而不是对现实科学客观的描述,想象力是盏"灯"而不是面"镜"。正如华兹华斯所言,日常生活的事实经过"想象力的色泽"会变得不寻常起来:"选择普通生活里的事件和情境,尽可能通篇都选用人们真正用的语言来叙述和描绘它们。同时又给他们以想象力的色泽,使平常的东西能以不寻常的方式出现于心灵之前。"② 现实世界必须在主体想象力的作用下才能显示出相互之间的必然联系,成为有机整体,所以"真理从来不是通过理性而是通过想象来看到的"。从凯瑟晚期作品对文化和日常生活的关注来看,从她小说中对地域、建筑、景观的象征性描写来看,她以新人文主义提倡的方式实现对现实的观照:"把发生在纽约、芝加哥、旧金山的生动鲜活的现象转化成具有普遍意义的象征符号"③,只是凯瑟的地方变成美国的西南和北美的魁北克,通过对美国西南部的地域化书写表现人类如何在世界上"诗意地栖居"这一主题。

凯瑟反驳激进批评家指责她艺术上的逃避主义,同样是站在新人文主义关于艺术"超然无执"立场之上的。凯瑟第三阶段小说"文化与秩序"的主题表明她是新人文主义坚定的支持者。这种立场就很好回答了为何凯瑟主持《麦克卢尔》六年之久(这一刊物在当时以"揭露黑幕运动"在整个美国名声大噪),却从未引用过任何事件作为写作题材这一疑问。它反映出凯瑟对待文学与社会关系的态度,不是自然主义或者科学主义的,而是一个新人文主义者的态度。哥哈姆·蒙森在1931年回应凯瑟晚期文学创作时指出:"如果当代存在一个有人文主义意识的作家,那无疑是薇拉·凯瑟小姐。"④

---

① Cather, Willa. "A Talent for Living." *Nebraska State Journal* 28 Oct. 1894. p. 13.
② 王佐良:《英国浪漫主义诗歌史》,人民文学出版社1991年版,第30页。
③ [美]爱默生:《爱默生文集:不朽的声音》,张世飞等译,当代世界出版社2002年版,第309页。
④ Munson, Gorham. "Humanism and Modern Writers." *The English Journal* 20.7 (1931): 531–40. p. 535.

## (二) 宗教与艺术

秉承浪漫主义传统，坚持人文主义立场，是理解凯瑟晚期小说的两个主要视角。凯瑟研究权威学者罗索斯基认为凯瑟在创作的第三阶段形成了"新基调的浪漫主义"，主要表现为以象征主义为主要叙事手段。象征主义的运用发挥了融合主体和客体的功能，解决了第二阶段（危机小说）所未能实现的主客体融合。① 的确，凯瑟晚期作品在整个体系结构上都大量借助象征和隐喻，类似于艾略特的"客观对应物"，通过"客观对应物"实现主客体的融合。宗教、建筑、地域、景观无不指涉着作家的社会政治理想和人类生活模式。凯瑟晚期两部小说《大主教之死》《磐石上的阴影》不再关注事物表面上的因果关系，情节被有意淡化。在人物处理上既不是批判现实主义的典型环境中的典型人物，也不是自然主义中的在社会经济关系和生物性下挣扎的个人。这一阶段她要回答的不是欧洲一战后的重建、普遍存在的劳资冲突、大机器生产如何替代了手工劳动、传统家庭伦理如何让位于现代城市生活等具体问题，而是通过象征主义揭示事实下的真实，找到与世界和谐相处之道，她要表达的是一种观看方式，一种生活态度，一种人生哲学。

问题自然就过渡到了凯瑟晚期为何用宗教题材写小说。评论界对她晚期作品转入宗教题材的评价主要有两种。一种认为凯瑟期望用宗教拯救世界，证据是在《教授之屋》的结尾，作为自我镜像的教授最后"放弃对感性欢乐和自身生命活力的追求已经接近宗教的观念。或许，这时凯瑟已对现实世界的思考告一段落，开始考虑宗教作为最终拯救人生的力量了。这样，从《教授之屋》到《大主教之死》也就成了一种自然的过渡"②。第二种较为激进，批评凯瑟晚期作品"把社会事实抛出了小说之外"③，是被给予过高评价的逃避主义。凯瑟的《大主教之死》的确是《教授之屋》的自然过渡，但并不是由上述批评所指出的逃避现实，而是在她的

---

① Rosowski, Susan J.. *The Voyage Perilous*: *Willa Cather's Romanticism*. Lincoln: University of Nebraska Press, 1986, pp. 159-204.
② 周玉军:《薇拉·凯瑟三部边疆小说中的浪漫传奇因素》,《国外文学》2000 年第 4 期。
③ Schroeter, James. ed.. *Willa Cather and Her Critics*. Ithaca, Now York: Cornell University Press, 1967, p. 145.

文学观指导下，以艺术的言说继续第二阶段的追问，回答工业化社会中个人如何生存的现实问题。"她（凯瑟）比同时代任何作家都更好地诠释了艺术家应带来真理而不是报道现状，而这也是她的理想。"①

那么，凯瑟为何用宗教题材做其象征艺术的载体？宗教是如何传达小说象征意义的？凯瑟一直是无神论者，只是到了1922年她宣称"世界一分为二"时才加入新教的圣公会。她的人文主义立场使她对宗教保持宽容的态度。新人文主义者认为宗教有"历史形态的宗教"和"本真的宗教"（genuine religion）之分。前者因为人类社会发展不同历史时期呈现出各自特色，如穆斯林教、基督教都属于"教条的、天启式的宗教"，都有一位被视为最高理念或实体的上帝，强调教义和仪式等外在约束的重要性，有具体的神职人员、教堂、教区等建制。而真正的宗教则是"普通自我"努力服从"更高的、神性的自我"，只有在更高的层次上达到了内在的制约，才能获得和平与安宁。②"显而易见，新人文主义对待宗教采取了一种灵活变通的挪用态度，在表面的接受之下体现了无可争辩的世俗视野。"③凯瑟接受新教也是这一进路，她希望借助"历史形态的宗教"完成更高层次的"和平与安宁"。出于同样原因，她的《大主教之死》和《磐石上的阴影》采用天主教题材而不是新教题材，因为前者的偶像崇拜和众多仪式，能更好地实现她的象征主义，更能把现实与神话调和在一起。凯瑟在《教授之屋》中借教授之口表明了自己的看法："宗教和艺术其实是一回事"，"精妙的仪式"可以"带来一种尊严感和使命感"（教，43）。

因此，凯瑟晚期小说中大量存在的对圣母玛丽亚的描述，对于凯瑟来说宗教仪式和偶像的象征意义在圣母玛丽亚身上体现得最为集中，这便是罗索斯基所说的使"主客体融合"的象征，"欧洲大教堂的建造者们在崇拜圣母玛丽亚的过程中达到了感情和思想的统一，而现在社会失去了这种

---

① Greene, George William. "Willa Cather at Mid-century." *Thought* 32 (winter 1958): 589.
② J. David, Jr. Hoeveler. "The New Humanism, Christianity, and the Problem of Modern Man." *Journal of the American Academy of Religion* 42.4 (1974): 658–672, pp. 665–666.
③ 周铭：《走向人文空间诗学——薇拉·凯瑟主要小说研究》，中国人民大学出版社2009年版，第136页。

统一"①。与凯瑟同时代的历史学家兼作家的亚当斯对玛丽亚象征意义的阐释能很好地帮助理解凯瑟晚期作品对宗教尤其是对圣母玛丽亚的艺术挪用:

> 在《圣·马歇尔山和查特斯》中,亚当斯带领读者穿过诺曼岛上早期的圣·马歇尔教堂和中世纪行吟诗人们的歌声,来到了宗教情绪最浓烈的时代——1150年至1250年间的查特斯神殿,来到了圣母玛丽亚的面前。在她身上,人类世世代代梦寐以求的统一曾一度实现过。任何学建筑的学生都未能像这位年迈的游客那样,对这尖顶的苍穹、彩绘的玻璃窗和这些在神龛上默然静立的雕塑予以如此细致,如此丰富含蓄的描绘。当这些人愉快地走出这扇神圣的大门时,他们并没有皈依人们靠了它才建起这教堂的信仰,而是皈依了这教堂本身,认为它就是人类理想的象征。他们的收获是在艺术方面,而不是在宗教方面。……亚当斯仿佛在说:这便是曾被发现,随后又被失掉的统一。如何才能使它失而复得呢?用理性的办法肯定是不行的,因为圣母便是非理性的最高典范。用否定的办法也不行,因为圣母是人类之母,是人类罪孽的开脱者。也不能寄托于来世,而只能寄托于现世。圣母玛丽亚代表了理性永远无法否定或机器永远无法消灭的那种力量。②

这段话对理解凯瑟晚期天主教题材的象征主义小说很有启发。显而易见,凯瑟选取天主教题材不是信仰的皈依,而是因为玛丽亚的形象代表着最高层面上的精神具象,是一种艺术的挪用,意在呈现和表达其美学意图。其次,凯瑟意识到教堂和圣母作为"将主客体统一"的象征载体,最终孕育出的宗教情感更多的是依靠艺术想象实现的,是建立在艺术想象和体验之上的。因此,运用天主教生活为题材,实际是提供一种观照世界的方法,即用类似于宗教体验的审美眼光看世界,最终目的在于实现个人

---

① [美]罗伯特·斯比勒:《美国文学的循环》,汤潮译,北京师范大学出版社1993年版,第166页。
② [美]罗伯特·斯比勒:《美国文学的循环》,汤潮译,北京师范大学出版社1993年版,第166页。

与外部世界的统一。凯瑟正是在这一层面上明确了第二阶段危机小说未能回答的问题，不仅仅是在方法论的层面，更是将其提升到世界观的高度。再次，通过圣母玛丽亚的象征所指，实现最终的人文诉求。"圣母玛丽亚代表了理性永远无法否定或机器永远无法消灭的那种力量"指代的是"爱"，是"包容"和"怜悯"，是"人性和神性共存"的理想状态，是凯瑟要捍卫的人性中最深沉最神圣的部分，是"事实下的真理"。因此，凯瑟晚期宗教题材小说传达的是她的美学意图和社会理想，是艺术创造上的积极姿态。她并不是遁入空门的逃逸，而是相反，她依然关注现实，依然在探讨人如何在分裂世界里找到栖居地的问题，而且她的思考更加内化，答案更具有普遍性。

### （三）"无中心插话式"小说与景观叙事

当我们了解了凯瑟晚期创作所持的社会理想和艺术追求后，进一步的探讨就应当立足于它们是如何在晚期两部代表作中得以实现的，景观叙事是如何在象征体系中实现"主客体融合"的。

《大主教之死》创作于1927年，四年之后出版了《磐石上的阴影》，两部作品均显示出与早期和中期作品明显的不同。与第二阶段浓重的危机意识比起来，晚期作品显得宁静而舒缓，一扫从前悲观阴郁的基调，带给人一种西南边疆山风的清凉和魁北克小镇黄昏的宁静。所反映的时代从先前对现实生活的模写，转向早期天主教殖民地区的生活。小说叙事上也大胆创新，极力淡化情节，采用"无中心插话式"叙事，表现出鲜明的现代主义叙事技巧。晚期的这两部代表作依然有很强的地域性，《大主教之死》简直可以看成是一本文化地理手册，记载着美国西南部墨西哥和印第安村落的地景和人文风俗。《磐石上的阴影》描写的是北美魁北克一个小镇，叙述早期的殖民地人民在异乡极其恶劣的环境下如何顽强地生存，在艰苦的条件下维持着生活的体面和尊严。小说通篇笼罩在北方气候所特有的环境氛围之中，评论界认为它"与凯瑟所有其他小说，尤其是《大主教之死》类似，表现了解读、本体认知、自我认同在地理空间上的微妙融合"[①]。后期作品另一个突出的共同点是主人公空间的自我流放。自

---

[①] Bloom, Edward and Lillian Bloom. "*Shadows on the Rock*: Notes on the Composition of a Novel." *Twentieth Century Literature* 2.2 (1956): 70-85. p. 72.

我流放是20世纪初在美国作家中风行的一种做法，早期的提倡者是易卜生，认为艺术家必须离开自己成长的生活环境，只有与之保持距离，同另一种文化参照比较，才能对自身文化实现真正意义上的审美观照。亨利·詹姆斯、乔伊斯都是这一意义上的代表人物。这一观念在"一战"后的美国"迷惘的一代"身上颇为流行，在20世纪20年代的美国成为一种文化现象。① 凯瑟大学毕业后也离开了故乡，一直在东部大城市里生活，偶尔和朋友结伴返回故乡，重新体验沉淀的记忆然后再次离开。流放生活的本质不仅在于作者可以和创作对象保持距离，能冷静客观地处理手中的题材，还可以通过本土文化与异地文化之间的比较和碰撞，在文化差异甚至是异质文化中重新发现并定位自我。《大主教之死》中的兰塔和维勇神父远离法国奥弗涅的克莱蒙来到美国西南部传教，《磐石上的阴影》中的塞希尔自幼跟随父母从法国来到遥远的魁北克定居，两部作品的主人公均是在一个与自己文化完全不同的异地空间里进一步理解自身文化，完成身份建构的。因此，凯瑟晚期作品尽管描写的是历史事件，但它们所影射的依然是当代问题。作为艺术家，她要说明的是流放者如何评价历史和如何表现时代的问题；作为有社会责任感的知识分子，她要解决的是如何面对"分裂成两半"的世界。

　　这一分裂的世界对应着神父和塞希尔要同时面对的两个世界，一个是根植于传统的旧世界，一个是与传统文化脱离的新世界。也就是说它同时要求两种空间并存，一个是故国空间，一个是异邦之地。小说叙事在两个空间来回穿梭，在比较中体现文化之间的交流、传承、冲撞和张力。两部小说的地域特色和各自的两大空间建构依然基于景观叙事，地理空间、地方景观成为地域文化和人地关系的载体。凯瑟在《大主教之死》里向读者展示了一部19世纪美国西南部的文化地理景观，很少作品能达到像《大主教之死》这样包罗万象的地域文化差异性描述。小说中兰塔和维勇神父的足迹遍布墨西哥、新墨西哥、亚利桑那和科罗拉多，展现了生活在

---

　　① 20世纪20年代的美国，在经济大萧条的背景下，倍感孤立疏离的年轻人们，诸如菲茨杰拉德、克莱恩、海明威、怀尔德、多斯·帕索斯、考利，以及许多其他美国作家，一同"逃往"欧洲，这群人被称为"迷惘的一代"。他们断绝了与传统生活和文学的联系，拓展了艺术的边界，他们的文学实践，展现了一个大时代激烈的历史变革。这群人成为美国文学第二次复兴的中坚力量。关于这一群体的冒险历程，以及他们对人生、对文学的态度，他们所致力的目标等，可参见马尔科姆·考利的《流放者归来》，张承谟译，重庆出版社2006年版。

不同区域里的早期西班牙传教士、印第安普布罗人和纳瓦霍人、墨西哥的西班牙和印第安人后裔、法国传教士以及盎格鲁美国人,每一个部落或种族都有其象征性的建筑和地景为其代言,构成丰富多彩的文化景观,景观的象征意义则通过兰塔神父类似审美的眼光以"情感转换"的方式加以阐释。《磐石上的阴影》以塞希尔的家为核心,她的家是"连接高镇和低镇的唯一处所"①,整部小说以象征的"家"为中心,以季节变化规定人物活动的性质,教堂、官邸、集市、民宅、海岸、悬崖形成一个蜘蛛网状的结构,建构其早期移民日常生活图景,形成了一个几乎封闭的文化共同体。

凯瑟曾说她的后期小说是"破格文体",认为"我们一定要将对所有事物的解释都用文字书写出来的观念是愚蠢的,还有其他的形式可以讲述"②。新小说形式的启发来自于霍尔拜因的系列木刻《死神之舞》和巴黎先贤祠的圣热纳维耶芙(St. Geneviève)壁画。木刻和壁画都是一幅幅生活或事迹的画面,每一幅画自成一体,有完整的细节,用象征性的色彩或构图传达某种理念和情绪,达到对生活浓缩和提炼的目的。读者必须仔细研读每一个具体细节,通过整合想象才能把握画面的意义。以此方式来写小说时,就是呈现一个个的场景,以空间转移结构小说,像插话似的片段将叙事的连贯性打断,时间的直线性叙事被空间的碎片化所替代,因果关系为特征的小说情节被淡化,形成"无中心插话式"结构。《大主教之死》讲述神父在教区各处的旅行传教,从一个地方到另一个地方,人物不断地面对与地方的相遇,对一个个文化和地理景观产生的思考构成了这部小说的核心。景观成为小说的结构性要素。

"无中心插话式"结构使独立景观的重要性被凸显出来,景观是由"景"与"观"两部分组成,"'景观'包含了作为凝视之'物'的'景'和凝视之'主体'的'人',……是人对自我周边环境理解、认识

---

① Cather, Willa. *Shadows on the Rock*. London: Cassell And Company, Limited. 1932, p. 134。后文出自同一著作的自译引文,将随文在括号内标出该著名缩写 *SR* 和引文出处页码,不再另行作注。

② Cather, Willa. "Letter on *Death Comes for the Archbishop*." *The Commonweal*, Nov. 23, 1927, reprinted in Stephen Tennant, ed., *Willa Cather on Writing* (New York: Knopf, 1949), pp. 5-6.

的一种方法,强调从视觉中得出的特定的意义和价值"①。对景物的观照是一种"凝视",观看主体对景物的选择、喜好和诠释均与主体知识结构、情感结构、价值取向密不可分,这一"凝视"过程,"使本为物质性的景物成为主观心理与客观景物相统一的景观"②。两部小说通过主人公对景观的"凝视",以一种人文主义立场形成对景观的诠释,实现了罗索斯基所说的创作第三阶段的"主客体融合"。凯瑟通过主人公的"凝视—诠释"结构传达她的创作意图,因此作者必须像壁画或者木刻那样精心设计每一幅景观。景观叙事对景观塑造采取了地域化和象征化两大主要手法,形象而又意味深长地传达了小说的主题。

## 二 《大主教之死》——审美的眼光看世界

### (一) 视域生成下的景观生产和空间重塑

在《大主教之死》中,凯瑟通过兰塔主教的传教事迹回答如何面对转型时代所面临的各种问题,她采用19世纪的人文主义态度寻找救治出路,用文化和秩序面对机械时代飞速变化的社会,像阿诺德一样信奉"文化能够跨越旧世界和新世界之间的鸿沟,并把两者连接起来,也就是保存过去的精神遗产,并用以统一振兴现代世界"③。兰塔神父便是凯瑟精心塑造的阿诺德式的知识分子,这个人物形象融合了圣方济各、帕斯卡和建筑师三重身份,代表着宗教、科学和艺术的三位一体。空间关系上,与教授在新旧房子之间濒于撕裂的状态不同,兰塔神父一直坚守在圣塔菲,并按照自己的理想对空间进行改造,以大教堂的建成作为其理想实现的空间象征。小说中景观描写在序曲部分是全知视角,序曲部分全知视角所起到的主要功能是为小说提供一个宏大的叙事背景,第一卷起之后景观描写更多地直接出自兰塔神父的视角,确切地说是在他的注视下产生的景观。在对景观凝视的过程中,兰塔神父也在不断地调整个人的视野完成自

---

① 葛荣玲、彭兆荣:《景观》,《民族艺术》2014年第4期。
② 陈望衡:《论环境美的本体——景观的生成》,《学术月刊》2006年第8期。
③ Carroll, Joseph. *The Cultural Theory of Matthew Arnold*. Berkeley: University of California Press, 1982. p. xvii.

身的主体建构，在凝视主体和凝视对象中通过两者的互动完成想象性的关联，亦即罗索斯基所说的"主客体融合"，大教堂是实现这种融合的最高体现。

小说第一卷的开篇类似电影里的长镜头渐渐地拉近，在新墨西哥中部荒漠上出现了一个骑马缓行的人，他迷了路：

> 四顾所及，到处都是沙丘，一座座比干草堆大不了多少，形状几乎和干草堆一模一样。……从一大早，他就开始在这些沙丘之中骑马赶路，眼前景物毫无变化，就好像他根本是站在原地没有移动过。在这些圆锥形沙丘之间的夹缝中，他一路曲曲折折地前行，到现在，走了至少30英里，他已经开始觉得，除了这些红色沙丘，自己再也不会看到任何别的东西。这么多的沙丘，又都一模一样，给他的感觉就像走进了一场由几何图形构成的噩梦。……每一座小小的锥形山上都生着更小的锥形杜松，山是千篇一律的红，树是如出一辙的黄绿。座座小山从地表拱起，密密麻麻，挤挤挨挨，那争先恐后的架势好像恨不得把别的山头挤掉掀翻。①

"圆锥形"的"干草堆"意象让人想起莫奈著名的系列油画《干草堆》②，莫奈的干草堆，由于千变万化的光线而变得各具形态，它需要画家对环境对象极其熟悉，还有着超出常人的辨别力和观察力。沙丘千篇一律、单一的红色，包括树也是形色单一，暗示兰塔内心的迷失困顿，失去辨认能力，所以迷路，缺乏对新领地必要的认知。那些"从地表拱起，密密麻麻，挤挤挨挨，那争先恐后的架势好像恨不得把别的山头挤掉掀翻"的"座座小山"象征着环境的险恶，他要面对的是一个处于混乱、彼此仇恨的世界。兰塔的新墨西哥牧区分布着大大小小依然遵循自己传统宗教的印第安部落，部分在西班牙人走后沿袭下来的天主教墨西哥人，部

---

① ［美］薇拉·凯瑟：《大主教之死》，周玉军译，上海文艺出版社2011年版，第11—12页。后文出自同一著作的引文，将随文在括号内标出该著名称首字（"大"）和引文出处页码，不再另行作注。

② 凯瑟受印象派绘画的影响很深，国内学者孙晓青的专著《文学印象主义与薇拉·凯瑟的美学追求》，探讨印象派绘画对作者的影响，揭示凯瑟对色彩、构图等印象主义绘画元素的运用以及作品主体意思、文学描写、人物塑造等方面的作用。

分新教背景的英裔美国人，宗族之间、信仰之间冲突不断，他要面临的困难可想而知。饥渴、劳顿使他产生了幻觉，红色的沙丘像"墨西哥面包炉"，像"金字塔在滚滚热浪中纷至沓来"，使"对线条形状本来就敏感的他"闭上了眼睛，"让它们在无处可逃的三角形的侵袭中略得休息"（大，12）。

> 片刻后，他睁开眼睛，第一眼看到的竟是一株与众不同的杜松。它约有10英尺高，没有长成枝道叶密的圆锥形，而是一根扭曲、无权的树干，在接近顶部的地方左右分出两权，平伸而出，略高于分叉处便是小小的绿色树冠。天然的植物，再也不能长得比这更像十字架了！（大，12）

这棵十字架般的杜松就像斯蒂文斯的田纳西山上的坛子，立刻给散乱的四周带来了秩序，赋予整个空间以意义。信仰产生奇迹，赋予牧师以战胜困难的力量及勇气。另外，这一段景观是主教的视角，是作者在介绍主人公观看世界的方式。牧师"翻身下马"，"摘下帽子"并"跪下"（大，12）等一系列动作"构成了一个'想象转换'系统：当他跪在树前，树被他转换成了十字架，而他被树转换成了牧师——因为只有他在树前停留时，叙述才能够赋予他以身份、对他进行描写并最终将他置于一个位置之中"[①]。这种主客体相互间联结成为一体的效果来自于"想象转换"系统。它是今后兰塔神父观看世界的先在结构，"整部小说就是按照'想象转换'这个空间观念统领全文，为彼此之间看似并不关联的空间叙事找到一个意识中心"[②]。

那么兰塔神父的"想象转换"系统是如何先在地构成的，是什么构

---

[①] Wilson, Sarah. "Material Objects as Site of Cultural Mediation in *Death Comes for the Archbishop.*" *Willa Cather and Material Culture: Real-World Writing, Writing the Real World.* ed. Janis P. Stout. Tuscaloosa: University of Alabama Press, 2005, 171-87. p. 175.

[②] 周铭：《走向人文空间诗学——薇拉·凯瑟主要小说研究》，中国人民大学出版社2009年版，第124页。

成了兰塔神父观看的视野？兰塔神父是圣方济各①、帕斯卡和建筑师三者合一这一观点并不是空穴来风。小说直接点明兰塔出生于一个建筑世家，"祖先曾为建造克莱蒙的主教堂出过力"，"13世纪出过两位姓兰塔的以营造知名的主教"（大，177）；他来自于法国奥弗涅地区的小镇克莱蒙，这是帕斯卡的出生地，并酷爱阅读帕斯卡书籍，经常用帕斯卡的语言教育教众："人类的失足和得救，都是发生在一座花园里"（大，194）；而兰塔的面貌酷似枢机主教遗失在美洲的那幅最为珍爱的《沉思中的青年圣方济各》油画，"优雅敏感""多思智慧"而且"英俊"，第一卷开始兰塔迷失在美洲茫茫沙漠之中的场景，让人自然地把二人联系起来。景观叙事则更明确地暗示这种融合，使兰塔的人格结构体现出阿诺德式的欧洲文化的精华。兰塔在一座座"圆锥山"的夹缝中前行，"几何图形构成的噩梦"，"无处可逃的三角形的侵袭"，这明显是一个训练有素的几何学家眼光下的景观呈现，而"圆锥曲线定理"，"帕斯卡三角形"则是帕斯卡②在数学领域里最重要的两大发现。圣方济各的隐喻出现在兰塔神父面对十字架树时。兰塔预感自己会丧失生命，体会"我渴"的那一刻，"唯一的真实，就是耶稣的受难，而他自己身体的需求，不过是构成这体悟的一部分"（大，13），这一情节与圣方济各面对十字架体会耶稣的"钉五伤"之死同出一辙。之后当主教以为自己会葬身沙漠时，眼前又出现让他以为是幻觉的景象："溪水、苜蓿田、棉白杨、相思树，几间小土坯房，个个

---

① 圣方济各（1181—1226），也译为圣·弗朗西斯，又因其像耶稣一样身负五处钉伤而死被称为"圣五伤方济各"。意大利人，为天主教最受尊崇的圣徒之一。12—13世纪，意大利处于文艺复兴早期，文化和科技的进步带动了经济的发展，"现代城市"初露端倪，人们生活观念发生改变，日益追求享受和娱乐。圣方济各担负起了重塑精神信仰的重任。依诺森三世教宗称他是"肩负起被摧毁的教会的人"；比约十一世称他为"基督第二"，庇护十二世说"现今的世界急需要圣五伤方济各的精神与人生观"。凯瑟用圣方济各隐喻兰塔，赋予人物以艰苦卓绝的献身精神和重塑精神信仰的重任。

② 帕斯卡是17世纪法国数学家、物理学家，曾一度热衷于世俗活动，专心于科学研究。但在经过神秘的内心体验之后，晚期逐渐转入哲学和宗教，于科学问题转向人心问题，于生存问题转向不朽问题。代表作《思想录》一书中的宗教思考有很强的人本主义意味。他在射影几何的重大发现是圆锥曲线定理，它证明"如果一个六边形内接于一条二次曲线（椭圆、双曲线、抛物线），那么它的三对对边的交点在同一条直线上"。这个定理对于任何一个圆锥曲线上的任意内接的六个点都能成立，它在宗教上似乎是在用几何昭示着上帝的三位一体。帕斯卡的三角形与概率有关，这一理论同样影响了帕斯卡著名的"上帝赌注"说。

都有漂亮的花园，一个男孩，正把一群白山羊赶到溪边"（大，17），这个村子叫"隐水"，神父和圣方济各说出了同样的话："这清冽的泉水，就是明证"①，认为这是上帝的杰作。

在景观的暗示下，兰塔神父集欧洲最杰出的神父、建筑师、学者三重身份于一身，是宗教、科学和艺术理想的三位一体，是"千里挑一的人物"，（大，12）这种人格结构与世界的关系具体表现为"对物质的重视，对他者的同情，对诗意的强调"，这成为主教"认知和处理事务的核心要素"②。究其实，这便是一个人文主义者对待世界的态度，也因此构成他的观看视野和"想象转换"系统。这种有机统一体具有不断调节和修正的功能，因此，有学者评论道："凯瑟的兰塔是艺术家的自画像，在叙事对小说进行塑形的过程中，他也形成了新的理念来适应新世界的'事物形状'。"③ 这个观景过程也暗合了阐释学里的视域融合理论。对于兰塔神父来说，他身上存在着新旧两个平行空间，一个是法国故园，一个是西南传教区。故乡克莱蒙历史悠久，古朴优雅，代表着一种高度发展的处于优势的欧洲文明，这个古老亲密的空间容纳着他全部的文化积蕴，构成了兰塔神父"三位一体"的先在视域。相比之下，西南部却完全是一个异质空间，粗犷浩瀚，神秘原始，种族和宗教冲突不断，它却构成了神父的当下视域，是神父要了解的现实世界或者说是新世界。两个空间差异之大使兰塔神父不得不时刻调整自己的"想象转化"系统，以期实现当下视域和先在视域的最终融合。神父对印第安文化的理解很好地体现了这一不断调整的过程。

开篇神父刚进入新墨西哥他的牧区时，面对巨大的文化差异完全地迷

---

① 传说圣方济各与墨瑟奥修士往一条小村子讨面包。回程时，他们拿着几片干面包皮，四处寻找可以取饮的水泉，终于找到了，并有一块平坦的石头做桌子。他们吃着微薄的食物时，圣方济各好几次感叹地说："墨瑟奥弟兄啊！我们真不配享受这样大的宝贝！"最后，墨瑟奥修士忍无可忍，禁不住抗议说："这么贫乏的处境实在不能称为宝贝，既没有台布又没有餐刀，没有碟子，没有汤碗，没有房屋，没有餐桌！"圣方济各兴奋地回答："那正是我认为极大的宝贝，没有一件东西是用人工做成的。这里的一切东西，都是上帝所供应。——烤过的面包，美好的石桌，清冽的泉水，都是明证。"

② 周铭：《走向人文空间诗学——薇拉·凯瑟主要小说研究》，中国人民大学出版社2009年版，第131页。

③ Schwind, Jean. "Latour's Schismatic Church: The Radical Meaning in the Pictorial Methods of *Death Comes for Archbishop*." *Studies in American Fiction* 13.1 (1985): 71-88. p. 80.

失了。但当他用天主教信仰体系实现隐泉村景观的"想象转化"后，从自己的文化和历史中汲取了力量，并立志恢复"西班牙教士们播种并用血液浇灌的信仰"（大，23）。此后，周围的空间语境和主体之间构成了一个交互的解释系统，在这样的系统中，主体艰难地朝视域融合的目标一点点接近。

  主教最初来到的印第安埃科莫部落，感到这个地方"似乎是造物主搜集好了创世所需的一切材料，却突然撒手离开了"，"这片土地，依然等待着塑造成型"（大，69）。埃科莫人住在一块"离地几百英尺"的巨大磐石上，主教对建在磐石上的这座城市感到"震惊和不安"，认为印第安人的"生活中有一种奇异的刻板"，主教此时只能用欧洲文明模式解释印第安文明，用自己的先在视域对当下视域进行审视，无法完成"想象转换"，造成主客体分离状态："基督自己，就把负责保管他教会钥匙的门徒比作磐石；《旧约》中，总是作为囚人流落他乡的希伯来人，他们的磐石，就是心中对神的信念。"（大，72），可印第安人却"把想法变成了可以拥有的实物——他们竟然真的住到了自己的磐石之上，生于斯，死于斯！任何如此简单的事情，都不免让人觉得有一丝难言的夸诞"（大，72）。文化上的隔阂，使他这种夸诞感进一步扩大。当"五六十张沉默的脸，被灰暗的光线笼在当中，头上是灰暗的屋顶，身后同样是灰暗的墙壁。主教觉得自己是在深沉的海底，为一群大洪水之前的生物主持弥撒"。"这是一群生活在一块大石头上的石鳖"（大，75）。主客体分离状态使落日下的平顶山"散落在平原"，"犹如一支支熄灭的蜡烛"。主教感到从未有过的孤独："他孤零零地一个人，思念着自己的同类、自己的时代、遥想着欧洲人和他们那充满了欲望和梦想的光荣历史。"（大，75）然而，回去的路上听到的一段传奇故事《巴尔塔扎修士的传说》，却让兰塔主教对埃科莫部落的印第安人心生敬意，重新审视自己的视野。当印第安向导哈辛多问兰塔如何看天上的那些星星时，主教回答"它们也是独立的世界，和我们的一样"（大，67），暗示主教对埃科莫部落文明的认同，主客体开始接近。

  接下来《石唇》一章进一步拉近了主客体距离。主教和向导哈辛多遭遇突如其来的暴风雪，哈辛多只好把主教带到秘密石洞，这是"印第安人进行拜祭的地穴式神坛"，主教"抬头细看"，石洞的外延"从岩壁上突伸出来，就像两片微微张开的巨大的石唇"，也是悬崖上突出的磐

石。洞窟里传来奇异的震撼,兰塔主教伏在缝隙上倾听:

> 他告诉自己,此刻他正聆听着地球上最古老的声音之一,那是一条巨大的暗河流过地壑时的震荡和鸣。水位听起来非常非常低,也许低到了山脚,在亘古长存的山岩下,在彻底的黑暗中涌动的一道洪流;水声并不湍急,而是充满了庄严和伟力的浩浩荡荡。(大,95)

此时主教意识到不同于欧洲文明仰望星空的姿态,印第安文明的姿态是倚伏大地。当第二天一大早二人走出洞穴时:"远处积雪的山头被朝阳映成红色,主教眺望着下方道道松岭,看着冬日柔和的晨光将它们照亮,每一根枝条上,都挂着柔软的新雪,像是朵朵玫瑰色的云。"(大,102)此处景观是一种心理暗示,代表理解所带来的心理快慰。温暖的红色,柔和、柔软与第一次接触印第安人阴冷、坚硬的感觉形成对比,印第安不再是他所想象的史前的"爬行动物","深海里披着硬壳的甲虫"(大,75),"朵朵玫瑰色的云"① 表明是圣母之爱与宽容昭示了这种理解。但这种理解还没有到主客体完全融合的程度,因为这是异教徒的神坛,所以兰塔主教依然以一种复杂而又矛盾的心情对待它:

---

① 小说第一卷是提纲挈领的一卷,共四章,第四章为《钟声、奇迹》,个人认为这一章实际上是作者在交代整部作品结构。这一章包括两个部分:一是钟声;二是圣母传奇。小说描写一大早主教在圣母经的钟声中醒来,钟声共九次敲击,每三声为一节。这部小说也分为九卷,每三卷为一个段落,主线是主教和印第安人之间的融合,前1—3卷是主教和印第安人的对立关系,中4—6卷是叙述二者逐渐建立信任和理解的过程。最后7—9卷是主教与生活在这片土地上的印第安人融合在一起,最高显示其融合的就是大教堂。同时,主教在这钟声中感受到了强烈的东方体验,而这钟声美妙的音色来源于异教徒摩尔人。"由东征的圣殿骑士带回的诵经钟,实际上源自穆斯林的习俗",就像维勇神父的那罐汤"是一个精益求精不断进步的传统的成果蕴藏着接近一千年的历史"。这段叙述表明"一罐汤"或者"钟声"象征的人类文明是各个民族优秀的文化共同塑造而成,对待异质文化的态度是尊重、理解并合理利用。圣母是小说的核心意象,代表着爱、怜悯与同情,是超越宗教的人类情感的共同渴望,通过传奇、叙事、象征等一直贯穿小说的始终,到最后一部分7—9卷发展到顶峰,主教最终建立的主教堂便是彰显圣母的恩荣。同时在圣母传奇中,特别强调了蓝、金、玫瑰三种色彩。之后的小说中,这三种颜色成为圣母之爱的象征。因此这部小说本质上不是宗教小说,而是借宗教之壳传达新人文主义主题:人类应当在爱与同情的沐浴下,承认并尊重彼此的传统和文化的差异,相互融合、相互借鉴,实现世界大同。此小说再次表明了凯瑟的多元文化主义态度。

> 每当他想起那个山洞，总是伴随着一阵悚悸的厌恶；……正是那座山洞，在危难时刻，给他提供了庇护；与此相反，后来每次想起那场暴风雪，甚至想到当时的极度疲惫，都是带着一丝振奋的快意；但那很可能救了他一命的洞窟，却只让他感到畏怖。（大，97）

主教对印第安石洞矛盾的态度暗示主客体之间既相互接触又相互疏离的关系。但此时主教在情感上已不再排斥印第安民族。在年复一年的接触中，主教意识到企图把自己的文化强加在他人身上是一种暴力行为而且也是不明智的态度。墨西哥神父马蒂内斯对他的警告无疑是更加严厉的警醒：

> 你对印第安人和墨西哥人一无所知。如果你想引进欧洲文明，改变我们原来的生活方式，比方说，干涉印第安人的神秘舞蹈，或者取消苦修会的残忍仪式，那我敢说你将命不久矣……被你的教会视为蒙昧而禁止的，却是印第安宗教的一部分。你不可能把法国的那一套搬到这里来。（大，107）

也就是在此次会面后，主教又一次在夕阳下注视着印第安人的村落，此时，它向主教展示出从未有过的高贵与庄严：

> 两座金字塔形的巨大公屋，背靠着紫色的山峦，在夕阳的余晖中镀了一层金；一个个金色的男子，穿着长袍，站在宽宽的阶梯式的屋顶上，一动不动，好像泥塑木雕，显然是在凝视观看山顶变幻的光线。充满宗教气氛的寂静笼罩着一切，听不到一丝声音，除了阵阵金色扬尘中归家的羊群发出的几声啼叫。（大，109）

在主教的视角下，"公屋"像金字塔一样坚固悠久，一个个静穆凝视山顶的金色男子在紫色山峦的映衬下，显得高贵而庄严。"金色扬尘中归家的羊群"暗示他们和世间万物一样沐浴着圣母的恩荣。这是与开篇主教观看视野迥然不同的写照，也是小说的转折点。这一时刻意味着主教先在视域的改变，标志着新的主体建构的生成，只有像主教这样三位一体的有机人格构成才具有不断调节和修正的功能。主客体视域达到完全融合是主教在"印第安小屋沉思"之后，彻底放弃了欧洲中心主义的视野。这一变化的视野是通过对地域特征的辨识，实现对客体自在意义的认可，承认它们对主体意识的滋养和改造，这是互为主体意义上的建构。在这种意义上视域融合的实现，建立了新的"想象转换"系统，最终完成主教的视域重构。

新的视域生成标志着主教个人主体性的再建构，它所导致的主体意向性行为不仅表现为观看视域的变化，也表现在对空间的重新修复和塑造。景观叙事作为思想的物质显现主要是通过花园和教堂实现的。在《大主教之死》中，一系列的花园"为文本提供一个连续的结构"[1]。隐泉村的花园、巴尔塔扎神父的花园、法国故乡的花园、印第安人的"伊甸园"以及主教的花园，它们以各种形式体现着主教同乡帕斯卡的名言："人类的失足和得救，都是发生在一座花园里。"（大，194）

小说对主教花园和教堂的描写都发生在第三部分，即第七至第九卷，在主教实现视域融合之后。最先呈现在读者眼前的是五月——圣母玛丽亚月的主教教堂的花园景色：

> 苹果树正在开花，樱桃花已经落了；阵阵温暖的春风中，土壤和空气互相渗透——泥土中浸满了阳光，阳光中漂浮着红色的尘土，呼吸的每一口气，都弥漫着泥土的气息，而脚下的青草，竟带有些头上蓝天的意蕴。……果树不但已经长成，从它们上面剪下来的插条，也在许多墨西哥人家的花园里开花结果了。（大，145）

春天与苹果树，草地与蓝天，土壤和空气，阳光和泥土万物融合，一切都包容在圣母与自然的关系之中，通篇洋溢着和谐甜美的气氛，彼此融合，你中有我，我中有你，更让人欣喜的是这些果树已经在新墨西哥这片土地上"开花结果了"。不同于早期拓荒者对地貌征服性的改造，与《啊，拓荒者!》里亚历山德拉花园的"整齐划一"、《我的安东尼娅》里犁刀插入土地的景观形成鲜明对比，也不同于危机时期克劳德逃避现实的

---

[1] Broncano, Manuel. "Landscape of the Magical: Cather's and Anaya's Exploration of the Southwest." *Willa Cather and the American Southwest*. ed. John N. Swift and Joseph R. Urgo. Lincoln: University of Nebraska Press, 2002, 124-135. p. 130.

小树林，福瑞斯特夫人被抽干了水的沼泽地，还有教授遗世独立般异国情调的花园。主教的花园是真正的"庇护所"，既不是主体对客体的征服，也不是二者的分裂，而是二者的融合。

值得注意的是小说对主教的花园有两处描写。上面的描写是教堂花园，另一处则是主教退休后所开辟的一处私人花园。教堂空间和私人花园二者的关系体现了主教最终对圣母形象的双重认知上，主教在一次次沉思中意识到作为宽容和怜悯化身的圣母"肉身而至圣！童话不能比她更简单直接，最智慧的神学家也不比她更深刻"（大，187）。而另一方面，主教对圣母的感悟包含了一种历史主义和人文主义的视角，这种视角在正统神学的眼中，几乎可以被认为是异端邪说了。他认为圣母的形象由来已久，像维勇神父的汤羹、诵经钟的声音一样，是千年文化传承的民族化显现，而且更是来自于一种艺术想象，"拉斐尔和提香，在他们那个时代曾为她绘制衣裳；音乐大师曾为她谱写乐章；建筑大师们为她建造主教座堂"。而且"在她年代之前很久，在人类从堕落到救赎之间那一段漫长的蒙昧岁月里，异教的雕塑家一直努力追求的一个境界是：塑造出一位女性的神，但同时她还得是个女人"（大，187）。此时，宗教中的圣母形象已经变成了艺术的审美对象了，宗教成为文化的一部分，通过艺术来呈现，信仰的差异只是文化的不同形式而已。艺术与宗教的融合表现为一种世俗化的体验世界的方式，同样值得认同，表现出对充满文化差异的现实世界的尊重。所以，在伊丽莎白隐瞒年龄的事件上，他表现出与维勇神父完全不同的态度："我希望你永远是原来那个娇媚可爱的人，给我们这些人的生活增添一点诗情画意；在这方面，我们所拥有的实在不多。"（大，140）

兰塔神父退休后的花园便是这种世界观的体现，是基督教圣母意象的本土化，是这一新型世界观的空间表达：

> 他种植本地的野花，改良它们的品种；新墨西哥山上匍匐丛生的紫色的马鞭草，被他密不透风地种满了一整面山坡，在阳光下看过去，就像披上了一件巨大的紫色天鹅绒斗篷；意大利和法国的染织匠人，几个世纪以来努力寻求的颜色上的细微差异，在这件披风上全部体现了出来：浸透了玫瑰红的紫罗兰，却又离薰衣草还有一线；蓝到近乎嫣红，然后又一转，变成深沉的海紫色——那是主教祭服的正宗

颜色，同时又包容着它无数细微的变化。（大，194）

这是一个体现美的艺术世界。"紫色天鹅绒斗篷"像圣母之衣一样铺满花园。生于本地的野花被主教改良成如此美丽的景色，色彩的分布和变化体现了严谨的布局设计，通过对本地野花的改良主教产生出完美的色彩谱系，"意大利和法国的染织匠人，几个世纪以来努力寻求的颜色上的细微差异，在这件披风上全部体现了出来"，神父在一片异域的土地上生产出的景观，暗示出艺术与宗教的融合，多重色彩谱系承接了凯瑟一贯的比喻，多元文化之间的融合犹如"调色板上的各种色块"，兰塔用这块调色板绘制了多民族和多元文化间相互融合的美丽图景。主教的空间重塑行为体现了视域重建后新的宗教观、历史观和文化观。"在继承历史记忆的前提下找到了真正属于自己的颜色。"[1] 事实上，越到晚年，兰塔主教越是超越个人宗教局限，更多地从一个人文主义者的角度来思考世界和人生：

> 他对死前的过程，对临终者价值标准和观念的变化，却有着一份智识上的好奇。他越来越觉得生命似乎只是自我的一段经历，绝非自我本身。他相信，这一判断与它的宗教信仰无关，而是作为一个人，一个肉体凡胎的人所得来的领悟。他注意到，现在他对事物的看法，不论是自己或是别人的，已经与前不同。（大，212）

建造大教堂是主教理念的终极再现。主教在印第安树屋里长达三天的"小屋沉思"之后作出重大决定，要在新大陆建造"着眼于未来的"教堂。他不再从严格的宗教视角来评判他人，而是从历史、文化、人性的角度重新调整自己的认知视角和价值判断，以地域文化为根基，为自己的信仰找到生根开花的土壤。主教吸取了西班牙教士失败的教训，"白人到了任何地方，总要凸显自己的存在，让当地改换面貌"；在反省的过程中他接受了印第安人与环境相处的方式：

> 印第安人的方式，则是到哪儿都不惊动任何东西，来去不留痕

---

[1] 周铭：《走向人文空间诗学——薇拉·凯瑟主要小说研究》，中国人民大学出版社2009年版，第133页。

迹，像水中游鱼，天上飞鸟……印第安人似乎习惯于融入环境之中，而不是以环境为背景凸显自己。霍皮人建在平地山上的村落，与脚下的石山浑然一体，从远处根本看不出来；纳瓦霍人的树屋，周围都是沙子和柳树，它们本身便也是用沙子和柳树建成的。……他们似乎一点没有欧洲人那种"主宰"自然、改造和再创造的欲望。他们的聪明才智，都用到了另一个方向，用在如何适应环境，让自己和外部世界谐调融洽。这不能说是无所用心，而是代代承袭的审慎与谦敬。（大，171）

主教接受了印第安人的空间观，在教堂的建造中融合了印第安人的建筑理念，体现出"任何一个为人类自由绘制的民主草案，其建筑上的特色都是很自然地产生于地形学，由之构成的。这就意味着，建筑物都会以无穷无尽的不同方式呈现它所在地域的性质和特点，所有建筑物都会根据所在地域和建筑目的而成为当地不可分割的一部分，具有当地的一些有机特色"[①]。主教堂充分利用了自然材质并与周围的地形地貌有机地结合在一起。教堂地址富于象征意义地选在让主教最初迷失的圆锥形沙丘地带，在教堂的尽头耸立着蓝色的山峰，而蓝色山峰西侧的山壁却是清一色的黄色岩石，在阳光的照射下呈现出"金赤色泽"，成为建造教堂的现成的材质。

  "教堂选址方位的美妙"使黄色的教堂似乎直接嵌在玫瑰色的山上，色彩和轮廓如此分明有力，竟有一种要破山而出的感觉；而那青松斑驳的山坡，仿佛便是垂在它身后的帘幕。……驱车走近，山脊逐渐下沉，教堂的塔楼渐渐升高，耸入蓝色的天宇，但教堂的主体，依旧由后面的山峰衬托着。（大，198）

衬托着教堂是"红玉髓色的陡峭山坡"，"不论残照如何红艳，那些红色的小山永远不会变成朱红，而是变成越来越浓烈的玫瑰——红玉髓色"（大，198），蓝色、金黄和玫瑰红是圣母的象征，欧洲教堂建造者们用尽心机呕心沥血所寻求的颜色在这里浑然天成。丹纳在《艺术哲学》

---

① Wright, Frank Lloyd. *The Living City*. New York: New American Liberary, 1970. p. 143.

里评价过哥特式教堂的彩色玻璃的炫目和升华的功能:"从彩色玻璃中投入的光线变成血红的颜色,变成紫英石与黄玉的华彩,成为一团珠光宝气的神秘火焰,奇异的照明,好像开向天国的窗户。"① 主教堂遵循印第安人习俗,"不在房子上安装玻璃窗——他们觉得玻璃上的反光丑陋、不自然,甚至危险"。(大,171)红、黄、蓝三种颜色全部取自自然,在不同的季节和光影之下呈现出三种主色系无限变化的色谱组合,自然而有机,深沉而恢弘,绝无炫目的"珠光宝气",也无"奇异的照明",源自法国南部古老的罗马式简朴坚固的建筑风格与它的自然背景相得益彰。这是真正的来自自然、来自大地的神圣和美,将法式的教堂建在西南山峰之上,它的浑然天成如建筑师莫尼所言:"背景的好坏,全赖天成。一个建筑物,要么和背景相得益彰构成一个整体,要么就相互排斥;一旦两者之间确立了亲缘关系,时间只会把它强化。"(大,198)兰塔神父建造的教堂实现了主客体之间的统一,与西南地域文化融为一体,成为西南地域共同体特色的组成部分,完美地体现了凯瑟一贯推崇的和谐共存的多元文化策略:"当年的传教团凭借传统的圣像在美国西南部推行天主教化,同时也赋予天主教以西南特色,使二者相互融合,相得益彰。"②

空间建构是人类表达想象、意识和需求的处所,在结构和象征两个层面上体现出文化相对于自然的主体性。③ 兰塔主教最终建成了"成为他自身和他意志延续"的天主教堂,它超越了纯粹的宗教教义,或者说超越了"历史形态的宗教",实现了新人文主义意义上的"本真的宗教",是地域景观和文化传统的综合体,是包含着自由、平等、博爱,综合地域、历史、宗教、艺术的人文处所。"主教的生活就是他自身建造的结构,……整本书都是凯瑟建造的教堂。"④

---

① [法]丹纳:《艺术哲学》,傅雷译,人民文学出版社1963年版,第52页。

② Wilson, Sarah. "Material Objects as Sites of Cultural Mediation in *Death Comes for the Archbishop*." *Willa Cather and Material Culture: Real-World Writing, Writing the Real World*. Ed. Janis P. Stout. Tuscaloosa: University of Alabama Press, 2005, 171-187, pp. 182-183.

③ Mezei, Kathy, and Chiara Briganti. "Reading the House: A Literary Perspective." *Signs* 27.3 (2002): 837-846. p. 839.

④ Skaggs, Merrill Maguire. "*Death Comes for Archbishop*: Cather's Mystery and Manners." *American Literature* 57.3 (1985): 395-406. p. 405.

## （二）建立在景观修辞上的叙事学

《大主教之死》的创作灵感直接来源于美国西南部的人文和自然景观。这部作品写于 1927 年，一改中期小说的悲观反讽基调，变得宁静而抒情。1912 年凯瑟第一次来到沃腊特峡谷的悬崖城，立刻就被西南的景观和文化所吸引，在弟弟的陪伴下探访了当地的墨西哥驻地和印第安部落。这次旅行给凯瑟留下深刻的印象，她在新墨西哥和亚利桑那停留了很长时间，从此对此地流连忘返。在之后的十几年间只要有机会她就往西南跑，尽管其间她各种事物缠身，但西南的景象一直在她的想象里盘旋不去。她"被突然而来的内在创作冲动所激发"，"空旷而荒凉的西南，恢弘的气象，炫目的光影和景观冲击了凯瑟的心灵，为她提供了一条有效途径，使她从所熟悉的内布拉斯加题材衍生出新的艺术手法来"①。尤其是西南部发现的悬崖城，被凯瑟一再写入小说中。它最早出现在小说《云雀之歌》里，之后在《教授之屋》以《奥栏的故事》单独成一章，悬崖城与教授之屋成为对比参照；《大主教之死》悬崖城成了印第安文化的核心象征。早期的内布拉斯加系列源自于青少年凯瑟真实生活的体验，而《大主教之死》的创作动机则是由地貌景观所激发的情感和想象的产物，是先有情和景，再有故事和人物，而且自始至终，情绪和景观统贯着小说，情节和人物被削弱和淡化了。

小说第二卷《传教之路》第二章《去莫拉的寂寞旅程》讲述两位神父去往莫拉，帮助那里的神父安置被印第安人袭击的一群难民，途中解救被困孤女的故事。其中完全可以做紧张情节的遭遇印第安人袭击的叙事被剔除掉了，仅用景观描写预示着不祥与危险：

> 鳟鱼山脉，主教和他的副主教正冒雨前行。铅色、沉重的雨点，被从山顶压下的冷风吹得在空气中斜斜掠过。兰塔神父觉得这些雨点的形状很像蝌蚪，打在他的鼻子和面颊上，啪啪地炸开，听起来就像是空心的，每一个里面都装满了空气。……纵目四顾，到处都是覆盖着青松的山岭，在这些山岭的背后巍峨耸立着蜡黄色的大山主脊。天

---

① Sergeant, Elizabeth Shepley. *Willa Cather: A Memoir*. Lincoln: University of Nebraska Press, 1953, p. 85.

空低垂，泛紫的铅云向松岭夹持的山谷洒下如帘如幕的水雾。乌云在头顶翻涌，非但不透一丁点亮光，反而染上一丝地面松树的青色；他们胯下的骡子，白毛也湿漉漉地打成了结，变成青石板的颜色。甚至两位神父，在这异样的天色中，面孔也是一片斑驳的青紫。（大，47）

风雨交加，"天气异样"，冷风"从山顶上压下来"，"蜡黄色的山脊"、紫色的铅云、青紫斑驳的面孔，铅色、沉重像蝌蚪般打在脸上的雨水，这些充满色彩和拟人的描述营造出恐怖和危险的气氛。接下来他们遇到了一个人：

这个人身材瘦高，肢体很不匀称，脖子细长，顶着一个皮包骨的小脑袋；剪得很短的头发下面，头盖骨一棱棱地凸起，似乎骨缝增生，额外长了许多骨头出来；在这异常恶心，看上去要多邪恶有多邪恶的脑袋上，还有一对小小的、好似未发育完全的耳朵。（大，49）

这个人的名字叫巴克·斯凯尔斯（Buck Scales），Scales 是爬行动物的鳞甲，读者一眼就能看出这是蛇的形象，人物被寓言化，突出了历史传奇小说的特征。在基督教文化里，人与蛇的对立是最为本初的对立，蛇是人类不幸的罪恶根源。但小说也没有纠缠进入人物作恶的细节之中，而是直接过渡到了神父们的救赎。被神父们拯救出来的女子叫马格达莲娜，跟耶稣解救的妓女后来成为圣徒的玛丽亚·马格达莲娜同名。马格达莲娜被主教拯救出来进了修道院，小说又回避了马格达莲娜如何得到教会的帮助如何重建与世界的关系，如何开始一种属灵生活的内容，避免了小说成为现实主义的教育类或者成长类小说，而是通过进入两个神父视线中一段类似壁画的景观描述，没有任何过渡和先兆的情节链，直接实现人物在小说中的隐喻功能：

两个朋友从沉思中被一阵骤然响起的翅膀拍打声惊醒。一群洁白的鸽子在他们头顶上掠过，飞向园子的另一头；……她被盘旋飞舞的闪亮羽翼簇拥着向前行来，……有那么一瞬，由于阳光的角度，那些鸽子一下子全都不见了，融进了光线之中，消失的无影无踪，仿佛盐溶于水，下一刻，又是满天闪动的翅膀，在阳光下或是耀眼的银白，或是一团黑影。他们落在马格达莲娜的肩上臂上，从她手里吃食。（大，152）

这段景观描写被伍德维斯赞叹为："再难在文学作品中找到比这更能形象体现神性的描写了。"① 马格达莲娜从被拯救前的"又难看又瑟缩"甚至"弱智"的形象变成了有灵性的圣徒。插入式的壁画般场景描绘把语言难以传达的意境描绘了出来，充满了圣洁和神圣的气氛。同时也将马格达莲娜形象寓言化，省略了所谓心理分析、行动刻画、言语表现等塑造人物形象手段，简化成基本的功能元素。景观代替了情节，通过壁画式的一个个景观叙事，形成"无中心插话式"结构。

由于人物的寓言化和平面化，空间场景便起着结构小说的重要功能。全书共九卷，打破了传统线性叙事模式，以空间结构小说，是一个"有中心的、成网状的叙事结构"，"在这个网状系统中叙事人不断地从中心向一个指定地点移动而后回到原处，周而复始，就像一个蜘蛛网上的丝一样"。② 在小说中，主教座圣塔菲是中心，神父以此为中心向他的各个牧区巡视，周而复始，景观叙事带来一处处景观，在兰塔神父的凝视下，像壁画般地展开在读者面前。在这样的结构中，景观成为修辞，包含着隐喻和象征，担负起文化、宗教、历史和艺术言说载体的功能，可以说这是一部诞生于空间想象的作品。对于这部作品的结构，凯瑟是这样解释的：

> 我觉得很有趣，如此之多关于该书的评论都一言以蔽之："这部书难以归类。"那又何必多此一举呢？更多的人坚持认为该书不是小说。……我认为这部小说只不过是一部凭想象撰写的著作，作家在其中尝试根据自己的经历和感情把一群人的经历和感情表现出来。这就是他所真正做的，不管他采用的方式是"客观的"还是

---

① Woodress, James. *Willa Cather: A Literary Life*. Nebraska: University of Nebraska Press, 1987, p.409.
② 金莉：《文学女性与女性文学：19世纪美国女性小说家及作品》，外语教学与研究出版社2004年版，第278页。

"主观的"。①

所谓"根据自己的经历和感情把一群人的经历和感情表现出来",就是要在特殊中表现一般,采用的是主观抒情的方式。只是由于小说以空间为结构中心,在小说中巧妙地将"情感"和"理念"放置在景观叙事之中,用景观渲染情感,甚至建构"情节",在景观描写中表现出寓言化、隐喻化、象征化、神圣化倾向。

另外一个经典的例子是小说序曲里的景观描写。开篇既交代了背景又明确了主题,同时为整部小说的叙事风格定下了基调,使景观成为叙事:

> 1848年夏,某日向晚,萨宾山中一栋别墅的花园之内,三位枢机主教和一位来自美洲的宣教主教正在用餐。从别墅的露台望出去,风光无限,罗马城正在天低处。四人所在的花园,其实是一小片平伸而出的岩石,位置幽僻,上距露台南端约20英尺,有石阶一道连缀其间;下方是陡峭的山谷,谷中葡萄园星罗棋布。……小花园边上围着栏杆,栏杆外就是无尽的虚空;下方,大地平缓起伏,一览无余地向远方延伸,直至天边,直到罗马。(大,1)

这是一幅包孕丰富的晚景图,仔细阅读可以发现这不是严格的自然主义景物描写,而是现实与想象的结合。作者在短短的一段景观里,包含了历史、文化、宗教等大量信息。景观中现实世界和神话世界相互交织,界限不清。虽然在这里时间是确定的,地点是实在的,人物是现实的,但是,在1848年整个欧洲社会极度动荡不安的时刻,花园的幽僻宁静,别墅的居高临下似乎暗示这是一个远离尘嚣的地方。教会的花园位于"平伸而出的岩石"之上,在基督教中,耶稣将负责保管教会钥匙的门徒比为岩石("岩石"或者"磐石"已成为凯瑟小说的核心意象之一),暗示这是一处神圣空间。他们高高在上地俯瞰着尘世,"陡峭的山谷""无尽的虚空",这种虚空一直延伸,大地"一览无余地向远方延伸",直到罗

---

① Cather, Willa. "On *Death Comes for the Archbishop*." *Willa Cather on Writing: Critical Studies on Writing as an Art*. Lincoln: U of Nebraska P, 1988, pp. 12-13。此封公开信于1927年11月23日发表在《共和国》杂志上。

马。这幅山顶景观描述了一个半现实半神话的世界，主教们在圣山的花园里品酒、观景、娱乐，像奥林匹斯山上的众神，"天南海北地闲聊，避免谈论政治"（大，9）。景观的象征意义从小说的结构和之后的发展来看表现就更清楚。这段景观描写是序曲的开篇，美洲来的费兰主教请求罗马的枢机主教们能往新划的新墨西哥领地派名主教，其使命是给混乱的边陲重新带来秩序与信仰，主教们最终同意派兰塔神父出往这片荒蛮之地。闲谈中插入一幅传世名画《圣方济各》遗失到美洲。接下来的第一章开篇便是兰塔主教迷失在漫无边际的荒漠之中，其相貌酷似油画中的圣方济各，并使他在荒漠中遭遇与圣方济各相似的神迹。序曲和第一章之间形成了一个隐喻关系，暗示兰塔是神派往人间的使徒，是圣方济各再次显灵。这种叙事结构是对经典神话传奇的模仿，如圣物遗失到人间或者神灵降落人间之后展开的一段传奇。凯瑟谈到这部小说的写作技巧和风格时，也明确指出这是一部历史传奇小说："和大多数虚构之作一样，我的作品是普遍与特殊的结合，长久以来，我一直想模仿传奇的风格进行创作。"① 开篇混合现实和虚幻的景观描写遵循了凯瑟所推崇的作家霍桑对浪漫传奇的定义："位于真实世界和幻境之间，现实和想象可以交会的中间地带。"② 再者，如果我们把序曲和第一卷的两处景观描写当作两个并列的开端的话，小说的主题是否可以理解为欧洲大陆的文明模式已经式微，新大陆将提供一幅文明的新范式，表现出空间上的位移。这种见地应该是能站得住脚的。小说开始于欧洲 1848 年革命，一个"所有坚固的东西都烟消云散"的时代，结束于 1889 年巴黎世界博览会，这一年埃菲尔铁塔的建成成为资本主义工业文明获得全胜的标志；作为回应，在新大陆兰塔神父用毕生精力在圣塔菲建造了一座"着眼于未来的"教堂。小说用以教堂为象征的圣塔菲模式代替了以埃菲尔铁塔为象征的欧洲模式。

用景观修辞的手法代替故事讲述中必需的行动描写和心理刻画在《纳瓦霍地方的春天》一章中表现最为含蓄、抒情而且自然巧妙。这一章描写兰塔神父在一个印第安人的树屋上陷入对宗教意义和个人使命的沉思，在三天的风暴中独处苦思。小说跳过了深奥的理性思考，整个思辨过

---

① Cather, Willa. *Willa Cather on Writing*. Lincoln: University of Nebraska Press, 1988, p. 9.
② Hawthorne, Nathaniel. "The Custom House." Introductory to *The Scarlet Letter* (1850). Airmont Publishing Co. Inc., 1962, p. 37.

程巧妙地用象征性景观来替代。风暴中的小屋、作为沙漠景观的棉白杨、无边无际的蓝天，分别描述刻画了兰塔"心路历程"的各个阶段。风暴象征神父内心的思绪翻涌，小屋则是其个人内在精神气质的真实写照：

> 树屋与世隔绝，就像汪洋大海里的孤舱，只有大风在屋外喃喃低语。门是唯一的开口，总是敞开着，屋外的空气呈现出沙尘天那种昏黄的光泽。沙子整日从木墙的缝隙透进来，在里屋的土地面上形成道道细小的波浪；沙粒如冰雹般敲打着屋顶树枝上的残叶，沙沙作响。这木墙泥顶的庇护所是如此脆弱，让人觉得自己简直坐在一个由风与尘土构成的世界中心。（大，168）

这是一个孤独面对荒蛮世界的忧郁的学者、一个依然向世人敞开关爱的教士、一个敏感智慧的建筑艺术家、一个与恶劣环境抗争的异乡人的形象。在三天的思考中，主教的门总是向世界敞开着，他要么"坐在屋中听风声呼啸"，要么"披着毛毯，嘴巴、鼻子都用毯子遮住，去外面站在那些被风吹得变形的老树下"（大，162），神父仰望的老树便是棉白杨。在整部小说中，棉白杨象征着基督信仰，几乎每个出现神迹的地方最先看到的都是棉白杨。此处大段棉白杨描写突出其生存的异常艰难和异常顽强，是在这荒蛮土地上信仰挣扎留存的真实写照。这片"高高的棉白杨，极为古老、高大、枝干光秃秃的"，似乎属于"已经过去的遥远时代"，"缺水"，被一年到头的狂风和沙粒"抽打"，为了适应恶劣的环境，它们长成了各种形状，有的"拔地而起"，有的"树干分成两杈"，有的"主干突然断绝"，有的"活着，却好像死了"（大，162）。

如何让"脆弱"的"庇护所"变得坚固，让干枯的棉白杨找到合适自己的土壤，凭着学者的冷静严谨，传教士的热忱执着、艺术家的直觉，兰塔神父在这三天中找到了答案，做出了人生中最重要的决定，但小说一直没有说明答案是什么，决定是什么，我们只是从"风渐渐停了，天空水晶般明净透亮"（大，168）而得知。在回圣塔菲的路上，有一段景物描写：

> 这里的天空如此辽阔，比海洋上，比世界上任何地方的天空都更大更广。大地就在人的脚下，但当他纵目四顾，看到的却总是那由砭

肤的空气和运动的云构成的瓦蓝的世界。在它下面，甚至山峦，也不过是一座座矮小的蚁冢。在其他地方，天空是世界的屋顶，在这里，大地是天空的地板。远人所怀念的图景、周围无所不在的、我们真正置身其中的世界——永远是那天空！天空！（大，170）

很多学者将其解读成兰塔对西部精神的颂扬，或者是对印第安文化的赞同，但对文本理解的最好方式还是要进入文本自身的语境之中。这段景观是紧紧跟在兰塔神父小屋沉思之后的，跟在"天空水晶般明净透亮"之后，凯瑟晚期的小说越发含蓄，留有大片空白，文本丝毫没有提及神父的心情，也不提小屋沉思之后的重大决策是什么，而是通过这段景观描写二者。所以这段景观采用的是兰塔神父的视角，一反平常的冷静沉着的思考，充满了渴望的激情。开阔的纵深的视野，暗示着兰塔突破了前文提到的先在视域的限制，在崭新的视域里实现与更高更远的神圣存在面对面的接近。"蚁冢""屋顶""地板"这类建筑名词暗示这种渴望与建造大教堂有关，最后一句"远人所怀念的图景、周围无所不在的、我们真正置身其中的世界——永远是那天空！天空！"表明神父终于找到了体现人类恒久期望、追求神圣生活的理想之地的内心狂喜。

三个景观描写各具特色，小屋沉思充满象征意义，棉白杨则是寓言化的景观，无边无际的天空是一幅融合真实地貌和主观视角的心像图。三种景观的完美结合一气呵成地完成了传统叙事中的行动刻画和心理描写，为思想和心理找到"客观对应物"，用一种诗化的手法写小说，达到了意蕴隽永、优美抒情的效果。这也是凯瑟后期小说被人称为创新实验小说的重要原因。

## 三 《磐石上的阴影》——日常生活的审美化

《磐石上的阴影》是继《大主教之死》后的又一部堪称诗化的小说，继续着"文化与秩序"的主题。不同之处在于，《大主教之死》表现的是精英意识下的对文化的再认识和再建构，试图给挣扎在现代性困境中的"教授"们指明一条出路。而《磐石上的阴影》则表现的是一个群体，表现一个区域共同体如何在日常生活中继承和维持着优秀的文化及秩序，在艰苦的生活中实现对琐碎、有限、平庸的超越。

## (一) 题解

《磐石上的阴影》发表于1931年,凯瑟在创作这部作品期间,个人生活和美国社会都经历了重大的变故。个人生活方面,首先是她居住了15年的房子因为城市规划不得不搬出,临时住进了纽约的宾馆。接下来父亲去世,父亲的去世对凯瑟是一个致命的打击,有相当长一段时间凯瑟无法从失去父亲的伤痛中恢复过来。紧接着母亲重病且多次反复,凯瑟不得不停止创作回到故乡照顾母亲。而此时美国也正经历着史上最大的经济危机,整个社会弥漫着悲观绝望的情绪。因此,这部小说显得较为沉重阴郁,尤其是魁北克恶劣的自然环境,给小说笼上了一层肃杀的气氛。有批评家就根据这一气氛推断出小说的主题,如罗索斯基就认为,小说中黑暗的自然笼了一切,给整部小说定下了阴郁的基调,人在黑暗自然的主导下无处藏身。① 个人遭遇和社会境况自然会影响作者的创作,斯多克指出:"《磐石上的阴影》中特殊的情绪和关注可能也部分地反映了作者在1927年至1931年间所经历的不幸变故。"② 但是,从凯瑟自己的谈话中,我们发现这种影响并不是一味的悲观绝望,相反,正是《磐石上的阴影》使她从一段艰难的个人生活中走出来。她在魁北克发现了"治愈的共同体"③,"一个安全的地方,一个它自己的世界,像圣彼得的教堂一样建在磐石上"④。所以,约翰·墨菲不赞同罗索斯基的看法,认为小说中黑暗的自然是一种衬托,表明对秩序的需求和渴望。"神圣的和世俗的秩序一起建构了在魁北克磐石上的存在。"⑤ 应该说,墨菲的这个判断是比较准确的。在磐石和阴影两个意象的比较中,这种判断就更清楚了。

磐石在自然界是一种地貌现象,它与周围具体空间一起形成独特的地

---

① Rosowski, Susan J.. *The Voyage Perilous: Willa Cather's Romanticism*. Lincoln: University of Nebraska Press, 1986. pp. 176-178.

② Stouck, David. *Willa Cather's Imagination*. Lincoln: U of Nebraska P, 1975, p. 50.

③ Brienzo, Gary. *Willa Cather's Transforming Vision: New France and the American Northeast*. Selinsgrove, PA: Susquehanna UP, 1994, p. 38.

④ Skaggs, Merrill Maguire. *After the World Broken in Two: The Later Novels of Willa Cather*. Charlottesville and London: UP of Virginia, 1990, p. 139.

⑤ Murphy, John J.. "Cather's Shadows: Solid Rock and Sacred Canopy." *Cather Studies* 7. Ed. Guy Reynolds. Lincoln: U of Nebraska P, 2007. 174-185. p. 179.

理构造，在观赏者的凝视下成为景观，转变成为一种文化现象。磐石上的城市，也叫悬崖城，是凯瑟小说中反复出现的意象。早期作品里的悬崖城是一种理想空间，在小说中或者作为文化古迹或者作为主要人物的审视对象，它们像是"琥珀里的飞蝇"一样，被历史所凝固。但在这部作品中，凯瑟复活了历史，构建了一座魁北克磐石上的小镇。不同的是先前的印第安人被法国人所替代，埃科玛的磐石变成魁北克的磐石，曾经耸立于沙漠之上的古城此时俯视的是浩瀚的大海和无边的丛林。磐石、岩石英文中为"rock"，凯瑟在象征谱系中将归属于各自文化和身份的超验意义赋予它。在不同的作品里，磐石与周围的地貌一起形成独特地域景观，对应着小说人物各自的情感结构，形成对景观语境化、个性化的解读，但都脱离不了其中对永恒意义的诉求。对于上尉来说，岩石是新大陆拓荒精神的象征，将永世长存；对于汤姆·奥栏来说，建立在磐石之上的悬崖城意味着凝聚人性光辉的美洲文明的源头，和欧洲文明一样神圣和久远；而对印第安人来说，那是祖先赐予的福祉，是世世代代的家园和圣地；对于兰塔主教来说，磐石代表着信仰之门；而在《磐石上的阴影》中，对于生活在魁北克磐石上的居民们来说，"整块磐石像一座巨大的白色教堂，耸立于冰冻的河面之上"①，象征支撑移民顽强生存下来的对传统文化的信仰。可以看出，凯瑟磐石意象的象征意义虽然在不同的景观中因人物背景不同而不同，但他们都代表着根植于人类心中对超越平凡向往神圣的渴望，是人性中最为光辉的品质，"具有这种人性的地方都被称为圣地"（教，152）。《教授之屋》里杜尚神父正是以这种方式在谈论地方，谈论悬崖城的：

> 我跟你们一样，也对这个地方心生敬意。不论在哪儿，只要最难萌生的人性发芽了，脱离开简单的野蛮行为，那里就是圣地。……他们不是受了什么激励，而是天生就有对秩序和安全的渴望。他们让自己驻扎在这座平顶山上，并给它赋予了人性。（教，152）

阴影，相对于磐石静固永恒的特征来说，一方面它是流动暂时的，另

---

① Cather, Willa. *Shadows on the Rock*. London: Cassell And Company, Limited. 1932, p.134。后文出自同一著作的自译引文，将随文在括号内标出该著名缩写 *SR* 和引文出处页码，不再另行作注。

一方面只要有光，有火，就永远有影子的存在，它既是暂时的也是永恒的。阴影所生成的隐喻是：人类生存的历史便是那永恒而流动的影子，而每一代人都会在磐石上投射出自己时代的影像。相对于磐石的永恒，悬崖城的居民，无论是印第安人还是法国人，无论是拓荒时代的辉煌还是辉煌之后的文化持存，都会在磐石上留下自己的影像。因此有评论家指出，磐石上的阴影模仿了柏拉图的洞穴理论，洞穴中的人被各种苦难和力量所束缚，舞蹈的身影只是生活的幻像。从凯瑟的谈话中我们可以看到对于这一理论凯瑟有借鉴，但将一个认识论意义上的隐喻转换为一个文化实践隐喻，并不悲观，更多的是赋予它积极的含义。二者虽然都是石壁上的影像投射，但对凯瑟来说，磐石不是洞穴，而是"一个堡垒，在阳光下不停地有许多新生的形象将自己那一时刻的影像投在上面"。① 磐石不是影像投射的背景，而是信仰，是依托，是坚韧顽强的生命之舞的见证。对于那一堆火，她解释道："那些人们将法国文化带到那儿，尽力让它在那块磐石上存活下来，庇护它、照料它，甚至会为它而献身，好像它真的是一团圣火。"② 火代表文化，人在文化中建构存在的意义，所以才生产出"许多新生的形象"来。在文化传承下一代又一代的人类，持续着磐石上永恒的投影。

《磐石上的阴影》讲述的是发生在 17 世纪魁北克小镇上的一个富于"地方色彩"③ 的故事，凯瑟用这个故事传达她后期"文化与秩序"的主题。小说以塞希尔父女为主人公，描写魁北克小镇上的一群法国移民在恶劣的环境下顽强而又体面地生存的故事。塞希尔童年跟随父母来到自然环境恶劣的魁北克，母亲去世后，她承担了照顾父亲持理家务的重任，将家庭生活安排的和母亲在世时一样井井有条。小说共七卷，一至六卷以四季为周期描写 1697 年深秋至 1698 年深秋一年的生活，第七卷尾声时间跳跃

---

① Randall III, John H.. *The Landscape and the Looking Glass: Willa Cather's Search for Value*. Boston: Houghton Mifflin, 1960. p. 311.

② Cather, Willa. *Willa Cather on Writing*. New York: Alfred A. Knopf, Inc., 1949. p 16. Wilbur Cross. "Shadows on the Rock" *Saturday Review of Literature*, VIII, pp. 6-7 (August 22, 1931).

③ Randall III, John H.. *The Landscape and the Looking Glass: Willa Cather's Search for Value*. Boston: Houghton Mifflin, 1960. p. 313.

至1713年，① 塞希尔和皮埃尔结婚并养育了下一代，小说在主教与奥克莱尔的回顾和展望中结束。晚期诗化小说使人物形象愈发具有象征性。塞希尔和她的父亲代表着维护文化、和平稳定的力量，皮埃尔代表着开拓进取的精神，人类文明就是在维护和进取之中不断得以发展，二人的婚姻是两种力量完美结合的象征。小说结尾塞希尔结婚并有了四个孩子，这四个出生在新世界的孩子代表着未来的希望。与《大主教之死》不同，小说主人公不再是传奇式英雄人物，大主教赋予新世界以新型的文明形式，维勇神父将它传播四方。而这部小说想说明的是在英雄已死诸神黄昏的时代，人类文明如何不至于衰败。"起源等于衰败，这是凯瑟在第二阶段创作中始终萦绕在心且无法突破的悲剧认知"②，一种类似艾略特的"荒原"或者叶芝的"第二次降临"般的悲观情绪蔓延了整个第二阶段的创作，凯瑟在这部晚期作品里试图给第二个阶段的危机寻找一条出路。既然像拓荒者或者大主教似的英雄时代已经一去不复返了，在一个平庸琐碎的时代，保存文化比创造文化显得更为重要。悬崖城在凯瑟的系列小说中一直作为小说人物的解读对象出现的，象征着一种优秀的共同体文化。在《磐石上的阴影》里，凯瑟将这一被观照的客体变为主体，展现一个区域共同体社会是如何借助文化和传统的力量在恶劣的环境下得以尊严体面地生存。主人公欧基里德·奥克莱尔是个哲学家和药剂师，但却不是一个"行动的人，一个印第安斗士或者探险家"（SR，7），他继承了父亲的药师职业，生活在伯爵的庇护之下，处于追随者的状态，认为"那些死在父辈土地上的人受到了三倍四倍的祝福"（SR，261）。这个类似欧洲文学里缺乏行动力创造力的"多余人"形象，却担负着守望者和保存者的使

---

① 1688—1697年，法国因英国加入奥格斯堡同盟而发生九年战争，战争主要在美洲的殖民地进行，此战为新法兰西与新英格兰联合他们各自在美洲之原住民之间的六次殖民地战争（见北美殖民地战争）的头一战，1697年双方签订雷斯威克条约（Treaty of Ryswick）。根据此约条款，新法兰西、新英格兰和纽约的边界和前哨大体上维持不变。之后的5年时间里，新法兰西（核心魁北克古城）得以和平发展，法国文化得以保存和巩固。1713年法国神父圣·皮埃尔在《争取欧洲永远和平方案》中第一次提出了建立欧洲联盟的设想，在当时是一个乌托邦的理想。小说选择这两个时间点，表明她对一战之后依然动荡不安的欧洲局势的深深焦虑，也是对巴黎和会上威尔逊总统提出的"建立世界和平的纲领"14条原则的积极回应，是凯瑟对未来世界的乌托邦愿景。

② 周铭：《走向人文空间诗学——薇拉·凯瑟主要小说研究》，中国人民大学出版社2009年版，第88页。

命，通过一种时间上的凝固状态，象征性地暗示他在小说中作为文化维持者的形象。就像小说结尾主教感叹："这儿什么都没变，你把它保存的真好。"（SR, 275）

阴影作为人类自身存在的隐喻在小说中是个复数名词，表明人类痛苦的多样性，以及生存状态的多样性，但在这些多样性中，对于秩序和安全之类人性最基本的诉求却是统一的。这种统一性必须被"地方"加以特殊化，必须沉淀在地方的丰富性之中才具有文学上的意义。同样可以从这个角度来理解，凯瑟的《磐石上的阴影》为何选择了中世纪一个小镇为背景，它并不是被动悲观地躲在中世纪的神殿里寻求庇护，它是一种艺术处理，是新人文主义文学观念的结果："对于过去历史的理性理解，从某种意义上来说，就是将今天引向某种未来的一种手段。"① 开篇主人公欧基里德·奥克莱尔站在磐石顶端久久凝视着最后一艘返往法国的船消失在海面，这一场景是对整个小说的修辞，代表着对历史的反思，奥克莱尔目送着象征承载历史航船的离去，传送了"一个长久的、反思性的、乡愁般的凝视"。② 再一次我们认识到，凯瑟这一时期的地域主义艺术关注的不是具体社会现状，也不是社会生活中非本质的现象，而是通过想象力，将普遍性和特殊性结合起来。尤论是以美国西南部的磐石或者以加拿大魁北克的磐石景象出现，均为说明真理是在这些表象之下的"具有根本性的现实"③。这是新人文主义者所谓"超然物外"的文学姿态。

## （二）共同体的空间表征

《磐石上的阴影》选取北美的魁北克古城为故事发生的背景。我们先看看这一地区的地理面貌。魁北克古城是由法国探险家查普伦（Champlain）在17世纪早期建造的，主要指圣劳伦斯河与圣查尔斯河交汇的地方。岸边悬崖高耸地势险要，有"北美直布罗陀"之称。境内森林密布，早期印第安人在此主要从事捕鱼和狩猎活动，魁北克是印第安语

---

① ［美］萨克文·伯科维奇主编：《剑桥美国文学史》（第五卷），马睿、陈贻彦、刘莉译，中央编译出版社2009年版，第352页。

② Randall III, John H.. *The Landscape and the Looking Glass: Willa Cather's Search for Value*. Boston: Houghton Mifflin, 1960, p. 341.

③ Rosowski, Susan J.. *The Voyage Perilous: Willa Cather's Romanticism*. Lincoln: U of Nebraska P, 1986, p. 5.

"峡湾"的意思。法国殖民地进入魁北克后，与印第安人的皮毛生意是其重要的贸易活动。从17世纪到现在，尽管魁北克之后被划归英国管制，后又归属加拿大，500多年过去了，其法式古典建筑和传统文化至今被完好地保存了下来，这使得魁北克在加拿大以其文化的纯粹性和排他性成为"特区"。魁北克古城分为上城区和下城区，上城区建在悬崖上，是宗教和行政中心，城内有教堂、女修道院和一些著名建筑。小说中提到的王妃城堡，以总督名字命名的弗隆特纳克堡，以主教命名的圣瓦涅尔小镇，主教建的医院和住的小屋，等等，都在上城区，至今依然保存完好。下城区主要是集市和贸易中心，中下层的劳动阶级都生活在这一城区。凯瑟在创作《磐石上的阴影》时先后五次来到魁北克，古城将凯瑟系列小说中的悬崖城以"活化石"的方式呈现了出来，这让她激动万分："她完全被这座古城所激发，对它的记忆、识别、推测像洪水般迎面而来，意识到它鲜明的法国特色，这特色历经数百年的孤立依然保存完好，在这片辽阔的异国大陆上简直是个奇迹。"① 美国西南部发现的悬崖城上的印第安人文明已经成为古迹，而同样建筑在悬崖上的魁北克古城，却是活生生的文明形态。凯瑟惊讶地发现她小说里的"琥珀中的飞蝇"复活了。凯瑟在魁北克古城找到了主题的材料。她从17世纪最早的殖民地雏形开始，重新讲述一个关于起源的故事，而这次的起源不再意味着衰败。小说一开始就描写主人公欧基里德·奥克莱尔站在磐石顶端，神色凝重地望着最后一艘开往旧世界的"希望号"轮船离开，惆怅满怀。结尾时的奥克莱尔，目光不再追随逝去的船帆，而是转过身来，步履坚定地向家园走去。

《磐石上的阴影》是魁北克共同体叙事，17世纪的魁北克地区人际稀少，气候环境极其恶劣，与自然环境对抗成为人们日常生活的重要组成部分，因此，地域共同体叙事对环境刻画的要求就显得至关重要。魁北克的自然环境、公共场所、私人日常生活构成了地域共同体社会，在这个有机整体中，自然环境和人文地理既相互渗透又各自独立，形成富于地方特色的文化景观。与《大主教之死》开放性和移动性的景观叙事不同，《磐石上的阴影》建构了一个相对封闭的空间，主要场景均在魁北克城内，景观描写将魁北克像一座城市空间模型般被雕刻出来。小说开篇用了大段的

---

① Woodress, James. *Willa Cather: A Literary Life*. Lincoln: U of Nebraska P, 1989, pp. 414-415.

景物描写，这部分景观描写意义重大，使用的是将象征性细节与景观的真实描写相融合的手法。在这部分景观叙事中，城市的建筑空间成为共同体社会结构的形式表征；象征性细节不断暗示生存的艰辛以及移民们的共同体信仰与追求，表现出共同体社会关系的性质；同时，这一大段景观描写被置于主人公欧基里德·奥克莱尔的凝视之下，他在小说中的身份是"哲学家"和"药剂师"，他的名字欧基里德取自古希腊物理学和几何学家，奥克莱尔（Auclair）在法语中是"眼睛明亮，揭示事实"①的意思。景观作为"文本"在奥克莱尔的解读下，既具有科学的准确真实又具有哲学形而上的深刻，是对整部作品提纲挈领的概括，而作为"文本"的自然景观同时也召唤出奥克莱尔的情感结构，从而起到刻画人物性格的作用。

我们来看这段景观描写。奥克莱尔站在悬崖城最高处的戴蒙德岩冠上，目送舰船的离去，滋生出与世隔绝的伤感：

> 你会发现在这块磐石上巧妙地修建着教堂、修道院、防御工事和花园，这些建筑与海岬自然的起伏变化完美契合；有的高有的低，有些高耸在山坡上，有些低伏在凹地里，还有些顺着下坡不规则地延伸。那座灰色岩石建成的带着倾斜屋顶窗的是圣路易堡，屹立在悬崖的边缘俯瞰脚下的河流；而紧挨着它的小教堂和修道院则沿着悬崖的下坡延伸，好像它们要滑到后面去似的。在陆地方向，圣厄休拉修道院卧在一处非常隐蔽的低地里，而更低处，则是大量耶稣会会士的建筑，面对着大教堂。大教堂的正后方悬崖陡然上升，形成一个突出的尖坡，在通向天堂连接人间的蔚蓝色天幕下，矗立着玫瑰色的拉瓦尔主教神学院。学院下方一个接一个像旋转楼梯似的露台从磐石的山坡上缓缓降下，它们之间有新主教的新殿，他的花园就在下面的露台上。（*SR*, 5）

这段景观描述介绍了上城空间分布，最高处是圣路易堡和大教堂，圣路易堡是总督的居所，大教堂是宗教场地，圣路易堡巍然耸立，俯瞰下

---

① Nelson, Robert J.. *Willa Cather and France: In Search of the Lost Language*. Urbana: University of Illinois Press, 1988, p. 63.

方,保护着城市的安全,大教堂直耸云天,守护着人们的灵魂。地势低一点的是教士和修道院建筑,再往下是显要和贵族的住所,新主教的住处位于相对下方的显贵之中,与其身份不符,暗示该人物对权利和物质的欲望。建筑的空间分布表明上城是整个共同体的宗教政治中心。每一处建筑根据自身的社会地位占据合适的位置,并巧妙地同磐石的自然地貌相互融合。这是法国革命之前上层社会结构的缩影,磐石的城市空间建构代表着对秩序和美的要求。紧接着是对下城的描写:

> 在200公尺下是下城,密密麻麻地分布在河岸和悬崖峭壁间狭长的沙滩上。下城在上城的正下方,一个人站在圣路易堡的露台上扔块石头,都能落在下城的窄街上。下城里这些深灰色的房屋、寺庙和教堂,有着倾斜的顶窗和石板瓦的尖顶,都是典型的诺曼哥特式建筑。它们的建造者来自法国北部,这些人只会这样造房。这片房屋群看起来像是把诺曼底或者是布列塔诺的乡下直接搬过来了。他们来到这里,在不断变幻的北方光照和气候里定居。对于每一个来自圣马洛、鲁昂或迪耶普的人来说,"新法兰西"都是一个粗暴的开始。在这片城区脚下,奔涌壮阔的圣劳伦斯河一路向北,朝着紫色轮廓的圣劳伦斯山脉,朝着凌驾于蔚蓝色天宇下严峻的暴风雪岬,奔涌而去。(SR,6)

与上城相比,下城房屋显得集中而紧凑,是人口密集的平民生活区,是整座城市日常活动的中心。城市的建筑不仅是居民生活的地方,也标明了居民的文化身份,这些来自法国北部小镇上的天主教徒们像"奔涌壮阔的圣劳伦斯河"朝北流去,他们面临的是高山悬崖,是暴风雪,但山一样高远的紫色还有天空般自由的蓝色召唤着他们,象征性的色彩细节指出了自由和神圣这两个关键词,二者是支撑移民们远渡重洋,历经千辛万苦到新大陆的全部力量。

古城的空间分布通过景观叙事的象征化处理,成为共同体社会结构的空间表征,景观叙事建构了一个垂直的金字塔结构,地理位置的一层层上升与社会阶层形成一一对应的递进关系。古城分为上城和下城两大区,下城建于圣劳伦斯河谷之上,是平民区和商业贸易区,居住着渔民、猎户、手工艺者和各类生意人;上城是宗教文化中心,由主教、总督、修女、神父构成古城的上层社会；两大定居点之外是一些边缘人，如妓女安托瓦妮特，则住在下城偏远的、远离大陆的贫民窟中，连塞希尔都知道"在圆石路终止之处，体面也随之而止"（SR，61）。少量自耕农定居在圣劳伦斯河的圣奥尔良岛上，而黑色神秘的大森林则是冒险家的乐园。在这个大的共同体空间中，每一种职业都在其中找到自己的位置，人们在地理空间中的位置成为其在共同体社会身份的空间表征，这种各就各位的社会结构和社会秩序来源于17世纪的法国，魁北克小小的共同体社会是对17世纪法国社会结构的重构。

开篇的景观描写除了作为共同体各阶层关系的空间表征，也暗示了这个区域共同体的性质。共同体社会成员共享着同一种语言、文化和信仰，在异国他乡对同一文化的共享是使共同体稳定的核心因素。文化将整个社会生活分为两大空间：世俗空间和神圣空间。景观叙事在开篇通过奥克莱尔的景观解读，暗示了这种文化中最为本质的关系。

> 奥克莱尔能想到与这座磐石上的城市最相似的，就是那些家乡教堂里用来展示耶稣诞生的人造假山了。假山是用硬纸板做的，被悬崖、岩架和洼地分开，散布其间各类人物正在通向其主人的路上；天使立于山尖，牧羊人和骑马者安居在岩洞里，骆驼则聚集在山脚下。（SR，5）

这一段文字放在小说开篇的第四自然段，前三自然段讲述奥克莱尔目送法国舰船离开魁北克回国的景象。这段文字首先表现为文化的空间移植，法国文化通过空间再现的形式得以在他乡生根。其次，天使、牧羊人和骑马者、骆驼上中下的分布图是一个隐喻，其象征意义在紧接其后的三个自然段里显现出来，也就是上文提到的上城与下城。而中间者的牧羊人和骑马者，作为小说中最为关键的因素却暂时被悬置起来。再次，假山成为圣地是因为耶稣诞生于此，是以神圣家族为背景的。在《大主教之死》中作为人类苦难和精神救赎中保留的"圣母"形象在《磐石上的阴影》中变成了体现相互关系结构稳固的"神圣家族"。"神圣家族"成为一群普通人共同体生活的象征，成为共同体社会生活的构想原则。神圣家族象征着相互之间不可缺少的互为主体的关系，体现出秩序、安全和关爱精神，这是连接整个家庭生活的纽带，也是小说共同体社会生活构想的本质特征。

　　这样，上城与下城之间的对应关系使社会生活划分为两大空间：世俗空间和神圣空间，那么连接二者的牧羊人和骑马者，在空间表征中是如何体现的呢？奥克莱尔的家"住在一条名叫'山丘'的陡峭曲折的街道上，这是一条唯一连接上城和下城的通道。下城聚集在悬崖脚下的海滩沿线，上城则冠置于悬崖的最高处"（$SR$，8）。也就是说，小说将这一任务交给了奥克莱尔父女。通过牧师（牧羊人）和伯爵、皮埃尔（骑马者）对这个家庭的庇护，使这个家庭成为秩序、安全和关爱的体现。因此，奥克莱尔住在此处是因为"这个位于魁北克中央的弯曲连接地带可以使他平等地服务于上下两方的市民"（$SR$，9），奥克莱尔的名字和药剂师的职业象征性地表现出他对人们精神和肉体上的观照和治愈，药剂师连接上下城的居住位置，是社会整合者的象征。而女儿塞希尔的持家艺术、生活态度使家成为庇护所，父女俩居住的房子是中心，"所有的一切都像是一层又一层的庇护，在其核心是这间烛光摇曳、灯影下的房屋"（$SR$，156）。这样位于中间的这栋房屋成为维护秩序和文化传统的力量的象征。

　　小说的景观描写与《大主教之死》很大的一点不同是，《磐石上的阴影》几乎通篇总是雾气环绕而不是《大主教之死》里可以普照一切的阳光。这层雾总是弥漫在"天与地之间、在魁北克与太阳之间、在现实和理想之间"，这层雾暗合了标题中"阴影"的象征意义。小说关注的焦点从精英阶层转到普罗大众，主要的自然意象也相应地发生了改变。《大主教之死》里的光充当着使主人公实现顿悟的启示功能，大主教是一个创造者的形象。因此，在广阔的天空和大地之间绝对不允许任何事物阻挡来自"天堂"的阳光。但是，在《磐石上的阴影》里，主题不是创造的喜悦而是生存的艰难，普罗大众日常生活的艰辛成为小说的主题。魁北克的居民们总是感到天空被云层所隔断，就像大洋将他们与法国、与故乡、与文明隔断一样。这里，雾代替光成为小说主题意象，笼罩一切的雾成为居民情绪的"客观对应物"，成为萦绕满怀挥之不去的乡愁和孤独的情感象征。这种隔离感使市民们总是喜欢去拜访塞希尔的家寻找安慰：

　　　　殖民地的居民只要有一点小小的借口就会去拜访他家；对出生在
　　　　法国的人来说，房子里面的布置就像回到了家一样。在一个阴沉的早
　　　　晨，当厚重的灰色云雾从圣劳伦斯河面滚滚而来时，能走进一个像家

乡药店似的地方，穿过高高的满是抽屉的壁柜和箱子，瞥见没有完全与药店隔离开的舒适客厅，实在是件让人快慰的事。(*SR*, 22)

药剂师的住所之所以给魁北克居民"回到了家一样"的感觉，原因就在于房屋的空间安排完全按照法国传统的家居布置。奥克莱尔太太生前将她在法国的家几乎原封不动地搬到了魁北克。里昂生产的耐磨地毯、胡桃木的餐桌、罩着红铜色丝绒棉的高背大手扶椅、窗帘、床单甚至小的工艺品都一一来自法国。只要房间里的一切布置不变，饮食起居不变，她就可以把法国的生活搬到加拿大，就会在异乡找到家的感觉。因此，"奥克莱尔家房子的个性和特色，尽管看上去就是些木材、布料、玻璃和一点银器组建而成，却在两个女人身上体现出优秀的道德素质：母亲坚定地固守某一传统，女儿忠诚地践行着母亲的愿望"(*SR*, 25)。对于魁北克的居民来说，无论生活多么艰辛，这间故乡的小屋是他们精神上的支柱和慰藉，成为人们朝圣的"圣地"，这种因来自于"对乡土的依恋（attachment）而产生的对自我居住地的深层价值感"① 使他们在他乡获得了归属感。作为法兰西文化象征的奥克莱尔家的小屋成为联系共同体的纽带，成为共同体象征意义上的"家"。

一旦奥克莱尔的居所成为人们精神意义上的家宅，那么作为家宅所拥有的"强大的融合力量"就能"把人的思想、回忆和梦融合在一起，……在自然的风暴和人生的风暴中保卫着人。它既是身体又是灵魂。它是人类最早的世界"②。小说依然沿用《大主教之死》的"无中心插话式"叙事，通过讲述者讲述共插入了近30个故事③，集合在一起构成了共同体社会生活的全貌，而这些故事的讲述都发生在奥克莱尔的法式小屋里。不同的季节，讲述者的故事内容也不相同。比如在《漫长的冬日》一卷里，讲述者分别为神父、猎人、帮工、修女，每个人的故事都讲述着

---

① Yi-Fu, Tuan. *Space and Place: The Perspective of Experience*. Minneapolis: U of Minnesota, 1977, p. 37.

② [法]加斯东·巴什拉：《空间的诗学》，张逸婧译，上海译文出版社2009年版，第2—5页。

③ Driedger, Derek. "Writing Isolation and the Resistance to Assimilation as 'Imaginative Art': Willa Cather's Anti-Narrative in *Shadows on the Rock*." *Journal of Narrative Theory*, Eastern Michigan University, 2007 (3): 351-374, p. 356.

个体所遭受的厄运、痛苦、恐惧、绝望、挣扎和坚韧,与冬季气候形成呼应。奥克莱尔父女的房屋成为一个庇护所,这座魁北克中央"烛光摇曳"的法式小屋在严寒而漫长的冬日里成为魁北克居民的心灵家园。通过插入式叙事,使每个人物在分享故事的过程中成为共同体中的一员,彼此的分享使群体中的人相互联系在一起。在奥克莱尔父女温暖的小屋里传递着对旧世界的记忆和新区域经验的分享。"凯瑟向我们展示了故事讲述是一种彼此沟通互惠动态过程的行为,这一行为能够引导个体从孤独中走向参与,逐步亲密,最终形成共同体,不断地超越自身。"①

### (三) 日常生活神圣化

在《磐石上的阴影》中,凯瑟早期小说中开疆立国的恢弘主题在晚期被日常生活的操持代替,主题的变化表明凯瑟对社会的再思考和洞察:

> 一个法国女孩努力通过持家过着一种体面的生活,就像蚂蚁重新搭建被你踢翻了的蚁穴一样,这可比遭受印第安人的袭击或者在森林里野外生活更让我感兴趣。……的确,一个新社会更多的是以沙拉调料而不是以摧毁印第安村落为起点的。②

在凯瑟看来,持家而不是冒险更能带来体面的生活,一份沙拉调料比开疆拓土更能体现生活的价值和意义。一罐鲜美的汤"靠一个人是做不来的,它是一个精益求精不断进步的传统的成果,这罐汤里蕴藏着接近一千年的历史"(大,28)。个人或群体通过日常生活融入传统和历史,人的在世相对于人所从事的其他一切活动而言,具有本体论的优先性。日常生活是人被抛掷于世间所经验的既在世界,日常生活所包括的衣食住行是生存所有可能的必要条件,从这个角度上来说,日常生活无疑体现了其本源上的意义。"日常生活本体论规定了一种全面的直接中介"③,日常生活

---

① Funda, Evelyn J.. "New World Epiphany Stories: Transformation and Community-Building in *Shadows on the Rock*." *Willa Cather and the Culture of Belief: A Collection of Essays*. ed. John J. Murphy. Provo: Brigham Young UP, 2002. 169-201, pp. 169-170.

② Cather, Willa. *Willa Cather on Writing*. New York: Alfred A. Knopf, Inc., 1949, p. 16.

③ [匈] 卢卡奇:《关于社会存在的本体论》(下卷),白锡堃、张西平、李秋零等译,重庆出版社1993年版,第681页。

的中介性质通过凯瑟的日常生活叙事实现两方面的功能：其一，通过衣食住行这些惯常本然的生活形态，日常生活在传统、常识、习俗的调节下，具有延续和传承历史文化成果的功能。其二，在日常生活空间中，通过家庭成员、亲友和邻里间产生的主体间交往行为，使人的在世犹如在家的感觉，这种家园感是共同体社会存在的本质倚靠，日常生活为共同体社会提供了本体论的前提。为了更好地表现日常生活的本体性意义，在景观叙事手法上，凯瑟发展了一种用具和饮食的地理学；其次，营造了一个具有超越性的日常生活共同体空间。

《磐石上的阴影》故事背景时间是17世纪路易十四执政时期，这一阶段法国文化在世界上占绝对优势地位。路易十四为了表现王权的威严，将日常生活仪式化，起床礼、就寝礼、祈祷礼、就餐礼，饮食起居公开被世人观瞻。国王的私人生活被赋予神圣权力色彩，这种公开化极大地提高了饮食服装和文化活动的地位与档次，路易十四精心营造了享誉世界的文化品牌，无形中成为国家身份认同的重要因素。自然而然地，宫廷内的服装、饮食、言语和礼仪等方面的品位逐渐渗透到普通百姓的日常生活之中，成为普通法国人骄傲自豪的资本。塞希尔母亲告诫说：

> 你父亲全部的快乐都依仗着秩序和整齐，这里面含有一份骄傲。没有秩序的生活是让人厌恶的，和那些可怜的野蛮人没什么两样。在家乡，在法国，我们已经知道了用最好的方式去处理家务，而且尽心尽力，这就是为什么我们是欧洲最文明的人，其他国家会嫉妒我们。（SR, 24-25）

因此，塞希尔对房屋的打理不仅体现在物质生活层面上，也表明了对建立在生活方式之上的文化认同和推崇。她遵循母亲的临终教导，"这个屋子以及这个屋子里所有的一切都不改变"（SR, 25），将母亲去世后的房屋布局得和母亲在世时一样，和在法国时一样。家里的陈设，包括日常生活用具、装饰玩偶等的摆放方式，都能使人产生对空间最亲密最私人化的情感。正是这些平凡的物品"构成我们生活的一部分，而我们只有在使用时才会察觉到它们的存在。家是一个亲切的场所，但是能唤起我们记忆的并非整栋房屋，而是可以看到、触到、闻到的部分空间及装饰物品"①。妓女的私生子雅克床头有一个水手送的木雕海狸，每当母亲夜不归宿时，小海狸就是雅克唯一的陪伴。寒冷黑暗的冬日夜晚，屋脚边的小床庇护着雅克和他怀里的海狸，小海狸成为雅克对海洋生活的全部向往和想象，成为世界缩影的象征："缩影尽管是一扇窄小的门，却打开了一个世界。一件事物的细节可以预示着一个新世界，这个世界像所有的世界一样，包含各种巨大之物的属性"②。正是从陪伴他的海狸和庇护他的小屋所激发的想象，使雅克最终成为一名水手，将童年想象的世界变为海上的现实生活。因此，当雅克神情严肃、满脸通红地把小海狸拿到塞希尔的屋里，和神圣家族的瓷像摆在一起的时候，这一行为本身对于雅克来说具有仪式的象征作用。作为一个下城妓女的私生子，他将海狸摆放到位于城市连接处的塞希尔家，与神圣家族放在一起，象征雅克内在的对共同体的皈依以及共同体本身的包容精神。

与家庭中的摆设和玩偶所象征的传统和情感相比，维持日常生活更为重要的是劳动工具。在日常生活中，人与工具形成密不可分的关系，工具成为人身体某一部分功能的延伸，通过它们，人与周遭世界发生更广泛更深入的联系。海德格尔认为人与环境的关系与日常生活操作息息相关，是一种"关切"。在关切中，人发现一个由日常生活操作涉及的用具关系整体，经由这个关系整体揭示出周遭世界。③ 塞希尔持家是和工具使用分不开的。所以她对所有工具都充满好奇，喜欢看鞋匠和木匠的劳动。在鞋匠家，她和雅克、帕米尔夫人一起充满膜拜地观赏鞋匠的劳动，欣赏鞋匠给城里几乎所有重要人物定制的鞋子。每欣赏一双绣有姓氏的鞋子时，对鞋之主人的性情和身份的想象也伴之而来，"就像进入这些器物的制造者和使用者的身体；用他们的眼睛去看，用他们的手

---

① Yi-fu, Tuan. *Space and Place: The Perspectives of Experience*. Minneapolis: University of Minnesota Press, 1977, p.144.

② [法]加斯东·巴什拉：《空间的诗学》，张逸婧译，上海译文出版社2009年版，第168页。

③ [德]海德格尔：《存在与时间》，陈嘉映、王庆节译，生活·读书·新知三联书店1987年版，第95—102页。

去触摸。通过感官达到移情，从而认同往昔或者别处的人"①。在由手工劳动所形成的生产关系中，劳动产品通过在共同体内部流通，建立起来的不仅是物与物之间的交流，也是人与人之间的相互关切之情，这种关切之情在共同体成员之间得以分享。劳动工具是建构共同体生活情感结构和生活方式的必要条件。塞希尔经历了与乡下孩子共同生活之后，更加意识到生活质量与日常用具如何息息相关。"可怜的哈罗斯一家，仅仅有善意的行为是不够的，人身边还得有好的东西"（SR, 195），好的生活意味着对这些用具最为合理的使用，这便是持家的意义。塞希尔环顾她的厨房，突然意识到：

> 这些大大小小的铜器，这些笤帚、抹布、刷子，都是工具；通过工具，人不仅能生产鞋子、柜子，还能生产出生活本身。人能在一种气候里生产出另一种气候；人能生产一种岁月——在这岁月里，每一天都有它的面貌、它独特的风味、它不一样的欢乐；（通过工具），人创造了生活。（SR, 195）

工具是人地关系的体现，工具的使用是人将世界对象化进行改造的手段，它体现了人以何种具体方式与环境发生关系，使人的活动与特定的空间联系起来，每一次劳动都是具体的，每一件产品都是唯一的，每一种文明都是独特的。魁北克的各个集市、各行各业的作坊、每个居民家居厨房，到处充斥着来自法国的各式工具，它们重构了殖民地的法国面貌、法国风味、法国式的欢乐，在一个世界里生产了另一个世界，他们所渴望成为的世界。

饮食更是日常生活的头等大事。饮食不仅承担着养育身体的物质意义，更承担了一种社会文化意义。使用餐具、食用食物、进餐礼仪代表着一种文化习惯和文明行为，是长期传统文化的积淀与传承；饮食是社会身份的标志，人们很容易从你的饮食习惯和用餐礼仪辨识出你的社会身份。饮食极富地域性，食材的选用、烹饪的方式与当地的自然地理和文化地理

---

① Prown, Jules David. "The Truth of Material Culture: History or Fiction?" *History from Things: Essays on Material Culture.* ed. Steven Lubar and W. David Kingery. Washington, DC: Smithsonian Institution Press, 1993. 1-19, p. 17.

密切联系。人的饮食习惯涉及人关于"我是谁""我来自哪里""我去过何处"等身份界定问题，而人对饮食的选择，"反映了他们对某个地方或者该地方所承载文化的情感倾向"①。因此饮食是和认同感密不可分的，饮食常常唤起人们对地方、种族和共同体的认同意识。"人们的饮食习惯和口味偏好能够产生和维持他们的种族或民族认同，因为人们往往将美食和某种菜系与某个种族、民族或者国家联系在一起。"② 小说花了大量的篇幅描写塞希尔家的日常饮食。"在药剂师家居生活中，晚餐是一天中重要的事件。……奥克莱尔认为晚餐意义重大，能使他感到自己依然是一个文明人，一个法国人。"（*SR*, 17）塞希尔家的晚餐时间是固定的，沿袭着巴黎的习惯。在那个时刻他会将药铺的窗帘全部拉下避免任何人的打扰，换上居家的服饰，点上蜡烛，布置好餐具，在喝汤时保持沉默，之后便是自由轻松的交谈。食物的存储也带上了鲜明的地域色彩。魁北克的冬日漫长而寒冷，每年10月份的最后一个星期五，像是节日一样，魁北克下城的广场上就会举办重大的集市。这天一大早商人们便整车地堆积好自己的货物，整个广场聚满了从城市各个角落涌出的市民，他们纷纷在这一天购买过冬的食品储存，彼此分享着食品如何保味保鲜，如何在寒冷的冬日获得蔬菜等经验。在食品买卖交流的过程中，一种结合魁北克地方气候与法国饮食传统相结合的饮食文化在共同体之间形成。魁北克的森林为居民提供野味，奥克莱尔用六个大石缸装上融化的猪油保存野鸽以确保其鲜味，在地窖里种植蔬菜以确保有新鲜的沙拉。移民们所创造的饮食体系，"被称为怀乡美食（nostalgic gastronomy），它通过迁入地的食物再现了移民迁出地的饮食文化，体现了移民对故乡的地方认同和情感依恋，以及对记忆和现实生活之间分裂的克服"。③ 小说将塞希尔和父亲的晚餐和冬天的食物储藏行为描写成类似于仪式的性质，使日常生活中的饮食行为成为他们保持身份（文明人和法国人）的修辞手段。晚餐的仪式性质在结尾表现得意味深长，当奥克莱尔的保护人伯爵去世后，父女俩感到生活失去

---

① Tellstrom R, Gustafasson I B, Mossberg L.."Consuming Heritage: the Use of Local Food Culture in Branding." *Place Branding and Public Diplomacy*. 2006, 2（2）: 130-143. p.134.
② 蔡晓梅、刘晨:《人文地理学视角下的国外饮食文化研究进展》,《人文地理》2013年第5期。
③ 蔡晓梅、刘晨:《人文地理学视角下的国外饮食文化研究进展》,《人文地理》2013年第5期。

了希望。皮埃尔在风雪交加的夜晚来到他们冷清的小屋，带来了刚打的野鹿，让塞希尔重新点燃炉火。奥克莱尔去地窖里拿出最好的法国南部酒，浓汤、色拉、鹿肉、甜点、美酒，晚宴不仅是美味的分享，也是情感和精神的给予和慰藉，晚宴过后塞希尔感到"屋顶"又回来了。通过这次"晚餐仪式"，皮埃尔代替了伯爵成为新的"神圣家族"的成员。伯爵的死象征着旧时代的结束，皮埃尔成为新时代无冕之王，"他的权威和力量来自于对他的国家和人们的了解，来自于学识，来自于一种激情"（*SR*，265）。小说结尾"最后的晚餐"象征着一个代表"秩序、安全、关爱"精神的地域共同体"新法兰西"在魁北克的磐石上形成。

  作为中介，日常生活体现出了对传统和文化的继承。由衣食住行组成的日常生活世界具有某种稳定性，在言语交流、生活方式、日用常行等方面每每表现为同一模式的循环或重复。日常生活的千篇一律意味着对人创造性和想象力的约束和限制，因此，必须超越封闭重复的日常生活模式，才能建构有活力的、充满主体间性的共同体空间。列斐伏尔说："瞬间是日常生活的一种拯救。"① 凯瑟在魁北克的日常生活空间中嵌入礼拜年历，使时间在空间中彰显，创造了一个个的超越性瞬间。小说里诸如万圣节、万灵节、圣尼古拉斯节、圣诞、元旦等诸多代表基督教历史文化的节日均被置入魁北克居民日常生活情境之中，实现对日常生活的超越，这种地域化手法成为提升日常生活空间的重要的叙事策略，呼应着巴赫金的时空体理论，"历史时间的明显可视的运动需要紧密联系着自然环境，以及与这一自然环境有着本质联系的人所创造的全部客体"。② 比如在万灵节这一天，整个城市都笼罩着凝重和神圣的气氛。从早上一点钟开始拉瓦尔神父便敲响了大教堂的钟，每小时一次一直持续到早上的弥撒，寂静空旷的街道弥漫着从圣劳伦斯河涌来的潮雾，使钟声听起来尤其的有力而惊心。整个城镇在钟声下夜不能寐，每一座教堂都挤满了追忆殉教者和逝去亲人亡灵的人们。曾经积郁于心的对失去亲人的追忆，"在死亡之日这一天像来自河面的黑雾一样悬挂在魁北克的悬崖之上"（*SR*，95），在这一时刻得

---

  ① Shields, Rob. *Lefebvre, Love and Struggle, Spacial Dialectics*. London and New York: Routledge 1999, p. 60.
  ② ［俄］巴赫金:《小说的时间形式和时空体形式——历史诗学概述》,《巴赫金全集》（第3卷），白春仁、晓河译，河北教育出版社1998年版，第244页。

以释放、得以彼此分担。共同体不仅一起分担着对前辈和亲人的怀念，还表现出对早期殉教者的共同敬仰。先驱者们克服艰难险阻，心中神圣的秩序使他们安然地将"魁北克当做迪耶普或图尔市"（*SR*，96），赋予日常生活以崇高的地位：

> 当一个探险家带着自己的宗教信仰抵达一片遥远荒蛮的土地时，他所建造的地方从一开始就有恩典、传统、思想和精神的富足。它的历史中闪耀的是那些令人愉快的小事，可能很琐碎，但却宝贵，如同生活本身；那些大事往往离我们如天文距离般遥远，而这些琐碎的小事却如同心中之血一般宝贵。（*SR*，97）

值得注意的是，在《磐石上的阴影》里，凯瑟建造的神圣空间不是克劳德的异国景观，也不是奥栏式的世外桃源，跟兰塔大主教建的大教堂也不一样，它就是实实在在日常生活空间，凯瑟似乎跟庄子一样在说着"道在屎溺"的哲学。在礼拜年历里，每到特殊的日子，整个城镇就会从一个灰色单调、千篇一律的世俗生活循环中跳出来，进入到丰富多彩、一个接一个的仪式之中，日常生活空间在神圣时间的嵌入之后得以重塑。日子突然变得"庄严而有趣，欣悦又哀伤，沉重又轻灵，它们守着自己的位置，之后便离开"①。神圣时间的意义不仅给塞希尔日常艰难的生活提供庇护和"生活在别处"的可能，更是赋予移民共同体以日常生活结构，这些时间像一个个节点，建构了魁北克移民的日常生活情境，实现对日常生活的超越。"所有磐石上的故事都在塞希尔头脑里复活了；早期的殉道者和伟大传教士的影像离她更加近了。所有发生在那儿的奇迹，所有曾被梦想的梦想，都在雾中呈现出来；每一个塔尖，每一个塔尖上的标徽，都带上了传奇的光辉。"（*SR*，94）单调乏味的日常生活如同魁北克上空时时笼罩的浓雾，而神圣时间的在场犹如穿过浓雾的耀眼夺目的阳光，这一时刻像魔棒一样激发了塞希尔对神圣空间的想象，魁北克小镇的历史人物和现实空间成为一个整体，改变了日常生活空间的面貌，周围熟悉的景观突然显现出奇幻而神圣的精神特质。值得注意的是，凯瑟此时提倡的日常

---

① Winters, Laura. *Willa Cather's Landscape and Exile*. Selinsgrove: Susquehanna University Press, 1993, p. 88.

## 第三章 神圣空间的诗意建构

生活超越，指向并不在于要求人放弃世俗世界皈依上帝的国，如小说中珍妮·勒伯，将自己封闭在神龛后面三层阴暗的石屋里献身上帝，连母亲去世都不肯离开小屋一步，这种封闭的空间最终使她变得"自弃和绝望"（SR，180）。与她这种封闭状态相对比的是塞希尔所住的小屋，前文分析过，它是开放的、温暖的，在夜里总是点着灯的，它是人间的庇护所。小说通过两种生活空间比较，明显在提倡世俗生活，宗教只有服务于人类，为人类在世的存有提供心灵的庇护才有意义。所以，塞希尔在修道院听完女圣徒的故事时要求"不要解释"，脸上"闪耀着世俗的光辉"（SR，39），圣徒故事被塞希尔以审美方式解读，塞希尔常说"我和父亲做的每一件事都像是游戏"（SR，57）。生活被艺术化了，"宗教和艺术其实是一回事"（教，43），凯瑟的理想是要在世俗生活中生产出神圣空间，是人文主义的空间观。圣尼古拉斯节那一天情境的描写是凯瑟人文主义空间观的集中体现。在基督教文化中，尼古拉斯节是圣诞老人给孩子们带来礼物的节日。这一天，塞希尔带着雅克去滑雪，雅克穿着塞希尔送的新鞋，一起来到山上滑雪，山被赋予深意地命名为"神圣家族"山。此时总是弥漫在城市中的浓雾消散了，"阳光照在雪上，显出比金子更深的橘黄色；长而陡峭的街道以及两边的小屋在玫瑰色的沐浴下透出冷冷的蓝色"（SR，98）。前面小说已经分析过凯瑟颜色的象征所指，金黄、玫瑰色和蓝色是圣母玛丽亚的颜色，代表着怜悯与关爱。塞希尔拉着雅克上山，对眼前的景观的解读可以说是对世俗空间的超越，是最为理想的人文主义空间观的再现：

> 突然有种感觉向她涌来，对她而言，世上没有比现在这事更好了；拉着雅克，前方是温柔的、燃烧的天空，两边，暮色之中，是邻居家温馨的灯火。……这磐石，这冬天，这种在自己位置上的感觉，这种拉着雅克在神圣家族山攀登的温柔的幸福，她在蓝色的烟霭中一层层上升，像是浮出深海的潜水者。（SR，103）

滑雪是魁北克地区冬日的娱乐活动，是日常游戏。在这个游戏中，塞希尔充当着拉着雅克攀登神圣家族山的角色，塞希尔认为这正是她的位置。我们看看凯瑟营造的这个空间，这是一个类似"'十字架'型的空间结构"①。十字架纵轴的上方是高远的天空，暗示信仰和秩序，下方是世俗生活的汪洋大海，横轴的左右是人与人之间的联系，上行的山叫"神圣家族"山，象征圣母仁慈的色彩也渐渐地渗入暮色之中，这便是凯瑟想象中的神圣空间，以信仰、秩序和关爱为核心结构，它存在于共同体日常生活之中。从海底里出来，便是来自世俗空间，但又要超越它，要在世俗空间里生产出神圣空间。塞希尔拉着雅克攀登神圣家族山，就是要把雅克带进共同体这个大家庭中。塞希尔对空间的解读发生在节日的游戏中，找到自己的位置意味着在"坚守日常生活世俗立场的同时也坚持了审美自觉，完成了'审美的日常生活化'和'日常生活的审美化'"②，实现了对日常生活的超越。

《磐石上的阴影》中的移民们终于在磐石上建造了自己的栖息之地，充满了人性的光辉。这部发表在大萧条时期的作品塑造的是一个反抗现实的空间："作为大萧条时期的知识分子，凯瑟关心人类共同的境遇，而不仅限于美国这个特殊区域；因此她才将小说的背景'非美国化'，移到了加拿大。"③ 塞希尔拉着雪橇步履坚定向上攀登的身影，成为凯瑟呼唤的新人文精神的象征。

---

① 周铭：《走向人文空间诗学——薇拉·凯瑟主要小说研究》，中国人民大学出版社2009年版，第33页。
② 周铭：《走向人文空间诗学——薇拉·凯瑟主要小说研究》，中国人民大学出版社2009年版，第148页。
③ Harvey, Sally Peltier. *Redefining the American Dream：The Novels of Willa Cather*. Rutherford：Fairleigh Dickinson University Press, 1995, p. 102.

# 结　　语

泰勒在《边疆在美国历史上的重要性》一文中谈到美国精神和美国观念的形成时，特别强调其生成的地理因素：

> 美国制度的特性在于他们使自己擅长应对人们无休止的迁徙，卷入迁徙所导致的各种变化——不断穿越一块又一块陆地；将自己一段生命消耗在荒野，回城休整片刻，再投向另一个乡村或城市；先前在一个地方形成的观念被现在所在的地方影响；在已有的城市开辟边界、在边界之外又形成城市。无休止的移动造就美国人，他们似乎无法在一个地方呆上很久，或者说，即使环境所迫不得不稳定下来，依然渴望着移动，依然认为一个人只要能迁徙就应当迁徙。①

相比较于欧洲悠久的历史和稳定的传统，美国文化则表现为地方性和空间性，美国观念是一个在地方经验中不断形成和变化的产物，是一系列的"地域化"与"去地域化"过程所造就的对地域经验的不断超越。凯瑟自身被美国文化所塑造，其个人经历、性格特征和创作形式都表明她的美国身份，她的小说集中反映了美国文化中这一根本特征，对于她来说："结果无足轻重，道路才是一切。"② 出生在19世纪的南方，长在中西部草原，生活在20世纪的纽约，地方对她的影响根深蒂固，边疆生活塑造了她一生中不断进取、不断迁徙的性格，使她成为风格独特的美国地域作家。她的作品绘制了一幅美国半个世纪的地域与文化地图，小说中的人物总是不停地处于迁徙之中，南方和北方，西部和东部，乡村和城市，欧洲

---

① Taylor, George Rogers, ed.. *The Turner Thesis: Concerning the Role of the Frontier in American History*. Lexington, MA: D. C. Heath and Co., 1972, p. 28.

② Lindemann, Marilee. ed.. "Introduction." *The Cambridge Companion to Willa Cather*. New York: Cambridge University Press, 2005, p. viii.

和美国，这些大大小小的区域和地方建构了凯瑟的小说王国，尤其是代表凯瑟最高成就的三个时期长篇小说，是一部建立在地方经验或地方想象之上的帝国发展史和观念变迁史。

凯瑟的景观叙事风格简练抒情，描写真实又充满象征，融合浪漫主义、现实主义和现代主义创作手法于一身，全方位地调动地方和景观的叙事功能，使看似简单的叙事包含了深刻复杂的思想内涵。本书以文学地理学为批评理论，结合历史语境，探讨在薇拉·凯瑟三个时期的长篇小说中，景观叙事是如何实现小说的叙事功能、完成对主题思想的传达。景观叙事在小说整体创作中占有极其重要的位置，不仅是一种小说创作的叙事技巧，更具有本体论意义上的价值。

凯瑟景观叙事的本体论意义体现在她对人地关系的揭示。人地关系描写贯穿了小说创作的始终，可以说是把握住了时空性是文学本质这一要义。从文学是人学的角度来看，人栖息于世界之中，人地关系是人存在的本质反映。把握了人地关系的本质就能准确反映出一定时代里人的生存状态和文化特征。从文学创作来看，对于一个艺术家来说，最重要、最困难的就是要把对天地神人的抽象思考具体化，作家必须要把人物形象置于特定的情境之中。具体到所考察的凯瑟的七部长篇小说，主人公均为移民或者是自我流放者，人地关系在每部作品中均占有核心地位。在内布拉斯加系列中，人地关系主要体现为人与自然的关系，通过对内布拉斯加草原移民生活的地理书写，将发生在19世纪美国西部的拓荒者故事内布拉斯加化，向世人展示出一部美利坚民族地理大开发的创业史。在中期的"危机系列"小说中，《我们中的一个》里克劳德对日益功利化、商业化农场生活的厌恶和逃逸，《迷失的女人》中上尉房子及花园被不断地侵袭和改造，《教授之屋》中圣彼得自始至终面临着在新旧房屋间的选择，等等，均表现出在这一时期，人与地方关系所陷入的困境。人在地方中仿佛被悬置、被孤立起来，既不能重构过去又无法面对现在，小说中人物的不断打破边界甚至自我流放，再现了从荒野到乡村到城市的一步步的空间转移，以及在此演变过程中所出现的迷惘、断裂和异化等现代性主题。人地关系反映出从"边疆主义"到"重商主义"社会转型过程中新旧时代形成的巨大落差。晚期作品试图打破中期僵局，通过讲述法国传教士在美国西南边疆传教过程中与地域文化的理解与融合，以及法国早期移民在魁北克重新建立区域共同体的故事，在人地关系中借助宗教与传统文化的回归，提倡建构神圣空间，诉诸神圣空间与日常空间的融合，实施日常生活审美化策略。可以说，以人地关系作为小说的关注点，解决了文学创作中最基本的"普遍与一般关系"问题。凯瑟每一阶段都会根据不同的主题建立特定的时空体结构，通过构境再现特定历史语境下的人地关系。

具体到小说如何用景观叙事表现人地关系，凯瑟主要用了以下几类常见的景观叙事手法：

首先，使用双重或多重空间平行或并置的叙事手法。这是最富于凯瑟风格的小说结构方式，也是小说主题和内容的必然选择，是形式和内容有机结合的体现。从她小说创作的主题来看，第一，凯瑟是一个有民族自觉意识的作家，如何建构美利坚民族身份一直是她小说探讨的主题。美国在进行自身民族性的建构过程中，无论是其文化还是文学，都自觉地或者潜意识地以欧洲为参照对象。无论对欧洲是持赞同、反对还是借鉴态度，古老欧洲一直是作为比较和对话的一方。所以，小说对并置空间叙事的选择也可以认为是凯瑟有意识选择的一种美国姿态。第二，凯瑟所表现的是一个急剧动荡飞速发展的时代。交通和信息传播的进步，使人们生活的流动性和动荡性不断加强，传统的以时间性为中心的生活模式被打破，社会在深层次上表现为空间性，空间性所体现出来的偶然性、暂时性使空间的冲撞和更新成为生活常态。凯瑟自身的文学创作生涯就是在一部不间断的迁徙史中成就的，在不同空间的冲击和对比中，不断更新自己的视野，不断被激发出灵感，空间多样化是时代的主要特征之一。第三，美国是一个移民国家，一部美国史就是一部移民史，凯瑟小说的主人公或者是移民，或者是自我流放者。移民是对现存空间的驻入，流放是对原有空间的背离，二者都体现为空间上的迁徙和变化。因此，人物通常不存在于静态封闭的空间中，而是在不同空间相互流动，在与地方相遇的过程中动态性地生成。所以说双重或多重空间并置是凯瑟小说主题的必然要求。

多重空间平行并置手法在凯瑟小说中形式多样，常见的手法是通过塑造两个到多个对比空间，空间之间可以是彼此参照相互对比的关系，也可以是多个空间并置下的生活多样性和文化多元化的展示，还可以是分别代表不同力量或者不同价值观之间的空间冲突。比如在《教授之屋》中，强烈的移动性被相对静止的空间并置所冲淡，小说直接在扉页点明其空间结构："一块绿松石镶在哑银上"，整部作品以一组组的空间并置作为小说最基本的结构框架，这种空间并置的手法有主客之分，如教授生活的现代城市空间与奥栏的平顶山空间，书房空间和家庭生活空间，旧房与新房，美国与西班牙，后者是作为前者的参照空间而存在的。空间平行或并置手法有时是潜在的：如通过文本嵌入的手法，将典型性的欧洲景观重叠在新大陆的景观之中，在《啊，拓荒者！》里密兹凯维奇的欧洲景观被嵌入内布拉斯加分水岭的田园景观之中；还可以通过双重视角的手法，如《我们中的一个》里，存在着主人公克劳德和隐含作者双重视角，形成对同一物质世界两个版本的解读，使克劳德对景观的误读常常通过隐含作者的视角暗示出来。而在《大主教之死》里，以兰塔神父足迹所至的西南部各个部落和村寨形成的一个个并列景观，并没有主客之分，各个景观像一扇屏风一样展示西南地区文化的多样性。在这扇屏风背后平放着的是兰塔神父法国南部故乡小镇。《磐石上的阴影》里空间并置则是另一种情形，由每一个故事讲述人讲述一个个体的生存境遇，30多个故事组成一幅万花筒式的人间戏剧，构成一幅色彩斑斓的群体影像投射到魁北克磐石之上，形成共同体生活的整体印象。冲突或差异空间的塑造被运用于人物空间的不断迁徙移动，在空间遭遇中实现推进情节进程、表现人物境遇、点明小说主题的功能。如《我的安东尼娅》和《我们中的一个》，吉姆和克劳德一直"在路上"，吉姆通过小镇生活和城市生活来反观拓荒生活的意义，在空间的不断拓展中实现对拓荒生活的精神回归。而克劳德的空间推进则是对圣杯骑士小说的模仿，持续地进行新的空间尝试，用一种直线型的空间推进表现克劳德对"有意义"生活理想的执着追求。

其次，凯瑟在处理景观描写时，避免纯粹的自然主义景观描述，着力将所有景观描写都融入具体情境之中，与人物、情节紧密相连，成为人物和情节的一部分。同时，她的景观描写多采用真实景观与象征性的细节相结合，将主题、情感、动机等置入象征中，与具体情境连为一体。这种叙事手法在文体上使她的小说呈现出简洁清新、优美抒情却又意蕴隽永、回味深长的风格，相较于传统地域小说而言更富于想象力、抒情性和现代性的特点。从传统的创作技巧上看，地域小说多属于现实主义小说范畴，其中包含大量有关当地风土人情、特色景观的描写，手法多写实，甚至是自然主义的描写。凯瑟对此持保留态度，她认为巴尔扎克"在纸上再现巴黎的真貌——房宅、室内装修、食物、酒品、寻欢作乐、买卖经营、金融活动等等——这是个了不起的抱负，然而却毕竟不是艺术家的本行"，因此，要"把这一切家什器具，连同有关生理感觉的种种陈词滥调统统扔出窗去"①，从这个意义上说，凯瑟的小说创作显然更多地倾向于现代主义的写作技巧。她的"无家具小说"与海明威的"冰山原理"相似，都强调对艺术的简化，采取"用暗示的而不是列举的方法表现场景"②。因此，象征手法成为凯瑟景观描写的重要手法。凯瑟的景观描写简洁清新，不拖泥带水，与小说内在情境紧密相连，在对景观真实的再现中，融入象征性的意象。如《我的安东尼娅》中，草原落日时分的景观紧扣吉姆和少女们的谈话主题，通过"映入太阳的犁"这一象征意象对主题进一步深化。再如《我们中的一个》的法国场景中，代表自由平等博爱的红、白、蓝色彩的多种意象描写不断以克劳德的视角插入；《迷失的女人》里林中的啄木鸟场景；《教授之屋》里西班牙内华达山下的航行；《大主教之死》里的棉白杨等。晚期作品基本是用空间建构代替情节发展，象征性的景观描写俯拾即是，不胜枚举。凯瑟小说中还喜欢用一个象征性意象统摄整个小说的景观，使景观服务于统一的气氛或者象征性主题。如《大主教之死》里阳光的意象从法国南方小镇到美国西南边陲，自始至终贯穿小说，与兰塔神父不断地调整自我视野、最终实现主客体世界融合的主题意旨是密不可分的。而在《磐石上的阴影》里，浓雾则成为挥之不去的幽灵，成为"阴影"的象征表达。

再次，凯瑟在景观叙事中形成了以本土文化为核心的象征体系。和叶芝一样，在长期的小说创作中，凯瑟也逐渐形成了她自身的象征体系。但二人象征系统的差别却是明显的。叶芝的象征体系来源于秘术、文学传统和爱尔兰民间传说，是建立在神秘主义和历史主义之上的，而凯瑟的象征体系来源于美国的自然和人文地理意象，是基于地域之上的共时性建构。与叶芝的欧洲知识分子身份不同，凯瑟自觉以美国身份立言。在她的象征体系中，核心是房子和花园，几乎每部作品都以房子和花园为中心，围绕二者形成相关的景观意象群。凯瑟对房子、花园的格外关注可以说是抓住了美国文化的核心。在美国文化语境中，"美国梦"最早的阐释是在新大陆建"上帝的国"，建"人间花园"的"天定命运"神话是美利坚民族

---

① Cather, Willa. *Willa Cather: Stories, Poems, and Other Writings.* New York: The Library of America, 1992, p. 837.

② Cather, Willa. *Willa Cather: Stories, Poems, and Other Writings.* New York: The Library of America, 1992, p. 837.

身份和凝聚力的源泉。房子是人类的居所，是人在大地上栖息的标志，大房子既是美国国家象征，也是人与环境关系多样性的具体空间表征。花园是基督教文化传统的乌托邦源头，建造人间花园是美国文学的母题之一，表现出渴望超越追求神圣的理想主义情怀，是美国梦的具体实现。凯瑟的房屋基本包揽了人类居住的所有形式，有地穴、有小棚、有看得见风景的小楼，有屹立于高地的别墅，有小镇封闭的民宅，有城市人狭窄的公寓，有搭在树上的小屋，还有建在悬崖上的村寨和城市，以及各种形式的教堂，围绕每一处住宅，凯瑟建构出符合小说情境的空间，人物成为"我便是我所在的空间"①。在早期内布拉斯加拓荒小说里，在人对自然的征服和改造过程中，房子从小变大，从地下建到山头，从摇摇欲坠到方正坚固。花园从无到有，《我的安东尼娅》最后一章，便是以安东尼娅家园为核心的花园叙事，其象征意义不言而喻。中期危机系列里，房子或者被主动地废弃，或者被动地离开，或者成为不同阶层间争夺的目标，而花园或者长出怪异的植物，或者被他人破坏改造，或者在围墙内与世隔绝。晚期《大主教之死》以教堂为核心，早期西班牙传教士教堂、墨西哥人教堂、印第安人祭祀堂、大主教建的教堂系列与花园系列相互对应，结尾主教的教堂和花园描写将小说推向高潮。在《磐石上的阴影》里，塞希尔的法式小屋成为庇护所的象征，主题是文明的保存和持续，房屋的意象统领了整部作品，开篇上中下层的空间结构是由一系列的房屋建筑表现的。围绕房屋及花园的意象如草原、沙漠、磐石、月亮、植物、轮船、火车，以及特定色彩的使用等，在长期的小说创作中都有了较为稳定的象征意义，形成凯瑟独特的象征体系。

最后，以跨媒介的形式，将不同门类艺术打通，用绘画、音乐手法结构小说的景观叙事。凯瑟在学生时期就开始写艺术评论，对音乐、绘画、建筑均有深厚的造诣，尤其是绘画对凯瑟创作的影响举足轻重。凯瑟的景观描写色彩丰富，栩栩如生，充满画面感，有自己相对稳定的颜色谱系和构图模式，形成了她写景状物鲜明的个人风格。"落日映犁""圣母白鸽""峡谷落日""草原驰马"都是文学中写景状物的经典画面。更进一步，绘画还启发了凯瑟的创作构思，如《教授之屋》的结构便是受荷兰风景画的启发，模仿荷兰风景画的构图，凯瑟设计了镶嵌式景观叙事。《大主

---

① Bachelard, Gaston. *Poetics of Space*. New York: The Orion Press, 1964, p.137.

教之死》受象征主义画家夏凡纳借鉴木刻和壁画的启发，模仿壁画形式将景观一幅幅排列起来，每一章都富于画面感和造型感且完整独立，与其他各章相连形成屏风式叙事结构。音乐影响方面，凯瑟的句子文笔优美，富于韵律感，和她同时代许多作家如艾略特、斯蒂文斯一样，尝试用音乐的形式结构叙事。《迷失的女人》以房子为主旋律，以啄木鸟为副部，交替展开叙事。《教授之屋》是一部奏鸣曲结构的小说，三章分别以呈现部、发展部和再现部组成①，教授之屋和奥栏的平顶山分别成为主部和副部最为重要的音乐元素，贯穿小说始终。《磐石上的阴影》用近30个情景交融的故事，像一首断断续续的老歌，被来回反复地吟唱，形成一个"共鸣音乐背景"②。《云雀之歌》直接以歌唱家成长与环境关系为题材，小说常使用音乐家的视角解读景观，与音乐的关系就更密切了。

　　作为一名处于文学从现实主义向现代主义过渡时期的作家，凯瑟的地域小说自觉地吸收现代主义的叙事手法，景观叙事呈现出由早期的现实主义主导渐渐过渡为现代主义主导的叙事风格。尤其是后期的"无中心插话式"小说，大胆使用空间片段来结构小说，使情节淡化，叙事间断，其中大量的省略和空白由景观隐喻和象征来填补，对读者的阅读期待提出了更高的要求。不过凯瑟小说在主题上却没有现代主义者所表现出来的颠覆姿态，而是持一种对维多利亚时期人文传统的坚守态度。她在公开的演讲和小说中都反复表达了一种循环的历史观，认为自己所处的时代是两个周期之间的空隙，这个时代英雄已死，辉煌不再，人们所能做的就是凭借着秩序、安全和关爱来维持文明之薪火，等待新世界的降临。

　　在等待新世界的降临中，凯瑟将艺术作为逃避乱世的庇护所，"艺术不是逃避还能是什么？"③ 面对艾略特"荒原"里的死亡、叶芝"第二次降临"的恐怖，那弥漫在魁北克磐石上的浓雾再也无法从凯瑟的心头散去。在晚年的两部小说里，④ 凯瑟不再书写人类建造房屋的故事，而是表

---

① Bloom, Lillian D.. "The Poetics of Willa Cather." *Five Essays on Willa Cather*. Edt. John J. Murphy. Massachusetts: Merrimack College, pp. 97–121, p. 105.

② Randall III, John H.. *The Landscape and the Looking Glass: Willa Cather's Search for Value*. Boston: Houghton Mifflin, 1960. p. 311.

③ Cather, Willa. *Willa Cather: Stories, Poems, and Other Writings*. New York: The Library of America, 1992, p. 968.

④ 晚年的两部小说指的是《莎菲拉和女奴》《露西·盖伊哈特》。

现出对起源和死亡的格外关注，在叙事的平静和克制中掩藏着深深的无助和绝望，被罗索斯基称为"黑暗的浪漫主义"①。

里尔克的《秋日》恐怕是凯瑟晚年两部小说主题和个人精神最为洗练的注脚，作为作家的她在创作中一直在寻找人类的伊甸园，弘扬人文主义理想，但终其一生求之不得，只有孤独守望，被浓厚的世纪末情绪所笼罩。近一个世纪过去了，今天的凯瑟们依然在守望，在追问着同样的问题：这个世界会变好吗?!

特以此诗作为本书论述结尾。

    主啊！是时候了。夏日曾经很盛大。
    把你的阴影落在日晷上，
    让秋风刮过田野。

    让最后的果实长得丰满，
    再给它们两天南方的气候，
    迫使它们成熟，
    把最后的甘甜酿入浓酒。

    谁这时没有房屋，就不必建筑，
    谁这时孤独，就永远孤独，
    就醒着，读着，写着长信，
    在林荫道上来回不安地游荡，
    当着落叶纷飞。②

---

① Rosowski, Susan J.. *The Voyage Perilous: Willa Cather's Romanticism*. Lincoln: University of Nebraska Press, 1986. p. 207.

② 诗歌采用冯至的译文。

# 附录　薇拉·凯瑟作品

1903 *April Twilight*《四月的黄昏》

1905 *The Troll Garden*《精灵花园》

1912 *Alexander's Bridge*《亚历山大的桥》

1913 *O，Pioneers!*《啊，拓荒者!》

1915 *The Song of The Lark*《云雀之歌》

1918 *My Antonia*《我的安东尼娅》

1920 *Youth and the Bright Medusa*《青春与美艳的美杜莎》

1922 *One of Ours*《我们中的一个》

1923 *A Lost Lady*《迷失的女人》

1925 *The Professor's House*《教授之屋》

1926 *My Mortal Enemy*《我的死敌》

1927 *Death Comes For the Archbishop*《大主教之死》

1931 *Shadows on the Rock*《磐石上的阴影》

1932 *Obscure Destinies*《无常人生》

1935 *Lucy Gayheart*《路西·盖伊哈特》

1936 *Not Under Forty*《不下四十》

1940 *Sapphira and the Slave Girl*《莎菲拉和女奴》

1948 *The Old Beauty and Others*《美女暮年及其他故事》

1949 *Willa Cather on Writing*《威拉·凯瑟谈写作》

1950 *Writings from Willa Cather's Campus Years*，ed. James Shively《威拉·凯瑟大学时代作品集》

1965 *Willa Cather's Collected Short Fiction*，1892 – 1912，ed. Virginia Faulkner，intro. Mildred Bennett《威拉·凯瑟短篇小说集》

1967 *The Kingdom of Art：Willa Cather's First principles and Critical Statements*，ed. Bernice Slote《艺术的王国：威拉·凯瑟的重要原则和批评语

录》

1970 *The World and the Parish：Willa Cather's Articles and Reviews*，1893-1902，ed. William M. Curtin《世界与教区：威拉·凯瑟的杂文和访谈》

1972 *Uncle Valentine and Other Stories：Willa Cather's Uncollected Short Fiction*，1915-1929，ed. Bernice Slote《瓦伦丁叔叔和其他故事》

1990 *Willa Cather：Later Novels*《威拉·凯瑟后期小说集》

2002 *A Calendar of the Letter of Willa Cather*，ed. Janis P. Stout《威拉·凯瑟书信年鉴》

# 主要参考文献

## 一　中文文献

### （一）著作

［美］阿瑟·林克、威廉·卡顿：《1900年以来的美国史》（上），刘绪贻等译，中国社会科学出版社1983年版。

［美］爱德华·W. 苏贾：《后现代地理学——重申批判社会理论中的空间》，王文斌译，商务印书馆2004年版。

［美］爱默生：《爱默生文集：不朽的声音》，张世飞等译，当代世界出版社2002年版。

［俄］巴赫金：《小说的时间形式和时空体形式——历史诗学概述》，《巴赫金全集》（第3卷），白春仁、晓河译，河北教育出版社1998年版。

［德］瓦尔特·本雅明：《巴黎，19世纪的首都》，刘北成译，上海人民出版社2006年版。

［美］大卫·哈维：《希望的空间》，胡大平译，南京大学出版社2006年版。

［法］丹纳：《艺术哲学》，傅雷译，人民文学出版社1963年版。

［德］海德格尔：《存在与时间》，陈嘉映、王庆节译，生活·读书·新知三联书店1987年版。

［美］罗德·霍顿、赫伯特·爱德华兹：《美国文学思想背景》，房炜、孟昭庆译，人民文学出版社1991年版。

［美］弗雷德里克·詹姆逊：《政治无意识》，王逢振、陈永国译，中国社会科学出版社1999年版。

［法］加斯东·巴什拉：《空间的诗学》，张逸婧译，上海译文出版社2009年版。

金莉：《文学女性与女性文学：19世纪美国女性小说家及作品》，外语教学与研究出版社2004年版。

［美］拉尔夫·布朗：《美国历史地理》（上、下），秦士勉译，商务印书馆1973年版。

李莉：《威拉·凯瑟的记忆书写研究》，四川大学出版社2009年版。

李其荣：《美国文化解读》，济南出版社2005年版。

［美］利奥·马克斯：《花园里的机器——美国的技术与田园理想》，马海良等译，北京大学出版社2011年版。

刘绪贻、杨生茂：《美国通史：崛起和扩张的年代（1898—1929）》（第4卷），人民出版社2022年版。

［匈］卢卡奇：《关于社会存在的本体论》（下卷），白锡堃、张西平、李秋零等译，重庆出版社1993年版。

［法］罗贝尔·埃斯卡皮：《文学社会学》，于沛选编，浙江人民出版社1987年版。

［美］罗伯特·斯比勒：《美国文学的循环》，汤潮译，北京师范大学出版社1993年版。

［美］M.H.艾布拉姆斯：《镜与灯：浪漫主义文论及批评传统》，郦稚牛、张照进、童庆生译，北京大学出版社2004年版。

［美］马尔科姆·考利：《流放者归来》，张承谟译，重庆出版集团、重庆出版社2006年版。

［英］迈克·克朗：《文化地理学》，杨淑华、宋慧敏译，南京大学出版社2005年版。

梅新林：《中国文学地理形态与演变》，复旦大学出版社2006年版。

梅新林、葛永海：《文学地理学原理》（上，下），中国社会科学出版社2017年版。

［英］弥尔顿：《失乐园》，朱维之译，天津人民出版社1996年版。

［法］米歇尔·福柯：《规训与惩罚》，刘北成、杨远婴译，生活·读书·新知三联书店2003年版。

［法］莫里斯·布朗肖：《文学空间》，顾嘉琛译，商务印书馆2003年版。

钱青主编：《美国文学名著精选》，商务印书馆1994年版。

［英］R.J.约翰斯顿：《地理学与地理学家》，唐晓峰等译，商务印

书馆 1999 年版。

［英］R. J. 约翰斯顿：《哲学与人文地理学》，蔡运龙、江涛译，商务印书馆 2010 年版。

［英］萨拉·L. 霍洛韦、斯蒂芬·P. 赖斯、吉尔·瓦伦丁编：《当代地理学要义——概念、思维与方法》，黄润华、孙颖译，商务印书馆 2008 年版。

［美］萨克文·伯科维奇主编：《剑桥美国文学史》（第六卷），张宏杰、赵聪敏译，中央编译出版社 2009 年版。

［美］沙伦·奥布赖恩编：《威拉·凯瑟集：早期长篇及短篇小说》（上、下），曹明伦译，生活·读书·新知三联书店 1997 年版。

［美］索亚：《第三空间——去往洛杉矶和其他真实和想象地方的旅程》，陆扬等译，上海教育出版社 2005 年版。

孙宏：《回顾与反思：社会变迁语境下的凯瑟研究》，中国社会科学出版社 2014 年版。

孙晓青：《文学印象主义与薇拉·凯瑟的美学追求》，河南大学出版社 2010 年版。

谭品华：《薇拉·凯瑟的生态视野》，北京师范大学出版集团、北京师范大学出版社 2011 年版。

王佐良：《英国浪漫主义诗歌史》，人民文学出版社 1991 年版。

［美］薇拉·凯瑟：《教授之屋》，庄焰译，上海文艺出版社 2011 年版。

［美］薇拉·凯瑟：《大主教之死》，周玉军译，上海文艺出版社 2011 年版。

［美］薇拉·凯瑟：《薇拉·凯瑟精选集》，朱炯强编选，北京燕山出版社 2010 年版。

［美］薇拉·凯瑟：《波希米亚女郎——维拉·凯瑟中短篇小说选》，朱炯强选编，浙江文艺出版社 1986 年版。

许燕：《包容与排斥：薇拉·凯瑟小说的"美国化"主题研究》，湖南人民出版社 2012 年版。

杨海燕：《重访红云镇：薇拉·凯瑟生态女性主义研究》，四川大学出版社 2006 年版。

杨义：《文学地理学会通》，中国社会科学出版社 2013 年版。

［美］约瑟夫·弗兰克等：《现代小说中的空间形式》，秦林芳编译，北京大学出版社1991年版。

郁达夫：《郁达夫文集》（第九卷），花城出版社1984年版。

郁达夫著，胡从经编：《郁达夫日记集》，陕西人民出版社1984年版。

曾大兴：《文学地理学概论》，商务印书馆2017年版。

周铭：《走向人文空间诗学——薇拉·凯瑟主要小说研究》，中国人民大学出版社2009年版。

朱世达：《当代美国文化》，社会科学文献出版社2001年版。

邹建军：《江山之助》，中央编译出版社2014年版。

### （二）学位论文

桂滢：《表层文本与潜藏文本的对话——论〈我们中的一员〉的反讽叙事》，硕士学位论文，南京师范大学，2011年。

胡哲：《薇拉·凯瑟草原小说与红云镇文学旅游关系研究》，博士学位论文，厦门大学，2021年。

于娟：《文学新闻主义视角下的薇拉·凯瑟、凯瑟琳·安·波特、尤多拉·韦尔蒂研究》，博士学位论文，北京外国语大学，2015年。

韩松：《文学地域主义视阈下的薇拉·凯瑟小说研究》，博士学位论文，吉林大学，2014年。

孙凌：《生态女性主义文学批评视域下的薇拉·凯瑟小说研究》，博士学位论文，吉林大学，2012年。

### （三）论文

蔡春露：《美国拓荒时代的新女性——评威拉·凯瑟的〈啊，拓荒者!〉和〈我的安东尼娅〉》，《外国文学研究》1998年第2期。

蔡晓梅、刘晨：《人文地理学视角下的国外饮食文化研究进展》，《人文地理》2013年第5期。

陈妙玲：《对人与土地关系的伦理审视——论〈啊，拓荒者〉中的生态伦理思想》，《外国文学研究》2010年第2期。

陈望衡：《论环境美的本体——景观的生成》，《学术月刊》2006年第8期。

邓岚、潘秋子：《"文学作品中的地理空间问题"研讨会综述》，《世界文学评论》2009年第2期。

董国礼：《詹姆逊的空间化思考：从超空间到认知测绘美学》，《社会》2006年第6期。

董衡巽：《创造自己的世界——关于美国现代小说创作的一些思考》，《当代外国文学》1996年第3期。

杜翠琴：《在对比中表现主题——评〈教授的房子〉中对照手法的成功运用》，《兰州大学学报》2005年第3期。

付景川、孙凌：《传统认识论美学向当代存在论美学的跨越——薇拉·凯瑟的生态审美观刍议》，《东北师大学报》（哲学社会科学版）2011年第6期。

霍跃红：《薇拉·凯瑟的内布拉斯加女拓荒者三部曲》，《外语与外语教学》2004年第3期。

葛荣玲、彭兆荣：《景观》，《民族艺术》2014年第4期。

葛永海：《中国文学地理学：理论奠基与体系建构》，《光明日报》2007年7月5日。

郭国良：《威拉·凯瑟女性人物性格刻划艺术管窥》，《外国文学研究》1999年第4期。

韩加明：《后现代时期美国文学的政治批评：一种误读策略》，见乐黛云、张辉编《文化传递与文学形象》，北京大学出版社1999年版。

黄小芃：《翻译：文化的对话——简评〈啊，拓荒者！〉的三个译本》，《西南民族学院学报》（哲学社会科学版）2002年第10期。

金克木：《文艺的地域学研究设想》，《读书》1986年第4期。

柯彦玢：《创业的妇女——论薇拉·凯瑟的〈啊，拓荒者！〉和〈我的安东尼亚〉中的女性形象》，《国外文学》1997年第4期。

李公昭：《文本与潜文本的对话——重读薇拉·凯瑟〈我们的一员〉》，《外国文学评论》2007年第1期。

李娟：《转喻与隐喻——吴尔夫的叙述语言和两性共存意识》，《外国文学评论》2004年第1期。

李莉：《威拉·凯瑟和她的记忆书写》，《当代文坛》2011年第1期。

李莉：《宗教：印第安人的身体记忆——从〈死神来迎大主教〉看印第安人的宗教观》，《宗教学研究》2009年第3期。

李莉:《薇拉·凯瑟和杰克·伦敦作品中的性别与风景》,《外国语文》2022年第4期。

李文俊:《薇拉·凯瑟的印第安之恋》,《读书》1987年第9期。

卢国荣:《薇拉·凯瑟拓荒小说之于生态环境的观照》,《北方论丛》2009年第2期。

鲁乃进:《文学地理学研究:前沿意识与创新意义》,《文艺报》2007年8月14日。

潘志明:《薇拉·凯瑟〈尖枞树之乡〉评价之流变考》,《国外文学》2011年第2期。

钱青:《薇拉·凯瑟与她的中篇小说〈冤家〉》,《外国文学》1986年第1期。

施娴靖、朱新福:《〈啊,拓荒者!〉中的花园与女性形象》,《华侨大学学报》(哲学社会科学版)2010年第2期。

宋彦:《威拉·凯瑟的女权主义思想倾向在〈啊,拓荒者!〉中的体现》,《江苏社会科学》2007年第S2期。

宋运田:《薇拉·凯瑟〈啊 拓荒者!〉中的女性形象与古典神话》,《河南教育学院学报》(哲学社会科学版)2005年第5期。

苏蓉:《威拉·凯瑟与〈教授的住宅〉》,《外国文学》1998年第5期。

孙宏:《美国文学对地域之情的关注》,《外国文学评论》2001年第4期。

孙宏:《〈我的安东尼亚〉中的生态境界》,《外国文学评论》2005年第1期。

孙宏:《从美国性到多重性:凯瑟研究的回顾与反思》,《外国文学评论》2007年第2期。

孙宏:《"机械运转背后隐藏的力量":薇拉·凯瑟小说中的多元文化情结》,《外国文学研究》2007年第5期。

孙宏:《"并未言明之事":同性恋批评视角下的凯瑟研究》,《外国文学研究》2012年第1期。

孙凌:《人类与土地的和谐共生——评薇拉·凯瑟的〈死神来迎接大主教〉》,《文艺评论》2011年第9期。

孙晓青:《〈教授的住宅〉的叙述模式解读》,《西华师范大学学报》

（哲学社会科学版）2005年第3期。

孙晓青：《文学印象主义与薇拉·凯瑟的美学追求》，博士学位论文，河南大学，2008年。

谭晶华：《诗意栖居的典范——薇拉·凯瑟短篇小说〈邻居罗西基〉的生态批评解读》，《外语与外语教学》2010年第3期。

唐秋瑾：《一个"愿意接受任何条件去生活"的女人——论〈一个迷途的女人〉中的玛丽恩·福瑞斯特》，《外国文学》1995年第4期。

王守仁：《论〈一个失落的女人〉中的双重视角》，《当代外国文学》1994年第2期。

王问生：《〈啊，拓荒者！〉中的女权主义倾向》，《安徽大学学报》1998年第6期。

许燕：《〈啊，拓荒者！〉："美国化"的灾难与成就》，《国外文学》2011年第4期。

许燕：《凯瑟美国化模式的理想范式》，《求索》2011年第5期。

许燕：《"谁"的安东尼亚？——论〈我的安东尼亚〉与美国化运动》，《外国文学评论》2011年第2期。

许燕：《〈亚历山大的桥〉：在市场与艺术中分裂》，《湖南大学学报》（社会科学版）2011年第4期。

杨义：《文学地理学的信条：使文学连通"地气"》，《江苏师范大学学报》（哲学社会科学版）2013年第2期。

袁晓军：《论薇拉·凯瑟〈我的安东尼亚〉的人物小说创作风格》，《东北师大学报》（哲学社会科学版）2005年第4期。

杨金才：《美国社会转型时期的两位旗手：舍伍德·安德森与威拉·凯瑟》，《四川外语学院学报》2000年第1期。

张祥亭：《薇拉·凯瑟在〈啊，拓荒者！〉中的双性同体写作策略》，《北京第二外国语学院学报》2009年第12期。

周铭：《〈我的安东尼亚〉中性属空间的移迁》，《天津外国语学院学报》2008年第3期。

周铭：《从男性个人主义到女性环境主义的嬗变——威拉·凯瑟小说〈啊，拓荒者！〉的生态女性主义解读》，《外国文学》2006年第3期。

周铭：《〈教授的房屋〉：进步主义时期美国的身份危机》，《外国文学评论》2014年第3期。

周雪松：《大流感、一战与英雄——薇拉·凯瑟〈我们的一员〉中的大流感》，《国外文学》2022年第4期。

周玉军：《从〈亚历山大的桥〉看薇拉·凯瑟的创作构思》，《四川外语学院学报》1999年第3期。

周玉军：《薇拉·凯瑟三部边疆小说中的浪漫传奇因素》，《国外文学》2000年第4期。

周玉军：《历史中的传奇——解读〈大主教之死〉》，《华侨大学学报》（哲学社会科学版）2003年第1期。

朱炯强：《论薇拉·凯瑟及其创作》，《浙江大学学报》（人文社会科学版）2003年第5期。

朱丽：《理想与现实之间——〈瓦格纳音乐会〉与〈花园小屋〉之比较》，《译林》2011年第1期。

朱新福：《美国文学上荒野描写的生态意义述略》，《外国语文》2009年第3期。

资中筠：《经久不衰的完美境界——薇拉·凯瑟的代表作〈啊，拓荒者！〉中美的启示》，《美国研究》1988年第4期。

邹建军、周亚芬：《文学地理学批评的十个关键词》，《安徽大学学报》（哲学社会科学版）2010年第2期。

# 二　英文文献

## （一）专著

Acocella, Joan. *Willa Cather and the Politics of Criticism*. Lincoln：University of Nebraska, 2000.

Ambrose, Jamie. *Willa Cather：Writing at the Frontier*. New York：St. Martin's Press, 1987.

Anders, John P. *Willa Cather's Sexual Aesthetics and the Male Homosexual literary Tradition*. Loncoln：University of Nebraska Press, 1999.

Arnold, Matthew. *Culture and Anarchy*. Cambridge：Cambridge University Press, 1966.

Bachelard, Gaston. *Poetics of Space*. New York：The Orion Press, 1964.

Bloom, Edward A., Bloom, Lillian D.. *Willa Cather's Gift of Sympathy*. Southern Illinois University Press, 1962.

Bloom, Harold. *Willa Cather: Modern Critical Views*. New York: Chelsea House Publishers, 1985.

Bohlke, L. Brent. *Willa Cather in Person: Interviews, Speeches, and Letters*. Lincoln: University of Nebraska Press, 1986.

Brienzo, Gary. *Willa Cather's Transforming Vision: New France and the American Northeast*. London and Toronto: Associated University Presses, 1994.

Brown, E. K.. *Willa Cather: A Critical Biography*. New York: Avon Books, 1980.

Brown, Marion Marsh, Ruth Crone. *Only One Point of the Compass: Willa Cather in the Northeast*. Archer Editions Press, 1980.

Callander, Marilyn Berg. *Willa Cather and the Fairy Tale*. Michigan: LIMI Research Press, 1989.

Carroll, Joseph. *The Cultural Theory of Matthew Arnold*. Berkeley: University of California Press, 1982.

Cather, Willa. *Willa Cather in Person: Interviews, Speeches, and Letter*, ed. L. Brent Bohlke, Lincoln: University of Nebraska Press, 1986.

Cather, Willa. *Willa Cather on Writing: Critical Studies on Writing as an Art*. New York: A. A. Knopf, 1949.

E. K. Brown and Leon Edel. *Willar Cather, a Critical Biography*. New York: Alfred A. Knopf, Inc., 1953.

Edel, Leon. *Willa Cather: The Paradox of Success*. Washington, DC: Library of Congress, 1960.

Fryer, Judith. *Felicitous Space: The Imaginative Structures of Edith Wharton and Willa Cather*. Chapel Hill: University of North Carolina Press, 1986.

Goldberg, Jonathan Sedgwick, Eve Kosofsky. *Willa Cather and Others*. Durham & London: Duke University Press, 2001.

Harvey, Sally Peltier. *Redefining the American Dream: The Novels of Willa Cather*. London and Toronto: Associated University Presses. 1995.

Hermione, Lee. *Willa Cather: Double Lives*. New York: Pantheon Books, 1999.

Hermione, Lee. *Willa Cather: A Life Saved Up.* London: Virago Press, 2000.

Hively, Evelyn Helmick. *Sacred Fire: Willa Cather's Novel Cycle.* Lanham, New York and London: University Press of America. 1994.

Hoover, Sharon. *Willa Cather Remembered.* Lincoln: University of Nebraska Press 2002.

Kates, George N.. *Willa Cather in Europe.* New York: Alfred A. Knopf. 1956.

Kaye, Frances W.. *Isolation and Masquerade: Willa Cather's Women.* New York: Peter Lang Publishing, 1993.

Kazin, Alfread. *On Native Grounds.* New York: Reynal & Hitcheoek, 1942.

Kemal, Salim, Ivan, Graskell. *Landscape, Natural Beauty and the Arts.* New York: Cambridge University Press, 1993.

Lewis, Edith. *Willa Cather Living: A Personal Record.* Ohio: Ohio University Press, 1989.

Lindemann, Marilee. *The Cambridge Companion to Willa Cather.* New York: Cambridge University Press, 2005.

Lindemann, Marilee. *Willa Cather: Queering America.* New York: Columbia University Press, 1999.

Link, Arthur S. ed.. *The Papers of Woodrow Wilson.* Princeton: Princeton University Press, Vol. 9, 1970.

Love, Glen. *Practical Ecocriticism: Literature Biology and the Environment.* Charlottesville: University of Virginia Press, 2003.

Marx, Leo. *The Machine in the Garden.* London: Oxford University Press, 1964.

Middleton, Jo Ann. *Willa Cather's Modernism: Technique.* London and Toronto: Associated University Presses, 1990.

Murphy, John J.. *Critical Essays on Willa Cather.* Boston Massachusetts G. K. Hall & Co., 1984.

Nelson, Robert J.. *Willa Cather and France: In Search of the Lost Language.* Urbana: University of Illinois Press, 1988.

Nettles, Elsa. *Language and Gender in American fiction: Howells, James,*

*Wharton and Cather*. Houndmills: Macmillan Press LTD, 1997.

O'Brien, Sharon. *Willa Cather: The Emerging Voice*. Oxford: Oxford University Press, 1987.

O'Connor, Margaret Anne. *Willa Cather: The Contemporary Reviews*. New York: Cambridge University Press, 2001.

Peck, Demaree C.. *The Imaginative Claims of the Artist in Willa Cather's Fiction*. Sellingsgrove: Susqueham University Press, 1996.

Quirk, Torn. *Rergson and American Culture: The Worlds of Willa Cather and Wallace Setevens*. Chapel Hill & London: The University of North Carolina Press, 1990.

Randall III, John H.. *The Landscape and the Looking Glass—Willa Cather's search for Value*. Houghton Mifflin Company Boston, 1960.

Reynolds, Guy. *Willa Cather in Context: Progress, Race, Empire*. Houndmills: Macmillan Press Ltd., 1996.

Rhodes, Chip. *Structures of the Jazz Age: Mass Culture, Progressive Education, and Racial Discourse in American Modernism*. New York: Verso, 1998.

Rosowski, Susan J.. *The Voyage Perilous: Willa Cather's Romanticism*. Lincoln: University of Nebraska Press, 1986.

Ryder, Mary Ruth. *Willa Cather and Classical Myth*. Lewiston: The Edwin Mellen Press, 1990.

Sacken, Jeannée P.. *A Certain Slant of light: Aesthetics of First-person Narration in Gide and Cather*. New York: Garland, 1985.

Schroeter, James. *Willa Cather and Her Critics*. New York: Cornell University Press, 1967.

Sergeant, Elizabeth. *Willar Cather: A Memoir*. Philadelphia: J. B. Lippincott, 1953.

Skaggs, Merrill Maguire. *Willa Cather's New York: New Essays on Cather in the City*. London: Associated University Presses, 2000.

Skaggs, Merrill Maguire. *After the World Broke in Two: The Later Novels of Willa Cather*. Charlottesville: UP of Virginia, 1990.

Stouck, David. *Willa Cather's imagination*. Lincoln: University of Nebraska Press, 1975.

Stout, Janis P.. *Willa Cather: The Writer and Her World*. Charlottesville and London: University Press of Virginia, 2000.

Stout, Janis P.. *Strategies of Reticence: Silence and Meaning in the Works of Jan Austen, Willa Cather, Katherine Anne Porter and Joan Didion*. Charlottesville: University Press of Virginia, 1990.

Stout, Janis P.. *Willa Cather and Material Culture: Real-world Writing, Writing the Real World*. Tuscaloosa: University of Alabama Press, 2005.

Swift, John N.. and Urgo. Joseph R.. *Willa Cather and the American Southwest*. Lincoln: University of Nebraska Press, 2002.

Taylor, George Rogers. ed.. *The Turner Thesis: Concerning the Role of the Frontier in American History*. Lexington: D. C. Heath and Co., 1972.

Thompson, Stephanie Lewis. *Influencing America's Tastes: the Works of Wharton, Cather & Hurst*. Gainesville: University Press of Florida, 2002.

Thomas, Susie. *Women Writers: Willa Cather*. Houndmills: Macmillan & Education Ltd., 1990.

Trout, Steven. *Memorial Fictions: Willa Cather and the First World War*. Lincoln: University of Nebraska Press, 2002.

Turner, Frederick J.. *The Frontier in American History*. New York: Henry Holt and Company, 1920.

Urge, Joseph R.. *Willa Cather and the Myth of American*. Migration Urbana: University of Illinois Press, 1995.

Welsch, Linda K.. *Cather's Kitchens: Foodways in Literature and Life*. Lincoln: University of Nebraska Press, 1987.

Westphal, Bertrand. *Geocriticism: Real and Fictional Spaces*, Trans: Robert Tally, New York: St. Martin's Press, 2011.

Wheeler, Kathleen. *Modernist Women Writers and Narrative Art*. Houndmills: the Macmillan Press Ltd., 1994.

Williams, Deborah Lindsay. *Not in sisterhood: Edith Wharton, Willa Cather, Zona Gale and the Politics of Female Authorship*. New Toronto: Associated University Presses, 1993.

Wilson, Edmund. *The Shores of Light: A Literary Chronicle of the Twenties and Thirties*. New York: The Noonday Press, 1952.

Winters, Laura. *Willa cather's Landscape and Exile.* Selinsgrove: Susquehanna University Press, 1993.

Woodress, James Leslies. *Willa Cather: A Literary Life.* Lincoln: University of Nebraska Press, 1987.

Woodress, James. *Willa Cather. Sixteen Modern American Authors*, Vol. 2. Durham: Dake University Press, 1974.

Wright, Frank Lloyd. *The Living City.* New York: New American Liberary, 1970.

Yi-Fu, Tuan. *Space and Place: The Perspective of Experience.* Minneapolis: U of Minnesota, 1977.

## (二) 学位论文

Alumbaugh, Heather Anne. *American Regionalist Modernism: Willa Cather, William Faulkner, Oscar Zeta Acosta, and Sandra Cisneros.* Ph. D., New York University. 2005.

Aronoff, Erie Paul Wallach. *Mapping the "Inland Empire": American Literature, Criticism, and the Problem of Culture, 1915 – 1941.* Ph. D., Rutgers The State University of New Jersey, 2003.

Barillas, William David. *Place and Landscape in Midwestern AmericanLiterature.* Ph. D., Michigan State University, 1994.

Berglund, Michael Howard. *Songs of Desire and the Self: Opera in the Work of Walt Whitman, Henry James, Willa Cather, and Gertrude Stein.* Ph. D., TheUniversity of Tulsa, 2006.

Bintrim, Timothy W. . *Recovering the Extra-literary the Pittsburgh Writing of Willa Cather.* Ph. D., Duquesne University, 2004.

Bradley, Jennifer L. . *Transplanting the Novel of Manners to American Soil: Willa Cather and the Democratization of Manners.* Ph. D., The University of Nebraska, Lincoln, 2002.

Brooks, Marty Frances. *"Self-made" Women: Envisioning Feminine Upward Mobility in American Literature, 1900-1930 (Theodore Dreiser, Charlotte Perkins Gilman, Edna Ferber, Willa Cather, Anzia Yezierska).* Ph. D., Duke University, 1999.

Davies, Kathleen. *The Goddess in the Landscape: A Tradition of Twentieth Century American Women's Pastoral*. Ph. D., Indiana University, 1991.

Dherty, Amy Frances. *Reading American Self-fashioning Cosmopolitanism in the Fiction of Maria Cristina Mena, Willa Cather, and Nella Larsen*. Ph. D., Tufts University, 1999.

Dyck, Reginald Bryan. *Social Construction in the Midwest Fiction of Willa Cather, Wright Morris and William H. Gass*. Ph. D., Univerisity of Washington, 1990.

Faber, Kathryn Hourin. *Willa Cather and Georgia O'Keeffe: Modernism and the Importance of Place in Color, Light and Imagery*. Ph. D., Drew University, 2002.

Gibson, Todd. *Racing with the World: Hybridity and the Construction of American Literary Modernism*. Ph. D., New York University, 1996.

Levin, Joanna Dale. *American Bohemias, 1858–1912: A Literary and Culture Geography*. Ph. D., Stanford University, 2002.

Lima, Enrique. *Forms of Conquest: IndianConflicts and the Novel in the Americans*. Ph. D., Stanford University, 2007.

Linitz, Joseph M.. *Versions of Pastoral in Modern American Fiction (Frank Norris, Willa Cather, William Faulkner, Henry Roth)*. Ph. D., Boston University, 2006.

Moffett, Alexander N.. *The Insistence of Memory: Mnemonic Transformations in the Works of Thomas Hardy, Henry Adams, Willa Cather, and Virginia Woolf*. Ph. D., Northeastern University, 2006.

Nodelman, Joshua Nelson. *Reading Engineered Spaces: Bridges as Text in Modern American Culture (Willa Cather, Thornton Wilder, Hart Crane, Alberta)*. Ph. D., University of Alberta Canada, 2005.

Payne, Sarah. *Literary Tourism: An Examination of Tourists' Anticipation of and Encounter with the Literary Shrines of Willa Cather and Margaret Laurence*. Ph. D., York University, Canada, 1999.

Petty-Schmitt, Chapel L.. *Patterns in Willa Cather's Fiction*. Ph. D., The University of New Mexico, 1989.

Puent, David Loren. *Education in Irony: United States "Literacy Crisis"* and the Literature of American Bildung (*Henry James*, *Theodore Dreiser*, *James Weldon Johnson*, *Willa Cather*). Ph. D., University of California, Irvine, 2003.

Ramirez, Karen Elizabeth. *Countering the Frontier: Early Western American Borders of Our American Literary Modernism*. Ph. D., University of California, Santa Barbara, 1999.

Schneider, Cynthia A.. *Willa Cather's "O, Pioneers!" As a Response to Kate Chopin's "The Awakening"*. Ph. D., The University of Nebraska, Lincoln, 2005.

Schreier, Benjamin J.. *American and Its Discontents: Cynicism in the American Modernist Imagination* (*Henry Adams*, *Willa Cather*, *F. Scott Fitzgerald*, *Nathanael West*). Ph. D., Brandeis University, 2003.

Taylor, Kathryn Rose. *Exhibiting Domesticity: The Home, The Museum, and Queer Space in American Literature, 1914-1937*. Ph. D., University of California. Los Angeles, 2006.

Vanderlaan, Kimberly Marie. *The Arts and Artist in the Fiction of Henry James, Edith Wharton and Willa Cather*. Ph. D., University of Delaware, 2006.

Williams, Deborah Lindsay. *Not in Sisterhood: Edith Wharton, Zona Gale, Willa Cather, and the American Women Writer Re-defined*. Ph. D., New York University, 1995.

Worden, Daniel Wesley. *Like a Man: The Production of Masculinity in Modern American Fiction*. Ph. D., Brandeis University, 2006.

Wurzel, Nancy Rebecca. *Gender and Myth: Willa Cather's Affirmative Modernism*. Ph. D., University of South Carolina, 1993.

## (三) 论文

Arnold, Matthew. "The Function of Criticism at the Present Time." *Essays in Criticism*, London: MaCmillan and Com, 1865.

Barnhill, John H.. "If There is an Authentic West, What and Where Is It?". *Journal of the West*, Fall, 2007.

Bell, Ian · A.. "Rewriting American: Origin and Gender in Willa Cather's The Professor's House." *The Year Book of English Studies*, 1994, 24.

Bloom, Edward and Lillian Bloom. "*Shadows on the Rock*: Notes on the Composition of a Novel." *Twentieth Century Literature* 2. 2 (1956): 70-85.

Bloom, Lillian D.. "The Poetics of Willa Cather", *Five Essays on Willa Cather*. ed. John J. Murphy. Massachusetts: Merrimack College, 1974.

Boynton, Henry Walcott. "Varieties of Realism". in *Nation* 101 (14 October).

Broncano, Manuel. "Landscape of the Magical: Cather's and Anaya's Exploration of the Southwest." *Willa Cather and the American Southwest*. ed. John N. Swift and Joseph R. Urgo. Lincoln: University of Nebraska Press, 2002. 124-135.

Carpentier, Martha C.. "The Deracinated Self: Immigrants, Orphans, and the 'Migratory Consciousness' of Willa Cather and Susan Glasoell." *Studies in American Fiction*, Autumn, 2007.

Calbough, Seth. "Negotiating the Afterglow: Masculinity in Willa Cather's *A Lost Lady*." *Women's Studies*, September, 2003.

Cather, Willa. "A Talent for Living", *Nebraska State Journal* 28 Oct. 1894.

Dooley, Patrick K.. "William James's 'Specious Present' and Willa Cather's Phenomenology of Memory", *Philosophy Today*, Winter, 2006.

Dooley, Patrick K.. "Biocentric, Homocentric, and Theocentric Environmentalism in *O, Pioneers!*, *My Antonia*, and *Death Comes for the Archbishop*", *Cather Studies*, 2003, Vol. 5 Issue 1.

Driedger, Derek. "Writing Isolation and the Resistance to Assimilation as 'Imaginative Art': Willa Cather's Anti-Narrative in *Shadows on the Rock*." *Journal of Narrative Theory*, Eastern Michigan University, 2007 (3): 351-74.

Facknitz, Mark A. R.. "Character, Compromise, and Idealism in Willa Cather's Gardens." *Cather Studies*, 2003. Vol. 5 Issue 1.

Funda, Evelyn J.. "New World Epiphany Stories: Transformation and Community-Building in *Shadows on the Rock*." *Willa Cather and the Culture of Belief: A Collection of Essays*. ed. John J. Murphy. Provo: Brigham Young UP, 2002. 169-201.

Ginanone, Richard. "Music, Silence and the Spirituality of Willa Cather." *Renascence*, Winter, 2005.

Goodman, Charlotte. "The Lost Brother, the Twin: Women Novelists and Male-female." *Double Bildungsroman*, 1983, Novel, 17.

Gorman, Herbert. "Willa Cather, Novelist of the Middle Western Farm." *New York Times Book Review*. 24 June 1923. Rpt. Marilyn Arnold, ed., *Willa Cather: A Reference Guide*.

Gorman, Michael. "Jim Burden and the White Man's Burden." *Cather Studies*, 2006, Vol. 6 Issue 1.

Greene, George William. "Willa Cather at Mid–century." *Thought* 32, 1958.

Gross, Jonathan D.. "Recollecting Emotion in Tranquility: Wordsworth and Byron in Cather's *My Antonia* and *Lucy Gayheart*." *Cather Studies*, 2007, Vol. 7 Issue 1.

Hamilton, Erika. "Advertising Cather during the Transition Years (1914–1922)." *Cather Studies*, 2007, Vol. 7 Issue 1.

Harris, Richard C., Robert Thacker, Michael Peterman. "Willa Cather and Pierre Charron on Wisdom." *Cather Studies*, 1999, Vol. 4 Issue 1.

Johnson, Janis. "The Unconventional Willa Cather." *Humanities*, Jul/Aug 2005.

Karush, Deborah, Robert Thacker, Michael Peterman. "Bringing Outland Inland in *the Professor's House*." *Cather Studies*, 1999, Vol 4 Issue 1.

Kennicott, Philip. "Wagner, Place, and the Growth of Pessimism in the Fiction of Willa Cather." *Cather Studies*, 2003, Vol. 5 Issue 1.

Kleiman, Ed. Bipolar. "Vision in Willa Cather's Antonia." *English Studies*, April, 2001, Vol. 82 Issue 2.

Kuhlken, Pam Fox. "Hallowed Ground: Landscape as Hagiography in Willa Cather's *Death Comes for the Archbishop*." *Christianity & Literature*, Spring, 2003.

Love, Glen A.. "Nature and Human Nature Interdisciplinary Convergences on Cather's Blue Mesa." *Cather Studies*, 2003, Vol. 5 Issue 1.

Lucenti, Lisa Marie. "Willa Cather's *My Antonia*: Haunting the Houses of Memory." *Twentieth Century Literature*, Summer, 2000.

Marquis, Margaret Emily. "The Producing Male Body in Willa Cather's

'Neighbour Rosicky'." *Journal of Men's Studies*, Winter, 2005.

Meeker, Joseph W. "Willa Cather: Plow and the Pen." *Cather Studies*, 2003, Vol. 5 Issue 1.

Meyer, Susan. "On the Front and at Home." *Cather Studies*, 2006, Vol. 6 Issue 1.

Mezei, Kathy, and Chiara Briganti. "Reading the House: A Literary Perspective." *Signs* 27. 3 (2002): 837–46.

Michaela, Walter Benn. "The Vanishing American." *American Literary History*, 1990, 2: 2.

Mignon, Charles W., Robert Thacker, Michael Peterman. "Cather's Copy of *Death Comes for the Archbishop*." *Cather Studies*, 1999, Vol. 4 Issue 1.

Miller, James E. Jr.. "*My Antonia*: A Frontier Drama of Time." *American Quarterly*, 1958, 10.

Millington, Richard H.. "*Shadows on the Rock*: Against Interpretation." *Cather Studies*, 2007, Vol. 7 Issue 1.

Millington, Richard, Robert Thacker, Michael Peterman. "Where is Cather's Quebec?." *Cather Studies*, 1999, Vol. 4 Issue 1.

Moorhead, Elizabeth. "The Novelist." *Critical*, Vol. 1.

Morris, Lloyd. "Willa Cather", in *North American Review* 219 (1924), Rpt. Guy Reynolds, ed., *Willa Cather: Critical Assessments*, Vol. 1.

Murphy, John J.. "Cather's Shadows: Solid Rock and Sacred Canopy." *Cather Studies*, 2007, Vol. 7 Issue 1.

Nettels, Elsa. "What Happens to Criticism When the Artist Becomes an Icon?" *Cather Studies*, 2007, Vol. 4 Issue 1.

O'Brien, Sharon. "Mothers, Daughters, and the 'Art Necessity': Willa Cather and the Creative Process." *American Novelists Revisited: Essays in Feminist Criticism.* Fall, 1982.

O'Brien, Sharon. "The Unity of Willa Cather's 'Two-Part Pastoral: Passion in *O, Pioneers!*'" *Studies in American Fiction*, 1978, 6.

Pearl James. "The 'Enid Problem', Dangerous Modernity in *One of Ours*." ed., Steven Trout. *Cather Studies: History, Memory, and War*. Lincoln & London:

University of Nebraska Press, 2006: 101.

Peterman, Michael A, Robert, Thacker. "Gazing Down from Cap Diamant: Cather's Canadian and Old World Connections." *Cather Studies*, 1999, Vol. 4 Issue I.

Prchal, Tim. "The Bohemian Paradox: *My Antonia* and Popular Images of Czech Immigrants." *MELUS*, Summer, 2004.

Prown, Jules David. "The Truth or Material Culture: History or Fiction ?" *History from Things: Essays on Material Culture.* ed. Steven Lubar and W. David Kingery. Washington, DC: Smithsonian Institution Press, 1993. 1-19.

Rabin, Jessica G.. " 'Two or Three Human Stories': *O, Pioneers*! And the Old Testament." *Cather Studies*, 2007, Vol. 7 Issue 1.

Robison, Mark A.. "Recreation in World War I and the Practice of in *One of Ours*." *Cather Studies*, 2006, Vol. 6 Issue I.

Romines, Ann. "Willa Cather's Civil War." *Cather Studies*, 2006, Vol. 6 Issue 1.

Rosowski, Susan J.. "The Comic Form of Willa Cather's Art." *Cather Studies*, 2003, Vol. 5 Issue 1.

Rosowski, Susan J.. "Recent Books on Willa Cather: An Essay Review." *MFS Modern Fiction Studies*, Spring 1990, Volume 36, Number 1.

Rosowski, Susan J.. "Willa Cather and Fatality of Place: *O, Pioneer*!, *My Antonia*, and *A Lost Lady*". in *Geography and Literature: A Meeting of the Disciplines.* eds. William E. Mallory and Paul Simpson Housley. New York: Syracuse University Press, 1978.

Rosowski, Susan J.. "Willar Cather's *A Lost Lady*: The Paradoxes of Change." *Novel*, 1997, 11. 1.

Schwind, Jean. "The Beautiful War in *One of Ours*." *Modern Fiction Studies*, 1984, 1.

Schwind, Jean. "Latour's Schismatic Church: The Radical Meaning in the Pictorial Methods of *Death Comes for Archbishop*" *Studies in American Fiction*, 1985, 13. 1: 71-88.

Skaggsm Merrill Maguire. "Willa Cather's Great Emersonian Environmental Quartet." *Cather Studies*, 2003. Vol. 5 Issue 1.

Simons, Karen. "Remaking the Georgic Connection: Virgil and Cather's *My Antonia*." *International Journal of the Classical*, May, 1998.

Slote, Bernice. "Willa Cather and her First Book" *April Twilights*. Lincoln: University of Nebraska Press, 1975.

Stemshein, Mary Kemper. "The Land of Nebraska and Antonia Shimerda," in Hold Bloom ed., *Major literary Characters: My Antonia*, New York: Chelsea House Publishers, 1991.

Stich, Klaus P.. "Historical and Archetypal Intimations of the Grail Myth in Cather's *One of Ours* and *The Professors House*." *Texas Studies in Literature & Language*, April, 2001.

Stich, Klaus P.. "Cather's 'Midi Romanesque': Missionaries, Myth, and the Grail in *Death Comes for the Archbishop*." *Studies in the Novel*, Spring, 2006.

Stout, Janis P. "The Observant Eye, the Art of Illustration, and Willa Cather's *My Antonia*." *Cather Studies*, 2003, Vol. 5 Issue 1.

Strychacz, Thomas F.. "The Ambiguities of Escape in Willa Cather's *The Professor's House*." *Studies in American Fiction*, 1986, 14.1.

Swift, John N.. "Fictions of Possession in—*The Professor's House*." *The Cambridge Companion to Willa Cather*, ed. Marilee Lindemann. Cambridge: Cambridge University Press, 2005.

Trevitte, Chad. "Cather's *A Lost Lady* and the Disenchantment of Art." *Twentieth Century Literature*, Summer, 2007

Trout, Steven. "Rebuilding the Outland Engine." *Cather Studies*, 2006, Vol. 6 Issue 1.

Waleson, Heidi. "Looking for Cather's Southwest." *Wall Street Journal*-Eastern Edition, 9/13/2006.

Wilson, Anna. "Canonical Relations: Willa Cather, American, and *The Professor's House*." *Texas Studies in Literature & Language*, Spring, 2005.

Wilson, Sarah. "Fragmentary and Inconclusive Violence: National History and Literary From in *The Professor's House*." *American Literature*, September, 2003.

Wilson, Sarah. "Material Objects as Site of Cultural Mediation in—*Death*

*Comes for the Archbishop.*" *Willa Cather and Material Culture*: *Real－World Writing*, *Writing the Real World*. Ed. Janis P. Stout. Tuscaloosa: University of Alabama Press, 2005.

Yenor, Scott. "Willa Cather's Turns." *Perspectives on Political Science*, Winter, 2007.